Ein Haus
am Meer

Georgia Bockoven

Ein Haus am Meer

Deutsch von
Ingeborg Schober

Weltbild

Originaltitel: *The Beach House*
Originalverlag; HarperCollins, New York

Besuchen Sie uns im Internet:
www.weltbild.de

Weltbild Taschenbuch

Die Autorin

Georgia Bockoven war erfolgreich als freie Journalistin und Fotografin tätig, bevor sie mit dem Schreiben von Romanen begann. Sie ist verheiratet, hat zwei Kinder und lebt in Kalifornien. Als Weltbild Taschenbuch erschienen von ihr u. a. die Romane *Hochzeit der Gefühle* und *Fernes Glück*.

Teil I

Mai

1

Julia kramte den Schlüssel aus ihrer Handtasche und öffnete die Vordertür zum Strandhaus. Doch anstatt einzutreten, blieb sie auf der Türschwelle stehen und starrte nach drinnen. Durch ein fehlendes Brett in den Fensterläden drang das Licht der Abendsonne ein und durchflutete den Raum. Staub hing regungslos in der abgestandenen Luft, still und abwartend.

Eigentlich hatte sie erwartet, das Innere des Hauses würde genauso verlassen wirken wie das Äußere, aber das war nicht der Fall. Es sah eher so aus, als hätten sie und Ken noch das letzte Wochenende hier verbracht. Ihr Pullover hing immer noch über der Stuhllehne wie vor Monaten bei ihrer Abreise. Das Buch, das Ken gelesen hatte, lag, wie zum Schmökern bereit, aufgeschlagen auf dem Beistelltisch.

Sie waren an jenem Sonntagabend im vergangenen September erst spät aufgebrochen, weil sie dieses gemütliche Wochenende nur sehr ungern beenden wollten. Sie waren auf dem Capitola Art Wine Festival die Buden entlanggeschlendert, hatten lange Spaziergänge am Strand unternommen und über ihre guten Vorsätze geredet, die sie bis zu ihrem nächsten »Jahrestag« verwirklichen wollten. Sie wollten endlich eine richtige Familie gründen und hatten deswegen zu ersten Mal in ihrer Ehe ungeschützten Sex gehabt.

Es war der Beginn ihres Lebens im Strandhaus gewesen, der Auftakt zu jenen neun Monaten, die sie jedes Jahr nur für sich reservierten, weil dann nur noch wenige Touristen vor Ort waren und die Gegend wieder den Künstlern, Musiker und der überaus liberalen Bevölkerung gehörte, die das halbe

Dutzend Städtchen in der Santa-Cruz-Region ihr Zuhause nannte.

Und weil sie geplant hatten, bereits am Freitag darauf wiederzukommen, stiegen sie einfach ins Auto und fuhren weg. Mittlerweile gab es Nächte, in denen sich Julia fragte, ob sie sich anders verhalten hätten, wenn sie gewusst hätten, was vor ihnen lag. Eine Frage, auf die es keine Antwort gab, die aber als Rettungsanker diente, der sie hielt, als sie durch die Gewässer des Alleinseins driftete.

Weil es sinnlos war, noch länger zögernd auf der Türschwelle zu stehen, ging sie hinein und schloss die Tür. Wie lange würde wohl das Gefühl andauern, es wäre ein Fehler, ohne Ken hierher zu kommen. Keinen Ort hatte Ken so sehr geliebt wie dieses kleine, gemütliche Strandhaus, das für ihn sein wahres Zuhause war, der einzige Zufluchtsort, an dem er sich wirklich frei fühlte und ganz er selbst sein konnte.

Für sie war Ken ein ebenso fester Bestandteil des Hauses wie die Wände und das Fundament. Würde sie es schaffen, daran zu glauben, dass sie stärker war als alle Erinnerungen, ausgerechnet an einem Ort, wo sie sich ihr am heftigsten aufdrängten? Sie war 32, und es lagen noch Jahrzehnte vor ihr. Jahrzehnte ohne Ken. Keiner hatte das Leben so sehr geliebt wie er. Es hätte ihn bestimmt wütend gemacht, mitzubekommen, dass es sogar Zeiten gab, in denen sie bezweifelte, ob das Leben ohne ihn überhaupt noch einen Sinn ergab.

Sie hängte ihren Pullover in den Schrank, klappte das Buch zu, räumte es weg und ging in die Küche, um sich ein Glas Wasser zu holen. Einen Moment hielt sie inne, um aus dem einzigen Fenster im Haus, das nicht mit Läden verschlossen war, nach draußen zu sehen.

Diesen Ausblick hatte sie bislang immer nur mit Ken genossen, der ihr das Spiel der Gezeiten erklärt hatte, die Gefiedermaserungen der Vögel und wie man einen herumtreibenden Otter in den brausenden Wellen erkennen konnte. Zur Grundausstattung aller Räume, die auf der Rückseite dieses fast ein Jahrhundert alten Schindeldachhauses lagen und Meeresblick hatten, gehörte ein kleines Fernglas. Das Haus lag auf einer fast sechs Meter hohen Klippe ziemlich exakt in der Mitte über einer kleinen, anderthalb Kilometer langen Bucht und bot einen Panoramablick, nicht nur über den schmalen Streifen der kalifornischen Küste, sondern auch über einen Großteil der Monterey Bay.

Es gehörte zu dem Teil einer Insel, auf dem 25 Häuser standen, umgeben von einem Wald aus Pinien-, Redwood- und Eukalyptusbäumen, dessen weitere Ausbreitung der Staat Kalifornien unter Kontrolle hielt. Für Ken hatte es keinen schöneren Ort auf der ganzen Welt gegeben. Einmal hatte er ihr erzählt, dass es sein größter Wunschtraum sei, seinen Lebensabend hier mit ihr an seiner Seite zu verbringen.

Doch dieser Traum sollte nicht in Erfüllung gehen.

Wie wäre es wohl gekommen, wenn er nach seinem abgebrochenen Studium nicht zum Inhaber einer der größten, internationalen Firmen von Computersoftware aufgestiegen wäre? Und was, wenn sie sich nicht gar so sehr geliebt hätten ...?

Julia griff nach einem Glas und bemerkte dabei eine Ameise, die an der Tür des Geschirrschranks entlangwanderte. Sie entdeckte eine zweite, und danach noch drei weitere. Als sie deren Weg bis zur Ecke des Fensterbretts verfolgte, sah sie, wie eine der Ameisen dort in einem Holzspalt verschwand.

Es war das erste Mal im Verlauf der acht Jahre, die sie mittlerweile im Strandhaus verlebt hatten, dass sie im Haus Ameisen vorfand. Sie öffnete die Schranktüren und wollte sich grade dazu beglückwünschen, die Invasion noch rechtzeitig bemerkt zu haben, als sie eine etwa drei Zentimeter breite, zweispurige Ameisenstraße zu einer Zuckertüte entdeckte. Wandaufwärts wanderten die Ameisen mit den leeren Greifzangen und abwärts jene, die ihre Beute trugen.

Wie bei einer gestressten Angestellten, die vollends durchdreht, wenn auch noch eines ihrer Schuhbänder reißt, machte der Anblick der Insekten, die sich hier eingenistet hatten, sie fix und fertig. Warum mussten sich diese verdammten Ameisen ausgerechnet nach so vielen Jahren jetzt hier breit machen? Sie fühlte sich völlig überfordert, war wie am Boden zerstört, und die Versuchung, einfach alles liegen und stehen zu lassen und abzuhauen war sehr groß.

Aber einfach zu kneifen war nicht ihre Art. Sie stellte sich den Dingen. Das war auch einer der Gründe, weshalb sie hergekommen war, um das Haus selbst in Ordnung zu bringen, anstatt diese Aufgabe anderen zu überlassen. Ken wäre stolz auf sie.

Nachdem sie alle Schränke und Ablageflächen gründlich geschrubbt hatte, war sich Julia nach gut einer halben Stunde fast sicher, die Schlacht gewonnen zu haben. Sie griff zum Wasserhahn, um auch die Spüle gründlich zu reinigen, und hielt plötzlich völlig verblüfft den Drehknauf in der Hand. Vorsichtig versuchte sie, den abgebrochenen Aufsatz wieder anzubringen, aber sie schaffte es nicht einmal, den laufenden Wasserstrahl zu verringern.

Damit war sie mit ihrem Latein am Ende. Julia war mit zwei Brüdern aufgewachsen, mit einem Vater, der sie abgöttisch liebte, und mit einem Ehemann gesegnet gewesen, der sich stets stolz damit brüstete, alles reparieren zu können. Bislang hatte sie sich allenfalls um einen verstopften Ausguss kümmern müssen und nicht einmal ihr Auto selbst zur Wartung gebracht. Doch wenn sie nicht einmal mit einem kaputten Wasserhahn fertig wurde, wie konnte sie da hoffen, jemals wirklich selbstständig zu werden?

Sie hatte nie nach echter Selbstständigkeit gestrebt und war alles andere als begeistert, dass dies inzwischen zum zentralen Punkt ihres Lebens geworden war. Noch mehr widerstrebte ihr, dass Eigenständigkeit eine unabdingbare Notwendigkeit war. Sie hatte nie ein Geheimnis daraus gemacht, wie sehr es ihr gefiel, dass Ken sich um alles kümmerte, und hatte ihm liebend gern auch Dinge überlassen, die sie durchaus selbst hätte regeln können.

Einige ihrer Freunde hielten sie für verwöhnt, und es gab andere, die sie darum beneideten. Aber beide Parteien schlossen daraus ganz scharfsinnig, dass sie gar nicht in der Lage sein würde, ohne ihn zu überleben, was der Wahrheit näher kam, als sie vermuteten, allerdings aus ganz anderen Gründen, als sie dachten.

Das Geräusch des Wassers, das durch den Abfluss rauschte, und das in einer Gegend, die für ihren Wassermangel so berühmt war wie Santa Cruz, weckte die praktische Seite in ihr. Die Weiterentwicklung ihrer Selbstständigkeit konnte bis morgen warten, wenn ein Klempner erreichbar war. Doch im Augenblick musste sie erst einmal die Hilfe ihres Nachbarn Andrew in Anspruch nehmen.

Kaum hatte sie an die Tür von Andrews Bungalow geklopft, wurde sie auch schon geöffnet. Vor ihr stand ein groß gewachsener Mann mit vorzeitig ergrautem Haar und tiefblauen Augen, der ihr völlig fremd war. Über seiner linken Schulter hing ein Geschirrhandtuch, in der rechten Hand hielt er ein Weinglas, und in seinem Blick lag offensichtliche Neugierde: »Ja?«

Ein verführerischer Duft von Paprika, Zwiebeln und weiteren Zutaten, die sie nicht einordnen konnte, umgab ihn, und plötzlich wurde Julia bewusst, dass sie seit dem Mittagessen nichts mehr zu sich genommen hatte. »Ist Andrew da?«

Er lächelte – mit einem verblüffenden Ergebnis. Sein scheinbar eher durchschnittliches Gesicht bekam plötzlich eine unglaubliche Anziehungskraft. »Tut mir leid, nein. Die letzte Nachricht von ihm besagte, dass er Hawaii verlassen würde und auf dem Weg nach Neuseeland sei.«

»Andrew?« Er hatte zwar ständig davon geredet, irgendwann einmal die Welt zu umsegeln, aber dabei stets das Wörtchen »eines Tages« hinzugefügt, und natürlich erst dann, wenn er sicher sein konnte, dass sein Geschäft auch ohne ihn florieren würde. »Und wer kümmert sich um seine Baumschule?«

»Der Typ, der sie gekauft hat.«

Obwohl lediglich acht Monate seit ihrem letzten Aufenthalt vergangen waren, schien es, als seien Jahre verflogen. »Andrew hat die Baumschule verkauft?«, wiederholte Julia ungläubig.

»Am Weihnachtsabend hat er das Geschäft besiegelt, und am Neujahrstag stach er mit seinem Boot in See. Er meinte, eines morgens sei er aufgewacht und hätte beschlossen, es sei endlich an der Zeit, die Sache nicht noch länger aufzuschieben.«

»Sie sind ein Freund von ihm?«

»Seit der Collegezeit. Wir waren in derselben Studentenverbindung.«

Es gab noch andere Nachbarn, die sie um Hilfe bitten konnte. Sie musste nicht unbedingt einem Fremden zur Last fallen. »Tut mir leid, dass ich Sie beim Abendessen gestört habe. Wenn sich Andrew wieder meldet, dann richten Sie ihm doch bitte Grüße von mir aus und dass ich ihn nach seiner Rückkehr gern sehen würde.«

»Und mit wem habe ich es bitte zu tun?«

»Julia Huntington.«

»Sie sind Julia?« Er nahm das Weinglas in die linke Hand und streckte ihr seine rechte entgegen. »Andrew hat mich gebeten, ein bisschen auf Sie aufzupassen.«

»Wirklich? Warum?«

»Einfach nur so, weil Sie eine Freundin von ihm sind.«

»O je.« Andrew und Ken hatten sich fünfzehn Jahre lang gekannt. Es war also ganz normal, dass Andrew sich nach Kens Tod verpflichtet fühlte, sich ein wenig zum sie zu kümmern, und sei es nur durch einen Stellvertreter.

»Schon gut. Er meinte nur, dass Sie vielleicht ein wenig Hilfe gebrauchen könnten, das Haus für den Sommer in Schuss zu bringen, und dass es auch Teil meines Mietvertrags sein würde, Ihnen dabei ein bisschen unter die Arme zu greifen.«

Er hielt immer noch ihre Hand fest, als sie fragte: »Und wie war nun gleich Ihr Name?«

»Eric Lawson.«

»Sie haben keine Ahnung, wie peinlich es mir ist, es zuzugeben, aber Andrew hatte recht. Ich könnte tatsächlich Ihre Hilfe gebrauchen. Kennen Sie sich mit Wasserhähnen aus?«

»Ein bisschen.«

Sie zog den Chromaufsatz aus ihrer Tasche und händigte ihn ihm aus. »Irgendeine Idee, was man damit machen kann?«

Er studierte ihn einige Sekunden lang und meinte dann: »Wie wäre es mit wegwerfen?«

»Meinetwegen sehr gern, wenn Sie mir nur noch sagen könnten, wie ich das Wasser ohne dieses Teil abstellen kann?«

»Der Sperrhahn funktioniert nicht?«

Sie hatte keine Ahnung, was ein Sperrhahn war.

»Keine Ahnung. Das habe ich nicht ausprobiert.«

»Nur einen Moment, ja?« Er wandte sich um. »Ich muss mich nur schnell um den Herd kümmern, dann komme ich gleich rüber und versuche mein Glück.«

»Das ist nicht nötig, wenn Sie mir nur sagen, wo …«. Aber er war bereits verschwunden. Während sie auf ihn wartete, sah sie sich im Wohnzimmer um, und registrierte etliche Veränderungen, die Eric nach seinem Einzug vorgenommen hatte. Der abgenutzte Sessel von Andrew war verschwunden, an dessen Stelle stand nun ein Computertisch. Die vormals leeren Bücherregale waren vollgestopft mit einer Menge offenbar sehr alter, ledergebundener Ausgaben großer Literatur. Dazwischen steckten ein paar Taschenbücher und Hardcovers mit Trivialliteratur, als wollte jemand vermeiden, für einen total versnobten Intellektuellen gehalten zu werden. Auf dem Beistelltisch stapelten sich die Ausgaben eines Medizinerjournals. Eric kehrte ohne Küchentuch und Weinglas zurück. »Können wir?«

»Tut mir wirklich leid, dass ich Sie vom Abendessen abhalte.«

»Das kann warten. Außerdem wird das sowieso nicht lange dauern.«

Der Ausdruck in seiner Stimme war ihr so vertraut wie seine Selbstsicherheit. Genau so war Ken gewesen, immer vollkommen davon überzeugt, dass er mit allem fertig werden würde, was sich ihm in den Weg stellte. Und er hatte sich nie geirrt, ausgenommen im Fall seines Todes.

Auf dem Weg zu Julias Haus meinte Eric: »Andrew hat erwähnt, das Sie in Atherton leben. Wie gefällt es Ihnen dort?«

»Gut.« Es gab wahrlich keinen Grund, sich wie ein Gast bei einer Talkshow zu verhalten, der nur widerwillig Rede und Antwort stand. Es war nicht seine Absicht, sie auszuhorchen, er wollte lediglich das Gespräch in Gang halten. »Ehrlich gesagt ist es dort sehr nett.«

»Mein Schwiegervater hat dort in der Nähe seine Praxis. Er wollte eigentlich, dass ich mich nach meiner Assistentenzeit ihm und seinen Kollegen anschließe, aber Sacramento entsprach eher meinem Stil.«

Es war das erste Mal, dass sie jemandem begegnete, der Sacramento seines Stiles wegen bevorzugte. Selbst die Gesetzgeber waren von dort abgewandert, es war eine Stadt, die man bei jeder sich bietenden Gelegenheit immer wieder gern als Provinznest bezeichnete. »Sie sind Arzt?«

»Derzeit nicht praktizierend.

Ihre Neugierde war geweckt. »Eine Auszeit?«

»So in der Art.« Er hielt das Gartentor für sie auf. Während sie sich einen Weg durch das Gestrüpp der wuchernden Pflanzen bahnten, die den Backsteinpfad begrenzten, meinte Eric: »Möchten Sie, das ich für Sie morgen die Fensterläden abmontiere?«

»Ich bin nicht völlig unfähig.« Sie würde es zwar zum ersten Mal selber machen müssen, aber so schwierig konnte das doch nicht sein.

»Das wollte ich damit nicht andeuten. Es geht ja nur um die Klausel in meinem Mietvertrag. Ich nehme meine Pflichten diesbezüglich sehr ernst.«

Sie öffnete die Tür und ließ ihn ins Haus.

»Andrew ist wirklich ein prima Kerl, aber er hat kein Recht dazu, mich Ihnen einfach aufzuhalsen.«

»Er ist nicht der Einzige hier, der sich so seine Sorgen gemacht hat.«

»Ach?«

»Sie scheinen der Liebling der ganzen Nachbarschaft zu sein.«

»Vielen Dank, das hört man gerne.« Auch wenn sie das Kompliment nicht für sich persönlich in Anspruch nahm. Sie profitierte lediglich von Kens Wohlwollen, und das seit jenem Tag, an dem sie sich kennengelernt hatten. Dass er sie liebte, reichte seinen Freunden und seiner Familie. Und für eine Frau wie sie, die ein Leben lang schüchtern gewesen war, war das ein wunderbares Geschenk.

Als sie in die Küche kamen, machte sich Eric sofort am Unterschrank der Spüle zu schaffen, griff hinein, und Sekunden später hatte er das Wasser abgestellt.

»Wie haben Sie das gemacht?«, wollte sie wissen.

»Kommen Sie her, ich zeig es Ihnen.« Sie ging neben ihm in die Hocke.

»Sehen Sie diesen Hahn hier?« Er wartete ihr Nicken ab.

»Das ist ein sogenannter Absperrhahn. Jeder Abfluss und jede Toilette im Haus ist mit so einem ausgestattet. Vor dem Haus gibt es außerdem noch einen, mit dem Sie die gesamte Wasserzufuhr im Haus sperren können.«

Sie richtete sich auf. »Nun sagen Sie aber auch bitte, dass ich nicht der erste Mensch bin, den Sie kennenlernen, der das nicht wusste.«

»Nein, natürlich nicht.«

Er erhob sich aus der Hocke und stand neben ihr. »Und woher wissen Sie das?«

»Mein Onkel war Bauunternehmer. Ich habe in den Sommerferien für ihn gearbeitet.«

Mit einem Schlag wurde ihr bewusst, wie nahe sie sich gekommen waren. Würde sich nur einer von ihnen einen weiteren Zentimeter bewegen, würden sie sich direkt berühren. Beklommen trat Julia einen Schritt zurück und verfing sich dabei mit dem Fuß im Küchenläufer.

Eric griff nach ihr, um sie abzustützen. »Alles in Ordnung?«

»Ja, ist nichts passiert.« Sie zwang sich zu einem Lächeln, während sie sich aus seinem Griff befreite. »Wenn man mit Zweitnamen Grace heißt, muss man sich schon fast zwangsläufig ungeschickt benehmen.«

Er erwiderte ihr Lächeln. »Julia Grace Huntington … klingt irgendwie sehr hübsch.«

Seit Kens Tod hatte sie mit vielen Männern zu tun gehabt, einige hatten ihr in den vergangenen Monaten sogar Avancen gemacht, aber es war das erste Mal, dass sie auf einen Mann gefühlsmäßig reagierte. Dieses Gefühl war für sie so überraschend, dass sie nicht wusste, was sie davon halten sollte. »Danke, dass Sie das Wasser abgestellt haben.« Sie ging ins Wohnzimmer zurück. »Wenn ich Andrew das nächste Mal sehe, werde ich ihm ganz bestimmt sagen, dass Sie Ihren Teil der Vereinbarung eingehalten haben.«

»Ich habe doch gar nichts repariert. Das Wasser abzustellen ist natürlich nur eine Notlösung. Was Sie brauchen, ist …«

»Ich weiß, ein Klempner. Gleich morgen früh werde ich einen anrufen.« Sie konnte sehen, dass er die Zurückweisung durchaus bemerkt hatte, aber er den Grund dafür nicht verstand. Woher sollte er auch wissen, was für eine Wirkung er auf sie hatte, obwohl er sich nicht im Geringsten aufgedrängt hatte? Sie öffnete ihm die Tür. »Sie sollten sich zu Ihrem

Abendessen aufmachen, solange es noch genießbar ist.« Er stand auf dem schmalen Treppenabsatz, die Hände gegen den Türrahmen gestemmt. »Wie wäre es, wenn Sie mitkommen? Ich mache sowieso immer viel zu viel.«

»Ich habe keinen Hunger«, wies sie sein Angebot zurück. »Ich habe bereits gegessen.« Sie machte es nur noch schlimmer. Sie klang wirklich wie eine heimkehrende Diva, die eine Verabredung mit einem viertklassigen Quarterback ausschlug. Genauso gut hätte sie antworten können, dass sie sich die Haare waschen müsste. »Ich freue mich wirklich über die Einladung, Eric, vielleicht ein andermal.«

Er antwortete nicht sofort, blickte ihr stattdessen tief in die Augen. Dann meinte er leise und mit einem tiefen Verständnis, das eine Menge über ihn verriet: »Es ist schwer, nicht wahr?«

Seine Frage kam für sie vollkommen überraschend. »Was?«

»Wieder zu lernen, wie man lebt.«

Er war ein Fremder für sie, den sie während ihres Aufenthalts hier vielleicht noch ein- oder zweimal wiedersehen würde und danach nie wieder. Es würde keine weitreichenden Konsequenzen haben, wenn sie ihm ihre innersten Gefühle offenbaren würde, die sie selbst vor ihren besten Freunden versteckte. Als sie antwortete, hatte sie einen Kloß im Hals. »Manchmal ist es fast zu schwer.«

»Mit der Zeit wird es leichter.«

»Wann?«

»Anfangs sind es manchmal vielleicht nur fünf oder zehn Minuten, aber irgendwann werden daraus mehrere Tage.«

»Ist Ihre Frau auch gestorben?«

»Nein, sie hat nur einen anderen gefunden, bevor ich es geschafft habe, meine Liebe zu ihr zu überwinden.«

»Das tut mir leid.«

»Ja, mir auch. Aber ich bin darüber hinweg.«

»Wirklich?«

»Vielleicht noch nicht ganz. Ich schlage mich immer noch mit diesem Schuldgefühl herum. Aber ich denke mal, dass ich auch das bald überwunden haben werde.«

»Steht die Einladung zum Abendessen immer noch?«, meinte sie spontan.

Er beantwortete ihre Frage mit einem Lächeln. »Sie müssen auch nicht den Abwasch machen.«

»Ich brauche nur ein paar Minuten, um meine Sachen aus dem Auto zu holen und mich umzuziehen.«

»Ich hoffe, Sie mögen Aal.«

Ihre Überraschung war viel groß, um sie zu verbergen.

»Aal?«

Er lachte. »Tut mir leid, es ging einfach so mit mir durch. Nein, es gibt nur die guten alten Spaghetti.«

»Ich weiß nicht ...«. Es hatte Zeiten gegeben, in denen sie ebenso schnell kontern konnte wie die anderen. Aber es war schon sehr lange her, dass sich die Chance dazu geboten hatte. »Jetzt bin ich mir aber gar nicht mehr sicher, ob ich Ihnen trauen kann. Vielleicht sollte ich mir doch lieber etwas zum Essen liefern lassen.«

Er machte sich auf dem schmalen Pfad zu seinem Haus auf. »Am besten bestellen Sie eine Pizza mit Salami und Schinken, dann sind Sie willkommen.«

»Sie versuchen nicht einmal, mich zu überreden, Ihre Spaghetti wenigstens zu probieren?«

»Ich bin unkompliziert, Julia – das war ich nicht immer, aber ich habe es gelernt.«

»Ich wollte, sie könnten mir erklären, wie Sie das geschafft haben«, erwiderte sie. Erst als sie den Satz ausgesprochen hatte, wurde ihr bewusst, dass sie damit ungewollt etliches über sich verraten hatte. Er drehte sich um und kam wieder ein paar Schritte zurück und er meinte: »Ich weiß zwar nicht, ob ich das kann, aber ich würde es sehr gerne versuchen.«

2

Erst als Eric in seinem Haus verschwunden war, holte Julia ihren Koffer aus dem Auto, um sich umzuziehen. Zuerst wollte sie eine Leinenhose anziehen, entschied sich aber schließlich doch für die Khakihosen und ein Strickoberteil. Schließlich hatte sie sich nicht zu einem Rendezvous verabredet, sondern wollte ihm lediglich beim Abendessen Gesellschaft leisten.

Während sie durch den Garten ging, begann sie ganz spontan, einen kleinen Blumenstrauß zu pflücken. Der Rasen, den ein Gärtner hin und wieder mähte, war in ihrer achtmonatigen Abwesenheit von einem automatischen Rasensprenger bewässert worden. Aber um die Blumen hatte sich keiner gekümmert. Längst waren die Flammenden Herzen, der Fingerhut, die Schmuckkörbchen, fedrigen Mohnblumen und Alaunwurzeln über die schmalen Beete hinausgewuchert und hatten sich mit ihrer schweren Blütenpracht auf den Gehwegen ausgebreitet.

Sie pflückte von jeder Sorte einige Stängel ab und präsentierte Eric das farbenfrohe Bukett, als er die Tür öffnete.

»Für mich?« Er schien ehrlich überrascht über diese kleinen Geste. »Das ist mir noch nie passiert.«

»Sie haben noch nie Blumen geschenkt bekommen?« Sie hatte Ken immer welche geschickt, mal war es nur eine einzelne Rose, dann wieder überaus extravagante Arrangements.

»Zu meiner Praxiseröffnung haben mir Freunde Topfpflanzen geschickt, aber Blumen waren nicht darunter.«

Sie folgte ihm in die Küche, wo er ein Glas aus dem Schrank holte und mit Wasser füllte. »Es riecht ja wunderbar hier«, meinte sie, während ihr Magen schon erwartungsvoll knurrte.

»Es ist schon erstaunlich, was man aus Dosen und Päckchen so alles zusammenzaubern kann.« Er stellte das Glas mit dem Strauß auf den Tisch, während sich die Blumen von ganz allein arrangierten. Sie passten perfekt zu dem leger mit einfachem Geschirr, Papierservietten und verschiedenfarbigen Kerzen gedeckten Tisch.

»Kann ich irgendwie behilflich sein?«, wollte Julia wissen, als er zum Herd zurückkehrte, um die Sauce anzurühren. Sie hatte sich in den vergangenen Jahren so oft in Andrews Küche aufgehalten, dass sie sich dort fast genauso gut auskannte wie in ihrer eigenen.

»Das Knoblauchbrot ist gleich so weit«. Er reichte ihr einen Topflappen. »In der Schublade beim Ausguss ist ein Messer.«

Wie gute Freunde, die zum wiederholten Male ein altvertrautes Ritual zelebrierten, stellten sie mit einem behaglichen, entspannten Schweigen gemeinsam das Essen fertig. Als alles auf dem Tisch stand, schenkte Eric den Wein ein, zündete die Kerzen an und rückte für Julia den Stuhl zurecht.

»Dankeschön«, meinte sie, als sie auf ihren Platz rutschte.

Er ließ sich ihr gegenüber nieder und erhob das Glas für einen Trinkspruch. »Auf kaputte Wasserhähne und neue Freundschaften.«

Sie stießen mit den Gläsern an. «Und auf erfolgreiche Buchpläne.«

Er zog seine dichten Augenbrauen, die etliche Nuancen dunkler als sein Kopfhaar waren, fragend zusammen. »Woher wissen Sie davon?«

»Ich hab nur meine Schlussfolgerungen gezogen, Dr. Lawson. Ich habe mich gefragt, wozu ein nicht praktizierender Arzt einen Computer braucht.«

»Und daraus haben sie geschlossen, dass ich ein Buch schreibe?«

»Daraus …«. Sie lächelte und griff nach eine Buch, das in dem Regal hinter ihm lag. »Und dem hier: In zehn Schritten zum Bestsellerroman.«

»Eine Minute lang habe ich Ihnen das glatt abgenommen.«

Sie legte das Buch zurück. »Wollten Sie schon immer Bücher schreiben?«

»Seit meiner Highschoolzeit. Aber davon auch zu leben, konnte ich mir einfach nicht vorstellen. Die Medizin erschien mir da schon eher der sichere Weg, um mein Leben zu finanzieren, zumindest anfangs.«

»Was ist passiert?«

Er nahm sich ein Stück Brot und legte es auf seinen Tellerrand. »Ich hatte es einfach satt, mit irgendwelchen Zwanzigjährigen in einer Krankenversicherung konfrontiert zu werden, die mir vorschreiben wollten, welche Untersuchungen sie für meine Patienten genehmigen würden.«

Ihr Vater war Arzt, und folglich waren ihr solche Klagen vertraut. »Ich habe angenommen, diese Zustände hätten sich verbessert.«

»Mir ging das nicht schnell genug. Mir wurde klar, dass meine Mitarbeiter genauso viel Zeit am Telefon verbrachten, um Genehmigungen für die Behandlungen von Patienten einzuholen, wie mir für deren Behandlung blieb.«

»Sie haben also einfach aufgegeben?«

»Erst, als ich meine ganzen Frustrationen an den falschen Menschen ausgelassen hatte, unter anderem auch an meiner Frau. Shelly hat versucht, mir klar zu machen, was ich da eigentlich anstelle, aber bis ich es begriffen habe, war es bereits zu spät.«

Julia nippte an ihrem Weinglas, bevor sie antwortete. »Haben Sie sich dafür im Nachhinein nicht gehasst?«

»Sie reden so, als wären Sie dabei gewesen.«

»Ken hat seinen Herzanfall auf dem Weg zur Arbeit erlitten. Er befand sich damals auf der Schnellstraße – auf der

Überholspur.« Auf welcher Spur er gefahren war, welche Temperaturen damals herrschten, was sie damals anhatte, waren nur einige der eher bedeutungslosen Dinge, die sie seit jenem Morgen einfach nicht vergessen konnte. Sie spießte einen Pilz auf und schob ihn gedankenverloren auf ihrem Teller herum. Sie konzentrierte sich auf die Spur, die er in der roten Sauce hinterließ, um von dem Bild abzulenken, dass sich ihr aufdrängte – wie Ken hinter dem Steuer seines Wagens saß. »Es gab eine Kettenreaktion, als die Leute versuchten, ihm auszuweichen, um nicht aufzufahren. Das hat den Verkehr für Stunden lahmgelegt.«

Der Unfall war an jedem Abend Thema in allen Abendnachrichten. Tagelang berichteten die Lokalstationen und Tageszeitungen darüber. Die Artikel in den Zeitschriften erschienen Wochen und Monate später. Es dauerte ein halbes Jahr, ehe sie sich wieder traute, einen Blick in die Wirtschaftsblätter zu werfen, die nach Hause kamen.

Ein wichtiges Detail hatten jedoch sämtliche Medien nicht mitbekommen, weil sie noch nie darüber gesprochen hatte. Acht Monate lang hatte sie dieses schmerzliche Geheimnis für sich bewahrt. Nun war es Zeit, endlich loszulassen. »Auch ich war an jenem Morgen auf dieser Autobahn unterwegs. Ich habe das Haus eine halbe Stunde nach Ken verlassen und saß in dem Verkehrsstau fest, den er mit seinem Unfall verursacht hat.« Es fiel ihr nicht leicht, auch noch den Rest der Geschichte zu erzählen, weil sie sich diese ohne Hassgefühle auf sich selbst nur sehr schwer eingestehen konnte. »Ich habe nur an eines gedacht ... ich war völlig frustriert, weil ich befürchtete, wegen der Karambolage womöglich meinen Friseurtermin zu verpassen.« Sie riskierte einen Blick auf ihn. Offenbar hatte ihn ihr Geständnis voller Selbstvorwürfe weder geschockt noch abgeschreckt. »Ich bin nur wenige Minuten nach dem Eintreffen des Rettungswagens an der Unfallstelle vorbeigefahren, habe aber eigentlich nur ständig auf die Uhr gesehen. Ich habe nicht einmal einen Blick darauf verschwendet, um welches Auto es sich eigentlich handelte. Später hat der Arzt mir erzählt, dass Ken noch lebte, als man ihn aus dem Range Rover befreit hatte. Ich hätte noch bei ihm sein können, wenn ich nicht so verdammt …«

»Selbst, wenn Sie angehalten hätten, hätte das nichts geändert. Sich deswegen fertig zu machen, bringt rein gar nichts.« Er beugte sich über den Tisch und griff nach ihrer Hand. »Immer, wenn jemand stirbt, der uns sehr nahe stand, dann ist es für uns alle wohl am schwersten, zu begreifen, dass schlimme Dingen nun mal manchmal einfach passieren. Denn egal, was wir getan oder gesagt hätten, es hätte an der Situation nichts geändert.«

»Ich hätte mich wenigstens noch von ihm verabschieden können.«

»Da reden Sie sich etwas ein. Denn es wäre selbst dann nicht möglich gewesen, wenn Sie tatsächlich angehalten hätten. Die Rettungsmannschaft musste Ken möglichst schnell befreien. Keiner von ihnen hätte sich von seiner Arbeit abhalten lassen, weil sie mit ihm reden wollten. Vielleicht hätten sie es noch geschafft, auf dem Vordersitz des Rettungswagens zu sitzen, während er starb.«

Er sprach genau das aus, was sie brauchte, keine Absolution, sondern eine realistische Einschätzung. »Sie waren bestimmt ein großartiger Arzt. Ich wette, dass Ihre Patienten Sie sehr vermissen.«

»Ich habe sie in gute Hände übergeben.«

»Waren Sie schon immer so fatalistisch veranlagt? Oder kam das erst durch Ihren Arztberuf?«

»Ich vermute mal, das war teilweise schon vorher da. Aber es ging nie so weit, dass ich zum Beispiel denken würde, Ihr Wasserhahn musste heute Abend kaputtgehen, damit wir uns kennenlernen.« In seinen Augen blitzte eine gewisse Amüsiertheit auf. »Manche Dinge schreibe ich einfach dem puren Zufall zu.«

Er flirtete mit ihr. Der Gedanke beunruhigte sie, und sie

wechselte schnell das Thema. »Gefällt Ihnen Ihr Schriftstellerleben?«

»An manchen Tagen schon.«

Sie drehte ihre Gabel in ihrem Löffel herum, um ein paar Spaghetti aufzunehmen. »Und an den anderen?«

»Da ist es die übliche Ackerei.«

»Haben Sie sich selbst einen festen Termin gesetzt?«, wollte sie wissen.

»Um fertig zu werden oder um Erfolg zu haben?«

»Wie auch immer – beides.«

»Ende des Jahres würde ich das Buch gern abschließen. Danach habe ich ja kaum mehr eine Kontrolle über das, was kommt.« Er nahm sich noch ein Scheibe Brot. »Und wie sieht es bei Ihnen aus? Haben Sie sich auch feste Fristen gesetzt?«

»Was meinen Sie damit?«

»Na, Sie wissen schon ... drei Monate, um das Finanzielle zu regeln, sechs Monate Trauerzeit, ein Jahr, um herauszufinden, was Sie mit Ihrem restlichen Leben anfangen wollen, diese ganzen Fragen eben.«

»Ich habe noch nie zu den Menschen gehört, die vorausplanen. Ich lasse die Dinge eher auf mich zukommen.«

»Solche Menschen habe ich immer bewundert.«

»Sie machen sich über mich lustig.« Sie aß einen Bissen und schleckte dann den Saucenrest aus ihrem Mundwinkel. »Ich hatte immer das Gefühl, dass ich Menschen Ihres Schlages verrückt mache.«

»Meines Schlages?«

»Menschen, die es zum Erfolg drängt, die sogenannten Überflieger.«

Er zuckte zusammen.

Sie stellte das Weinglas wieder ab, das sie bereits zum Mund geführt hatte. »Was habe ich denn da jetzt gesagt?«

»Ach, nichts.«

»Also wirklich ... ich dachte, wir würden ehrlich miteinander umgehen.«

»Sie hören sich wie meine Frau an – meine Exfrau. Sie ließ solche Sätze fallen, wenn ich wieder einmal versucht habe, ihr einzureden, dass sie mir noch eine weitere Chance geben sollte.«

»Tut mir leid.«

»Ja, mir auch.« Er legte seine Serviette auf den Tisch und lehnte sich auf die Ellenbogen gestützt nach vorne. »Ich treffe mich inzwischen mit meinen Kindern jedes zweite Wochenende.«

»Das muss für sie alle sehr schwer sein.«

Er gab ein verächtliches Prusten von sich. »Ich gestehe das nur sehr ungern ein. Aber ich verbringe mit ihnen inzwischen mehr Zeit als damals, als wir alle noch zusammenlebten.«

Es entging ihr nicht, welche Überwindung ihn dieses Eingeständnis gekostet hatte, und quittierte es mit einem mitfühlenden Lächeln. »Immer wieder kommt einem diese späte Reue in die Quere.«

»Zeit, das Thema zu wechseln.« Er stemmte die Hände gegen den Tisch und schob seinen Stuhl zurück. »Noch etwas Wein?«

»Nein, danke. Ich denke, ich habe genug getrunken.« Es war einfacher, ihre Redseligkeit auf den Weinkonsum zu schieben, als sich einzugestehen, dass ein viel dringenderes Bedürfnis dafür verantwortlich war.

Er holte die Flasche zum Tisch und goss sich selbst kräftig nach. »Bevor Andrew abreiste, erzählte er mir von einem alten Ehepaar, das den Juli hier verbringt. Aber wir wurden unterbrochen, und auf diese Weise habe ich nie das Ende der Geschichte erfahren.«

»Joe und Maggie.« Allein der Gedanke an sie brachte sie zum Lächeln. »Die beiden haben das Haus an Ken verkauft. Und bei der Gelegenheit haben sie ihn auch gleich mehr oder minder adoptiert.«

»Andrew meinte, das sei eine ganz besondere Beziehung gewesen.«

»Eigentlich wollten sie das Haus gar nicht verkaufen, aber Joe hatte einen Schlaganfall, der ihre Rücklagen aufzehrte. Und sie brauchten ganz dringend Geld. Damals hatte Ken das Haus nur gemietet. Er hat ihnen vorgeschlagen, dass sie weiterhin in den Sommermonaten nach ihrem Gutdünken über das Haus verfügen könnten, solange er der Besitzer sei, falls sie untereinander einig werden könnten, sodass er sich um keine Fremdfinanzierung kümmern müsse.«

»Ich habe mich immer gefragt, wie dieses Haus zu einer Sommerresidenz geworden ist – Joe und Maggie haben damit also ihr Einkommen aufgebessert. Jetzt habe ich es endlich verstanden.«

»In der Tat war es sogar so, dass Joe die Einnahmen an Ken aushändigte.«

Sie lächelte erneut.

»Er war so stolz auf sich, weil er Ken finanziell unter die Arme greifen konnte, dass es Ken einfach nicht übers Herz brachte, ihm zu sagen, das er es gar nicht nötig hatte.«

Achtzehn Jahre lang hatten sich Joe, Maggie und Ken regelmäßig im September zu einem Abendessen getroffen. Joe händigte Ken dabei den Scheck über die Mieteinnahmen aus, und Ken besiegelte mit einem Trinkspruch ihre Freundschaft.

Als Ken und Julia heirateten, gehörten Joe und Maggie zu den Ehrengästen. Am Ende jenes Sommers umfasste die Reservierung für das obligatorische September-Abendessen dann vier Personen. Denn von da ab war es so, als hätte Julia schon immer zu ihrer kleinen Gruppe gehört.

»Klingt, als wären sie ganz besondere Menschen.«

»Das sind sie. Aber das gilt auch für die anderen. Joe war sehr wählerisch, wenn es um die Auswahl der Mieter ging.«

»Es ist schön, dass das Haus endlich wieder bewohnt ist. Es machte allmählich einen ziemlich verlassenen Eindruck.« Kaum, als er es ausgesprochen hatte, wurde ihm die Bedeutung seiner Worte bewusst. »Gott, es tut mir leid, Julia. Das hätte ich nicht …«.

»Es ist schon in Ordnung. Ich habe genauso gedacht, als ich angekommen bin.«

»Wie wäre es mit Kaffee? Es dauert nicht länger als eine Minute.«

Sie schüttelte den Kopf.

»Ich sollte für heute Feierabend machen. Ich habe morgen ein großes Programm vor mir.«

»Ich bringe Sie nach Hause.«

Vermutlich war es einfacher, nachzugeben, als dagegen zu protestieren. Also ließ sie zu, dass er sie bis zur Haustüre begleitete.

»Vielen Dank für das Abendessen.«

Sie ging ins Haus, drehte sich aber nochmals um und sah ihn an.

»Es war wunderbar. Sie verstehen es, mit Ihren Dosen und Päckchen umzugehen.«

»Eines Tages werde ich Ihnen zeigen, was ich in Bezug auf Bäckereien zu bieten habe. Im Umkreis von etwa acht Kilometern gibt es wohl keine Bäckerei, die ich nicht ausprobiert hätte.«

»Jetzt kommen Sie mir aber auf meinem Fachgebiet in die Quere.«

»Restaurants?«, meinte er.

»Ich habe eine total vollgestopfte Schublade mit Speisekarten.«

»Feinkost?«

»Koscher oder nicht?«

Er hob die Hände als Zeichen, dass er sich geschlagen gab. »Ich denke mal, das ist in Ihrem Fall wohl eine Sache von Zeit und Erfahrung.«

Sie lächelte. »Und nochmals danke für die Klempner-Tipps.«

»Gern geschehen.« Er ging einen Schritt die Treppen hoch, lehnte sich nach vorne und gab ihr einen flüchtigen Kuss auf die Wange.

Bevor Julia hineinging und die Tür hinter sich schloss, wartete sie ab, bis er die Straße überquert hatte.

Ihr schoss ein Gedanke durch den Kopf.

Sie war zwar wieder genauso alleine wie heute Nachmittag, aber nicht mehr ganz so einsam.

Manchmal war es mit dem Fortschritt schon eine seltsame Sache.

Er stellte sich oft dann ein, wenn man am allerwenigsten damit rechnete, und er kam oft aus einer Richtung, aus der man ihn am allerwenigsten erwartet hätte.

3

Eric schloss den Reißverschluß seiner Jacke, um sich gegen den Morgennebel zu schützen, und bückte sich, um einen Seeigel zu inspizieren, der an den Strand gespült worden war. Beim letzten Mal, als er ein gemeinsames Wochenende mit Jason und Susan am Strand verbracht hatte, hatte Eric seinem Sohn das überschwängliche Versprechen gegeben, für ihn diese leicht zerbrechlichen Muscheln zu sammeln, weil Jason seine Mutter mit einer selbst gemachten Kette zum Geburtstag überraschen wollte. Eric hatte allerdings absolut keine Vorstellung davon gehabt, wie schwer es war, eine solche Menge unversehrter Muscheln zu finden. In drei Tagen würde er zu seinem zweimonatlichen Familienbesuch nach Sacramento aufbrechen, aber in dem Karton, den Jason ihm für die Muscheln dagelassen hatte, befanden sich allenfalls ein halbes Dutzend.

Susan hatte sich einen Seestern gewünscht, einen orangefarbenen, so wie sie ihn in San Francisco mit ihrer Mutter und Roger, dem neuen »Freund« ihrer Mutter, gesehen hatte. Eric hatte bereits einen sehr hübschen, großen Seestern in einem Laden nahe der Strandpromenade von Santa Cruz gefunden.

Obwohl die Scheidung bereits zwei Jahre zurücklag, nagte an Eric jedesmal, wenn er erfuhr, dass Shelly ein Rendezvous hatte, für einem Moment ein Gefühl der Eifersucht, insbesondere, wenn an dem Treffen auch die Kinder teilnahmen. Inzwischen war sie verlobt und plante sogar zu heiraten, also musste er zwangsläufig endgültig akzeptieren, dass keinerlei Chance mehr auf eine Versöhnung bestand. Dennoch war er immer noch nicht in der Lage, sich einen anderen Mann an ihrer Seite vorzustellen. So wenig, wie er sich vorstellen konnte, je wieder eine andere Frau zu lieben.

Manche Menschen waren einfach füreinander geschaffen.

Er drehte den Seeigel um, entdeckte ein großes Loch in seinem Panzer und warf die Muschel wieder ins Meer zurück.

Aber manchmal war man eben zu blind, zu dumm, oder zu beschäftigt, um zu erkennen, dass selbst eine vorherbestimmte Beziehung gepflegt werden musste, um nicht in die Brüche zu gehen.

Hinter ihm landete eine Möwe auf dem cremefarbenen Schaum, den eine ablaufende Welle hinterlassen hatte. Für kurze Zeit stocherte der Vogel in den zerplatzenden Blasen herum, schüttelte dann den Kopf, flog davon und verschwand im Nebel. Bevor Eric in Andrews Haus einzog, hatte er sich nie besonders für das Meer interessiert, er verbrachte seine freien Wochenenden lieber in den Bergen, und seine Ferien in Europa. Doch im Verlauf der Monate, in denen er seine Strandspaziergänge unternahm und den Wellen lauschte, erlag er schließlich dem Reiz des Meeres.

Auf egoistische Weise hatte er den Strand am liebsten ganz für sich alleine, deswegen kam er bereits frühmorgens her, wenn außer ihm allenfalls noch ein oder zwei Fischer da waren. Oder er kam spätnachts, wo er vielleicht das eine oder andere Liebespaar antraf, das weder ihn noch seine Umgebung wahrnahm. Nachbarn hatten ihm erzählt, dass sich die Lage im Sommer dramatisch verändern würde, wenn die Touristen sämtliche Campingplätze, Hotels und Ferienhäuser in den wenigen kleinen Städten zwischen der schmalen Bucht und Santa Cruz bevölkerten und Areale im Sand absteckten, um sich den ganzen lieben langen Tag der Sonne und dem Surfen zu widmen. Man hatte ihn gewarnt, dass aus den Radios unkontrolliert laute Musik plärren würde, und dass die jungen Männer sich nach übermäßigem Bierkonsum oft sehr großspurig aufführen und bisweilen auch eine Schlägerei anzetteln würden, um sich aufzuspielen.

Eric bemühte sich beim Zuhören stets, einen angemessen beunruhigten Gesichtsausdruck zur Schau zu stellen. Denn selbst wenn das alles tatsächlich zutreffen und der Sommer wirklich mit dem Verlust seiner Privatsphäre und der einsamen Spaziergänge einhergehen sollte, musste er sich eingestehen, dass er dieser Veränderung merkwürdigerweise dennoch entgegensah. Schließlich war es noch nicht so lange her, als dass er vergessen hätte, wie sich jener süße Schmerz anfühlte, und folglich konnte er auch die jugendlichen Exzesse gar nicht verurteilen. Vielleicht würde er, sobald seine eigenen Kinder in dieses Alter kamen, aus Angst um sie weniger tolerant sein, und sich genötigt sehen, das eine oder andere Machtwort zu sprechen. Doch bis dahin würde er in seinen Erinnerungen schwelgen. Eine Welle umspülte seine Füße und erinnerte ihn an den Grund seiner Anwesenheit. Er schob mit den Zehen etwas Tang zur Seite und machte sich wieder auf die Suche nach weiteren Seeigeln.

Julia war bei der Hochwassermarke der vergangenen Nacht angekommen und blieb stehen, um die Hosenbeine ihrer Khakijeans aufzukrempeln, bevor sie den kalten, nassen Sand betrat. Normalerweise war sie so früh am Morgen noch nicht unterwegs, aber der Nebel und der menschenleere Strand waren, als sie morgens nach draußen gesehen hatte, ein so einladender Anblick, dass sie Lust auf einen Spaziergang bekam, obwohl sie noch nicht einmal eine Tasse Kaffee getrunken hatte.

Sie schob die Hände in die Taschen ihres Sweatshirts und ging weiter, während die Wellen ihre Füße umspielten. Das Wasser floss zurück, spülte dabei den Sand unter ihren Füßen fort und zwang sie, neuen Halt auf dem Boden zu finden. Es erinnerte sie daran, wie ihr Leben seit Kens Tod verlaufen war. Jedesmal, wenn sie geglaubt hatte, wieder festen Boden unter den Füßen zu haben, war irgendetwas passiert, und sie musste sich erneut aufrappeln.

An jenem Mittwoch in der ersten Dezemberwoche, als sie schon geglaubt hatte, sie würde die Weihnachtszeit auch ohne Ken überstehen, kam ein Päckchen, das Ken bereits einen Monat vor seinem Tod bestellt hatte. Es enthielt ein Schmuckstück von Fabergé, das er auf einer Auktion erstanden hatte, ein Blütenzweig mit Maiglöckchen, aus Diamanten und Perlen gefertigt und in einem Glas aus reinem Topaz eingelassen. Die Miniatur musste ein Vermögen gekostet haben, aber für sie bestand ihr wahrer Wert darin, welche Mühen er sich bei der Auswahl des Geschenkes gemacht hatte, wohl wissend, wie sehr ihr das Blumenobjekt gefallen würde.

Sie hatte den Hochzeitstag im März abgewartet, um seine Asche ins Meer zu streuen, in der Hoffnung, diese symbolische Handlung würde ihr dabei helfen, sich endlich so von ihm zu verabschieden, wie sie es an der Unfallstelle leider versäumt hatte. An jenem Abend ging sie in der Gewissheit nach Hause, dass sie und Ken für immer durch ein unzertrennliches Band verbunden waren. Erst durch seinen Tod war ihr zu Bewusstsein gekommen, was für ein perfektes Paar sie gewesen waren, weil sie die Bedürfnisse des anderen immer mit großer Freude befriedigten, und das Geben jedem wie ein Geschenk erschien. Bereits seit dem Tag ihres Kennenlernens hatten sie in einer eigenen, selbst erschaffenen Welt gelebt, in der sie mit einem Blick ihr Verständnis und die Liebe mit einem Lächeln auszudrücken vermochten.

Es war Glück und Unglück gleichermaßen, dass sie sich begegnet waren. Hätte sie Ken nicht kennengelernt, wäre sie vielleicht in der Lage, sich ohne große Ansprüche mit einem anderen Mann einzulassen. Aber sie war nun einmal der Liebe ihres Lebens begegnet, und inzwischen war sie von Tag zu Tag mehr davon überzeugt, dass es wohl ihre Bestimmung sein würde, den Rest ihres Lebens alleine zu verbringen.

Manchmal schlich sich mitten in der Nacht, wenn sie nicht schlafen konnte, eine irritierende Wut in ihre Verlustgefühle ein. Dann fragte sie sich, wie Ken sie hatte verlassen können, nachdem jeder andere Mann neben ihm keinen Bestand haben konnte? Warum hatte er ihr verschwiegen, dass sowohl sein Großvater als auch einer seiner Onkel schon vor dem fünfzigsten Lebensjahr an einem Herzinfarkt gestorben waren? Dann hätte sie dafür gesorgt, dass er mehr auf sich geachtet hätte, hätte ihn dazu gezwungen, sich regelmäßiger von seinem Arzt durchchecken zu lassen. Hatte er nie daran gedacht, dass nicht nur sein eigenes Leben in seiner Hand lag, sondern auch ihres?

Sie bohrte die Zehen in den Sand, um die Balance wiederzufinden. Die zurückweichenden Wellen rissen die Sandkörner mit sich, die sie aufgewirbelt hatte, und entblößten erneut ihre Zehen. Vielleicht lag ja irgendeine Botschaft in diesem sinnlosen Kampf, aber es fehlte ihr einfach die Energie, der Sache auf den Grund zu gehen.

Sie spürte, wie ein fester Gegenstand über ihre Füße gespült wurde. Als sie sich bückte, erwischte sie den Plastikverschluss einer Getränkepackung. Bevor sie ihn in die Tasche steckte, entfernte sie automatisch die Öse, die eine Seemöwe oder ein neugieriger Otter versehentlich schlucken könnte und dann eingehen würde.

Hatte sie das von Ken gelernt, oder hatte sie das schon vorher gewusst?

Sie konnte längst nicht mehr sagen, welcher Teil von ihr Ken war und welcher ihr eigener. Wie gebannt blickte sie auf das nebelverhangene Meer hinaus und erstarrte, als sie jemanden ihren Namen rufen hörte. Es klang so, als werde die Stimme auf einer der herannahenden Wellen zu ihr getragen. Sie verharrte in einem Gefühl der Vorfreude und wartete darauf, dass sich der Ruf wiederholen würde. Beim dritten Mal verspürte sie einen Stich der Enttäuschung, denn sie merkte nun, dass die Stimme nicht vom Meer her kam, sondern von irgendwo links von ihr. Sie sah sich um und entdeckte einen Mann, der auf sie zukam. Für einen kurzen Augenblick gab sie sich dem Gedanken hin, es würde tatsächlich Ken sein.

Aber natürlich war er es nicht.

»Ich dachte mir schon, dass Sie es sind«, meinte Eric, während er näherkam. »Ein schöner Morgen, nicht?«

Sie versuchte in seinem Gesicht zu lesen, ob er das ernst meinte.

»Solche liebe ich am meisten.«

»Ich auch.« Er blieb neben ihr stehen und strich sich das Haar zurück, das die gleiche Farbe hatte wie der Nebel, dessen Feuchte er sich von der Stirn wischte. »Diese Art Morgen gefallen mir fast genauso wie ein richtiger Sturm.«

»Das heißt, Sie haben diesen Winter von beiden eine Menge abbekommen.«

»Die richtig tollen Sachen habe ich leider verpasst. Das Wetter hatte sich schon einigermaßen beruhigt, als ich eingezogen bin. Ich wollte mich gerade zum Frühstück aufmachen. Wollen Sie mich begleiten?«

Sie schüttelte den Kopf. Sie wollte alleine sein an diesem ersten Morgen, den sie ohne Ken am Strand verbrachte, wusste aber nicht, wie sie das Eric beibringen sollte.

Er bedränge sie nicht. »Na ja, vermutlich werden wir uns dann später sehen.«

In dem Moment, als er sich anschickte zu gehen, wollte sie merkwürdigerweise, dass er blieb. »Was haben Sie da in der Hand?«

Er hielt einen Seeigel hoch. »Ich habe meinem Sohn versprochen, dass ich sie für ihn sammeln würde, hatte aber bislang wenig Glück.«

»Haben Sie es schon einmal am Sunset State Strand versucht?« Sein fragender Gesichtsausdruck verriet ihr, dass er keine Ahnung hatte, wovon sie sprach. »Das ist der Strand in der Nähe von Watsonville … wo der Pajaro River ins Meer mündet.« Er konnte mit ihrer Beschreibung immer noch nichts anfangen. »Wie auch immer, versuchen Sie es dort. Als ich da war, konnte ich keinen Schritt machen, ohne auf die Muscheln von Seeigeln zu treten.«

»Danke. Vielleicht versuche ich es dort heute Nachmittag.« Er lächelte und machte sich auf den Weg. Dann drehte er sich um und meinte: »Hätten Sie Lust mich dorthin zu begleiten?«

Sie antwortete, bevor sie seine Einladung überhaupt in Erwägung gezogen hatte. »Nein – ich muss tausend Dinge erledigen und habe wenig Zeit.« Sie verhielt sich ihm gegenüber schon wieder wie am Abend zuvor. »Und dann ist da noch der Klempner. Ich bin mir nicht sicher, wann er kommen wird.«

»Haben Sie denn schon einen bestellt?«

Er wusste, dass es nicht der Fall war. Es war noch nicht einmal sechs Uhr, als sie in der Früh das Haus verlassen hatte. Und seitdem war nur wenig Zeit vergangen. »Nein, aber ich habe im Telefonbuch nachgesehen, in dem sind etliche aufgelistet. Ich werde es einfach so lange versuchen, bis ich einen finde, der noch heute kommen kann.«

Ein Lächeln huschte über sein Gesicht. »Ich mache Ihnen einen Vorschlag.«

Es blieb ihr nichts anderes übrig, als zu nachzufragen. »Und welchen?«

»Wenn Sie mich begleiten, um mit mir Muscheln für Jason zu sammeln, dann repariere ich Ihren Wasserhahn.«

Wieso gab sie nicht einfach nach? Er verlangte doch nicht, dass sie den ganzen Tag opferte, sondern lediglich ein paar Stunden. »Ich habe mir noch nicht einmal die Zähne geputzt.«

»Sie müssen mir in dieser Sache einfach helfen. Meint dieser Satz nun, dass Sie mitkommen, sobald Sie das erledigt haben? Oder soll ich ihn als Grund dafür akzeptieren, dass Sie nicht mitkommen?«

»Ich komme mit. Aber ich kann nicht lange bleiben. Ich habe wirklich entsetzlich viel Arbeit, um das Haus bis nächste Woche in Schuss zu bekommen.« Sie entdeckte eine Glasscherbe im Sand und bückte sich, um sie aufzuheben.

Eric öffnete seine Jackentasche. »Sie können den gleich zu dem ganzen anderen Mist hier reinstecken.«

Sie warf einen Blick in sein Jackentasche und stellte fest, dass auch er auf seinen Spaziergängen den Müll einsammelte. »Und noch was.«

»Ja?«

»Kaffee ... ohne den stehe ich den Vormittag nicht durch.«

Er legte einen Arm um ihre Schultern und drückte sie kurz und freundschaftlich, bevor er sich auf dem Sand in Richtung der Treppen aufmachte. »Wir machen unterwegs Halt. Ich weiß auch schon wo.«

Panik ergriff sie. Bevor Julia sich dessen bewusst wurde, blieb sie abrupt stehen. »Und wo?«, wollte sie wissen

Eric runzelte die Stirn, doch dann begann er langsam zu begreifen. »In Soquel, die Straße runter nach Carpos.«

»Ich kann mich nicht erinnern, dass es dort ein Café gibt.«

»Es hat erst vor ein paar Monaten eröffnet.«

»Ach so.«

»Ich nehme mal an, dass Sie und Ken normalerweise zum Kaffeetrinken gegangen sind.«

»Er hatte einen Faible für Mokka.«

»Und ich mag Caffè Latte mit Vanille.«

Sie schüttelte sie sich. »Guter Kaffee sollte stark und bitter sein.«

»Können wir das unterwegs erörtern?« Er versuchte, sie endlich zum Gehen zu bewegen. »Bei meinem letzten Ausflug nach Watsonville bin ich in einem Verkehrsstau stecken geblieben, wegen des Films, den sie dort gerade drehen.«

»Sie drehen in Watsonville einen Film? Was für einen?«

»Ich glaube, es hat irgendetwas mit den Einwanderern zu tun, die als Arbeiter dort auf den Farmen geschuftet haben. Mehrere der Mitarbeiter haben sich hier in der Gegend Häuser gemietet, aber sie bleiben ziemlich unter sich.«

»Mein Bruder ist Sicherheitschef bei den Kramer Studios. Ich frage mich, ob die etwas mit dem Film zu tun haben.«

»Von den Leuten, die den Film drehen, habe ich noch nie etwas gehört.« Dann dachte er über das soeben Gesagte nochmals nach. »Andererseits, ich könnte vermutlich nicht mal ein halbes Dutzend Filmproduktionsfirmen nennen, wenn es sein müsste.«

»Klingt ganz so, als sollten Sie sich besser an die Recherche machen. Sie wollen doch nicht, dass Ihr Buch an irgendeinen zweitklassigen Laden verscherbelt wird, oder?«

Er lachte in sich hinein. »Das werde ich auf meine Erledigungsliste setzen, gleich hinter den Punkt Wäschewaschen.« Bei der Ausfahrt angekommen, wandte er sich zum Gehen und meinte: »Nehmen Sie Ihr Scheckbuch mit. Auf dem Rückweg machen wir beim Baumarkt Halt.«

»Sie meinen, der Wasserhahn ist kein Teil unserer Vereinbarung?« War das wirklich sie, die das gesagt hatte? Sie konnte sich nicht mehr daran erinnern, wann sie das letzte Mal jemanden gehänselt hatte.

Er grinste. »Sie haben vergessen – ich bin nur ein armer Schreiberling, der ums Überleben kämpft.«

»Der zufälligerweise täglich den teuersten Markenwein zu trinken pflegt, ja?« Es gefiel ihr, dass er ebenso gut einstecken wie auch austeilen konnte. Und dass er von dem Imperium, das Ken aufgebaut und ihr hinterlassen hatte, weder eingeschüchtert noch beeindruckt schien. Die meisten Leute waren es. Und immer dann entstand eine Barriere, die jeglicher Freundschaft im Wege stand.

»Im Gegenteil. Ihre Anwesenheit als Gast bei meinem Abendessen war alles andere als ›alltäglich‹!«

»Wobei ich noch viel mehr beeindruckt gewesen wäre, wenn Sie die Weinflasche nicht schon geöffnet hätten, bevor ich an Ihre Tür geklopft habe.«

»Autsch!« Er legte eine Hand auf seine Brust, als hätte sie ihn tief getroffen. »Ich hole Sie in fünf Minuten ab.«

»Besser in zehn.« – »Acht.« Zum zweiten Mal an diesem Morgen musste sie lachen, und sie ging los, ohne zu widersprechen. Weil die Fensterläden immer noch nicht abgenommen waren, war es bedrückend dunkel im Haus. Gestern wäre ihr das vielleicht noch recht gewesen, weil es sie noch eine Weile von dem unaufhörlichen Lächeln und dem künstlichen Optimismus bewahrt hätte, der ihr zu Hause auf Schritt und Tritt entgegenkam.

Jetzt aber verspürte sie eine leichte Irritation, weil die Stimmung des Hauses nicht zu ihrem neu gefundenen Enthusiasmus passte, mit dem sie dem Tag entgegensah.

Das Sonnenlicht verwöhnte sie an diesem Nachmittag aus allen Himmelsrichtungen. Es spiegelte sich in den Fenstern, auf dem Wasser und den verchromten Streifen des Mercedes', als wollte es den grau verhangenen Morgen wiedergutmachen. Weil Julia diesen wundervollen Tag auf keinen Fall im Haus verbringen wollte, hatte sie sich der Blumenbeete erbarmt, während Eric die Fensterläden abnahm. Sie hatte im Baumarkt mehrere neue Pflanzen gekauft, ohne darüber nachzudenken, ob das überhaupt noch einen Sinn ergab. Sie würde die Früchte ihrer Arbeit gar nicht mehr genießen können und das Haus im September zum Verkauf ausschreiben. Doch nach dem Besuch im Gartencenter packte sie auf den Rücksitz von Erics Wagen Körbe voller Nelken, Löwenmäulchen, Zinien und Dahlien.

Sie hätte längst vergessen, was sie sich eigentlich für diesen Tag vorgenommen hatte. Sie wollte lieber im Freien sein, um in der Erde zu graben.

»Das sieht herrlich aus«, meinte Eric, der aus der Garage kam.

Sie lehnte sich auf den Absätzen zurück und sah zu ihm hoch. »Ich habe seit ewigen Zeiten davon gesprochen, diesen Weg hier endlich neu zu bepflanzen. Die Kapuzinerkresse hat schon vor Jahren das Verfallsdatum überschritten.«

»Ist das Kapuzinerkresse, was bei mir dort drüben wächst?«

»Andrew hat sie angepflanzt, weil sie so pflegeleicht ist.« Sie lächelte. »Und er hat sie sehr gern in Salaten verwendet, wenn er Gäste hatte.«

»Was mich daran erinnert, dass ich vor Hunger sterbe. Was ist mit Ihnen?«

»Ja, jetzt, wo Sie's sagen, ich könnte auch etwas zum Essen vertragen.«

»Wie wäre es mit ein paar Sandwiches? Ich kenne einen guten Delikatessenladen in Aptos.« Noch bevor sie antworten konnte, fügte er hinzu: »Das ist der im Einkaufszentrum von ...«.

»Ein Sandwich wäre wunderbar. Und ich weiß auch, welchen Deli Sie meinen. Aber es gibt auch einen mit Straßenverkauf gleich dort die Straße runter, der noch besser ist.« Sie erhob sich und klopfte die Erde von ihren Jeans ab.

»Geht auf meine Rechnung.«

Er klemmte die Daumen in die Vordertaschen seiner Jeans und musterte sie. »Eigentlich geht es mich ja nichts an ...«.

»Dem folgt doch garantiert gleich ein ›aber‹.« Sie warf ihm einen Blick zu, der ihm hoffentlich zu verstehen gab, dass sie aller gut gemeinten Ratschlägen inzwischen überdrüssig war.

Aber entweder hatte er ihren Blick nicht gesehen oder beschlossen, ihn zu ignorieren. »Nach allem, was ich über Sie und Ken gehört habe, hat er ihnen sehr viele, schöne Erinnerungen hinterlassen. Aber wenn Sie alle Orte, die sie gemeinsam aufgesucht haben, zu einer Art Heiligtum erklären, dann könnte das letztendlich zu Ihrer Selbstzerstörung führen.«

Sie war sprachlos vor Wut. Sie kannte ihn gerade einmal vierundzwanzig Stunden. Was brachte ihn dazu, sich das Recht herauszunehmen, die Art und Weise, mit der sie um ihren Ehemann trauerte, zu kritisieren?

»Ich sehe schon, das kam wohl nicht besonders gut an,«

lenkte Eric ein. «Tut mir leid. Ich hätte wohl besser meinen Mund gehalten.«

»Stimmt vielleicht irgendetwas mit mir nicht? Lauf ich vielleicht mit einem Schild auf meinem Rücken herum, auf dem steht ›Ratschläge aller Art willkommen‹?«

»Sie wecken nun einmal in den Menschen das Bedürfnis, Sie zu beschützen. Und wer beschützen will, will automatisch auch helfen.«

»Ach, es ist also alles meine Schuld?«

»Und Sie glauben, dass ich Kritik nicht vertragen kann, ja?«

In dem Moment, als ihr die Idiotie dieser Diskussion bewusst wurde, verflog ihre Wut. Wie konnte sie erwarten, das irgendjemand, noch dazu jemand, der Ken nicht einmal gekannt hatte, verstehen konnte, was er ihr bedeutet hatte – und wie groß der Verlust für sie war? Trotz aller gegenteiliger Bemühungen, es nicht zu tun, musste sie lächeln.

»Falls Sie also tatsächlich der Meinung sind, ich sei eine angenehme Gesellschaft, sollten Sie mich erst mal erleben, wenn ich mich wirklich bemühe, charmant zu sein.«

Ihr unerwarteter Stimmungswechsel traf Eric vollkommen überraschend. Sie hatte das Schlachtfeld einfach ihm überlassen, und für einen kurzen Augenblick hatte Eric das Gefühl, einen flüchtigen Einblick in ihre Seele gewährt zu bekommen. Die Tiefe ihrer Einsamkeit erschreckte ihn und berührte in ihm die verborgene Seite des »siegreichen Helden« aus seinen Kinderträumen, die darauf drängte, sie auf der Stelle fest in einen Schutzmantel zu hüllen, um sie vor jeglichem Schmerz zu bewahren. Doch als erwachsener Mann wusste er, dass es keinen Schutz gegen den Schmerz gab, der von innen kam. »Essiggurken?«

Sie schreckte zusammen. »Was?«

»Wollen Sie Essiggurken auf Ihrem Sandwich? Ich denke mal, ich ziehe allein los, damit Sie hier mit den Blumen weitermachen können.«

»Ja.«

»Ja, was? Die Essiggurken oder mein Alleingang?« – »Beides«, erwiderte sie. »Aber nicht auf dem Sandwich, sondern dazu.«

»Und was für welche?«

»Dillgurken.«

»Ich wollte wissen, was für Sandwiches?«

»Käse-Schinken.

»Mit Roggenbrot?«

Sie nickte. »Mit viel Mayonnaise, aber ohne Senf.«

»Kartoffelchips?«

»Nein, Barbecue-Sauce.«

Er verzog das Gesicht. »Noch was?«

»Nudelsalat.«

»Wie ist es mit Nachtisch?«

Sie überlegte einen Moment. »Karottenkuchen. Sie können was davon abhaben, wenn Sie möchten.«

»Danke nein. Dazu bin ich zu bescheiden.«

Sie verhielt für etliche Sekunden. »Das Ganze war meine Schuld. Sie haben nur das abbekommen, was sich seit Monaten in mir angestaut hat. Das war alles andere als fair, bitte entschuldigen Sie.«

»Nicht nötig. Ihre Reaktion war durchaus berechtigt. Ich hatte keine Recht, mich einzumischen.«

»Aber Sie hatten Recht mit dem, was Sie gesagt haben. Das Merkwürdige daran ist, dass ich es mir zu Hause fast schon zur Mission gemacht habe, zu all jenen Plätzen zurückzukehren, die Ken und ich besucht haben. Mir war klar, wenn ich das nicht tue, dann gewinnen sie irgendwann einmal zu viel Macht über mich, und das wollte ich unbedingt vermeiden.« Sie wandte sich von ihm ab, legte eine Hand schützend über die Augen, als sie auf den Ozean hinausblickte. »Und dann komme ich hierher und habe das Gefühl, es fängt alles wieder von vorne an.«

»Vermutlich waren Sie viel zu sehr beschäftigt, und haben darüber das Haus und alles hier völlig vergessen.«

»Nein, das habe ich nicht«, erwiderte sie leise. Und mit einem Mal hatte er es verstanden. Es waren gar nicht die Geschäfte, die Familie oder Freunde, die sie davon abgehalten hatten, das Strandhaus aufzusuchen. Es war der einzige Ort, den sie ohne Ken nicht ertragen konnte.

Und trotzdem hatte sie es gewagt.

Eric nutzte die Zeit, in der sich Julia von ihm abgewandt hatte, sie genauer zu studieren. Er versuchte, sich vorzustellen, wie sie damals war, als Ken noch lebte, bevor ihre Trauer sie all der kleinen Freuden beraubt hatte, die einen schönen Tag ausmachten. Während ihrer gemeinsamen Suche nach den Seeigeln, hatte er einen kurzen Eindruck davon bekommen, wie die frühere Julia wohl gewesen war, durch die Art und Weise, wie sie ihn anlächelte, und wie viel Spaß ihr der Wettstreit machte, wer von ihnen beiden die meisten intakten Muscheln finden würde. Manchmal hatte sie ihm fragende, dann wieder unglückliche Blicke zugeworfen. Es waren jedoch nur sehr flüchtige Momente gewesen, die vorüber waren, noch ehe er darauf reagieren konnte.

Was ihn interessierte, war die Frau, die Ken gekannt hatte. War sie noch ganz tief in ihr verborgen, oder war dieser Teil von ihr mit Ken gestorben?

4

Julia hörte ein Geräusch hinter sich und weil sie annahm, es sei Eric, der vom Feinkostladen zurückkehrte, meinte sie: »Es wurde auch langsam Zeit.«

»Ich hätte ja schon früher gekommen, aber ich habe erst vor ein paar Minuten deinen Wagen entdeckt.«

Sie stieß einen Freudenschrei hervor, ließ den Spaten fallen und sprang hoch. »Peter – was für eine Freude, dich zu sehen!«

Er hob sie mit einer stürmischen Umarmung hoch. »Ich habe mir Sorgen um dich gemacht,« meinte er, während er sie wieder auf den Boden stellte und ihr direkt in die Augen sah. »Seit Wochen habe ich nichts mehr von dir gehört.«

»Ich habe mir so oft vorgenommen, dich endlich anzurufen, aber ich hatte unwahrscheinlich viel um die Ohren. Du kannst dir gar nicht vorstellen, was ich alles auf mich genommen habe, damit ich diese Woche überhaupt fahren konnte.«

»Na ja, wie auch immer. Jetzt bist du ja hier, und du siehst wunderbar aus.«

Peter Wylie war Kens bester Freund in Kalifornien gewesen. Er war groß und durchtrainiert, hatte ein eckiges Kinn und leuchtend blaue Augen, schwarze Haare ohne eine einzige graue Strähne, und sah eher wie ein Bauarbeiter aus als wie ein Künstler. Peter war es auch gewesen, den sie letzten Winter am Telefon gebeten hatte, den Kühlschrank zu leeren und das Strandhaus winterfest zu machen, weil sie wusste, er würde verstehen, dass sie es nicht selbst tun konnte. Hier in der Gegend geboren und aufgewachsen, hatte er Ken das Surfen und Segeln beigebracht, und ihm die typische kalifornische Lebensart eingeimpft, bis er schließlich wie ein Einheimischer klang und dachte. Anfangs waren sie einfach Saufkumpane, die noch sämtliche Autoaschenbecher und Sofakissen durchwühlen mussten, um das Kleingeld für einen Sechserpack zusammenzukratzen. Peter hatte sein erstes Aquarell an dem Tag verkauft, an dem Ken sein erstes Computerprogramm verkaufen konnte. Ihre Feier hatte tagelang gedauert.

Mittlerweile wurden Peters Aquarelle von einigen der besten Galerien des Landes gehandelt und von vielen Kapitalanlegern wie Kunstfreunden gleichermaßen gesammelt. Er konnte es sich leisten, überall zu leben, aber zehn Monate im Jahr verbrachte er in dem kleinen Strandhaus mit den fünf Zimmern, das ihm bereits gehörte, als er und Ken sich kennenlernten. Die restlichen beiden Monate war er auf der Flucht vor den Sommertouristen, ging auf Reisen und besuchte Galerien und Freunde.

Vor ein paar Jahren hatte Julia von ihm wissen wollen, wieso er eigentlich im Juni und Juli verreiste und ausgerechnet im August zurückkehrte, wenn die Sommersaison auf ihrem Höhepunkt war. Seine einzige Antwort bestand aus einem Schulterzucken, als wäre das selbst für ihn ein Mysterium. In Erwartung einer Antwort hatte sie Ken einen fragenden Blick zugeworfen, aber auch dessen Reaktion brachte keine Klarheit in die Sache. Schließlich tat sie die Sache als eine dieser »Männergeschichten« ab.

»Bist du fertig mit Packen und zum Aufbruch bereit?«, wollte Julia wissen.

»So gut wie.«

Ein ungewohntes Gefühl der Beklommenheit überkam Julia. Sie wusste nicht, was sie noch sagen konnte. Seit sie und Peter sich kennengelernt hatten, war Ken immer ein Teil dieser Freundschaft gewesen. Jetzt, wo er nicht mehr da war, fühlten sie sich beide wie zwei übrig gebliebene Stuhlbeine eines ehemals dreibeinigen Hockers. »Ich habe überlegt, ob ich nicht das Haus verkaufe«, platzte sie heraus.

Er nickte. »Das habe ich mir schon fast gedacht. Wann?« – »Nicht vor Ende des Sommers. Ich möchte, dass alle diesen letzten Sommer hier verbringen können.« Ihr war bislang noch keine Lösung eingefallen, wie sie es den Familien mitteilen sollte, die schon seit doppelt so vielen Jahren wie sie selbst hierher kamen. Es Joe und Maggie beizubringen würde besonders schwer sein. Ken hatte den beiden versprochen, dass sie, solange er Besitzer des Hauses sei, den Sommer hier im Strandhaus verbringen konnten. Damals war er selbstverständlich davon ausgegangen, dass es ein Versprechen auf Lebenszeit wäre. Sie würde schon irgendeinen Weg finden, um das wiedergutzumachen.

»Gibst du mir bitte Bescheid, bevor du das Haus zum Verkauf ausschreibst, ja?«

Julia warf ihm einen fragenden Blick zu. »Wieso?«

»Weiß ich auch nicht …« Er rieb sich mit der Hand über den Nacken. »Nach so langer Zeit kann ich mir einfach nicht vorstellen, dass hier fremde Leute wohnen sollen.«

»Du spielst doch nicht etwa mit dem Gedanken, das Haus selber zu kaufen, oder?«

Weil er nicht antwortete, hakte sie nach. »Zum Malen ist es völlig ungeeignet, die Lichtverhältnisse sind unmöglich. Das hast du mir selber zigmal erklärt.«

»Ich habe mir überlegt, ob ich hier nicht wohnen könnte und mein Haus zum Studio umbaue. Es liegen ja nur zwei Häuser dazwischen. Ich glaube, es könnte mir gefallen, meinen Arbeitsplatz und meinen Privatbereich voneinander zu trennen.«

Die Idee gefiel ihr gut, zu gut sogar. Hatte sie Peter nur deswegen von dem geplanten Verkauf des Hauses erzählt, weil sie insgeheim hoffte, er würde mit einem Vorschlag kommen, der es für sie einfacher machen würde, es aufzugeben? »Wann reist du ab?«

»Ich muss das Haus bis Anfang kommender Woche geräumt haben. Ich habe einem meiner Freunde versprochen, dass seine Schwiegertochter das Haus haben kann, während sie sich in der Stadt aufhält, um an diesem Film mitzuarbeiten, den sie in Watsonville drehen.«

»Ich habe gehört, dass einer der Schauspieler in dem Haus oben auf dem Hügel wohnt.«

»Wie es heißt, wohnen sie hier alle in der Gegend verstreut. Falls das stimmt, dann verhalten sie sich bewusst unauffällig. Das erste Mal, dass ich einem von ihnen begegnet bin, war vor etlichen Tagen am Strand. Es waren fünf Typen – sie haben mir gesagt, dass eigentlich nur einer von ihnen tatsächlich im Film mitspielt, und die anderen zum Team gehören. Sie haben Volleyball gespielt und Designer-Wasser getrunken.«

»Klingt, als wärst du enttäuscht.«

»Designer-Mineralwasser? Ich habe immer nur gehört, dass es bei Dreharbeiten ziemlich wild zugehen würde.«

»So wie auf den Partys, die deine Galerien für dich veranstalten?«

Er lachte. »Selbst jemand mit chronischer Schlaflosigkeit könnte bequem auf den besten dieser Partys ungestört durchschlafen.«

»Wann wirst du wieder zurück sein?«

»In der letzten Juliwoche.«

Es war immer das Gleiche. Peter brach relativ früh auf, kehrte aber niemals spät zurück.

»Wir werden über den Verkauf des Haus reden, wenn du wieder zurück bist«, erklärte Julia. Dann kam ihr der Gedanke, dass Peter vielleicht gar keine Lust mehr haben könnte, bei ihr vorbeizuschauen, bevor sie wieder abfuhr, jetzt, wo Ken nicht mehr lebte.

»Es sei denn ...«

»Ich werde kommen«, antwortete Peter. »Hast du jemals erlebt, dass ich mir ein selbst gekochtes Abendessen entgehen lasse?«

»Ich habe nur gedacht, dass es die beste Zeit wäre, um die

Dinge zu besprechen. Wer weiß, vielleicht haben wir bis dahin beide unsere Meinung geändert.«

Ihre Entscheidung stand zwar fest, aber Peter hätte damit noch genügend Zeit, sich den Sommer über an den Gedanken zu gewöhnen. »Weiß Gott, ich tu das ja mehr als genug. Es gibt Tage, an denen ich überhaupt nicht mehr weiß, was ich eigentlich will.«

»Du siehst gut aus«, wiederholte er. »Besser als bei unserem letzten Treffen.«

»Danke.« Sie lächelte. »Davon gehe ich mal aus.« Das letzte Mal hatte er sie an Weihnachten gesehen. Etwa eine Stunde, nachdem Kens Geschenk angekommen war, hatte er ihr einen überraschenden Besuch abgestattet. Obwohl er an jenem Tag eigentlich ganz andere Pläne gehabt hatte, hatte er alles abgesagt und war bei ihr geblieben, ohne ein einziges Mal eine dieser leeren Platitüden von sich zu geben, die sie schon auswendig kannte. Selbst ihre Tränen hatten ihn nicht abgeschreckt.

Sie hörte das Geräusch einer zufallenden Autotür und sah, wie Eric auf das Haus zukam. Zog man die Größe der Tüten in Betracht, hatte er wohl genug eingekauft, um die gesamte Nachbarschaft zu versorgen.

»Hallo, Peter«, rief Eric, »wo hast du denn die ganze Zeit über gesteckt?«

Als es klar wurde, dass Eric Julias wegen gekommen war, wanderte Peters Blick fragend zwischen den beiden hin und her, während sein Gesichtsausdruck von Erstaunen zu Verwirrung wechselte und dann fragend wurde. Julia fühlte sich auf einmal schuldig, als hätte man sie bei etwas Unrechtem ertappt.

»Ich nehme mal an, dass ihr beide euch kennt?«, sagte sie und verspürte das dringende Bedürfnis, sofort im Haus zu verschwinden.

»Eric hat mich am Strand gefunden und ins Krankenhaus gebracht, nachdem mich dieser bescheuerte Fischer angeschossen hat, als ich mit meinem Surfbrett draußen war. Der Fischer behauptete, er hätte mich für den Seehund gehalten, der seinen Lachs gefressen hat.«

Julia fiel die Kinnlade runter. »Und wann ist das passiert?«

»Vor ein paar Monaten.«

»Und bist du wieder völlig in Ordnung?«

»Es war nur eine Fleischwunde«, wiegelte Peter ab.

»Eineinhalb Zentimeter tiefer, und er hätte seinen Arm verloren«, fügte Eric hinzu.

Julia suchte Peters Arme nach Narben ab. Genau unter seinem linken Ellbogen wurde sie fündig. »Mein Gott, deine linke Hand ... und das als Maler ...«.

»Das war auch das Erste, woran ich gedacht habe«, gab Peter zu.

Sie berührte seinen Arm, als wollte sie sich persönlich davon überzeugen, dass es sich um eine echte Narbe handelte. »Ich nehme an, dass man ihn geschnappt hat, oder?«

Peter lächelte. »Ich habe seine Bootsnummer ununterbrochen wiederholt, bis ich wieder am Strand war. Die Polizei hat bereits auf ihn gewartet, als er in der Nacht in Monterey anlegte.«

»Hast du schon zu Mittag gegessen?«, wollte Eric von Peter wissen, als er die Tüten zurechtrückte, bevor sie ins Rutschen kamen.

Abermals wanderte Peters Blick zwischen Julia und Eric hin und her. Er formulierte seine Antwort so, als hätte Julia die Einladung zum Essen ausgesprochen. »Ich bin später noch verabredet.«

»Wie wär‘s mit einem Bier?«, schlug Julia vor.

»Besser nicht.«

Sie kämpfte gegen das dringende Bedürfnis, ihm zu erklären, dass das was er dachte, falsch war, dass nichts war zwischen ihr und Eric und dass auch niemals etwas sein würde. Er wusste, sie würde sich nie für einen anderen Mann interessieren. Sie liebte Ken. Er war ihr Ehemann. Gewesen.

Ken lebte nicht mehr, und ihre Loyalität galt nur noch einer Erinnerung.

»Ich werde die Sachen mal reinbringen«, meinte Eric.

Weil ihr nichts einfiel, um ihn davon abzuhalten, es sei denn, sie hätte ihn festgehalten, schlug sie vor: »Warum essen wir nicht hier draußen – auf der hinteren Veranda?«

Er hob fragend die Augenbrauen. »Möchten Sie, dass ich zwei Stühle aus der Garage hole?«

»Nein.« Sie machte die Sache nur noch schlimmer. »Ich habe völlig vergessen, dass die noch dort drinnen stehen. Dann werden wir wohl doch im Haus essen müssen, denke ich.« Ihr Tonfall machte unmissverständlich klar, dass sie darüber nicht gerade begeistert war. »Wäre es Ihnen lieber, wenn wir zu mir gingen?«, wollte er wissen.

Was war denn bloß mit ihr los? Eric hatte es nicht verdient, wie ein dahergelaufener Vertreter behandelt zu werden. Sie wandte sich wieder an Peter.

»Bist du sicher, dass du uns nicht doch Gesellschaft leisten möchtest?«

»Ich muss wirklich los«, erwiderte er.

»Ich würde dich gern noch einmal sehen, bevor du die Stadt verlässt.«

Er beugte sich nach vorn und gab ihr einen Kuss. »Hättest du morgen zum Abendessen Zeit?«

»Natürlich habe ich Zeit. Was sollte ich denn sonst vorhaben?«

Das darauf folgende Schweigen lag drückend in der Luft, bis Eric sie schließlich erlöste.

»Ich gehe und räume die Sachen weg, während Sie das mit Peter besprechen.«

Er machte sich zu seinem Haus auf.

Fünf Minuten später stand sie an seiner Vordertür.

»Was? Keine Blumen?« Er hielt das Fliegengatter offen, damit sie eintreten konnte.

»Es tut mir leid.«

»Schon gut. Der, den Sie gestern Abend mitgebracht haben, sieht immer noch toll aus.«

Sie sah zu ihm hoch. »Das habe ich nicht gemeint.«

»Ich weiß.«

Er zupfte ihr ein Blatt aus dem Haar.

»Zerbrechen Sie sich darüber nicht den Kopf. Ich habe mich schon dümmer abgestellt.«

»Peter und Ken kannten sich sehr lange.«

»Er hat es mir erzählt.«

»Sie haben mit ihm über Ken gesprochen?«

Er nickte.

»Und über Sie auch.«

Noch eine weitere Überraschung am heutigen Tage. »Was hat er gesagt?«

»Dass Sie die schönste Frau sind, der er jemals begegnet ist, und dass Sie und Ken das perfekte Paar waren. Ich glaube seine Formulierung war ›füreinander bestimmt‹. Zu der Sache mit dem perfekten Paar kann ich nichts sagen, aber ansonsten hat er verdammt recht.«

Ein Leben lang hatte sie zu hören bekommen, wie schön sie war. Für sie hatten diese Worte so wenig Bedeutung, als würde jemand den Ozean als blau beschrieb. Wenn ihr gutes Aussehen eine Art Verhandlungsmasse wäre, hätte sie sie nur zu gern dafür eingetauscht, Ken zurückzubekommen, und sei es nur für eine Stunde.

»Ich weiß immer noch nicht, wie ich darauf reagieren soll«, gestand sie.

Ein amüsiertes Zwinkern brachte seine Augen zum Leuchten. »Wenn es Ihnen lästig ist, dann können Sie ja versuchen, die Leute davon abzulenken, indem Sie zum Beispiel in der Nase bohren, während jemand Ihre schönen Augen preist.«

Sie lachte aus vollem Herzen.

Mit einem Mal fühlte sie sich so gut wie seit Langem nicht mehr.

»Möchten Sie gern mein Freund sein?«

Er legte seinen Arm um sie und ging mit ihr in die Küche. »Das bin ich doch bereits. Ich glaube, es ist wohl gestern Abend passiert, irgendwann in der Zeitspanne, als ich Ihr Wasser abgestellt habe und dem Moment, als Sie sich Spaghettisauce auf ihr Oberteil kleckerten.«

»Habe ich gar nicht.«

»Erwischt!«

Er hatte es also doch mitbekommen, aber es machte ihr nicht das Geringste aus.

Im Gegenteil, eigentlich gefiel ihr das sogar.

5

An den folgenden beiden Tagen arbeitete Eric an seinem Buch, während Julia ihre aufgestauten Energien in einem Anfall von Putzwut abreagierte und zwischen den Besuchen ihrer Nachbarn Staub wischte, Möbel polierte und alles gründlich auf Hochglanz schrubbte. Diese spezielle Art der körperlichen Aktivität, die sich sehr von ihren Trainingsstunden im Fitnesscenter unterschied, war einzig dem Strandhaus vorbehalten. Bei ihr zu Hause war jeder Raum blitzsauber, das Silber glänzte, und alle Pflanzen standen am richtigen Ort dank des Personals, das Ken engagiert hatte, um sie von den lästigen Hausarbeiten zu entbinden.

Ken hatte nie darauf gedrängt, dass sie ihre Arbeit aufgab, obwohl sie erst kurz zuvor ihren Abschluss als Diplomkauffrau gemacht hatte und lediglich eine drei Monate lange praktische Erfahrung in einer Werbeagentur vorweisen konnte.

Er hatte ihr zwar angeboten, ihn auf seinen Geschäftsreisen nach London, Paris oder München zu begleiten, die Entscheidung darüber aber ihr selbst überlassen.

Drei Monate lang hatte er ihr den Hof gemacht, ihre Verlobungszeit dauerte zwei Monate. Ken war bekannt für seine schon unheimliche, ja untrügerische Fähigkeit, sich genau die Menschen auszuwählen, die ein Leben lang an seiner Seite bleiben würden, sowohl seine Ehefrau, als auch seine Freunde oder seine Angestellten. Auch deren Loyalität ging bis über den Tod hinaus. Nicht einer seiner Freunde hatte aufgehört, von ihm zu sprechen, und keiner seiner Angestellten hatte die Firma verlassen.

Seit sie in die Firma eingestiegen war, um die Dinge am Laufen zu halten, hatte die gesamte Belegschaft, von den Vorstandsmitgliedern bis hin zu den Büroassistenten ihr die gleiche Loyalität wie Ken entgegengebracht. Damit hätte ihr die Arbeit eigentlich viel leichter von der Hand gehen müssen, was jedoch nicht der Fall war. Je mehr sie über das Geschäft erfuhr, umso klarer wurde ihr, wie wenig sie eigentlich davon verstand. Möglicherweise hätte sie es geschafft, wenn sie nur einen Bruchteil von Kens Antriebskraft und Enthusiasmus besessen hätte. Doch trotz aller Anstrengungen kam sie lediglich ihren täglichen Pflichten nach. Sie gab nur deshalb nicht auf, weil sie das Gefühl hatte, es Ken schuldig zu sein.

Sie trat einen Schritt zurück, um das Ergebnis ihrer Bemühungen im Wohnzimmer zu bewundern, atmete den Geruch aus Zitronenöl, Glasreiniger und Teppichshampoon ein, und genoss das Gefühl, zu wissen, jedes einzelne Buch aus dem Regal genommen und abgestaubt zu haben. Natürlich hätte sie wie üblich auch den Reinigungsdienst beauftragen können – und ihre Freunde würden sie deswegen bestimmt für verrückt erklären –, aber die letzten Spuren von Kens Anwesenheit wollte sie selbst entfernen, wie klein und unbedeutend sie sein mochten. Tatsächlich hatten diese Putzarbeiten eine fast befreiende Wirkung und sie fühlte sich danach wesentlich zufriedener, als sie erwartet hatte.

Ein Klopfen an der Tür riss sie aus ihren Gedanken. Es war Eric. Sie lächelte und machte einen Schritt zur Seite, um ihn hereinzulassen. »Sie kommen gerade rechtzeitig, um mir bei einer Tasse Kaffe Gesellschaft zu leisten.«

Doch er lehnte höflich ab. »Ich bin auf dem Weg zum Lebensmittelgeschäft und wollte nur wissen, ob Sie etwas brauchen.«

»Milch, einen Liter, fettarm.«

»Sonst nichts?«

»Wahrscheinlich waren Sie viel zu sehr beschäftigt, um es mitzubekommen, aber die Nachbarn haben mich in den letzten Tagen mit Lebensmitteln regelrecht überhäuft.«

»Einige haben mir gesagt, wie sehr sie es bedauert hätten, dass sie nicht helfen konnten, als Ken starb, und wollten es wiedergutmachen, sobald Sie hier auftauchen.«

»Das verstehe ich nicht … ich habe allen auf der Beerdigung nachdrücklich erklärt, dass sie bei mir zu Hause stets willkommen sein würden, falls sie zufällig in die Gegend kämen, aber keiner hat von meiner Einladung Gebrauch gemacht.«

»Sie haben ernsthaft erwartet, dass einer aus der Nachbarschaft hier einfach vor Ihrer Tür in Atherton stehen würde, um sich zu erkundigen, wie es Ihnen geht?«

»Wieso nicht?«

Eric schüttelte den Kopf. »Da, wo Sie leben, meine Liebe, ist die Luft ziemlich dünn. Man muss schon wissen, wie man sie atmet, um sich wohlzufühlen.«

»Aber ich bin doch zu Hause derselbe Mensch wie hier.«

»Sind Sie sich da sicher?«

»Was stellen Sie sich eigentlich vor? Dass ich irgendwo vor San Jose anhalte, meine Armani-Jeans in Fetzen reiße und gegen einen Jogginganzug tausche?«

»He, ich habe nicht vor, mich mit Ihnen zu streiten.«

»Ich bin kein Snob.«

Er grinste. »Habe ich nie behauptet.«

»Nur, weil ich zufällig ein bisschen Geld habe …«

»Ein bisschen vielleicht im Vergleich zu Bill Gates und der Katholischen Kirche. Aber für den Rest der Welt ist es verdammt viel.«

»Warum hacken Sie so auf mir herum?«

»Weil Sie einen Freund brauchen, den Sie nicht einschüchtern.«

Das saß. Sie war sprachlos.

»Und jetzt, wo wir das endlich geklärt hätten«, fuhr er fort, »brauchen Sie außer der Milch vielleicht nicht doch noch was?«

»Nein – ich werde übermorgen abreisen.«

Damit hatte sie ihm einen Schlag versetzt. »Am Freitag treffen die Sadlers und McCormicks ein.«

»Ich dachte, die kämen erst im Juni.«

Seine Reaktion war mehr als bloße Überraschung.

»Ich habe Ihnen mitgeteilt, dass sie früher kommen können.«

»Wann haben Sie denn das getan?«

Auch wenn das eine komische Frage war, antwortete sie. »Schon vor Wochen.« Doch dann wollte sie doch gerne den Grund für die ganzen Fragen erfahren.

»Wieso?«

»Nur so«, antwortete er ausweichend.

»Bitte nicht so!«

»Ich habe mich nur gefragt, ob Ihre vorzeitige Abreise zufällig etwas mit mir zu tun haben könnte?«

Sie dachte über seine Antwort nach. Aber die offensichtliche Schlussfolgerung leuchtete ihr nicht ein. »Ich verstehe nicht, was Sie damit meinen.«

»Dass Sie sich in meiner Nähe vielleicht unwohl fühlen.«

»Warum sollte es? Ich dachte, wir hätten beschlossen, Freunde zu sein?«

Er starrte sie quälend lange an, den Blick fest auf sie gerichtet. »Vergessen Sie es«, erwiderte er leise. »Es ist nicht wichtig.«

Dieses Mal stellte sie keine weiteren Fragen. »Warten Sie doch bitte einen Moment, ich hole nur meine Geldbörse.«

»Warum?«

»Um die Milch zu bezahlen.«

Er hob die Hände. »Das werde ich wohl grade noch schaffen.«

Sie ging zum Fenster, um ihm nachzusehen, und wurde das bedrückende Gefühl nicht los, etwas Unerledigtes würde zwischen ihnen liegen. Seine langen, festen Schritte und die Art und Weise, wie er seine Schultern bewegte, um nicht die Rosenbüsche zu streifen, vermittelten den Eindruck, dass er ein sportlicher Typ war, wahrscheinlich ein Schwimmer oder Läufer. Auf alle Fälle eine sanfte Sportart, die Disziplin und die Fähigkeit zur Selbstüberwindung erforderte. Eric brauchte die Menschen nicht, er liebte sie, ein Unterschied, den sie nie begriffen hatte, bis sie Ken kennenlernte.

Würde Erics Buch etwas über den Menschen preisgeben, der in ihm steckte, einen Hinweis auf seine Träume geben, oder etwas über den Frauentyp verraten, den er mochte? Julia dachte an die alleinstehenden Frauen, die sie kannte, und versuchte, sie sich an Erics Seite vorzustellen. Anne vielleicht … Nein, Anne konnte mit keinem Mann umgehen, der die Ausdauer besaß, ein Buch zu lesen, noch weniger mit einem, der selbst eines schrieb. Judy würde sich niemals mit einem Mann einlassen, dessen Portemonnaie kleiner war als ihr eigenes, und Eileen wollte nur jemanden, der von ihrer Schönheit so geblendet war, dass er niemals mitbekommen würde, wie viel es kostete, dieses Aussehen zu erhalten.

Was sie von Eric wusste, war, dass er Schönheit durchaus zu schätzen wusste, sich aber von ihr nicht sonderlich beeindrucken ließ; dass er genug Geld besaß, um sein Leben und das seiner Kinder zu finanzieren, während er seinen Traum verfolgte, aber doch nicht so viel, um sich ein eigenes Strandhaus leisten zu können, und sich deshalb lieber in dem eines Freundes einmietete. Aus seinen Erzählungen war sie zu dem Schluss gekommen, dass er zu jenen Menschen gehörte, die dem Geräusch des Regens ebenso gern lauschten wie einer Opernpremiere beiwohnten – ganz bestimmt nicht Annes Vorstellung von Spaß.

Das war nicht gerade eine glänzende Bilanz ihrer Freundinnen, aber eine interessante Analyse von Eric. Sie hatte das Gefühl, dass er und Ken sich gut verstanden hätten.

Andererseits gab es niemanden, mit dem sich Ken nicht verstanden hatte.

Als ihr Eric am späten Nachmittag die Milch brachte, lud ihn Julia auf einen Drink bei sich ein, aber er lehnte dankend ab und meinte, er hätte heute schon viel zu viel Zeit vertan und müsse zurück an seine Arbeit. Am nächsten Tag sah sie ihn überhaupt nicht und begann schon, sich zu fragen, ob er ihr bewusst aus dem Weg ging, als er am Freitag frühmorgens doch vor ihrer Haustür stand und sie fragte, ob sie ihn nicht zu einem Strandspaziergang begleiten wollte.

»Ich bin froh, dass Sie gekommen sind«, meinte sie, als sie die Treppen zum Strand hinuntergingen. Unten angekommen blieb sie stehen, um ihre Jacke zu schließen. »Ich wollte mit Ihnen reden, bevor ich abreise, wollte Sie aber nicht bei der Arbeit stören.«

Er gab ein verächtliches Schnaufen von sich. »Da gab es nichts zu stören. Ich habe heute Morgen alles gelöscht, was ich gestern geschrieben habe.«

Sie steckte die Hände in ihre Jackentasche und sah zu ihm hoch. »Passiert das häufiger?«

»Nein – Gott sei Dank nicht. Ich bin zwar sehr oft nicht zufrieden mit dem, was ich schreibe, aber normalerweise entdecke ich dazwischen dann doch immer etwas Brauchbares.« Er bewegte sich auf den festen Sand am Rande des Wassers zu. »Sie sagten, dass Sie etwas mit mir besprechen wollen?«

»Ja, ich möchte Sie gern um einen Gefallen bitten.«

»Dann mal los.«

»Zuerst möchte ich aber erst einmal betonen, dass sie ihn selbstverständlich ablehnen können. Ich weiß, dass es eine Zumutung ist, aber …«

»Vergessen Sie es, Julia, sagen Sie mir einfach, um was geht es?«

»Andrew besaß immer einen Schlüssel zu unserem Haus für den Fall, dass irgendein Notfall eintreten sollte. Ich nehme zwar nicht an, dass sich irgendetwas Unerwartetes ereignet, aber es wäre sehr gut zu wissen, dass ich auf Sie bauen kann, falls es doch dazu kommen sollte.«

»Das ist alles?«

»Das ist mehr als genug«, betonte sie. »Zumindest in meinen Augen.«

»Betrachten Sie es als erledigt.«

Sie sah, wie sich eine riesige Welle aufbaute und ging ihr aus dem Weg. »Ich werde die Sommergäste informieren, dass Sie einen Ersatzschlüssel besitzen. Sie haben natürlich alle einen eigenen, aber Margaret ist dafür berühmt, dass sie sich bisweilen aussperrt.« Als sich die Welle wieder zurückzog, kehrte sie auf den festen Sandstreifen zurück. »Sie werden sie mögen – und ihren Sohn Chris. Das sind wirklich sehr nette Leute. Von den McCormicks bin ich nicht so begeistert. Genau genommen mag ich nur ihre Tochter nicht besonders. Sie ist ...«. Julia unterbrach sich selbst , bevor sie noch mehr sagte. »Tut mir leid. Normalerweise ist es nicht meine Art, zu tratschen. Ich weiß auch nicht, was in mich gefahren ist.«

Eric war plötzlich wie versteinert. Seine Augen verengten sich, als er etwas beobachtete, das auf dem Wasser schwamm. Sekunden später griff er nach ihrem Arm und drehte sie in Richtung Meer. »Schauen Sie mal!«, meinte er, während er aufs Wasser deutete.

»Wo?«

Er zog sie an sich, damit sie genau in seiner Blickrichtung stand. »Genau dort. Können Sie es sehen?«

»Nein ...«. Doch dann sah sie es. Es war ein Otter, der auf dem Rücken schwamm und dabei mit einem Stein eine Muschel knackte, während er auf den Wellen ritt. »Ja, jetzt sehe ich ihn,« erklärte sie. Und dann, vollkommen überwältigt von diesem Anblick, fügte sie hinzu: »Oh, ist er nicht wunderschön?«

Sie lehnte sich rücklings an seinen Brustkorb, so selbstverständlich, als hätten sie schon Hunderte Male auf diese Weise dagestanden. Eric schlang die Arme um ihre Taille, und sie legte ihre Arme auf seine. »Was für ein schönes Abschiedsgeschenk«, meinte sie.

Ehe er antworten konnte, brach sich eine Welle und raste

auf sie zu. Er packte Julia am Ellbogen und wich zurück, während das kalte Wasser seine Joggingschuhe umspülte. Als sie aus der Reichweite der Welle waren, ließ er sie wieder los. Die ganze Zeit über hatte sie weiterhin aufs Meer hinausgeblickt.

»Jetzt ist er verschwunden«, stellte sie fest. »Schauen Sie mal in diese Richtung dort«, – sie deutete nach links – »und ich werde diese Seite beobachten.«

Sie verfolgten den Weg des Otters über eine halbe Stunde lang, bis er die Bucht hinter sich ließ und endgültig verschwand.

»Danke, dass Sie mich zu diesem Morgenspaziergang eingeladen haben,« meinte Julia auf dem Rückweg. Fischer und Pärchen, die ihren Morgenspaziergang unternahmen, füllten allmählich den Strand. Schon bald würden sich die Sanderlinge und Möwen auf eine der weniger bevölkerten Sandbänke zurückziehen, wo sie in Ruhe nach ihrem Frühstück tauchen konnten.

»Gern geschehen«, erwiderte er.

»Es hat ganz den Anschein, als müsste ich mich bei Ihnen für dieses und jenes bedanken, was Sie diese Woche für mich getan haben. Auch wenn ich damit längst nicht alles ausgleichen kann, aber was halten Sie davon, wenn ich Sie zum Mittagessen einlade, bevor ich abreise. Ich kenne da wirklich ein sehr gutes Restaurant in Aptos.«

»Sind Sie sicher?«

Sie wusste genau, worauf seine Frage abzielte: War sie sich auch ganz sicher, mit ihm einen Ort aufzusuchen, den sie früher mit Ken besucht hatte. »Absolut«, erwiderte sie. »Wie wäre es um halb eins?«

»Passt wunderbar.«

Nach dem Mittagessen hielten sie bei einem Baumarkt an und besorgten ein neues Scharnier für Julias Gartentor. Sie bestand darauf, es selbst zu montieren, erlaubte Eric allerdings, die Operation zu überwachen.

»Gut gemacht«, meinte er, als sie es geschafft hatte und ihr Werkzeug zusammenpackte.

Diese einfach Aufgabe vermittelte ihr ein unglaubliches Gefühl der Erfüllung. »Ich glaube, dieses Handwerkliche könnte mir durchaus gefallen«, erklärte sie.

»Bei Ihrem nächsten Besuch werde ich Ihnen zeigen, wie Sie diese Schranktür reparieren können, die klemmt.«

Wahrscheinlich würde es kein nächstes Mal geben, aber daran wollte sie ihn nicht gerade jetzt erinnern. Dieser Augenblick war zu schön, um ihn damit zu verderben. »Jetzt muss ich nur noch einen Blumenstrauß für Margaret pflücken und dann schauen, dass ich mich auf den Weg mache, bevor der Verkehr einsetzt.«

»Margaret?«, wollte er wissen. Bevor sie antworten konnte, fiel es ihm wieder ein. »Ach ja, die Juni-Mieterin. Ich gehe mal davon aus, dass der Blumenstrauß eine Art Tradition ist, oder?«

Sie nahm die Klippschere zur Hand, die sie aus dem Haus mitgebracht hatte, und begann, die rosa Schmuckkörbchen abzuschneiden. »Es ist einfach nur meine Art, sie willkommen zu heißen.« Spontan drückte sie ihm die Blumen in die Hand, die sie soeben abgeschnitten hatte. »Und meine Art, Abschied zu nehmen.«

Er nahm den Strauß an sich und hielt ihn nach unten gerichtet. »Ich werde ihn neben meinen Computer stellen. Vielleicht inspiriert er mich ja.«

»Betrachten Sie den Garten als ihr Eigentum. Pflücken Sie sich so viele Blumen, wie Sie wollen.« Sie bewegte sich auf die Gänseblümchen zu. »Die Blumen gedeihen viel besser, wenn man sie hin und wieder ausdünnt.«

Eric begleitete sie, während sie weitere Blumen abschnitt und dabei immer wieder welche seinem Blumenstrauß hinzufügte. Nachdem sie beide Sträuße fertiggestellt hatte, ging sie auf das Haus zu.

Eric hielt sie am Arm fest. »Passen Sie gut auf sich auf.«

Sie blickte ihm in die Augen und sah, dass er das nicht einfach nur als Phrase gemeint hatte, sondern dass es ihm absolut ernst damit war. »Das werde ich«, versicherte sie ihm voller Überzeugung.

Danach küsste er sie, und ihre Lippen ruhten dabei wesentlich länger aufeinander, als es für einen rein platonischen Kuss angemessen gewesen wäre, aber doch noch nicht so lange wie bei einem Liebespaar. Trotzdem verspürte sie in ihrem Kopf, oder war es doch ihr Körper, eine gewisse Erregung, die sie verwirrte:

Er ließ ihren Arm los und hielt den Blumenstrauß hoch. »Ich werde ihn gleich ins Wasser stellen.«

Sie nickte. »Und danke nochmals, Eric, für alles.«

Statt einer Antwort lächelte er, winkte ihr kurz zu und ging.

Während Julia ihm nachsah, wurde ihr erneut bewusst, wie alleine sie war. Dieses Gefühl war ihr bereits so vertraut wie die Straße, die sie zurück nach Atherton führen würde. Seltsam daran war nur, was ihr erst in diesem Moment bewusst wurde, wie wenig sie in der vergangenen Woche daran gedacht hatte.

Teil II

Juni

1

Margaret Sadler parkte ihren zehn Jahre alten Volvo in der Auffahrt zum Strandhaus und drückte auf den Knopf für den Kofferraumdeckel. Sie wandte sich zu ihrem Sohn und meinte: »Hilf mir beim Ausladen, dann kannst du deinen Strandlauf machen.«

Chris öffnete die Tür, stieg aus und streckte sich. »Fühlst du das?« Salzhaltige Luft umgab ihn, fuhr ihm durchs Haar und durch die herabhängenden Eukalyptusblätter über ihm. »Ich schwöre dir, eines Tages werde ich am Meer leben.«

Sie setzte an, um ganz automatisch ein paar lapidare Bemerkungen über den Preis von Strandhäusern fallen zu lassen, riss sich aber im letzten Moment zusammen. Seit ihrer Scheidung von Kevin vor drei Jahren war Chris wie selbstverständlich in eine Rolle geschlüpft, die sie weder von ihm erwartete noch zu verhindern wusste.

Chris sprach längst nicht mehr von seinen Plänen, an die Southern California Universität, nach Standford oder Yale zu gehen. Das Geld für sein Studium war aufgebraucht, und ihr Einkommen auf weniger als die Hälfte dessen geschrumpft, was sie als Ehefrau zur Verfügung gehabt hatte. Inzwischen hatte er verstanden, dass er sein Auto, falls er eines haben wollte, selbst würde finanzieren müssen. Er hatte sogar einen Job im Restaurant seines Onkels angenommen, um die Reise in das Ringer-Camp selber zahlen zu können, trotz der Ansichten, die seine Mutter in Bezug auf seinen Job während der laufenden Schulzeit vertrat. Nur noch selten sprach er über seine Träume, die früher so selbstverständlich zu ihm gehörten wie sein weizenblondes Haar und die schlaksige, muskulöse Figur.

Margaret öffnete die Autotür und stieg aus. Nach der Autofahrt von Fresno war das Auto mit einer schmierigen Kruste aus Insekten überzogen. Sie würde sich etwas einfallen lassen müssen, womit sie Chris dazu überreden konnte, den Wagen später für sie zu waschen. »Und vergiss ja eines nicht, wenn du dir ein Haus am Meer zulegst ...«

»Was?«

»Dass es unbedingt ein weiteres Schlafzimmer haben muss. Du wirst damit leben müssen, dass ich dich dort besuchen werde ... sehr oft sogar.«

»Das geht in Ordnung, wenn du dafür nicht vergisst, mich rechtzeitig zu warnen, damit ich die Bierflaschen und die Mädels vorher rauswerfen kann.«

Margaret lachte. »Wie rücksichtsvoll von dir.«

»He, ich bin ein rücksichtsvoller Kerl.« Chris wartete ab, bis Margaret den Kofferraum geöffnet hatte und begann dann mit dem Ausladen. Zehn Minuten später schleppte er die letzten Sachen herein. »Was soll ich mit dieser Kiste hier machen?«, rief er, während er die Vordertür mit dem Fuß anstupste, um die zu schließen.

»Was steht denn seitlich drauf?«, wollte Margaret von der Küche her wissen.

»R. P.«

»Reinigen und Putzen. Bring sie hier rein.«

Chris wartete ab, bis seine Mutter die Blumen weggeräumt hatte, und stellte dann die Kiste auf den Tisch, durchschnitt das Klebeband und inspizierte den Inhalt. »Ich verstehe nicht, wozu du den ganzen Kram brauchst. Für mich macht das Haus jedesmal einen blitzsauberen Eindruck.«

»Und genau in diesem Zustand möchte ich es auch wieder hinterlassen«. Sie nahm ihn beim Arm und schob ihn aus dem Weg.

»Wetten, dass alles, was du dafür brauchst, sowieso hier ist.«

»Die Sachen hier gehören Julia und K...« Sie hielt inne,

bis sich ihr kurzer Anflug von Empörung wieder gelegt hatte. Wieso musste nur ein Mann wie Ken, der noch so viel hätte leisten können, so früh sterben, wenn auf dieser Welt gleichzeitig so viele grausame, unproduktive Menschen hundert Jahre alt wurden? »Ich kann es immer noch nicht richtig glauben, dass Ken tatsächlich tot ist. Er war noch so jung.« Sie reichte Chris den Allesreiniger und das Spülmittel, während sie auf den Unterschrank der Spüle deutete.

»Ja, fünf Jahre jünger als du und Dad.« Er ging in die Hocke und richtete sich geschmeidig wieder auf. »Wie geht es Julia?«

Sie gab ihm zu verstehen, dass er bei der Spüle bleiben sollte und reichte ihm den Holzreiniger und die Bleichlauge. »Ich wollte mich immer schon danach bei ihr erkundigen, aber es ist eine so blöde Frage.«

»Das denke ich nicht.«

»Sie hat sie zweifellos inzwischen schon tausendmal gehört.«

»Deshalb ist sie trotzdem nicht blöd.«

»Es ist nur eine Floskel, Chris, so wie ›Nett Sie kennenzulernen‹, wenn man jemandem vorgestellt wird. Ich hätte ihr gerne zu verstehen gegeben, dass meine Anteilnahme wirklich ernst gemeint ist, aber mir sind die richtigen Worte dazu nicht eingefallen.«

»Hast du dich nach der Scheidung von Dad auch so gefühlt, als alle wissen wollten, wie es dir geht?«

Wann würde sie sich endlich nicht mehr darüber wundern, dass er nicht mehr ihr kleiner Junge war, sondern schon fast ein Erwachsener, ausgestattet mit einer unglaublichen Beobachtungsgabe. War es ihre Schuld? Hatte sie ihn zum Außenseiter gemacht, weil sie zugelassen hatte, dass er für sein Alter so viel Verantwortung übernahm? »Das geht wohl allen so, die irgendwann einmal in ihrem Leben eine große Veränderung durchleben müssen.«

»Du hast meine Frage nicht beantwortet.«

»Meine Gefühle von damals sind vorbei und vergessen. Wer seine Zeit damit verbringt, immer nur rückwärts zu schauen …«

»… verpasst das, was vor ihm liegt«, beendete er ihren Satz.

Sie lachte. »Vermutlich hast du den Satz schon mal von mir gehört?«

»Mindestens einhundert Mal.«

»Was nicht heißt, dass …«

»… es nicht stimmt«, ergänzte er abermals ihren Satz.

Sie reichte ihm die restlichen Putzsachen und schloss dann die Kiste. »Räum sie weg und hau ab, bevor ich mein gesamtes Repertoire an Klischees auf dich loslasse.«

Er machte eine Bewegung, als wollte er bevorstehenden Einschlägen ausweichen. Als er alles verräumt hatte, meinte er: »Und was machst du jetzt?«

Sie ließ einen fröhlichen Seufzer los bei dem Gedanken, dass zwei volle Stunden ohne irgendwelche Pflichten vor ihr lagen.

Zuhause, zwischen Ganztagsschule und Halbtagsjob und ihren Pflichten als Mutter und als Haushaltsvorstand, hatte sie selten mehr als allenfalls fünf Minuten Pause für sich. »Ich sollte den Wagen waschen … vielleicht lese ich auch ein Buch oder ich mache, falls mir danach ist, einfach ein Nickerchen.«

Chris schüttelte den Kopf.

»Du wirst wirklich alt.«

»Nimm dich ja in Acht, junger Mann, noch bis du nicht alt genug, um dir nicht eine …«

»Nur los, Mam«, forderte er sie heraus, mit einem schelmischen Funkeln in den Augen. »Ich mache es dir sogar sehr leicht, zwei von drei Niederwürfen, und ich bind mir auch noch einen Arm hinten auf den Rücken.«

»Du glaubst doch wohl nicht eine Sekunde lang, dass ich dich nicht besiegen könnte. Ich habe nur im Moment keine

Lust, es mit dir aufzunehmen.« Sie schlug ihm mit einer zusammengefalteten Papiertüte auf den Hintern.

Von allen Sportarten, zwischen denen er hätte wählen können, hatte sich Chris ausgerechnet für die entschieden, die Margaret am allerwenigsten mochte. Seit drei Jahren beobachtete sie, wie er sich zum besten Ringer der Staates hochkämpfte und sich auf dem direkten Wege zur Meisterschaft befand. Und sie versuchte immer wieder aufs Neue zu verstehen, wie er einen Kampf zerschlagen und blutend, aber trotzdem noch lächelnd verlassen konnte.

Er legte einen Arm um ihre Schultern und drückte sie. »Ich sag den Jungs immer wieder, was für eine Macho-Mutter du bist.«

Sie reichte ihm die leere Kiste. »Hier, bring sie in die Garage, wenn du gehst.«

Er war schon auf dem Sprung, doch bevor er das Wohnzimmer erreichte, drehte er sich um und meinte: »Wann kommen sie an?«

Margaret warf einen Blick auf die Uhr über dem Herd. »Beverly meinte, ihre Maschine würde um fünfzehn Uhr dreißig landen. Vermutlich werden sie drei Stunden brauchen, um den Leihwagen zu mieten und durch den Berufsverkehr zu kommen. Demnach sollten sie hier gegen halb sieben oder sieben eintreffen – vorausgesetzt, dass sie unterwegs nicht irgendwo anhalten, um zu Abend zu essen.«

Sie bemühte sich, ihre Antwort genauso beiläufig klingen zu lassen, wie Chris seine Frage gestellt hatte. Sie wusste, dass Chris sie davon überzeugen wollte, seine fast lebenslange Verliebtheit in Tracy sei vorbei. Seit sechzehn Jahren hatten die beide Familien jeden Juni gemeinsam ihre Sommerferien im Strandhaus verbracht. In den letzten zehn Jahren hatte Chris jedesmal seine Gefühle offen gezeigt, gebangt und gehofft, dass sich Tracy in den elf Monaten dazwischen zu jenem Mädchen entwickeln würde, dass er sich so sehnlichst wünschte. Und dass sie endlich erkennen würde, was er für sie empfand, und seine Gefühle sogar erwidern würde.

Margarets einzige Hoffnung war, dass Tracy inzwischen zumindest so verständig geworden war, Chris dieses Mal etwas gefühlvoller abzuservieren. Sein Selbstvertrauen war wie ein frisch aufkeimender Same, den man mit etwas Verständnis und Entgegenkommen aufziehen, aber ebenso schnell durch pure Gleichgültigkeit zerstören konnte. Zuhause nahm er Mädchen, die sich nach ihm umdrehten, gar nicht wahr. Grund für sein hartes Training war ausschließlich der Sport, und es kam ihm überhaupt nicht in den Sinn, seine Muskeln zur Schau zu stellen. Immer war er höflich, sanft und fürsorglich, Qualitäten, die jede erwachsene Frau an einem Mann zu schätzten wusste, die ihn für junge Mädchen jedoch zu einem Langweiler werden ließen. »Ich begreife einfach nicht, wieso Beverly immer darauf besteht, nach San Francisco zu fliegen. San Jose liegt doch viel näher.«

»Aber von St. Louis aus kann sie einen Direktflug nehmen. Sie hasst es, wenn sie beim Fliegen umsteigen muss.«

»Sie hasst eine Menge Dinge.«

»Chris!«

»Ist doch aber wahr, oder?«

»Sie ist häufig sehr stur in ihren Ansichten«, gab Margaret zu, »und sie hat auch keine Probleme damit, sie zu äußern. Ich würde sogar sagen, dass sie und Tracy sich diesbezüglich in vielen Dingen sehr ähnlich sein.« Sie wusste, dass sie sich auf gefährlichem Terrain bewegte, denn damit deutete sie an, dass auch Tracy nicht perfekt war.

Aber Chris hatte momentan offenbar keine Lust, sie zu verteidigen.

»Wie auch immer.«

»Wenn du jetzt nicht endlich von hier verschwindest, finde ich garantiert noch was zu tun für dich.«

Er hob kapitulierend seine freie Hand und ging rückwärts aus der Tür. »Dann bis später.«

Margaret kehrte in die Küche zurück, um die wenigen Lebensmittel wegzuräumen, die sie mitgebracht hatte, das Nötigste, um den Grundbedarf zu decken, bis sie morgen mit Beverly den Einkauf machen würde. Chris klopfte ans Fenster, als er das Haus auf dem Weg zum Strand umrundete. Sie lächelte, winkte und sah ihm eine Minute lang nach. Als er die Treppen erreicht hatte, verschwand er für kurze Zeit aus ihrem Blickfeld, tauchte dann erneut auf, während er durch den weichen Sand bis zur Wassergrenze trabte. Leichtfüßig lief er in Richtung Norden zu dem Felsenausläufer, der ihren Inselteil von den angrenzenden Buchten trennte.

Als sie Chris aus den Augen verloren hatte, wandte sich Margaret vom Fenster ab. Sie nahm den Blumenstrauß, stellte ihn auf den Tisch zurück und arrangierte dabei eine gelbe Rose neu, die zur Seite gefallen war. Das Gemisch der unterschiedlichen Düfte ließ ihre Erinnerungen acht Jahre zurückwandern, als sie zum ersten Mal bei ihrer Ankunft einen Blumenstrauß auf ihrem Küchentisch vorfand. Entgegen aller Logik glaubte sie einen wunderbaren Moment lang, Kevin habe ihn bestellt als Entschuldigung für den Streit, den sie kurz vor ihrer Abreise hatten, bevor sie und Chris sich mit den McCormicks in Santa Cruz getroffen hatten.

Kevin hatte sehr abweisend und wütend reagiert, als sie es wagte, ihn nach dem mit Lippenstift verschmierten Zigarettenstummel in seinem Autoaschenbecher zu fragen. Der Streit eskalierte schließlich, als er ihr vorwarf, dass sie sich nur danach sehnen würde, wieder zur Arbeit zu gehen. Und nachdem er ihr noch vorgeworfen hatte, sie würde mit dem Haushaltsgeld leichtsinnig umgehen, erklärte er ganz unvermittelt, dass er dieses Jahr den Urlaub nicht mit ihnen verbringen würde. Sie sollte mit Chris gefälligst alleine fahren.

In dem Moment, als Chris das Naheliegende aussprach, erkannte auch Margaret, dass die Blumen nicht aus einem Blumengeschäft stammten. Jemand hatte sie aus der Überfülle der Beete gepflügt, die das Haus umgaben.

Seit jenem Sommer hatte regelmäßig ein Blumenstrauß auf dem Tisch gestanden zusammen mit einer kleinen Willkommensbotschaft. Dieses Jahr jedoch waren es nur Blumen. Sie vermisste den Gruß.

Chris machte bei den Felsen kehrt und lief zum Strand zurück. Er lief im Zickzackkurs, um den Algenpfützen auszuweichen und nicht auf die kaputten Seeigel-Muscheln zu treten, die unter seinen Füßen knirschend zerbrachen. Zwischendurch hielt er kurz an, um den Kopfsprung eines Surfanfängers zu beobachten. Er musterte Gesichter der Leute, an denen er vorkam, ob nicht das eine oder andere bekannte Gesicht eines Einheimischen dabei war.

Als er abermals am Haus vorbeirannte, blickte er hoch, weil er wissen wollte, ob sich seine Mutter vielleicht doch auf der vorderen Veranda niedergelassen hatte. Er machte sich Sorgen um sie. Was würde aus ihr werden, wenn er nächstes Jahr zum College ging? Würde sie endlich wieder jemanden finden, den sie mochte, würde ihr alter Volvo so lange durchhalten, bis sie sich ein neues Auto leisten konnte? Sie konnte es nicht ausstehen, wenn er ihr nahelegte, häufiger auszugehen, denn sie würde niemals jemanden kennenlernen, ohne sich wenigstens ein bisschen Mühe zu geben.

Er rechnete es ihr hoch an, dass sie sich nicht einmischte, wenn er ausging und mit wem er seine Freizeit verbrachte. Sie hatte es nie angesprochen, aber es war klar, dass sie über ihn und Tracy Bescheid wusste.

Ihn und Tracy? Das war wohl ein Witz! Es gab kein »ihn und Tracy« mehr, das gehörte ebenso der Vergangenheit an wie ein Studium an der Universität Stanford, Yale oder USC. Sein ganzes Leben lang hatte er beides für selbstverständlich für ihn vorbestimmt gehalten. Solange er sich erinnern konnte, hatte sein Vater immer wieder von dem Sparkonto gesprochen, dass er am Tag der Geburt seines Sohnes eingerichtet hatte, um später Chris' Collegeausbildung damit zu finanzieren. Obwohl seine Eltern, auf Betreiben seiner Mutter, keine Gütertrennung vereinbart hatten, wurde das Geld auf dem Sparkonto bei der Scheidung nicht gesplittet, sondern blieb unangetastet, damit Chris alleine darüber verfügen konnte. Ihr großer Fehler hatte darin bestanden, darauf zu vertrauen, dass sein Vater die Gelder gut verwalten würde. Als sein Vater erneut heiratete – eine Frau mit drei eigenen Kindern – schmolz das gesparte Geld allmählich dahin. Im Vertrauen darauf, dass sein Vater ein ehrlicher Mann sei, hatte keiner von ihnen jemals den Kontostand überprüft. Erst als Chris zur Bank ging, um die Trinkgelder aus seiner Arbeit im Restaurant einzuzahlen, stellte er fest, dass fast kein Geld mehr auf dem Konto war.

Als er seinen Vater noch am selben Tag in dessen Büro zur Rede stellte, bat Kevin seinen Sohn um Verständnis, weil es sehr schwierig für ihn sei, die nötigsten Bedürfnisse seiner neuen Familie zu befriedigen. Außerdem habe es doch niemals eine formelle Vereinbarung über die Verwendung der Gelder auf dem Sparkonto gegeben.

Ja, stimme schon, dass er damit einverstanden gewesen sei, das Geld auf dem Sparkonto für Chris' Collegeausbildung zu verwenden. Aber er habe doch damals nicht vorhersehen können, wie sich seine Finanzlage entwickeln würde.

Chris verließ die Firma durch die Garage und machte etwas, was er bis dahin noch nie getan hatte und seitdem auch nie wieder. Er holte den Schlüssel für den altersschwachen Volvo seiner Mutter hervor, rammte ihn in den vorderen Kotflügel des neuen, roten BMW seines Vaters, und ging bis zum Wagenende, während er mit dem Schlüssel eine tiefe Kratzspur hinterließ.

Er brauchte Monate, um sich darüber klar zu werden, dass es ihm gar nicht so sehr um das Geld ging, sondern um den Traum, den er begraben musste, und der eigentlich der Traum seines Vaters gewesen war, ihm aufgebürdet und nun plötzlich weggenommen.

Inzwischen war es nur noch ein Jahr bis zu seinem Abitur, und er hatte immer noch keine Ahnung, welches College er besuchen wollte und was er studieren würde. Wie sollte er mit siebzehn Jahren auch wissen, was er mit seinem künftigen Leben anfangen sollte, wenn er nicht einmal wusste, was er morgen anfangen würde?

Wie so oft tief in Gedanken versunken, bemerkte Chris erst in letzter Minute den Volleyball, der in seine Richtung flog. Eher reflexartig denn absichtlich machte er einen Satz nach vorn und schlug den Ball zurück. Ein Typ mit schwarzem, schulterlangem Haar, modischer Sonnenbrille und einem Baseballkäppi mit dem Schild rückwärts getragen, nahm den Ball an und pritschte ihn mit einem perfekten Schlag übers Netz. Der Ball kam zurück und wurde dieses Mal vom Hintermann angenommen. Er passte ihn an Chris weiter, und ohne dass jemand ein Wort darüber verlor, war Chris mit im Spiel.

Der Ballwechsel ging weiter, bis die gegnerische Mannschaft einen Ball falsch einschätzte, der im Aus landete. Der Langhaarige übernahm den Aufschlag und hielt, während er seine Position einnahm, die Hand hoch, um einen High Five von Chris entgegenzunehmen. Chris schätzte ihn auf Anfang zwanzig und damit etwas jünger als die anderen. Er trug eine ausgebleichte Badehose, ein zerrissenes T-Shirt und schmale Goldringe in beiden Ohren.

»Bist du dabei?«, wollte er von Chris wissen.

Bevor Chris zu ihnen gestoßen war, hatte sich die Punktezahl mit den Spielern der beiden Teams die Waage gehalten – drei zu zwei. Bei beidem hatte Chris nun für einen Ausgleich gesorgt. »Was soll's! Ich hab sowieso nichts anderes vor.«

Beide Teams waren gut und kämpften hart um jeden Punkt und protestierten lautstark, wenn sie mit einer Wertung nicht einverstanden waren, waren aber viel zu sehr ins Spiel vertieft, um sich mit einem langen Geplänkel aufzuhalten. Die grobe Ausdrucksweise und die herben Sprüche ließen vermuten, dass sie sich alle gut kannten und oft zusammenspielten.

Als die Spieler abermals rotierten, stellte der Langhaarige die Spieler vor. Er selbst kam als Letzter. »Antonio Gallardo – aber ihr könnt mich Tony nennen.«

Für einen kurzen Moment schien es Chris, als würde er diesen Tony von irgendwoher kennen, doch er kam gar nicht dazu, nachzufragen. »Chris Sadler.«

»Du bist dran, Chris«, meinte Tony.

Chris lieferte einen perfekten Aufschlag, der Ball landete genau in der Mitte, und alle drei Gegenspieler gingen davon aus, dass ihn einer der anderen erwischen würde.

Tony stieß ein Triumpfgeschrei aus und zog die Luft ein. »Das war großartig. Mach das noch mal!«

Unglaublich, aber er schaffte es. Dieses Mal fingen alle zu johlen an.

Nach einer Dreiviertelstunde gewannen sie schließlich das Spiel.

Die gegnerische Mannschaft brüllten »Foul«, und insistierten, dass Chris ein Ringer sei, den Tony aus Los Angeles habe einfliegen lassen. Zuerst hielt Chris das für einen Scherz, aber dann merkte er, dass die Jungs der anderen Mannschaft trotz des gutmütigen Protestes ihre Behauptung unterschwellig ehrlich meinten. Ihrer Meinung nach passte das offenbar genau zu dem Bild, das sie von Tony hatten.

Während sie die Seiten wechselten, nutzte Chris die Zeit, um Tony genauer zu betrachten. Er erweckte eigentlich nicht den Eindruck, dass er sich einen solch kostspieligen Trick finanziell leisten konnte, denn abgesehen von einer teuren Taxifahrt hätte er ja auch noch das Flugticket bezahlen müssen.

Im Verlauf des nächsten Spieles studierte Chris die Beziehung der fünf jungen Männern genauer. Ihre Tonfall und ihre Anspielungen untereinander ließen schnell erkennen, dass sie nicht nur Arbeitskollegen waren, sondern auch eine Menge Freizeit miteinander verbrachten. Und alle brachten Tony eine seltsame Art von Hochachtung entgegen, als würde er gewissermaßen einen Rang über ihnen stehen – wie der Vorarbeiter auf dem Bau oder der Unteroffizier in einer Gruppe Gefreiter.

Egal, welche Berufe sie hatten, eines war klar, es handelte sich bei allen um zeitlich begrenzte Jobs. Ihre Gespräche drehten sich im Wesentlichen um ihre Freundinnen, die sie vermissten, und darum, dass sie es gar nicht erwarten konnten, wieder nach Hause zu kommen.

Das zweite Spiel lief konzentrierter, und Chris' Mannschaft gewann nach einem einzigen, umstrittenen Punkt. Als der nächste Seitenwechsel bevorstand, erkundigte sich Chris nach der Uhrzeit.

Der große Afro-Amerikaner aus dem Gegnerteam zog eine Uhr aus seiner Hosentasche. »Es ist kurz vor halb sieben.«

»Dann muss ich los«, erklärte Chris.

Tony kam auf ihn zu, den Ball unter den Arm geklemmt. »Morgen, gleiche Zeit, gleicher Ort?«

Chris schnappte sich sein T-Shirt auf, das er nach dem ersten Spiel ausgezogen hatte, und zog es sich über den Kopf. »Weiß ich noch nicht.«

Der dritte Spieler aus Chris' Team, ein Typ, der aussah, als sei er den American Gladiators entlaufen, meldete sich lautstark zu Wort. »He, Mann, du meinst doch nicht im Ernst, dass wir allein gegen diese drei ...«.

»Lass den Jungen in Ruhe«, fuhr ihn sein blonder Gegenspieler an. »Wenn er es noch nicht weiß, dann weiß er es eben noch nicht.«

»Halt die Klappe, Mason«, meinte Tony lachend, während er dann Ball nach ihm warf. »Hast ja bloß Angst, dass wir euch Weicheier wieder schlagen.«

»Ich werd's versuchen«, sagte Chris. Ihm hatte das Spiel genausoviel Spaß gemacht wie den anderen, und er hatte absolut nichts gegen eine Wiederholung, falls sich das zeitlich einrichten ließ. Aber Tracy hatte Vorrang.

Tony nickte und begab sich wieder auf seine Position. Chris rannte los in Richtung der Straße, die parallel zum Highway verlief und zum Strandhaus führte. Er kam gerade noch rechtzeitig, um kurz Tracys blonden Haarschopf zu erspähen, als der Leihwagen ihrer Mutter um die Kurve bog. Sie würden also vor ihm beim Haus ankommen.

Nun blieben ihm nur zwei Möglichkeiten. Entweder würde er auf dem Fuße folgen, aber nach seinem Sprint vollkommen außer Puste sein, oder sich irgendwie so lange die Zeit vertreiben, bis er sich sein Atem beruhigt hatte und er bei seiner Rückkehr so tun konnte, als sei er völlig überrascht, weil sie schon da waren.

2

»Ist das nicht Margaret?«, meinte Tracy, als sie an dem kiesgrauen Haus vorbeifuhren, das neben ihrem gemieteten Strandhaus lag.

»Ja«, erwiderte Beverly, und warf nochmals einen Blick zurück. »Aber der Mann neben ihr ist nicht Andrew. Zumindest, soweit ich das erkennen kann.«

Margaret hatte ihren Wagen bemerkt und winkte. Sie sagte noch etwas zu dem Mann, mit dem sie sich unterhalten hatte, und kam dann auf sie zu, um sie zu begrüßen. »Du siehst großartig aus«, meinte sie zu Beverly, die aus dem Wagen stieg, und umarmte sie. »Und du auch, Tracy.«

Immer noch den Arm um Beverly gelegt, lächelte Margaret die dritte Person an, die als Letzte aus dem Auto ausstieg. »Und wen haben wir da?«

»Das ist Tracys Freundin, Janice Carlson«, erklärte Beverly. »Clyde hat dieses Jahr einfach keine Zeit für Urlaub, und deshalb wird sie den Monat hier mit uns verbringen.«

»Oh.« Margaret konnte ihre Überraschung nicht verbergen. »Ich freue mich dich kennenzulernen, Janice,« meinte sie freundlich.

»Ja, und ich freue mich, Sie kennenzulernen«, erwiderte Janice.

Margaret wandte sich wieder Beverly zu. »Ist mit Clyde alles in Ordnung?«

»Ja, es geht ihm gut – zumindest ging es ihm noch gut, als er uns am Flughafen abgesetzt hat.« Als sie Margarets besorgten Gesichtsausdruck bemerkte, fügte sie hinzu: »Nicht, was du denkst. Er arbeitet rund um die Uhr an irgendeinem neuen Projekt. Du weißt ja, wie sehr sich Clyde in seine Arbeit verbeißen kann.« Beverly ging zum Auto zurück. »Wo ist Chris?«

»Er ist am Strand unterwegs.«

»Ich hatte so sehr gehofft, er wäre hier, um uns zu helfen. Was diese Mädchen an Gepäck haben, ist einfach unglaublich.«

Sie öffnete den Kofferraum und trat zur Seite, damit sich Margaret selbst ein Bild davon machen konnte.

Außer Hörweite wechselte Tracy mit Janice einen Blick. «Habe ich's dir nicht gesagt«, flüsterte sie.

»Was gibt es denn gegen einen Strandlauf einzuwenden?«

»Ach, er macht dauernd solche Sachen. Die meisten Jungs würden doch erst mal zur Strandpromenade losziehen, um sich umzuhören, wo was los ist. Nur der gute, alte Chris natürlich nicht.«

»Woher willst du denn wissen, ob er nicht vielleicht doch unterwegs ist, um zu erfahren, was hier so abläuft?«

»Wart's nur ab«, antwortete Tracy. »Du wirst schon kapieren, was ich meine, wenn du ihn siehst.« Sie hatte ohnehin ihre Zweifel, ob es wirklich eine gute Idee war, Janice auf diese Reise mitzunehmen. Sie hatte zu ihr kein so enges Verhältnis wie zu den anderen Cheerleadern, aber von denen hatte keine einen ganzen Monat Zeit gehabt. Als ihre Mutter im April mit der Planung dieser Ferienreise begann, hatte Tracy ihrem Vater erklärt, sie würde sich auf gar keinen Fall schon wieder ohne eine Freundin als Begleitung den ganzen Juni ins ferne Kalifornien abschieben lassen. Er hatte ihr das Blaue vom Himmel versprochen, ihr erzählt, was er alles mit ihr unternehmen würde – sogar das Golfspielen wollte er ihr beibringen –, aber sie hatte nicht nachgegeben, sie wollte unbedingt eine Freundin einladen.

Hätte sie gewusst, dass sich ihr Vater dann sein eigenes Flugticket nicht mehr leisten konnte, wäre sie wahrscheinlich nicht so stur gewesen. Das aber hatte sie erst erfahren, als sie Janice bereits eingeladen und diese auch schon zugesagt hatte.

Außerdem sprach ihr Dad doch sowieso ständig davon, dass er sich nichts sehnlicher wünschte, als endlich genug Zeit zu haben, um den Garten in Ordnung zu bringen. Auf diese Weise hatte er nun einen ganzen Monat lang Zeit, genau das zu tun, was er wollte.

Beverly reichte Tracy und Janice ihre Koffer. »Es ist so aufregend«, meinte Janice. »Ich kann es gar nicht erwarten, an den Strand zu kommen.«

»Bist du zum ersten Mal in Kalifornien?«

»Ehrlich gesagt, ist es das erste Mal, dass ich überhaupt verreist bin. Als ich zehn war, haben wir Disney World besucht, aber wir haben das Gelände nicht verlassen. Den Ozean habe ich nur vom Flugzeug aus gesehen.«

»Ich habe dich doch gebeten, niemandem davon zu erzählen. Die Leute hier denken womöglich noch, du wärst nicht ganz normal.« Tracy stieß einen nachsichtigen Seufzer aus. Auf ihre provinzielle Art war Janice durchaus erträglich, aber an kalifornischen Maßstäben gemessen war sie ein Landei.

»Das ist doch gar nicht wahr«, erklärte Beverly, die an ihrem überstrapazierten blonden Haar herumfingerte, als wollte sie sich vergewissern, dass es noch vorhanden war. »Ich finde es sehr charmant, dass Janice sich so sehr darüber freut, hier zu sein.«

Tracy sah Janice an. »Charmant«, äffte sie in einem Singsang nach. »Verstehst du jetzt, was ich meine?«

Margaret nahm einem Kleidersack aus dem Kofferraum. »Wieso gehen wir nicht alle zum Strand, wenn wir das Gepäck ausgeladen haben? Das Abendessen ist sowieso erst in einer Stunde fertig.«

»Du hättest wirklich nicht kochen müssen«, wandte Beverly ein. «Wir hätten doch auch ...«

»Ich hab nur einen Schmorbraten mit Kartoffeln und Karotten aufgesetzt.«

»Aber ich habe Janice doch versprochen, dass wir mexikanisch essen gehen«, warf Tracy ein. »Sie hat noch nie echt mexikanisch gegessen.« Sie wollte gleich von Anfang an klarstellen, wie es dieses Jahr laufen sollte. Nie und nimmer würde sie sich von den anderen zu Sachen überreden lassen, zu denen sie keine Lust hatte, sie würde nur dahin gehen, wohin sie wirklich wollte. Es waren schließlich auch ihre Ferien. Und endlich einmal wollte sie diese ganz nach ihrem Geschmack gestalten.

»Morgen«, erwiderte Beverly und warf Tracy einen Blick zu, um sie zum Schweigen zu bringen.

»Schade«, meinte Tracy zu Janice gewandt. »Sieht ganz danach aus, als wenn du warten müsstest.« Doch dann kam ihr eine Idee. »Was spricht denn eigentlich dagegen, wenn wir alleine Essen gehen?« Obwohl immer noch stocksauer wegen des Leihwagens, den ihre Mutter gemietet hatte – er hatte die Ausmaße eines alten Kahns und zu allem Überfluss auch noch einen Aufkleber und dem Aufdruck »Vorsicht, alte Leute!« –, schien er doch die einzige Möglichkeit, um von hier fortzukommen.

»Ist schon in Ordnung«, antwortete Janice hastig. »Das macht mir nichts aus. Ich habe dir doch gesagt, dass ich eigentlich gar nicht so scharf auf mexikanisches Essen bin.«

Wütend darüber, dass ihr nun auch noch Janice in den Rücken fiel, schnappte sich Tracy ihre Koffer und machte sich zum Haus auf. Sie musste unbedingt noch einmal ganz ernsthaft mit Janice reden. Wenn sie nicht zusammenhalten würden, welche Chancen hätte sie dann überhaupt, ihren Kopf durchzusetzen. Doch am schlimmsten war die Vorstellung, sie würden Chris bei allen Unternehmungen am Hals haben, falls sich Janice nicht etwas entgegenkommender zeigen würde.

»Du hast doch gesagt, das Haus wäre eine alte Bruchbude«, meinte Janice, als sie das Strandhaus betraten. »Es ist wunderschön.«

»Warte nur, bis du erst mal eine Weile hier bist ...«

»Warum nehmt ihr nicht das Zimmer, in dem normalerweise Dad und ich schlafen?« schlug Beverly vor.

»Warum?« Tracy gefiel ihr altes Zimmer. Es lag auf der Rückseite des Hauses, sodass es darin morgens schön lange dunkel blieb. Außerdem gab es dort ein Fenster, durch das sie nachts bequem aus- und einsteigen konnte, ohne dass es einer mitbekam.

»Damit Chris nicht wieder auf dem Sofa schlafen muss.«

»Und wo werden du und Margaret schlafen?«

»In deinem alten Zimmer.« Sie warf Margaret einen Blick zu. »Es macht dir doch nichts aus, das Zimmer mit mir zu teilen, oder?«

»Wie in alten Zeiten, Beverly. Du warst die beste Zimmergenossin, die ich je hatte, Kevin eingeschlossen, ja?«

Tracy traute ihren Ohren nicht. In ihrem ganzen Leben hatte sie noch nie ein Zimmer mit jemandem geteilt. »Du erwartest tatsächlich, dass ich im selben Bett wie Janice schlafe?«

»Es ist ein Riesenbett, Tracy«, erklärte Beverly.

»Das ist doch mir egal. Kommt gar nicht in Frage.«

Janice unterbrach sie. »Ich schlafe immer bei meiner Schwester. Wir haben ...«.

Tracy warf ihr einen Blick zu, der sie verstummen ließ. »Wenn du meinst, dass es dir nichts ausmacht«, sagte sie zu Beverly, »dann zieh doch du mit Margaret in das Zimmer.«

»Mir ist egal, welches Zimmer wir nehmen«, erklärte Margaret.

Beverly funkelte ihre Tochter wütend an, als sie sich an Margaret wandte. »Und dir macht das wirklich nichts aus?«

»Definitiv nicht.«

Tracy lächelte zufrieden, weil sie wenigstens in diesem Punkt ihren Kopf durchgesetzt hatte. »Nachdem das nun endlich geklärt ist, werden Janice und ich den Kram hier deponieren und zum Strand gehen. Wir sind bis zum Abendessen zurück.«

Janice warf einen hilflosen Blick in Beverlys Richtung. »Gibt es noch etwas, was wir vorher noch erledigen sollten?«

»Nichts, was man später nicht auch noch machen könnte«, erklärte Beverly.

»Warum begleiten Sie uns nicht? Wir müssen doch nicht sofort los. Wir könnten doch so lange warten, bis Sie fertig sind.«

Tracy bekam es gerade noch fertig, nicht laut aufzustöhnen. Hätte sie bloß gewusst, was für eine Schleimerin Janice war. »Bevor Mom nicht ausgepackt hat, unternimmt sie gar nichts. Falls wir also auf sie warten, ist es stockfinster, bis wir zum Strand kommen.«

»Geht schon mal voraus«, meinte Beverly. »Ich komme mit Margaret später nach.«

Beverly und Margaret stellten die Koffer ab, die sie noch in den Händen hielten, und gingen zurück zum Auto. Tracy und Janice waren bereits verschwunden, als sie wieder ins Haus kamen.

»Tut mir leid«, meinte Beverly. »Tracy ist in letzter Zeit einfach unmöglich. Ich kann ihr überhaupt nichts mehr recht machen.«

Der einzigen Sache, der Margaret an dieser Aussache widersprochen hätte, war Beverlys Formulierung »in letzter Zeit«. Ihrer Meinung nach war Tracy ein ausgesprochenes Monster seit dem Tag ihrer Geburt, als sie sich ihren Weg ins Leben lauthals erschrien hatte. »Vielleicht ist es ja nur eine Form pupertärer Angst?«

»Clydes Meinung nach hat es etwas damit zu tun, wie sie aufgewachsen ist.«

Margaret war klug genug, nichts darauf zu erwidern.

»Du weißt schon, diese ewigen Umzüge«, fuhr Beverly fort. »Drei Jahre waren die längste Zeit, die wir je in ein- und demselben Haus gelebt haben, und das war direkt nach Tracys Geburt. Die arme Tracy verbrachte nur ein einziges Mal zwei volle Jahre in derselben Schule. Sie war immer die Neue, musste sich immer wieder aufs Neue beweisen. So was muss einen doch zwangsläufig durcheinanderbringen, oder?« Beverly legte Tracys Kleidersack aufs Bett. »Meinst du nicht auch?«

»Ich weiß nur, dass es für mich nicht einfach war.« Margarets Vater war Offizier bei der Luftwaffe gewesen, der sich vorgenommen hatte, auf Staatskosten so viel wie nur möglich von der Welt zu sehen.

»Und wie bist du damit klargekommen?«

»Was hatte ich denn für eine Alternative?« Margaret grub tiefer in ihren Erinnerungen, vielleicht würde ihr noch etwas einfallen, was Beverly weiterhelfen könnte. »Wahrscheinlich ist das auch der Grund, weshalb ich immer noch in Fresno lebe, obwohl mir Kevin bei jedem Treffen unter die Nase reibt, wie unglaublich glücklich er mit seiner neuen Familie ist. Wenn ich nicht derart tiefe Wurzeln geschlagen hätte, als ich endlich die Möglichkeit hatte, an einem Ort zu bleiben, hätte ich vermutlich schon längst meine Sachen gepackt und wäre nach der Scheidung weggezogen. Vor allem, wenn ich gewusst hätte, wie wenig sich Ken um Chris kümmern würde.«

»Ich frage mich, ob es Tracy auch so gehen wird?« Sie öffnete den Reißverschluss des Kleidersacks und verteilte den Inhalt auf das Bett. »Hast du eigentlich mit Chris nie Probleme dieser Art?« Der hoffnungsvolle Unterton war nicht zu überhören.

Das Einzige, was Margaret wirklich zu schaffen machte, war, dass Chris in ihren Augen einfach zu perfekt war. Er ging nie lange aus, rief immer an, um ihr zu sagen, wo er war, und ging ihr im Haushalt zur Hand, ohne dass sie ihn darum bitten musste. Die einzige Befürchtung, die sie seinetwegen hegte, war, dass er wegen der Scheidung keine unbeschwerte Jugend gehabt hatte und ihm die pubertäre Rebellionphase fehlte, von der er in seinem späteren Erwachsenenleben würde profitieren können. Ihrer Meinung nach sollte er ein paar unsinnige Dinge anstellen, um später seinen Kindern ein paar Jugendsünden beichten zu können.

»Bis jetzt nicht«, erklärte Margaret. »Aber ich rechne stündlich damit.« Sie trug einen Matchbeutel mit Tracys Initialen in das Zimmer mit dem Doppelbett.

»Weißt du, ich habe immer gehofft, dass Tracy und Chris eines Tages ein Paar werden würden. Tracy weiß nichts davon, aber Clyde ist nur deshalb von seinem Flug zurückgetreten, weil er Angst hatte, sie würde sonst gar nicht mitkommen. Da sie beide nächstes Jahr so weit sind, um aufs College zu gehen, ist es für die beiden vielleicht die letzte Chance, endlich zueinanderzufinden.«

»Du solltest aber nicht allzu sehr enttäuscht sein, wenn das nicht passiert«, erwiderte Margaret vorsichtig. »Die beiden sehen sich ja nur einmal im Jahr für einen Monat, und das ist in ihrem Alter eine Ewigkeit.«

Gott sei dank, fügte Margaret insgeheim hinzu. Obwohl sie wusste, was Chris für Tracy empfand, konnte sie sich keine unpassendere Kombination als die beiden vorstellen.

Ganz so, als sei es eine alte Gewohnheit, durchsuchte Beverly systematisch alle Taschen von Tracys Kleidung, bevor sie sie wegräumte. »Clyde hält unwahrscheinlich große Stücke auf Chris.«

Beverlys Verhalten überraschte Margaret. Noch nie war es ihr in den Sinn gekommen, in Chris' Sachen herumzuschnüffeln, und schon gar nicht unter dem Vorwand, behilflich zu sein. Suchte Beverly etwas ganz Bestimmtes oder war sie einfach nur neugierig? Weder die eine, noch die andere Erklärung fand Margaret besonders angenehm.

»Chris mag Clyde auch sehr«, erwiderte sie automatisch. Sie drehte sich um, weil sie hörte, wie jemand die Haustür öffnete.

»Ich bin wieder da«, verkündete Chris.

Margaret ging zur Tür. »Wir sind hier.«

Die strahlende Vorfreude verflüchtigte sich, als er Tracy

nicht entdecken konnte. Während Beverly ihn umarmte, warf er seiner Mutter einen Blick zu. Margaret deutete in Richtung Strand. »Wahnsinn, schaut euch mal den ganzen Kram hier an,« meinte er und fuhr sich mit der Hand durchs Haar. »Hat sie ihren ganzen Kleiderschrank mitgebracht?«

»Tracy ist mit einer Freundin da«, erklärte Margaret.

Er warf ihr einen fragenden Blick zu.

»Janice Carlson«, ergänzte Beverly. »Sie ist mit Tracy zusammen bei den Cheerleadern.«

»Tracy ist Cheerleader? Seit wann denn das?«

Beverlys strahlendes Lächeln war zugleich ein bisschen selbstgefällig. »Ich bin mir sicher, deiner Mutter davon erzählt zu haben. Sie hat wohl vergessen, dir diese Neuigkeiten mitzuteilen.«

Margaret wusste genau, dass Beverly ihr nichts davon erzählt hatte. Aber vielleicht, überlegte sie, war das auch besser so, insbesondere, wenn sie daran dachte, was Chris von den Cheerleadern in seiner Schule hielt. Er bezeichnete sie gern als Hohlköpfe, bedachte sie aber auch von Zeit zu Zeit mit wesentlich weniger schmeichelhaften Ausdrücken. »Clyde hat keine Zeit für einen Urlaub, und deshalb hat er Janice sein Flugticket überlassen. Sie war noch nie am Meer.«

»Super«, erwiderte er ohne große Begeisterung.

»Doch das Beste kommt noch,« meinte Beverly, »du bekommst endlich dein eigenes Zimmer und musst nicht mehr auf dem Sofa schlafen.«

»Ich räume meine Sachen nach dem Abendessen um«, erklärte ihm Margaret.

»Und wo wirst du schlafen?«

»In einem Zimmer mit Beverly.«

»Das ist nicht nötig, Mom. Mir macht das Sofa nichts aus.«

Der Unterschied zwischen Chris' und Tracys Reaktion auf die vorgeschlagenen Zimmerarrangements war zu auffällig, als das man ihn hatte ignorieren können. »Hättest du nicht Lust, uns einmal zu Hause zu besuchen?«, schlug Beverly vor. »Zumindest so lange, bis etwas von deinen guten Manieren auf Tracy abgefärbt hat?«

Er warf Margaret einen fragenden Blick zu. »Vergiss es.« Sie wechselte bewusst das Thema. »Wo warst du überhaupt? Du siehst aus, als ob du bis nach Monterey und wieder zurück gerannt bist.«

»Wahrscheinlich rieche ich auch so.« Er lüftete den Ärmel seines T-Shirts und schnüffelte daran. »Ich werde erst einmal unter die Dusche gehen. Wann gibt es Abendessen?«

»Den Mädchen habe ich gesagt, in einer Stunde«, – sie sah auf ihre Armbanduhr – »und das war vor dreißig Minuten.«

Anderthalb Stunden später waren Tracy und Janice immer noch nicht zurück. Chris hatte sich eben aufgemacht, um sie zu suchen, als sie die Treppen vom Strand hochkamen.

»Verdammt«, meinte Tracy. »Da ist er schon, um uns zu holen.«

Janice blickte nach oben und blieb auf der Treppe stehen. »Das ist Chris Sadler?«

»Verdammt noch mal! Janice, halt endlich die Klappe, sonst merkt er noch, wie du ihn anstarrst. Ich hab doch nie behauptet, dass er hässlich ist.« Tracy unterzog Chris einer genauen Prüfung, um herauszufinden, ob Janice an ihm etwas entdeckt hatte, was ihr entgangen sein könnte. Er trug abgeschnittene Hosen und ein blaues Tank-Top, und zum ersten Mal hatte er einen ordentlichen Haarschnitt. Ganz offensichtlich hatte er endgültig durchgesetzt, dass ihm seine Mutter nicht mehr die Haare schnitt.

»Er sieht einfach großartig aus«, meinte Janice und schnappte nach Luft.

»Warte ab, bis er den Mund aufmacht. Dann wirst du's schon kapieren.« Tracy schenkte ihm das abweisende Lächeln, mit dem sie jene Jungs an ihrer Schule bedachte, die glaubten, sie könnte womöglich daran interessiert sein, sich mit ihnen zu unterhalten. »Hi, Chris.«

»Wir haben uns schon alle gefragt, was mit euch passiert ist.«

»Ich hab meiner Mom doch gesagt, dass wir einen Spaziergang machen.« Sie wartete ab, bis er ihr den Weg freimachte und sie die restlichen Stufen hochgehen konnte.

»Das Essen steht schon auf dem Tisch«, meinte er. Als Janice am oberen Treppenabsatz ankam, reichte er ihr die Hand. »Hallo, ich bin Chris.«

Offenbar überrascht von seiner formellen Art, schüttelte sie ihm aber trotzdem die Hand. »Janice Carlson.«

»Eigentlich hatte ich gehofft, ihr würdet ohne uns essen«, meinte Tracy. »Janice wollte nämlich heute Abend unbedingt mexikanisch Essen gehen.«

Chris sah Janice so an, als würde er auf eine Bestätigung von ihr warten.

»Wir haben im Flugzeug davon gesprochen«, gestand sie.

»Vielleicht könnten wir das ja morgen …«. Chris fiel keine bessere Antwort ein.

»Oder vielleicht übermorgen«, antwortete Janice. »Wir sind schließlich einen ganzen Monat hier.«

Chris wartete ab, bis Tracy den Weg zum Haus einschlug, und folgte dann. »Und wie findest du das Meer?«, wollte er von Janice wissen. »Beverly sagte, es wäre für dich das erste Mal.«

Die beiden Mädchen begannen wegen der ungewollten Doppeldeutigkeit seiner Bemerkung zu kichern. »Es gefällt mir sehr. Aber das Wasser ist viel kälter, als ich vermutet habe.«

»Das kommt vom Alaska-Strom. Man sollte annehmen, dass sich das so weit südlich nicht mehr auswirken würde, aber das stimmt nicht. Aus diesem Grund gibt es auch in dem Dreieck zwischen hier, San Francisco und den Farallon Inseln mehr weiße Haie als irgendwo sonst auf der Welt.«

»Lieber Himmel, Chris«, unterbrach ihn Tracy. »Sie hat doch bloß gesagt, das Wasser ist kalt, und du gibst ihr eine Unterrichtsstunde in Meeresbiologie.«

Aber Janice ignorierte Tracy einfach. »Ich dachte, die großen weißen Haie kommen nur an der Ostküste vor, so wie in dem Film Der weiße Hai«.

Chris hätte ihr eine Menge über diesen Film und den Ozean an der Monterey Bay erzählen können, aber dann würde Tracy ihn erst recht für ein Spinner halten, der Janice mit seinem Wissen beeindrucken wollte, weil er ansonsten nichts vorzuweisen hatte.

Schlimm war nur, dass es ja stimmte. Er konnte wunderbar mit Menschen plaudern, die er gerade kennengelernt hatte und die ihm egal waren. Aber wenn es um Mädchen ging, die noch dazu so gut aussahen wie Tracy und Janice, endete es jedesmal damit, dass er völligen Blödsinn von sich gab.

»Morgen besuchen wir das Monterey Aquarium«, meinte Chris. »Dort gibts eine ganze Menge Informationen über Haie.«

»Ohne mich«, widersprach Tracy und schüttelte dabei nachdrücklich den Kopf. »Nach unserem letzten Besuch dort habe ich mir geschworen, da nie wieder hinzugehen. Es ist sowas von langweilig dort.«

»Sie haben dort eine ganz neue Attraktion.« In dem Moment, als er es erwähnt hatte, wusste Chris, dass er einen Fehler gemacht hatte. Tracy hatte noch nie ihre Meinung in irgendeinem Punkt geändert.

»Es würde mich nicht einmal interessieren, wenn sie dort inzwischen kleine Kinder an die Haie verfüttern. Janice und ich sind hier, um Spaß zu haben.«

3

Tags darauf erledigten Margaret und Beverly ihre Lebensmitteleinkäufe, während sich Tracy und Janice ihrer Sonnenbräune widmeten. Chris begleitete sie, und selbst Tracy, die in ihrem String-Bikini direkt neben ihm lag, konnte nicht verhindern, dass er nach etwa einer Stunde begann, unruhig zu werden..

»Ich werde mal eine Runde Schwimmen gehen, ich brauche etwas Abkühlung,« meinte er, was die Mädchen mit einem Kichern quittierten.

Tracy drehte sich auf die Seite und stützte den Kopf auf die Hand, während sie ihr langes, blondes Haar wie ein goldenes Armband um ihr Handgelenk wickelte. Das winzige Dreieck aus rotem Material – so knapp geschnitten, dass es nicht einmal die Hälfte ihrer Brüste bedeckte – rutsche zur Seite und es fehlten nur wenige Zentimeter, um ihr Brustwarzen bloßzulegen. »Würdest du mir zuerst noch einen Gefallen tun?«

Chris wartete ab, seinen Blick fest auf ihr Gesicht gerichtet. Denn eines war klar, sollte er es sich erlauben, seine Blicke weiterschweifen zu lassen, würde er sich nur zum Narren machen. Er vermutete, dass er im Haus für sie und Janice etwas zum Trinken, zum Essen oder Musik holen würde. Stattdessen drückte sie ihm eine Tube mit Sonnencreme in die Hand.

»Würdest du mir den Rücken einreiben?« Sie schenkte ihm ein süßes Lächeln und legte sich wieder hin. »Aber zuerst musst du die Träger abmachen, ich will nicht, dass sie ölig werden.«

Chris rang nach Luft. Natürlich hatte er immer davon geträumt, Tracy zu entkleiden und mit seinen Händen über ihren Körper zu streicheln, aber nicht so. In seinen Träumen waren sie ganz alleine, und sie küsste ihn dabei. Und sie reagierte auf seine Berührungen mit einem tiefen Stöhnen, während sie ihren Körper fest an seinen presste.

Er spürte, wie die Röte sich über seinen Brustkorb, seinen Nacken und sein Gesicht ausbreitete. Er war sich hundertprozentig sicher, dass jeder, der ihn ansah, seine Gedanken lesen konnte. Das Einzige, was er dagegen tun konnte, war, sich nicht vom Fleck zu rühren.

Mein Gott, er bekam einen Ständer!

»Stimmt was nicht?« wollte Tracy wissen. Sie begann, sich wieder auf die Seite zu wälzen.

»Der Deckel klemmt.« Chris legte seine Hand auf ihre Schulter und drückte sie nach unten.

»Jetzt ist er endlich offen.«

Mit zittrigen Fingern löste er das Band an ihrem Oberteil. »Soll ich den Träger um deinem Hals auch noch öffnen?«

»Ja, bitte.« Sie bewegte ihre Hand nach oben, griff nach ihren Haaren und schob sie beiseite.

Mehr als ein sanften Ruck an einem der Träger war nicht nötig. Er stellte sich vor, wie sie sich aufrichten und ihn mit Augen voller Verlangen ansehen würde.

»Verdammt noch mal, Chris, warum dauert das so lange?«

Chris drückte eine solche Menge Sonnencreme aus der Tube in seine Hand, mit der er nicht nur Tracy und Janice, sondern gleich noch ein halbes Dutzend weitere Sonnenanbeter hätte eincremen können. Vergeblich versuchte er, einen Teil davon wieder in die Tube zurückzubringen. Am Schluss war die Tube völlig verschmiert und auch seine Hosen hatte ihren Teil abbekommen. Janice hielt sich den Mund zu, um nicht laut loszuprusten, und drehte sich in die andere Richtung.

Mein Gott, er war eine echte Niete. Kein Wunder, dass Tracy nichts mit ihm zu tun haben wollte.

Fest entschlossen, wenigstens eine Sache richtig zu machen,

massierte er die Lotion mit festen, kräftigen Handbewegungen bis zu ihren Hüften ein. Den Rest konnte sie selber machen. Er warf die Tube auf das Handtuch neben ihr, und verkündete bemüht beiläufig: »Ich gehe jetzt schwimmen.«

Heilfroh darüber, dass er heute seine Baggyhosen trug, machte er sich auf den Weg zu Wasser. Auf halbem Weg hörte er hinter sich das Gelächter der Mädchen. Er wollte sich grade zu ihnen umdrehen, als ihm bewusst wurde, wie erbärmlich, wenn nicht sogar feige, so ein Verhalten wirken würde. Wenn er nicht nachschaute, konnte er sich immer noch die Illusion bewahren, Tracy und Janice würden gar nicht über ihn, sondern über etwas anderes lachen.

Als er vom Schwimmen zurückkam, waren Tracy und Janice verschwunden. Eher halbherzig sah er sich nach ihnen um, hob dann sein Handtuch auf und ging zum Haus zurück, um sich ein Roastbeef-Sandwich zu machen.

Später stand er oben am Treppenabsatz, suchte lange Zeit mit den Augen den Strand ab und versuchte sich einzureden, dass er sie vorher einfach übersehen hatte. Aber entweder waren sie wirklich gegangen oder sie versteckten sich irgendwo.

Um sich die Zeit zu vertreiben, unterhielt er sich für ein paar Stunden mit einem der Rettungsschwimmer, den er letzten Sommer kennengelernt hatte. Der Rettungsschwimmer erzählte Chris, er sei im letzten Jahr im Staat herumgereist, um sich als Feuerwehrmann zu bewerben. Inzwischen sah es ganz so aus, als müsste er in einem anderen Bundesstaat versuchen, Arbeit zu finden. Chris meinte, er könnte sich nicht vorstellen irgendwo anders zu leben.

Als die Schicht des Rettungsschwimmer zu Ende war, und Chris nach wie vor weder Tracy noch Janice gefunden hatte, machte er sich auf, um herauszufinden, ob das Volleyballspiel bereits im Gange war.

Der darauf folgende Tag verlief ähnlich wie der erste, nur dass Tracy dieses Mal Janice darum bat, sie mit der Sonnenlotion einzucremen, und Janice mit Chris schwimmen ging. Sie hielt es gerade mal eine Viertelstunde in dem kalten Wasser aus – genau so lange brauchte sie, um bei dem Versuch, sich einfach auf dem Wasser treiben zu lassen, eine Ladung Sand in den Mund zu bekommen. Dieses Mal waren die beiden verschwunden, nachdem Chris ins Haus gegangen war, um das Badezimmer zu benutzen.

An diesem Abend blieb er bis zum Ende des Volleyballspiels. Zurück im Haus fand er einen Zettel seiner Mutter vor, auf dem sie ihm mitteilte, dass sie ausgegangen seien, um mexikanisch zu essen, und sein Abendessen im Kühlschrank stehen würde, versprach ihm aber, ihm Chips und Salsasauce aus dem Restaurant mitzubringen.

Chris wärmte sein Essen in der Mikrowelle auf und setzte sich draußen auf die Veranda, um den Sonnenuntergang zu genießen. Es war windstill und die See ruhig, der Strand fast menschenleer. Im Verlauf der Nacht würden die Wellen alle Spuren menschlicher Anwesenheit auslöschen und den Sand völlig unberührt und sicher für die Tiere hinterlassen, die am frühen Morgen auftauchen würden, um zu fressen oder selbst gefressen zu werden.

Wenn Chris darüber nachgrübelte, was er aus seinem Leben machen sollte, stand für ihn an erster Stelle nicht die Art seiner Arbeit, sondern der Verdienst. Er hatte eines der kostenlosen Immobilienmagazine durchgeblättert, die überall herumlagen, und festgestellt, dass selbst die Bungalows, die direkt am Strand lagen und nicht annähernd so schön waren wie der, den sie gemietet hatten, fast eine halbe Million Dollar kosteten. Und wie viel würden sie dann wohl in zehn Jahren kosten, wenn er sich hier ein eigenes Haus kaufen wollte?

Im Gegensatz zu Tracy konnte er sich nicht vorstellen, im Juni an irgendeinem anderen Ort zu sein. Noch schwerer fiel es ihm jedoch, sich vorzustellen, dass sie irgendwann einmal ihre Zeit nicht mehr gemeinsam hier verbringen würden.

Tracy war ein Teil all dessen, was ihm hier so sehr gefiel, genau wie die Wellen und der Sand.

Jedes Jahr versuchte er aufs Neue, sich einzureden, sie wäre in Wirklichkeit gar nicht so schön wie in seiner Erinnerung, weil es völlig unmöglich war, dass sie sogar in Jeans und Sweatshirt das Mädchen in ihrem Dreihundertdollar-Kleid übertreffen konnte, mit dem er den Highschoolball besucht hatte. Tracy war einfach perfekt – ihre Haut, ihre Haare, ihre Augen, ihr Mund, einfach alles. Sogar ihre Brüste hatten genau die richtige Größe. Sie waren nicht so groß, dass sie aus ihrer Kleidung herausquollen, andererseits nicht so klein, dass sie aufgepolstert und gepusht werden mussten.

Aber er konnte einfach nicht mit ihr mithalten. Ein Teil von ihm erkannte das ebenso klar und instinktiv, wie er die Schwächen seiner Gegner auf der Ringermatte erkannte. Warum wollte der andere Teil von ihm es aber absolut nicht wahrhaben?

Die Stille wurde durch eine männliche Stimme durchbrochen.

»Ziemlich spektakulär, was?«

Chris drehte sich um und warf dabei seinen Eistee um.

»Tut mir leid«, meinte Eric, »ich wollte dich wirklich nicht erschrecken.

»Ich hab nicht mit Besuch gerechnet.« Er stellte das Glas wieder hin und wischte den Stuhl mit einer Serviette ab. »He, sind Sie nicht der Mann, der in Andrews Haus wohnt?«

»Ja, Eric Lawson.«

»Möchten Sie einen Eistee?« Chris warf die Serviette auf seinen leeren Teller und fügte hinzu: »Ich glaube, es ist auch noch Bier im Kühlschrank.«

»Nein, danke. Ich komme gerade von einem Spaziergang zurück und habe dich hier sitzen sehen. Ich dachte, es wäre wohl an der Zeit, mich mal vorzustellen.«

»Meine Mom hat gesagt, Sie sind Schriftsteller.«

Er lehnte sich mit den Schultern gegen den Pfahl, an dem das Vogelhäuschen hing. »Na ja, ich arbeite daran.«

»Was schreiben Sie?«

»Einen Roman.«

»Was für einen?«

»Einen Medizin-Thriller. So zumindest nennt das mein Agent.« Eric lächelte. »Ich weiß auch nicht warum, aber ich vermute mal, dass du ein Science-Fiction-Fan bist.«

»Ja, aber ich mag auch eine Menge anderer Sachen.«

Eric entsprach überhaupt nicht Chris' Vorstellungen. Aus einem unerfindlichen Grund hatte er sich Menschen, die mit dem Schreiben von Büchern ihren Lebensunterhalt verdienten, immer ein bisschen seltsam vorgestellt. Deswegen war er ein etwas enttäuscht, weil Eric so normal wirkte.

»Sie sind Arzt?«

»Gratuliere. Du bist der Erste, der das sofort kombiniert hat.«

»Meiner Meinung nach dürfte es doch wohl verdammt schwierig sein, über sowas zu schreiben, wenn man sich nicht damit auskennt.« Ärzte verdienten eine Unmenge Geld. Warum gab jemand so einen Beruf auf, um Bücher zu schreiben?

»In der Tat, ich habe inzwischen feststellen müssen, dass es ausgesprochen schwierig ist. Wenn ich meine Praxis nicht bereits aufgegeben hätte, dann wäre ich inzwischen wahrscheinlich längst wieder zurückgekehrt.«

Chris fing an, diesen Eric zu mögen. Er war geradeheraus und behandelte ihn nicht mit jener Herablassung, wie viele andere Erwachsene es aufgrund seines Alters ganz automatisch taten. »Sind Sie den Sommer über hier?«

»Ich bleibe so lange hier, wie Andrew benötigt, um die ganze Welt zu umsegeln. Was seiner Schätzung nach ungefähr ein Jahr dauern könnte. Und falls es ihm irgendwo so gut gefällt, das er dort länger bleiben möchte, können auch zwei Jahre daraus werden.«

»Ich wollte, ich könnte das auch.« – »Segeln?«

»Bloß nicht, nein, einfach nur hier in diesem Haus zu bleiben. Das Boot schenke ich Ihnen. Mein Traum war es immer, einen ganzen Winter hier zu verbringen.«

»Du würdest den Ort nicht mehr wiedererkennen«, erwiderte Eric. »Im Allgemeinen ist der Strand vollkommen leer bis auf einige verrückte Surfer und ein paar Leuten von meiner Sorte. Wir Hartgesottenen verbringen jeden Tag draußen – egal ob Nebel, Regen, Sonne, Wind – uns schreckt rein gar nichts.« Er lächelte. »Was zweifellos mit ein Grund ist, wieso ich mit meinem Buch bislang nicht so schnell vorangekommen bin, wie ich dachte.«

»Spielt es eine Rolle, wann es fertig ist?«

Er verändere seine Position. »Außer meinem Agenten wartet keiner darauf, wenn du das damit gemeint hast.«

»Trotzdem, ich wette, dass Sie es gar nicht erwarten können, herauszufinden, was andere davon halten.« Zumindest ging es ihm manchmal so, wenn er sich für etwas in der Schule besonders angestrengt hatte, aber das konnte man natürlich nicht mit dem Schreiben eines ganzen Buches vergleichen.

»Hin und wieder«, gab Eric zu. »Doch meistens packt mich die schiere Angst, wenn ich nur daran denke.«

»Ich wette, es wird großartig.«

Hinter ihnen leuchten die Scheinwerfer eines Autos auf. »Scheint, als wäre deiner Mutter wieder zurück«, meinte Eric.

»Sie sind ohne mich zum Essen gegangen.« Erst jetzt wurde ihm bewusst, was er da gerade gesagt hatte und wie das klingen musste. Deshalb fügte er schnell hinzu: »Ich war so sehr ins Volleyballspiel vertieft und bin zu spät heimgekommen.«

Eric richtete sich auf und streckte sich. »Ich hab dich spielen sehen.«

Chris war überrascht und seltsamerweise erfreut. »Ach, wirklich?«

»Du bist wirklich gut. Ist das deine Sportart auf der Schule?«

»Ich bin im Ringerteam. Ich hatte mich auch für Geländelauf angemeldet, bin aber dann ausgestiegen, weil ich für das Ringen in Form bleiben wollte.

»Und bist du gut? Als Ringer, meine ich?«

Er war stolz auf die Medaillen und die Meisterschaften, die er gewonnen hatte, sprach aber nur selten darüber.

»Ich mach mich ganz gut.«

»Ich hab das Gefühl, dass du mehr als nur gut bist,« erwiderte Eric. »Bist du nächste Woche noch hier?«

Die Frage überraschte Chris.

»Ja, wir bleiben bis zum Monatsende hier.«

»Ein Freund von mir kommt zum Abendessen vorbei. Ich denke, es könnte dir gefallen, ihn kennenzulernen, falls du an dem Abend noch nichts anderes vorhast. Es handelt sich um Charlie Stephens.«

Es dauerte eine Sekunde, bis Chris den Namen einordnen konnte.

»Sie meinen der Charlie Stephens?« Stephens hatte mehr olympisches Gold gewonnen als jeder andere amerikanische Ringer.

»Ich werde ihn anrufen und ihn bitten, seine Medaillen mitzubringen, damit du sie dir anschauen kannst. Die sind ganz schön beeindruckend. Normalerweise hasst er das zwar, aber ich denke mal, ich kann ihn dazu überreden.«

Die Schiebetür hinter Chris wurde geöffnet. »Ach, hier bist du«, rief Margaret. «Wie ich sehe, hast du dein Abendessen gefunden.«

Sie lächelte, als sie Eric sah. »Wie kommen Sie mit dem Buch voran?«

»Seit gestern um diese Zeit habe ich vier weitere Seiten geschafft.«

»Ist das gut?«

»Meiner Meinung nach könne es besser laufen. Aber ich hatte schon schlechtere Tage.«

»Sie haben noch gar nicht den Rest von unserer Gruppe kennengelernt«, meinte Margaret. »Wir haben unterwegs Kuchen eingekauft. Ich bin gerade dabei, Kaffee aufzusetzen. Sie sind herzlich eingeladen.«

Eric hob die Hand. »Vielleicht ein andermal. Für heute habe ich bereits meine freie Zeit verbraucht. Vielleicht schaffe ich ja noch ein oder zwei Seiten, bevor ich ins Bett gehe.«

Margaret nahm Chris' Glas und Teller. »Wann immer Sie wollen. Ich weiß, dass die Mädchen sehr gern einen echten Schriftsteller kennenlernen würden.«

Eric gluckste in sich hinein. »Danke, ich weiß die Einladung zu schätzen.« Er winkte Chris zu. »Ich sag dir noch Bescheid, wann Charlie hier eintrifft.«

»Ja, dann bis später«, erwiderte Chris. Als Eric verschwunden war, packte Chris seine Mutter am Arm. »Du wirst nicht glauben, was soeben passiert ist.«

Sie warf ihm einen argwöhnischen Blick zu. »Sag mir zuerst, dass es etwas Angenehmes ist, ja? Ich habe gerade zwei furchtbare Stunden hinter mir, in denen ich mir Tracys und Beverlys Streitereien anhören musste. Mal ging es darum, ob Tacos wirklich echt mexikanisches Essen sind, mal um die Effektivität einer Sonnenbank.« Chris nahm seine Mutter bei den Armen und zwang sie, sich hinzusetzen. Nachdem er ihr die aufregenden Neuigkeiten ausführlich erzählt hatte, war er abermals davon überzeugt, dass sie die tollste Mutter der Welt war. Nicht nur, weil sie seine Aufregung über die Chance, Charlie Stephens persönlich kennenzulernen verstand, sondern darüber hinaus auch noch wusste, wer er war.

4

Am Samstagmorgen ließ Chris beim Frühstück ganz nebenbei die Bemerkung fallen, dass er am Abend auf eine Party einladen sei. Er lud sich noch eine weitere Portion Pfannkuchen auf seinen bereits randvollen Teller und wartete ab, wie die anderen darauf regieren würden. Wohl zum allerersten Mal konnte er Tracy das bieten, was sie wollte –, nämlich Spaß. Die ganze Woche lang hatte sie sich ununterbrochen darüber beschwert, wie langweilig ihr war.

Er musste sich enorm anstrengen, um einen möglichst beiläufigen Tonfall anzuschlagen, als er Tracy einen flüchtigen Blick zuwarf und meinte: »Ich hab die Jungs gefragt und sie meinten, es wäre in Ordnung, wenn ihr beide mitkommen würdet.«

Tracy fing augenblicklich an zu strahlen, richtete sich auf und schob ihren Teller zur Seite. »Wenn du ausgehst, könnten doch Janice und ich zur Strandpromenade gehen – «.

Sie hielt inne und warf Janice einen Blick zu, der signalisieren sollte: »Hast du mitgekriegt, was ich beinah gesagt hätte?«, und legte die Hand auf den Mund, um ein Grinsen zu unterdrücken.

Es war klar, was sie eigentlich hatte sagen wollen, aber sie hatte das »alleine« gerade noch rechtzeitig verschluckt. Chris wäre am liebsten gestorben. Auf der Stelle hier am Tisch. Hätte Tracy ihm ein Messer in die Brust gerammt, wäre das noch vergleichsweise gnädig gewesen.

»Weiß nicht, 'ne Party könnte doch auch ganz lustig sein,« erwiderte Janice lahm. »Wer gibt denn die Party?«

»Ein paar Jungs, die ich kennengelernt habe.« Er schnitt ein Stück Pfannkuchen ab, ließ es aber auf dem Teller liegen.

Wenn er jetzt auch nur einen Bissen essen würde, käme er ihm ganz bestimmt sofort wieder hoch.

Margaret brachte aus der Küche Nachschub an frischem Speck, gerade in dem Moment, als Beverly das Schlafzimmer verließ, immer noch mit ihrem Morgenmantel bekleidet. »Morgen«, sie unterdrückte ein Gähnen. »Ich kann mich gar nicht erinnern, wann ich das letzte Mal so lang geschlafen habe.«

»Du hast Urlaub«, erwiderte Margaret. »Du kannst –«.

»Das Auto kannst du für heute Abend vergessen«, warf Tracy ein. »Janice und ich brauchen es.«

»Um was gehts denn?«, wollte Beverly wissen.

»Wir fahren zur Strandpromenade.« Sie steckte einen Finger in ihren Orangensaft, schob ihn dann in den Mund, als wäre das exakt die Menge, die ihr Diätplan erlaubte. »Ich brauche Geld. Warst du bei der Bank?«

Beverly sah Chris an. »Gehst du auch mit?«

»Er ist auf 'ne Party eingeladen«, antwortete Tracy an seiner Stelle.

Margaret stellte den Speck auf den Tisch und nahm dann Chris gegenüber Platz. »Ach ja?«

»Nichts Besonderes«, erwiderte er. »Ein paar der Typen, mit denen ich Volleyball spiele, haben am Wochenende ihre Freundinnen zu Besuch. Tony gibt bei sich zu Hause eine Party für sie.«

Beverly schenkte sich eine Tasse Kaffee ein.

»Klingt doch, als könnte das ganz lustig sein«, meinte sie zu Tracy. »Vielleicht kannst du ja Chris dazu überreden, dass er euch mitnimmt.«

»Mutter!«

»Es macht ihm doch bestimmt nichts aus, oder, Chris?«

In ihrer Stimme lag nicht der leiseste Zweifel. Ganz automatisch ging sie davon aus, dass er zu allem Ja und Amen sagen würde, was sie verlangte. Er fühlte sich wie eine dieser verdammten Promenademischungen – Fass! Bring! Platz!

Halt! –, die selbstverständlich keine Chance hatten, je wie seine reinrassigen Genossen das Haus betreten zu dürfen. Er schob seinen Stuhl zurück und stand auf. »Das liegt ganz bei Tracy.«

»Tracy?«, meinte Beverly fordernd.

»Ich hab dir doch schon gesagt, dass wir andere Pläne haben.«

»Ganz bestimmt kann man die doch –«

Chris verließ das Haus. Den Rest wollte er lieber nicht hören.

Er wandte sich Richtung Strand, doch als er sah, wie überfüllt er war, nahm er die Abzweigung zur Straße. Als er schon fast um die Ecke gebogen war, hörte er seine Mutter hinter ihm herrufen. Sie hatte alles mitbekommen und wollte bestimmt wissen, was in ihm vorging. Zweifellos würde sie ihm etwas Tröstliches sagen wollen, aber er wollte nichts hören. Er sah hoch und winkte ihr zu. Kurz darauf winkte sie zurück und ließ ihn ziehen.

Mit federnden Schritten fiel er in einen leichten Trab, rannte am Parkplatz des öffentlichen Zugangs zum Strand vorbei und durchquerte dann ein Wäldchen. Zehn Minuten später erreichte er die Parallelstraße, die zum Highway führte. Er hörte, dass sich von hinten ein Auto näherte und drehte sich seitwärts, um es passieren zu lassen. Es war einer dieser aufgemotzten Jeeps, schwarz mit goldenen Zierleisten. Der Fahrer fuhr an Chris vorbei, hielt nach ein paar Metern an und legte den Rückwärtsgang ein.

Chris verlangsamte sein Tempo, als er den Jeep erreichte, weil er annahm, der Fahrer habe sich verfahren und wollte nach dem Weg fragen.

Tony lehnte sich aus dem Fenster und rief: »He, Kleiner, gehts nicht ein bisschen schneller?«

Beim Fahrzeug angekommen, meinte Chris durchs Fahrerfenster, »Ich dachte, du würdest heute arbeiten?«

»Ich bin gerade auf dem Weg dorthin. Willst du mit?«

»Du fragst mich im Ernst, ob ich dich zur Arbeit begleite?« Chris fand seine Einladung etwas merkwürdig.

Tony schüttelte amüsiert den Kopf. »Du hast wirklich keinen blassen Schimmer, wer ich bin, stimmt's?«

»Sollte ich?«

Er lachte. »Meinem Presseagenten nach ganz bestimmt.«

Endlich dämmerte es Chris. »Du bist Schauspieler, ja? Weißt du, an dem ersten Tag am Strand habe ich gedacht, dass ich dich von irgendwo her kenne. Was machst du hier?«

»Wir drehen hier – in Watsonville.« Er warf einen Blick auf seine Uhr. »Und ich bin bereits zu spät dran. Kommst du jetzt mit oder nicht?«

Seit sein Vater die Familie im Stich gelassen hatte, unternahm Chris nur noch selten etwas ganz spontan. Gezwungenermaßen führte er ein geregeltes Leben und hatte Verantwortung schon zur Gewohnheit gemacht. Sein erster Gedanke galt seiner Mutter, die ihn vielleicht brauchen könnte. Aber sie hatte ihm bereits wiederholt erklärt, dass es auch seine Ferien seien. Der zweite galt natürlich Tracy und Janice, und dass es vermutlich ziemlich ungehobelt von ihm wäre, sie einfach links liegen zu lassen. Andererseits tat er ihnen damit bestimmt nur einen Gefallen.

»Ja klar. Warum nicht?« Er ging um den Jeep herum und setzte sich auf den Beifahrersitz.

Chris hatte sich die Arbeit an einem Drehort vollkommen anders vorgestellt. Die vielen Scheinwerfer, Kameras, Kabel und Baugerüste, und dazwischen jede Menge Menschen, erweckten den Eindruck, als würden die Dreharbeiten völlig unkonzentriert und chaotisch ablaufen. Doch dann wiederum funktionierte von einer Minute zur anderen alles wie eine perfekt organisierte und gut geölte Maschine. Alle waren sehr freundlich, aber in Bezug auf die Arbeit waren sie hochkonzentriert und ließen kaum Fehler oder Entschuldigungen gelten. Chris fand alles ungemein faszinierend, angefangen bei dem Maskenbildner, der zwischen den einzelnen Aufnahmen das Make-up erneuerte bis hin zu der Kamerafrau, die scheinbar mühelos eine Kamera bediente, die fast so groß wie sie selbst war.

Während einer Szene, die aus für Chris unverständlichen Gründen unendlich oft wiederholt werden musste, war ein Mann ausschließlich damit beschäftigt, immer wieder eine Bierflasche zu füllen und einem der Schauspieler eine halb gerauchte Zigarette zu reichen.

Er war regelrecht enttäuscht, als die Dreharbeiten wegen der Mittagspause unterbrochen wurden.

»Na, was hältst du davon?«, wollte Tony wissen, der auf ihn zuschlenderte. Chris hatte Tony vollkommen mit der Figur identifiziert, die er im Film darstellte – einen feindseligen Landarbeiter aus den sechziger Jahren, völlig frustriert von der Friedensideologie von Cesar Chavez –, und war nun überrascht, weil sich Tony urplötzlich wieder in jenen lächelnden Typen verwandelt hatte, den er vom Strand her kannte.

»Abgehoben«, äußerte er mit unverhohlenem Enthusiasmus. Genau so hatte er sich nach seiner ersten nationalen Meisterschaft gefühlt, als er vor lauter Begeisterung in den Wolken schwebte.

»Find ich auch.«

Tony nickte in Richtung eines Zeltes, das am Ende der Straße aufgebaut war.

»Komm, lass uns was essen gehen, bevor alles weg ist.«

»Du meinst, das ist Ordnung? Wenn ich da mitkomme, du weißt schon. Ich gehöre ja nicht –«.

»Klar, natürlich geht das in Ordnung.«

Chris, der Mozzarella-Brötchen und Chips oder etwas in dieser Art erwartet hatte, fand stattdessen ein Büffet vor, weit exklusiver als jenes, das sein Vater zu seiner zweiten Hochzeit aufgeboten hatte. »Wahnsinn, das ist ja unglaublich! Bekommt ihr die ganze Zeit so was zum Essen?«

»Irgendwelche Vorteile müssen wir ja haben.« Tony bedeutete Chris, sich vor ihm in der Reihe anstellen. »Bei uns ist Zeit eben Geld.«

Chris nahm sich einen Teller und bediente sich, darauf bedacht, sich als ungeladener Gast von allem nur kleine Portionen zu nehmen, damit auch genug für die anderen blieb. Als er sich mit zwei Garnelen begnügte, nahm Tony den Löffel zur Hand und legte noch ein halbes Dutzend mehr auf seinen Teller. Danach lud sich Chris nach Lust und Laune den Teller randvoll.

Sie aßen in Tonys klimatisiertem Wohnwagen, wobei ihnen zwei aus der Volleyballmannschaft Gesellschaft leisteten. Das Gespräch drehte sich um Klatsch und Tratsch über Leute, die Chris nicht kannte, und um die Party, die am Abend stattfinden sollte, aber ansonsten unterhielten sie sich hauptsächlich über berufliche Angelegenheiten. Chris lauschte dermaßen konzentriert, dass ihn die anderen daran erinnern mussten, weiterzuessen.

Nach dem Ende der Mittagspause, als er mit Tony an den Filmset zurückkehrte, meinte Tony: «Dir gefällt das alles hier, was?«

»Das ist eine völlig neue Welt für mich«, gestand Chris. »Ich habe nur selten Gelegenheit, mir einen Film anzusehen. Und im Kino habe ich mir noch nie Gedanken darüber gemacht, wie so ein Film überhaupt zustande kommt.«

»Würdest du selbst Schauspieler werden?«

»Ich?«

»Warum nicht?«

»Was du da machst, das könnte ich nie. Vorhin habe ich wirklich fast gedacht, du bist tatsächlich der Typ, den du da spielst. Das war ganz schön irre.«

Tony grinste. »Danke.«

Sie kehrten auf den Set zurück, und Chris setzte sich wieder auf den Stuhl, den ihm einer der Mitarbeiter überlassen hatte, während sich Tony vom Maskenbildner sein Make-up auffrischen ließ. Einige Minuten lang sah Chris den Beleuchtern bei der Arbeit zu und blickte dann in die Richtung, in der Tony verschwunden war. Aber er konnte ihn nirgendwo entdecken.

Eine Frau mit einer Klemmmappe in der Hand bat Chris, sich mit seinem Stuhl an einen anderen Drehort zu begeben.

Dabei entdeckte er Tony, der allein in einem Türrahmen stand.

Er stand dort vollkommen bewegungslos, mit einem geistesabwesenden Blick in den Augen.

Und während er ihn weiterhin beobachtete, erlebte Chris eine schier unglaubliche Verwandlung. Tony, so wie Chris ihn kannte, verschwand einfach, und an seine Stelle trat der wütende Landarbeiter.

Später am Nachmittag, auf den Heimweg, erkundigte er sich bei Tony nach dem, was er beobachtet hatte, und erhielt eine Kurzlektion zum Thema Schauspielerei.

»Ich wusste nicht, dass man so etwas richtig lernen kann«, gestand Chris, »ich dachte immer, entweder man kann das oder nicht.«

»Mein Lehrer hat uns immer gesagt, dass ein erfolgreicher Schauspieler zehn Prozent Talent und neunzig Prozent Zielstrebigkeit besitzen muss, und man das eine so sehr braucht wie das andere.«

»Und, bist du seiner Meinung?«

»Bei was?«, wollte Tony wissen, während er das Fenster öffnete, sodass sich mit einem Mal die warme Luft von draußen mit der klimatisierten Luft im Wageninneren mischte.

»Na ja, beides.«

»Glück und der richtige Zeitpunkt sind mindestens genauso wichtig. Ohne die beiden kommst du in dieser Branche nicht weit.«

»Hältst du dich für einen Glückspilz?«, fragte Chris.

»Teufel, ja! Ich wäre nicht da, wo ich jetzt bin, wenn ich nicht krank geworden wäre und deswegen eine Kreuzfahrt absagen musste, die ich in einer Gameshow gewonnen hatte. Mir ging es gerade ein wenig besser, als mich ein Freund anrief und fragte, ob ich mir nicht ein bisschen Geld als Barkeeper bei einer Party in Malibu verdienen wolle. Erst als wir dort ankamen, wusste ich, wem das Haus gehörte. Es war ein Agent von William Morris, bei denen ich mich monatelang vergeblich um einen Termin bemüht hatte. Der Rest ist, wie man sagt, Geschichte.«

Chris schüttelte den Kopf.

»Ich mag solche Geschichten.«

Tony kicherte.

»Ich auch, vor allem, wenn sie mir passieren.«

5

Chris' Hochstimmung verflog und wich einem Gefühl der Enttäuschung, als er bei seiner Rückkehr feststellen musste, dass Beverlys Leihwagen nicht vor der Tür stand und niemand zu Hause war. Er hatte seine Mutter vom Drehort aus angerufen und sie darüber informiert, dass er später heimkommen würde, dabei aber verschwiegen, wo er sich aufhielt. Er wollte ihr die Neuigkeiten unbedingt unter vier Augen erzählen.

Und jetzt war sie nicht da.

Frustriert sah er sich im Haus um in der Hoffnung, einen Hinweis zu finden, der ihm sagte, wohin sie gegangen sein könnte, und drehte danach draußen eine Runde um das Haus. Vielleicht war sie doch nicht mit anderen weggegangen, sondern arbeitete noch im Garten. Als schließlich klar war, dass er seine Neuigkeiten noch eine Weile für sich behalten musste, nahm er ein Soda aus dem Kühlschrank und ging nach draußen auf die Veranda. Aber er war viel zu aufgeregt, um lange still zu sitzen.

Es ging nicht nur darum, seiner Mutter alles über den Film zu erzählen. Er konnte es kaum erwarten, wie Tracy darauf reagieren würde. Natürlich würde sie versuchen, das Ganze gelassen zu überspielen, aber insgeheim würde es sie ganz bestimmt unheimlich beeindrucken.

Bei diesem Gedanken hielt er inne. Sein Verstand arbeitete wie der eines kleinen Jungen, der sich gegen den größten Rowdy an der Schule nur mit dem Satz »Eines Tages wird dir das leid tun.« zur Wehr zu setzen wusste. Nun war also sein Tag gekommen und zwar schneller, als er es für möglich gehalten hatte. Wie oft passierte einem so etwas im Leben?

Und wenn Tracy erfuhr, wer die Party gab, würde sie ihn anflehen, sie mitzunehmen. Er schloss die Augen und stellte sich vor, wie sie dort gemeinsam ankommen würden. Als er das Bild vor Augen hatte, überfiel ihn ein seltsames, leeres Gefühl. Verwirrt, weil ihn seine Fantasie im Stich gelassen hatte, ging er wieder ins Haus.

Nach den enormen Mengen, die er mittags gegessen hatte, war er nicht hungrig. Trotzdem streunte er in der Küche herum und durchwühlte die Schränke. Er fand eine Schachtel mit Keksen und war gerade im Begriff, eines der Päckchen aufzureißen, als seine Mutter durch die Vordertür kam.

»Du bist zu Hause?«, meinte sie, als er aus der Küche kam.

»Seit etwa zehn Minuten. Wo sind denn alle?« Sie trug Shorts über ihrem Badeanzug, sah aber nicht so aus, als sei sie im Wasser gewesen.

»Du meinst die anderen?«, korrigierte sie ihn sanft. »Sie machen einem Einkaufstour. Tracy wollte für heute Abend was Neues zum Anziehen.«

Chris registrierte einen für seine Mutter ungewohnt missbilligenden Unterton. »Ich bin froh, dass sie nicht da sind«, erklärte er, erstaunt darüber, dass er das auch ernst meinte. »Wenn du wüsstest, wo ich heute war. Das ist sowas von cool, Mom. Du wirst es einfach nicht glauben.«

Sie lächelte über seinen Enthusiasmus. »Dann mal raus damit.«

Er erzählte ihr alles und wie erwartet, stellte sie genau die richtigen Fragen und zeigte genau die richtige Menge Begeisterung.

»Und du hattest wirklich keine Ahnung, wer er eigentlich ist?«, wollte Margaret wissen, nachdem er seinen Bericht beendet hatte.

»Null. Ich hab den ganzen Haufen für Bauarbeiter gehalten.«

»Eric hat mir erzählt, dass sie in Watsonville einen Film drehen. Aber wer vermutet auch schon, dass ein Filmstar wie irgendein Normalsterblicher draußen am Strand Volleyball spielt?«

»Wenn du ihn sehen würdest, würdest du ihn auch nicht erkennen. Er hat inzwischen lange Haare, trägt ständig eine Sonnenbrille und hat einen Hut auf.«

Sie streckte die Hand aus, fuhr ihm liebevoll unter das Haar auf seiner Stirn und strich es mit den Fingern zurück. »Selbst wenn Antonio Gallardo haargenau so wie in seinem letzten Film aussehen würde, hättest du ihn garantiert auch nicht erkannt.«

»Was meinst du damit?«

»Ich kenne keinen Menschen, der sich so wenig für Stars interessiert, wie du.«

Aus einem Impuls heraus fragte er sie: »Möchtest du mich heute Abend zu dieser Party begleiten?«

»Danke, das ist sehr nett, aber ich bin schon verabredet.«

»Mit Eric?«

Sie war ehrlich erstaunt und sah ihn mit großen Augen an. »Wie kommst du denn darauf?«

»Keine Ahnung, er ist Single, du bist Single. Ihr seid im gleichen Alter. Er scheint ein netter Kerl zu sein, und du bist doch auch ganz in Ordnung.«

»Wie könnte er mir da widerstehen, wo so vieles für mich spricht?«

»Also?«

»Nein, ich gehe nicht mit Eric aus. Beverly und ich werden zuerst Tracy und Janice bei der Strandpromenade absetzen und dann ins Kino gehen.«

»Weiß Tracy, dass ihr das Auto nehmt?«

»Ich finde, das ist Beverlys Problem.«

Er nickte verständig. »Und deswegen hast du sie auch auf ihrer Einkaufstour nicht begleitet, ja?«

Sie lachte. »Manchmal bist du klüger als erlaubt.«

»He, kannst du mir einen Gefallen tun?«

»Welchen?«, wollte Margaret wissen.

»Erzähl keinem was von der Filmgeschichte, bitte.« Eigentlich dachte er sogar darüber nach, es den beiden überhaupt nicht zu erzählen. »Mir gefällt einfach der Gedanke nicht, Tracy könnte ...«

Er zuckte mit den Schultern. »Keine Ahnung. Mir ist bei dem Gedanken irgendwie nicht wohl.«

»Sie wäre bestimmt mächtig beeindruckt«, erwiderte Margaret. »Vielleicht will sie dich jetzt sogar heute Abend begleiten.«

»Denke ich auch – und genau das habe ich gemeint.«

»Nun bin ich beeindruckt.«

»Bloß nicht. Vielleicht ändere ich ja meine Meinung noch.«

Als Beverly und Tracy nach einer Stunde zurückkamen, stritten sie sich immer noch wegen des Autos. Janice trabte hinter ihnen her, durchquerte mit hängendem Kopf den Raum und verschwand in ihrem und Tracys Zimmer. Nach einer Weile kam sie mit einem Handtuch in der Hand zurück und erklärte, sie würde zum Schwimmen gehen.

Margaret sah Chris an und meinte leise: »Warum begleitest du sie nicht?«

Er zog seine Badehose an und folgte ihr. Die aufgeregten Stimmen von Tracy und Beverly folgten ihm, als er das Haus verließ. Auf dem überfüllten Strand konnte er Janice im ersten Moment nicht entdecken. Sie stand, die offenen Handflächen an die Hüften gelegt, in der Strömung, als wollte sie die herannahenden Wellen aufhalten. Im Verlauf der vergangenen anderthalb Wochen hatte sie eine schöne Sonnenbräune bekommen, was nicht verwunderlich war, wenn man die stundenlangen Sonnenbäder bedachte, die sie und Tracy genommen hatten. Und während ihre Haut braun geworden war, hatte die Sonne ihr Haar gebleicht. Es schien nun heller, als würden goldfarbene Strähnen den braunen Haarschopf durchziehen.

Chris vermutete, dass sie für eine Cheerleaderin recht hübsch war. Nicht auf die Weise, die er normalerweise anziehend fand, von einer Ausnahme abgesehen – und das war Tracy. Aber Tracy entzog sich allen Normen, die sein Leben bestimmten, und weil sie etwas so Außergewöhnliches war, konnte man sie auch nicht mit normalen Maßstäben messen.

Eigentlich mochte Chris Mädchen, denen es egal war, wenn der Wind bei offenen Autofenstern durch ihre Haare fuhr, die sich für eine Party zurechtmachten, nicht aber für einen Strandspaziergang. Er musterte Janice' halbnackten Körper und fügte in Gedanken hinzu – und Mädchen, die Badeanzüge trugen, in denen man auch tatsächlich schwimmen konnte. Noch viel wichtiger war ihm aber, ein Mädchen zu finden, das mehr zu bieten hatte als fundierte Kenntnisse über den Inhalt trivialer Fernsehserien.

Chris ging auf Janice zu und blieb neben ihr stehen. »Nachdem du jetzt schon eine ganze Weile hier bist, hast du da deine Meinung inzwischen geändert?«

Janice war über sein Auftauchen offenbar nicht überrascht. »Über das Meer?«

Die Frage verwirrte ihn. Was sollte er denn sonst mit seiner Frage gemeint haben? »Ja.«

»Es gefällt mir von Tag zu Tag besser.« Sie stellte sich auf die Zehenspitzen, als das Wasser einer Welle bis zu ihren Oberschenkeln hochspülte. »Und ich werde inzwischen richtig egoistisch. Ich bin sogar auf die Leute sauer, wenn sie sich an meinem Strand aufhalten.« Sie grinste ihn schüchtern an. »Ich will den Platz hier ganz für mich alleine.«

Hätte Tracy so etwas zu ihm gesagt, hätte er automatisch vermutet, sie wolle ihm auf diese Weise zu verstehen geben, dass er verschwinden solle. Aber bei Janice war das anders. »Man muss aber sehr früh aufstehen, wenn …«

»Ich weiß.«

Er schaute sie an. »Machst du das?«

»Die beste Zeit ist kurz vor Sonnenaufgang. Da ist noch

keiner wach, oder wenn sie es sind, dann gehen sie nicht zum Strand. Man hört keine plärrende Musik, keine Kinder, keine Eltern, die herumbrüllen, sondern nur die Geräusche der Vögel und Wellen.« Sie schöpfte eine Hand voll Wasser und ließ es durch ihre Finger rinnen.

»Und du gehst alleine los?«

Sie lachte. »Also, wirklich. Selbst Tom Cruise könnte Tracy um diese Uhrzeit nicht aus dem Bett locken.«

»Das solltest du aber nicht, weißt du.«

»Warum?«

»Es ist einfach keine gute Idee so alleine loszuziehen.« Automatisch wiederholte er den guten Rat, den man allen Mädchen und Frauen aus seinem Bekanntenkreis zu geben pflegte.

»Also, ich lehne es ab, immer in Angst zu leben«, erklärte sie. »Was nicht heißt, dass ich naiv bin. In St. Louis gibt es eine Menge Orte, die ich nachts alleine nie aufsuchen würde, aber dort würden sich nicht einmal meine Brüder aufhalten.«

»Trotzdem, ich begleite dich gern, wenn ...«.

»Chris, ich brauche keinen Bodyguard. Ich bin absolut in der Lage selbst auf mich aufzupassen.«

»Das habe ich damit nicht gemeint. Auch ich mag den Strand, wenn er leer ist.«

Sie drehte sich zu ihm und sah ihn an. »Und wieso habe ich dich dann noch nie getroffen?«

»Ich ziehe nachts los, wenn schon alle im Bett liegen.«

»Weiß das deine Mutter?«

»Nein.«

»Das hätte ich jetzt nicht erwartet.«

»Was soll denn das heißen?«

»Tracy behauptet, dass deine Mutter dich ziemlich streng unter Kontrolle hat seit dein Vater weg ist.«

Er mochte es nicht, wenn man über ihn redete, selbst wenn das Gerede von Tracy stammte.

»Gut, dann liegt sie eben falsch.«

»Also wirklich, Chris. Ich habe doch gesehen, wie deine Mutter dich kontrolliert. Sie braucht dir nur einen Blick zuzuwerfen, und schon machst du den Abwasch oder den Einkauf. Ich wette, es war ihre Idee, dass du mir nachkommst.«

»Na und?« Woher nahm sie das Recht, ihn oder seine Mutter zu kritisieren? »Sie ist einfach nur besorgt, dass dir was passieren könnte, mehr nicht. Warum machst du so eine große Sache daraus?«

»Wenn sie sich solche Sorgen macht, wieso ist sie mir dann nicht selbst gefolgt?«

Kaum zu glauben, dass er tatsächlich schon angefangen hatte, Janice gern zu haben. »Auf was willst du eigentlich hinaus?«

»Sie muss dich doch endlich loslassen und sich selbst einen Mann suchen.«

Ihre Bemerkung verschlug ihm die Sprache. «Du bist ein unglaubliches Miststück!«, giftete er sie an, nachdem er sich wieder gefangen hatte. Voller Empörung riss er die Arme weit auseinander und entfernte sich rückwärts gehend von ihr. »Dann ertrink doch, ist mir auch egal.«

Janice sah ihm nach, wie er in Richtung der Treppen lief, dann aber plötzlich kehrtmachte und auf den Strand zu rannte. Wie hatte sie ihm nur solche Dinge an den Kopf werfen können? Kaum, dass sie den Mund geöffnet hatte, kamen ihr nur Tracys Worte über die Lippen. Was hatte sie sich verdammt noch einmal dabei gedacht? Am schlimmsten war jedoch, dass sie nicht einmal wirklich glaubte, was sie ihm da vorgeworfen hatte. Sie hätte alles dafür gegeben, wenn ihre Mutter nur ein bisschen wie Margaret wäre.

Wochenlang hatte sie sich anhören müssen, was für eine Niete Chris war. Als sie ihn dann kennenlernte, ergab das ganze Gerede von Tracy absolut keinen Sinn. Es war offensichtlich, dass er Tracy mochte, aber die hätte sich lieber mit Quasimodo zusammen getan. Tracy genoss es, wenn die Jungs, die hinter ihr her waren, sich für sie beide Beine ausrissen. Doch Chris' Schwärmerei schien für sie fast eine Beleidigung zu sein.

Sie wartete die nächste Welle ab, tauchte dann ins Wasser ein, ohne über ihre Frisur nachzudenken oder darüber, wie lange es dauern würde, um sich abends zum Ausgehen zurechtzumachen. Wenigstens musste sie sich, während sie sich die Haare fönte, nicht Tracys Nörgelei über ihre Mutter oder über Chris oder das Auto anhören.

* * *

Nachdem Chris zuerst die einzige gute Freizeithose anprobiert hatte, die in seinem Gepäck zu finden war, entschied er sich schließlich doch für ein neues, weißes T-Shirt und saubere Jeans. Schließlich ging er ja nicht zu einem formellen Abendessen, sondern zu einem Barbecue. Der Streit mit Janice hatte zwar seine Partylaune gedämpft, aber er wäre ja schön dumm, wenn er sich von ihr oder Tracy den ganzen Abend verderben lassen würde.

Die Party fand in dem Haus statt, das Tony angemietet hatte. Oder vielmehr, in dem Haus, das sein Filmteam für ihn gemietet hatte. Chris hatte sofort, als Tony ihm den Weg beschrieb, gewusst, um welches Haus es sich handelte. Jeder aus der Nachbarschaft kannte das Haus, aber Chris hatte bislang noch niemanden getroffen, der tatsächlich schon dort gewesen war. Es war aus Felsstein und Backstein gebaut, stand auf dem südlichsten Punkt der Bucht hoch über den Klippen. Dank dieser ungewöhnlichen Lage musste man von dort einen uneingeschränkten Blick über die gesamte Monterey Bay von Santa Cruz bis hinunter zum Pacific Grove haben. Chris hatte sich schon immer gefragt, wer sich ein solches Anwesen leisten konnte und stellte sich dabei die verschiedensten Menschen vor – aus der reichen Oberschicht, dem Silicon Valley oder irgendeinen Mafiaboss.

Um das Anwesen etwas genauer in Augenschein zu nehmen, hatte er eines Tages die Inlandroute genommen, aber der fast drei Meter hohe Zaun und der dichte Wald verwehrten es ihm schließlich, auch nur einen flüchtigen Blick darauf zu werfen.

An diesem Abend war das reich verzierte, schmiedeeiserne Tor weit geöffnet, und ein livrierter Wachmann verglich die Namen auf seiner Gästeliste. Schon hundert Meter vor dem Haus reihten sich beiderseits der Straße entlang die geparkten Autos. Anders ausgedrückt: Es war alles andere als die kleine, gemütliche Party, die Chris sich vorgestellt hatte.

Er parkte hinter einem kobaltblauen Viper, ein Automodell, das er bislang nur aus Zeitschriften kannte, und bevor er den Hügel hochging, inspizierte er ihn ausgiebig mehrere Minuten lang. Er konnte es gar nicht erwarten, den Jungs in seiner Schule von dieser Party zu berichten. Das würde ihm niemand glauben, nie und nimmer.

Das Haus war bei Weitem nicht so groß, wie er erwartet hatte, und besaß eher das Ausmaß, wie es die Häuser der Reichen in Fresno hatten, und nicht wie in Bel Air. Doch es gefiel ihm auf Anhieb. Bei diesem Gedanken meldete sich der vertraute Wunsch, eines Tages selbst ein eigenes Grundstück an der Küste zu besitzen, wobei er bisher allerdings nie von einem Haus wie diesem geträumt hatte. Solche Wunschträume sollte er am besten gleich wieder aus seinen Gedanken verbannen. So etwas wie das hier würde immer unerreichbar bleiben.

Eigentlich war er vernünftig genug, um solchen Illusionen gar nicht erst nachzuhängen. Und trotzdem meldete sich eine innere Stimme und insistierte: »Wieso nicht?«

Eine Frau mit einer Zigarette in der einen Hand und einem Drink in der anderen schaute ihn an, lächelte und drückte ihm das leere Glas in die Hand, als er auf sie zuging. Sie trug Schuhe mit zehn Zentimeter hohen Absätzen und ein Kleid aus einem Stoff, der wie Pfauenfedern in der Sonne schimmerte.

»Das Gleiche noch mal,« meinte sie, »Wodka pur.«

»Gern«, antwortete Chris und erwiderte ihr Lächeln, »wenn Sie mir zeigen, wo die Bar ist.«

Sie musterte ihn kurz. »Mein Güte, Sie sind ja ein Gast. Wie peinlich.« Sie hakte sich bei ihm unter, ließ die Zigarette auf den Boden fallen und trat sie aus. »Kommen Sie, ich werde Sie allen vorstellen.« Sie lachte. »Ich meine damit nur die, die Sie bisher noch nicht kennengelernt haben. Moment mal, erst muss ich ja Ihren Namen wissen.«

»Chris Sadler.«

Sie ging zur Seite, damit er die massive Mahagonitür mit den Schnitzereien öffnen konnte, fegte danach in den marmorierten Vorraum und wartete auf ihn. »Dolores Langtry.«

Chris war sich nicht ganz sicher, ob sie betrunken, exzentrisch, einfach nur seltsam oder eine Mischung aus allem zusammen war. Wie auch immer, anscheinend gehörte sie zu den Frauen, die es gewohnt waren, den Ton anzugeben, während ihnen alle anderen brav folgten. Sie führte ihn durchs Wohnzimmer auf die geflieste Terrasse hinaus und blieb dann abwartend stehen.

»Alle mal herhören ...«, rief sie, als sie endlich die Aufmerksamkeit aller Anwesenden hatte. »Ich möchte euch Chris Sadler vorstellen. Seid nett zu ihm, er ist ein sehr lieber Freund von mir.«

Ihre Worte wurde mit einem allgemeinen Lächeln quittiert, einige nickten anerkennend, andere begrüßten Chris. Tony unterbrach die Unterhaltung mit einem Pärchen, ging auf Chris zu und warf Dolores ein warmherziges Lächeln zu. »Wie ich sehe, hast du bereits meine Mutter kennengelernt.«

Chris betrachte zuerst Dolores genauer und danach Tony. Die beiden sahen sich überhaupt nicht ähnlich. »Dolores ist deine Mutter?«

»Was für ein netter Junge«, meinte Dolores und tätschelte ihm liebevoll die Wange, weil sie seine Frage offenbar als Kompliment aufgefasst hatte.

»Eins zu Null für den Kleinen«, witzelte Tony.

»Jetzt, wo du in guten Händen bist,« meinte Dolores zu Chris, »kann ich endlich meinen Drink holen. Und was möchtest du?«

Keinesfalls durfte er Tonys Mutter aufhalten. Und schon gar nicht ihr Angebot ablehnen. »Mhm, ein Wasser wäre nicht schlecht.«

»Mit oder ohne Kohlensäure?«

»Mit Kohlensäure.« Auf keinen Fall sollte sie seinetwegen besondere Umstände machen.

»Mit einem Schuss Limone?«

»Ja, gern – das wäre prima.«

»Sie mag dich«, meinte Tony, als seine Mutter gegangen war.

»Sie hat mich doch gerade erst kennengelernt.« Er sah sich um und stellte zu seiner Erleichterung fest, dass er nicht der einzige Gast in Jeans war.

»Dolores zufolge zählt nur der erste Eindruck.«

»Du nennst deine Mutter Dolores?«

Tony beäuge ihn. »Wie alt bist du?«

Chris erster Impuls war, sich ein paar Jahre älter zu machen, ein Vorhaben, so ungewohnt für ihn, dass ihm seine Zunge plötzlich wie gelähmt vorkam.

»Schon in Ordnung«, erklärte Tony. «Du musst nicht darauf antworten.«

»Siebzehn.«

Tony nickte. »Genau, wie ich vermutet habe. Komm, ich werde dich herumführen und dich mit ein paar Leuten bekannt machen.«

Chris verspürte den unerklärlichen Wunsch zu fragen, ob siebzehn in Ordnung sei. Er wusste zwar nicht wieso, spürte aber, dass es offenbar von Bedeutung war. »Im September werde ich achtzehn.«

»Wirklich? Wann im September?«

»Am dreiundzwanzigsten.«

»Ich habe am dreizehnten Geburtstag.«

»Ist nicht wahr? Wie alt wirst du?« – »Siebenundzwanzig.«

Himmel, wie alt Tony doch war. Viel älter, als Chris vermutet hatte. Würde er sich jetzt, nachdem er wusste, dass er es mit einem Halbwüchsigen zu tun hatte, überhaupt noch mit ihm abgeben? »Das ist wirklich ein tolles Haus.«

»Es gehört einem Freund von mir. Ich habe versucht, ihn zu überreden, es mir zu verkaufen.« Er blieb vor einer kleinen Gruppe von Gästen stehen, die um einen mit Gläsern überfüllten Rattantisch saßen. »Robert, das ist der Junge, von dem ich dir erzählt habe.«

Robert trug eine Nickelbrille, ein Golfhemd mit einem Hai auf der Brusttasche und eine Baseballmütze vom Sundance Film Festival. Er musste um die Fünfzig sein und sah so aus, als würde man ihm nichts vormachen können. Nachdem er Chris einer schnellen Prüfung unterzogen hatte, schob er seine Zigarre in den Mundwinkel und meinte an Tony gewandt: »Stimmt, er sieht wirklich wie David aus.«

»Ich denke, das reicht erst mal«, erklärte Tony, sichtlich mit sich selbst zufrieden.

Robert lachte. »Du verdammter Hurensohn, du kriegst wohl immer, was du willst, was?«

»Nur, wenn ich Recht habe.«

Chris warf einen Blick auf die anderen, die am Tisch saßen. Offenbar wussten sie genauso wenig wie er, um was es ging.

»Wer ist David?«

»Erklär ich dir später«, meinte Tony.

Eine Frau, deren Schönheit mit Sicherheit alles übertraf, was Chris bislang gesehen hatte, bedeutete ihm mit einem Klopfen auf den leeren Stuhl neben sich, sich hinzusetzen. Er nahm Platz, und sie stellte sich vor.

»Gloria Sinclair.« Sie rückte ihren Stuhl zur Seite, um ihm mehr Platz zu verschaffen. »Völlig egal, was die da planen, Chris, du wirst es nie und nimmer aus ihnen herausbekommen, bevor sie nicht bereit sind, es dir zu sagen. Aber keine

Angst, ich bin davon überzeugt, dass es etwas Angenehmes ist.«

Tony beugte sich zu ihr hinunter, gab ihr einen innigen Kuss, der ihre Lippen nass und glänzend machte. »Willst du mich heiraten?«

»Ich werde es mir überlegen.«

Chris warf einen Blick auf ihren Finger, an dem ein Diamant in der Größe seines Daumennagels funkelte.

Sie lächelte und hob ihre Hand, damit er ihn genauer begutachten konnte. »Hübsch, nicht?«

»So einen habe ich noch nie gesehen«, gestand Chris und konnte sich glücklicherweise gerade noch rechtzeitig auf die Zunge beißen, bevor er fragte, ob der Ring auch echt sei.

Tony küsste sie nochmals. »Jetzt muss ich es nur noch schaffen, dass sie wenigstens so lange etwas kürzer tritt, bis wir endlich den Termin festlegen können.«

»Ich und kürzer treten?«, meinte sie. »Und was ist mit dir?«

»Sind Sie denn auch Schauspielerin?«, erkundigte sich Chris. Plötzlich herrschte Totenstille, wo noch Sekunden zuvor fünfzig Gäste in zwei Dutzend Gespräche vertieft gewesen waren. Selbst jene, die sich auf der anderen Seite der Terrasse aufhielten und seine Frage ganz bestimmt nicht mitbekommen hatten, verstummten und warteten auf ihre Antwort.

»Sie gehen wohl nicht oft ins Kino, was?«, meinte Robert, und schob seine Zigarre im Mund herum.

Chris spürte, dass ihn alle anstarrten. »In den letzten Jahren nicht, ich war dafür irgendwie zu beschäftigt.«

»Lasst den Jungen in Ruhe«, meinte Gloria. »Es gefällt mir, dass es auch noch Menschen gibt, die mich noch nicht gesehen haben. Das ist ein Ansporn, noch mehr zu arbeiten.«

Tony stand hinter ihr und legte die Hände auf ihre Schultern. »Gott behüte uns davor. Wir sehen uns ja jetzt schon kaum.«

Sie streckte sich zu ihm und berührte ihn sanft. »Natürlich nicht, kommt gar nicht in Frage.«

Dolores erschien und reichte Chris sein Mineralwasser. Langsam setzten die Gespräche in der ganzen Runde wieder ein. Chris wurde informiert, dass im Herbst ein neuer Film mit Gloria in den Kinos anlaufen würde und alle davon überzeugt waren, dass sie dafür eine Oscar-Nominierung bekommen würde und dass sie auf dem besten Wege war, eine der meistgefragten Nachwuchsschauspielerinnen in ganz Los Angeles zu werden.

Das Beste von allem war jedoch, dass sie zudem eine erstaunlich nette Person war, wie Chris im Verlauf des Abends erfreut feststellen konnte.

6

Chris verließ die Party um Viertel nach zwei. Wie spät tatsächlich war, merkte er allerdings erst, als er die Toilette im Haus aufsuchen wollte. Das Haus war leer, nur Gloria lag zusammengerollt auf dem Sofa und schlief. Er hatte sich großartig amüsiert. Mehr als großartig – einfach fantastisch.

Und es gab so viele Neuigkeiten, wunderbare, aufregende Neuigkeiten. Er hoffte inständig, dass seine Mutter sich nicht an ihr Versprechen, nicht auf seine Rückkehr zu warten, gehalten hatte. Er musste das Erlebte unbedingt mit jemandem teilen und würde bestimmt verrückt werden, falls er mit seinem Bericht bis zum Morgen warten müsste.

Er würde in einem Film mitspielen. Es war zwar nur eine Massenszene, aber Tony meinte, die Dreharbeiten dafür würden sicher etliche Tage dauern. Er musste sich dafür die Haare schneiden lassen, aber das war ihm egal. Für die Ringersaison schnitt er sich die Haare sowieso immer kurz.

Es war einfach obergeil!

Hätte man ihm vor einer Woche erzählt, man würde in Watsonville einen Film drehen, hätte er sich nicht einmal die Zeit genommen, den Highway zu verlassen, um sich das anzusehen. Aber seit er mit Tony diesen einen Tag am Drehort verbracht hatte, war er sogar bereit, seinen nächsten nationalen Ringerwettkampf gegen die Filmarbeit einzutauschen. Zum Glück war das jedoch gar nicht nötig. Tatsächlich hatte der Regisseur ihn persönlich gefragt, ob er schon am Montag mit der Arbeit beginnen könnte.

Mein Gott, es war sowas von geil.

Chris näherte sich dem Hügel und drosselte das Tempo, um zum Haus abzubiegen, als er Beverlys Leihwagen entdeckte, der am Straßenrand parkte. Er zog das Lenkrad seines Volvos nach rechts, damit er mit den Scheinwerfern ins Auto leuchten konnte. Jemand drehte sich zu ihm um, legte aber eine Hand über die Augen, bevor er erkennen konnte, wer es war.

Chris parkte hinter dem Wagen ein und stieg aus, ließ aber den Motor laufen und die Lichter an. Janice lehnte sich aus dem Fenster.

»Tracy? Bist du das?«

»Ich bins, Chris.«

»Na, großartig«, meinte sie und verdrehte die Augen. »Das hat mir gerade noch gefehlt.«

»Was machst du denn hier?« Er ging zu ihrem Fenster und beugte sich nach vorn, um hineinzusehen. »Und wo ist Tracy?«

»Was geht dich das denn an?«

»Vergiss die Frage«, erwiderte er genervt. »Ich dachte nur, ihr könntet Hilfe gebrauchen.«

»Warte.« Janice stieg aus und lehnte sich gegen die Wagentür. »Du hast recht. Ich brauche deine Hilfe – nicht das, was du denkst. Ich weiß einfach nicht, was ich machen soll«, erklärte sie. »Tracy wollte schon vor zwei Stunden hier sein, das hatte sie zumindest versprochen.«

»Wo ist sie denn hin?«

»Weg – mit einem Typen, den sie auf der Strandpromenade kennengelernt hat.«

Es dauerte eine Weile, bis er begriffen hatte, worum es hier eigentlich ging. »Sie ist einfach losgezogen und hat dich hier sitzenlassen?«

»Ich hab gesagt, es sei schon in Ordnung«, erwiderte sie kleinlaut.

»Ist der Typ von hier?«

»Keine Ahnung. Was spielt das für eine Rolle?«

»Wenn es ein Einheimischer ist, könnten wir ihn suchen. Wie heißt der Kerl?«

»Das weiß ich auch nicht.«

»Jesus, du hast sie einfach mit einem Kerl losziehen lassen, von dem ihr gar nichts wisst?«

»Was hätte ich denn tun sollen? Ich bin doch nicht ihr Kindermädchen.«

»Nein, aber ihre Freundin.«

»Nein, das bin ich nicht«, widersprach Janice energisch. »Tracy und ich, wir kannten uns ja kaum, bevor sie sich den Cheerleaders angeschlossen hat. Sie hat mich zu dieser Reise nur eingeladen, weil sonst keiner mitkommen konnte, und sie wollte nicht den ganzen Monat hier allein mit dir verbringen.«

Kaum waren ihr die Worte herausgerutscht, bedeckte Janice ihren Mund mit dem Fingerspitzen, als hätte sie Angst, noch mehr zu verraten. Als sie zu ihm aufblickte, hatte sie Tränen in den Augen.

Im Prinzip hatte sie nur das bestätigt, was Chris bereits vermutet hatte, was den Schmerz aber nicht erträglicher werden ließ.

»Hat sie dir das gesagt?

»Es tut mir leid. Das war gemein. Es stimmt gar nicht. Ich hab mir das nur ausgedacht.«

Chris hätte ihre Entschuldigung annehmen und so tun könne, als würde er ihr glauben, aber was brachte das?

»Nein, hast du nicht.«

»Es tut mir wirklich wahnsinnig leid«, flüsterte sie zwischen den Fingern hindurch.

Überrascht stellte Chris fest, dass sie weinte. »Du hast doch lediglich die Wahrheit gesagt.«

»Ehrlich, ich bin nicht so ein Miststück, wie du glaubst. Bei mir zu Hause halten mich alle für einen sehr netten Menschen. Ich weiß wirklich nicht, wieso ich so gemein zu dir gewesen bin. Deine Mutter war einfach großartig ... und du auch ... und ich hab immer nur ...«. Sie ließ einen lauten Schluchzer los. »Es tut mir so leid.«

Chris konnte es nicht ertragen, wenn jemand in seiner

Gegenwart weinte. Er wusste dann nie, was er sagen oder tun sollte, und machte sich, sobald es ging, möglichst schnell aus dem Staub. Aber er konnte doch nicht einfach weggehen und Janice so stehen lassen. »Wahrscheinlich hast du nur Heimweh.« Der Satz hätte von seiner Mutter stammen können.

Sie fuhr sich mit den Händen über die Wangen und wischte sie dann an ihren Shorts ab. »Du glaubst ehrlich, dass es daran liegt?«

»Ja, da bin ich mir sicher. Als ich letzten Sommer bei meinem Cousin verbringen musste, habe ich ständig alle angebrüllt.« Das stimmte war nicht, aber er hätte alles gesagt oder getan, um ihren Tränenfluss zu stoppen.

Sie dachte über das nach, was er gesagt hatte. »Ich glaube, es ist mehr als nur Heimweh. Als ich im Cheerleader-Camp war, ist mir das nicht passiert.«

»Warst du mit Tracy dort?«

»Nein, sie war nicht dabei.« Ein verhaltenes Lächeln huschte über ihr Gesicht. »Ich verstehe, was du meinst.«

Chris, dem inzwischen klar geworden war, dass sie wahrscheinlich noch länger hier herumstehen würden, ging zu seinem Volvo zurück, stellte den Motor ab und holte die Kleenex, die seine Mutter immer unter dem Sitz verstaute. Janice putzte sich zuerst leise, dann lautstark die Nase.

Als sie aufsah und sein Lächeln bemerkte, lächelte sie zurück. »Jetzt geht es mir besser. Danke.«

Weil ihm nichts anderes einfiel, fragte er sie: »Seit wann bist du Cheerleader?«

»Seit drei Jahren.«

»Gefällt es dir?«

»Natürlich. Es ist toll. Wir bekommen …«.

Sie zögerte, als müsste sie ihre Antwort noch einmal überdenken. »Nicht immer. Manchmal, wenn wir auf dem Feld die Mannschaft anfeuern, und keiner von uns Notiz nimmt, oder wenn wir unseren Cheer vermasseln, weil das andere Team den Ball hat, komme ich mir schon blöd vor.«

»Das merkt doch keiner.« – »Denkst du. Wenn ich auf die Tribüne schaue, sehe ich lauter Typen wie dich, und merke, wie sich mich die ganze Zeit über anstarren.«

»Was meinst du denn mit Typen wie ich?«

»Deiner Meinung nach habe ich doch nichts anderes im Kopf als mein Aussehen oder mit welchen Jungs ich ausgehe.«

Das saß. »Du meinst, ich liege damit falsch?«

»Vorurteile sind immer falsch.«

Er lachte. »Gut gekontert.«

»Ich interessiere mich für eine Menge anderer Dinge, die absolut nichts mit den Cheerleadern zu tun haben.«

»Zum Beispiel?«

»Warum sollte ich das ausgerechnet dir erklären?«

»Musst du nicht.«

Sie gingen also wieder aufeinander los, und waren wieder dort angelangt, wo sie angefangen hatten. »Wie wäre es mit einem neuen Versuch?«

»Ich arbeite viel im Al-Anon, helfe dort anderen Kindern.«

Er brauchte eine Weile, um den Begriff einzuordnen.

»Ist das nicht der Platz …«.

»Es ist kein Platz, es ist eine Einrichtung … für Kinder, deren Eltern Alkoholiker sind.«

»Ist dein Vater Alkoholiker?«

»Meine Mutter.« Sie schwieg eine ganze Weile und fügte dann hinzu: «Keiner meiner Freunde weiß das.«

»Nicht einmal Tracy?«

»Ich hab es dir doch schon gesagt, Tracy und ich sind keine Freundinnen. Ich mag sie nicht einmal.«

»Weiß es dein Vater? Ich meine, das mit deiner Mom?« Eine dümmere Frage hätte ihm wohl kaum einfallen können.

»Er hat meine Brüder und mich zu Al-Anon gebracht.«

»Gott … das muss sehr schwer sein.« Der einzigen Alkoholiker, den Chris kannte, war ein Freund seiner Vaters. Früher hatten sie die Partys in seinem Haus besucht. Aber jedesmal, wenn er betrunken war, fing er an, die Freundinnen seiner Tochter zu verprügeln. Chris ging nur ungern zu ihm, obwohl sein Vater damals immer meinte, der Typ sei im Grunde harmlos und würde bloß ein bisschen Spaß haben wollen.

»Manchmal hasse ich sie, und dann fühle ich mich wieder so schuldig.«

»Manchmal hasse ich meinen Dad auch«, gestand Chris.

»Weil er sich von deiner Mutter hat scheiden lassen?«

»Mehr wegen der Art, wie er es getan hat. Er hat sie nach Strich und Faden betrogen, und er ließ es darauf ankommen, von ihr dabei erwischte zu werden – direkt in ihrem Ehebett. Knapp drei Jahre später hat er wieder geheiratet, und sie hat in der ganzen Zeit nicht mal ein einziges Rendezvous gehabt.«

»Deine Mutter ist toll. Dein Vater muss ein echter Volltrottel sein.«

»Genau das sage ich ihr ja auch immer wieder. Aber sie meint, das sei allein ihre Sache und dass es absolut nichts mit mir oder ihm zu tun hat.«

Er sprach niemals mit jemandem über seinen Vater. Seine Freunde gingen davon aus, dass sie gut miteinander auskamen.

»Das ist doch gar nicht möglich. Wenn ich mitbekomme, wie Moms Trinkerei meinem Vater zusetzt, dann ertrage ich manchmal kaum ihre Anwesenheit. Sie denkt, sie könnte das alles verschleiern, aber wir riechen doch den Alkohol und merken genau, wenn sie betrunken ist. Meine Brüder hauen ab, wenn es mit ihr ganz schlimm wird, aber ich kann das nicht. Einmal ist sie bewusstlos zusammengebrochen, als sie Speck gebraten hat, und hätte beinah das ganze Haus in Brand gesetzt.«

»Wie alt sind deine Brüder?«

»Vierzehn und fünfzehn.«

»Und wo gehen sie dann hin?«

»Zu meiner Großmutter. Sie lebt nur wenige Straßen von uns entfernt, und sie können dort bleiben, wann immer sie wollen.«

»Ich werde es für mich behalten.« Es war ihm wichtig, sie wissen zu lassen, dass sie ihm vertrauen konnte.

»Danke. Ich werde auch nichts über deinen Vater verraten.« Sie erschlug eine Mücke, die sie ins Handgelenk gestochen hatte. »Meinst du, dass wir wegen Tracy was unternehmen sollten?«

»Was zum Beispiel?«

»Weiß ich nicht, aber langsam mache ich mir Sorgen.«

Chris wusste nicht genau, ob er sich Sorgen machen oder einfach sauer sein sollte. Vermutlich amüsierte sich Tracy prächtig und würde womöglich die ganze Nacht wegbleiben. »Was für einen Wagen hat der Typ gefahren?«

»Einen blauen Mustang, eines dieser ganz alten Modelle. Wieso?«

»Ich kenne ein paar von den einschlägigen Kneipen hier,« erwiderte Chris. »Ich könnte mich dort mal nach ihr umsehen.«

»Ich komme mit.«

»Und was ist, wenn sie zurückkommt, während wir nach ihr suchen?«

»Dann wird sie eben auf uns warten müssen.« Janice holte die Autoschlüssel und ihre Tasche aus dem Wagen. »Es kann losgehen.«

Chris manövrierte sein Auto um den Leihwagen herum, wendete und fuhr dann zurück in die Richtung, aus der er gekommen war.

»Es ist nicht das erste Mal, dass Tracy so eine Nummer bringt,« erklärte er. »Falls sie wieder ihre Show abzieht, dann tut mir der Kerl leid.«

»Und mir tut ihr Freund leid.«

Chris' Hände verkrampften sich auf dem Lenkrad. »Welcher Freund?«

»Na der, der zu Hause auf sie wartet. Ist dir nicht aufgefallen, wie oft sie telefoniert? Und wie viele Postkarten sie geschrieben hat?«

»Sie hat gesagt, dass sie ihren Dad anrufen würde.« Natürlich hatte er sich darüber etwas gewundert, aber welchen Grund hätte er haben sollen, das anzuzweifeln. »Und wie lange ist sie mit ihm schon zusammen?

»Seit letztem Sommer.«

»Ein ganzes Jahr? Aber Tracy hat das nie erwähnt ... und ihre Mutter auch nicht.«

»Ich glaube, weil Beverly insgeheim immer noch hofft, dass ihr irgendwann mal ein Paar werdet.«

»Das ist doch verrückt.« Und dennoch, diese Möglichkeit gefiel ihm, nein, sie hätte ihm gefallen sollen. »Sie hat mir gegenüber nie etwas erwähnt.« Hatte sie seiner Mutter davon erzählt? Der Gedanke gefiel ihm gar nicht.

»Weil sie wusste, dass Tracy, falls sie das herausfinden würde, natürlich genau das Gegenteil tun würde.«

»Als ob sie das nicht ohnehin schon längst tut. Sie behandelt mich ja wie Dreck, den sie nicht mehr von den Schuhsohlen bekommt.«

»Was ich absolut nicht verstehe«, meinte Janice, »ist denn irgendwas zwischen euch vorgefallen?«

»Ja – jeden Sommer habe ich einen Deppen aus mir gemacht, weil ich unbedingt ihre Aufmerksamkeit erregen wollte. Während sie fast über ihre eigenen Füßen stolperte, um mir möglichst schnell aus dem Weg zu gehen.« Bislang hatte er das noch niemandem eingestanden, nicht einmal sich selbst.

Sie fuhren an der Straße zu Tonys Haus vorbei. Chris warf Janice einen flüchtigen Blick zu und sah dann wieder auf die Straße. Würde sie Tracy erzählen, was er gesagt hatte, ihr erneut einen Anlass dafür liefern, über ihn zu lachen?

Obwohl völlig grundlos, vertraute er Janice.

Als sie sich dem Highway näherten, wurde ihm klar, dass

er nicht seiner Mutter, sondern Janice von der Party erzählen wollte. »Hast du schon einmal den Namen von …«

»Da sind sie,« rief Janice aus und zeigte auf einen Wagen, der sie überholte.

Sie drehte sich um, um genauer nachzusehen.

»Verdammte Zicke. Jetzt, wo ich weiß, dass es ihr gut geht, würde ich sie am liebsten eigenhändig umbringen.«

Chris machte eine Kehrtwendung und folgte den Rücklichtern, die schnell verschwanden. Von der Party würde er Janice später erzählen.

7

Chris hielt mit seinem Auto direkt hinter dem Mustang genau in dem Moment, als Tracy aus dem Wagen stieg. Sie schenkte ihnen keine Beachtung, während sie darauf wartete, dass der Fahrer den Wagen verließ und auf ihre Seite kam. Als er bei ihr war, umarmte sie ihn, gab ihm einen tiefen Zungenkuss, der eher einem Rachenputzer glich, und presste ihre Hüften gegen seine.

»Was für eine Show, nicht?« meinte Janice. »Du weißt schon, das sie das nur deinetwegen macht.«

Eigentlich hätte er sich betroffen fühlen müssen. Er horchte in sich hinein. Aber da war nichts dergleichen. »Wie schon gesagt, mir tut der Kerl leid.«

»Wirklich?«

»Warum gibst du ihr nicht einfach den Autoschlüssel, damit wir hier endlich verschwinden können?«

»Super Idee.« Janice kurbelte das Fenster herunter, während Chris an den beiden vorbeifuhr. »Tracy – fang!« Noch bevor Tracy überhaupt reagieren konnte, warf sie den Schlüssel hinaus, der sie am Hintern traf.

»Guter Wurf,« meinte Chris.

Sie grinste. »Danke.«

Normalerweise hätte Chris sein Auto auf der Straße vor dem Haus geparkt, um die Zufahrt für Tracy freizuhalten. Aber Janice und er hatte an diesem Abend schon genug Unannehmlichkeiten gehabt.

Als er ins Bett kroch, warf er einen kurzen Blick auf den Wecker auf seinem Nachtkasten. Es ging schon auf vier Uhr zu, aber er war immer noch hellwach. Als die Morgensonne durch die Jalousien drang und schräge, geometrische Muster auf die gegenüberliegende Wand malte, lag er immer noch mit offenen Augen da. Ans Schlafen war ohnehin nicht zu denken, also wartete er auf die Geräusche, die ihm verraten würden, dass seine Mutter aufgestanden war. In den vergangenen vierundzwanzig Stunden war so viel passiert, dass er unbedingt mit ihr reden musste. Seine Gedanken sprangen von einem Thema zum anderen, ohne dass er in der Lage war, eines davon bis zum Ende zu durchzudenken.

In weniger als vierundzwanzig Stunden hatte er sich von einem ganz normalen Jungen von nebenan zu einem Gast auf der Party eines Filmstars verwandelt, auf der er nicht einmal die Hälfte der Speisen am Büffet hätte benennen können. Er machte sich keine Illusionen. Sein momentaner Höhenflug würde allenfalls eine Woche, vielleicht auch zwei andauern. Dann würden alle ihre Sachen packen, wieder nach Hause fahren und den Jungen vergessen, den sie im Sommer kennengelernt hatten. Aber Chris würde es nicht vergessen. Sein ganzes Leben lang würde er daran denken.

Irgendwann zwischen den Gedanken an den Diamanten an Glorias Finger und der Erinnerung, wie er sich gefühlt hatte, als er mit Tony den Filmset besuchte, überlegte Chris, dass es vielleicht sogar Spaß machen könnte, sich diesen Herbst für eines der Theaterstücke an seiner Schule zu bewerben. Nur für eine kleine Rolle natürlich. Er würde sich mit einer Nebenrolle begnügen, und falls er daran Gefallen finden sollte, könnte er dann im Frühling eine größere Rolle übernehmen, oder vielleicht auch erst am College.

Wenn sie wieder zu Hause waren, würde er sich sofort erkundigen, an welchem College es auch ein Theaterseminar gab. Natürlich hatte er nicht die Absicht, Schauspielkunst oder Ähnliches als Hauptfach zu studieren. Es zeugte wohl eher von einem übersteigerten Selbstwertgefühl, anzunehmen, es würde tatsächlich Leute geben, die Eintritt bezahlten, um ihn auf der Bühne oder in einem Film zu bewundern.

Aber eigentlich wollte er gar kein großer Star werden. Er würde sich schon damit zufrieden geben, sein Leben lang nur als Statist arbeiten zu dürfen. Sie würden ihm nicht einmal Geld dafür bezahlen müssen, ihm reichte es schon, einfach mitmachen zu dürfen – selbst auf die Gefahr hin, dass er sich deswegen niemals ein eigenes Haus am Strand würde leisten können.

Dieses Wochenende würde er niemals überstehen und er wünschte, er könnte einfach bis zum Montag durchschlafen.

Er hörte, wie die Tür vom Nebenraum geöffnet und dann wieder leise geschlossen wurde. Das musste seine Mutter sein. Beverly stand nie vor neun Uhr auf. Er sprang aus dem Bett, zog sich die Jeans über und war schon bei ihr, bevor sie die Küche erreichte.

»Du bist früh auf«, meinte sie, »wie war die Party?«

Er legte die Hände auf ihre Schultern, schaute ihr in die Augen und grinste: »Un-glaub-lich!«

Sie wartete geduldig ab, während er sie umarmte. »Sieht so aus, als hättest du dich bestens amüsiert.«

»So gut wie noch nie. Du wirst staunen, wenn du das hörst.«

»Kannst du es mir erzählen, während ich mir einen Kaffee mache?«

»Ich weiß nicht, ob ich es so lange aushalte.«

»Meine Güte – dann muss es ja was ganz Tolles sein.« Sie musterte ihn eine Weile und meinte dann: »Du hast ein Mädchen kennengelernt.«

»Eine ganze Menge sogar, aber kein spezielles.« Kaum hatte er den Satz zu Ende gesprochen hatte, kam ihm kurz Janice in den Sinn.

»Also? Wie lange soll ich noch warten?«

Er ließ die Arme sinken und meinte betont gleichgültig. »Weiß ich nicht, ich denke, es hat Zeit, bis du deinen Kaffee getrunken hast.«

»Du kleine Ratte.« Sie wandte sich zur Küche.

»Ich hab ein gutes Gedächtnis, und werde dich beim Wort nehmen.«

Er folgte ihr. »Ich werde in Tonys Film mitspielen.«

Als sie sich zu ihm umdrehte, lag in ihrem Blick mehr Überraschung als Freude. »Ich weiß nicht, was ich dazu sagen soll.«

Ihre Reaktion verunsicherte ihn. »Es ist keine große Sache, nur eine Massenszene. Ich glaube, Tony wollte mir nur einen Gefallen tun, weil er gemerkt hat, wie sehr mir die Dreharbeiten gefallen haben.« Weil sie nicht antwortete, fügte er hinzu, »Stimmt irgendetwas nicht? Ich dachte, du würdest dich wahnsinnig mit mir freuen.«

»Ich bin vollkommen überrascht.« Sie suchte nach einer besseren Antwort. »Und ich dachte, ich würde dich in- und auswendig kennen. Aber niemals hätte ich vermutet, dass es dir so viel bedeuten könnte, in einem Film mitzumachen.«

»Ich auch nicht«, gab er zu.

»Ich finde es großartig.« Sie öffnete den Kühlschrank und nahm den Kaffee heraus. »Wenn der Film anläuft, sollten wir eine Party feiern und alle deine Freunde dazu einladen.«

Chris war sich nicht sicher, was ihn mehr enttäuschte – ihre mangelnde Begeisterung oder ihr Versuch, dies zu überspielen. Auf keinen Fall würde er eine Party geben. Er beschloss, die übrigen Neuigkeiten für sich zu behalten. Wenn sie seiner Begeisterung für den Film schon so wenig Verständnis entgegenbrachte, würde sie wohl erst recht nicht begreifen, dass er vorhatte, sich um eine Rolle in einem Theaterstück an seiner Schule zu bewerben.

»Wie war der Film?«, fragte er, um das Thema zu wechseln.

»Kann ich nicht genau sagen. Die Untertitel waren so lang, dass es eine Ewigkeit dauerte, sie zu lesen, und ich kaum etwas von dem Film mitbekommen habe.« Sie füllte den Wasserkocher und schaltete ihn ein. »Aber wir haben sehr gut zu Abend gegessen. Wir waren in einem indischen

Restaurant, das Eric uns empfohlen hat. Beverlys Meinung nach waren die Shrimps zwar mit zu viel Curry gewürzt, aber ich …«.

Chris hörte ihr nicht mehr zu. Seine Gedanken schweiften zu Janice ab und das, was sie über ihre Mutter erzählt hatte. Er verstand, warum sie nicht wollte, dass es irgendjemand erfuhr. Chris hatte nicht einmal seinem besten Freund Paul gestanden, dass sein Studiengeld aufgebraucht war. Sein Trainer bemühte sich um ein Stipendium für ihn und es sah ganz so aus, als gäbe es einige Colleges, die ihm möglicherweise ein Angebot machen könnten, wobei keines darunter war, das auf Chris' Wunschliste stand. Er war zwar gerne Ringer und war auch der Meinung, nach College-Maßstäben ziemlich gut zu sein, aber bisweilen hegte er doch gewisse Zweifel, ob er auch die entsprechende Leidenschaft dafür mitbrachte.

»Chris?«

Er blickte hoch und merkte, dass seine Mutter mit ihm sprach. »Was?«

»Und wie sehen ansonsten deine Pläne aus?«

Er hatte keine Ahnung, wovon sie sprach. Eingestehend, ihr nicht zugehört zu haben, fragte er: »Welche Pläne?«

»Heute Abend?«

Sie hatte nicht die Absicht, ihn so leicht davonkommen zu lassen.

»Gut. Ich geb's zu. Ich weiß nicht, um was es geht?«

»Eric kam gestern Abend vorbei und meinte, sein Freund würde früher als geplant zu Besuch kommen. Falls du nichts Besseres vorhast, bist du zum Nachtisch gegen 20 Uhr eingeladen.«

»Weißt du, ich bin mir sicher, dass es in Ordnung geht, wenn du mich begleitest,« antwortete er.

»Vergiss es, Chris. Ich habe dir doch gesagt, dass ich nicht an Eric Lawson interessiert bin. Würdest du also bitte aufhören, zu versuchen, uns zusammen zu bringen?« Sie ging um ihn herum, um die Schalen für das Müsli zu holen. »Außerdem werde ich heute Abend mit Beverly ein Konzert in Monterey besuchen.«

»Was hast du denn gegen Eric?«

»Gar nichts.«

»Aber warum –«

»Ich hab dir gesagt, dass ich noch nicht bereit bin für eine neue Beziehung.«

»Dad hat wieder geheiratet. Ich sehe keinen Grund, weshalb du nicht hin und wieder einmal ausgehen solltest.«

»Setz dich, Chris.« Er setzte sich, während sie den Kaffee holte und sich dann zu ihm an den Tisch setzte. »Auch wenn es dir vielleicht schwerfällt, das zu verstehen, ich bin gern allein. Als ich damals von zu Hause ausgezogen bin, habe ich auf dem College in einem Schlafsaal gelebt, und danach bin ich sofort mit deinem Vater zusammengezogen. Es ist das erste Mal in meinem Leben, dass mir keiner Vorschriften macht, und ich tun und lassen kann, was ich will. Wieso sollte ich das aufgeben?«

»Fühlst du dich denn nie einsam?«

»Manchmal. Aber dann brauche ich nur daran zu denken, wie hoch der Preis ist, den ich für menschliche Gesellschaft würde zahlen müssen.« Sie gab Milch in ihren Kaffee und reichte Chris die Tüte. »Damit will ich nicht sagen, dass ich nicht eines Tages meine Meinung ändern werde. Aber momentan gefällt es mir so, wie es ist.«

»Hast du dich schon einmal umgesehen, Mom? Du wirst alt – älter«, korrigierte er sich. »Du hast nicht mehr so viele Männer zur Auswahl. Was ist, wenn dir der Richtige über den Weg läuft, während du immer noch mit dieser Unabhängigkeitsgeschichte beschäftigt bist?«

»Sollte das passieren, dann kann man nichts machen. Es gibt Schlimmeres im Leben als alleine zu leben.« Sie nahm einen Schluck aus ihrer Kaffeetasse. »Zum Beispiel den falschen Mann heiraten.«

»Meinst du damit Dad?« Sie schüttelte die Kopf. »Er hat sich nur am Schluss falsch verhalten. Ich habe die Ehe mit deinem Vater nie bereut, Chris. Ohne diese Ehe wärst du heute nicht da.«

»Du weißt, dass auch ich dich schon ziemlich bald verlassen werde.«

»Geht es also darum?«

»Was meinst du damit?«

»Der Grund, mich unbedingt an den Mann bringen zu wollen. Machst du dir Sorgen, was aus mir wird, wenn du auswärts studieren wirst?«

»Ich hab darüber nachgedacht«, gab er zu.

»Nun, dann hör auf damit.« Sie griff über den Tisch nach seiner Hand und drückte sie fest. »Ich möchte deine Gefühle nicht verletzen, aber ich kann es ehrlich gesagt kaum erwarten, das Haus endlich nur für mich zu haben.«

Das glaubte er ihr zwar nicht, aber er wusste, wie wichtig es war, zumindest so zu tun. »Willst du mir auf diese Weise etwa beibringen, dass es dir recht wäre, wenn ich früher ausziehen würde?«

Sie lächelte. »Ich denke mal, dass ich es mit dir schon noch ein Jahr aushalten werde.«

Chris hob die Arme über den Kopf und streckte sich. »Ich werde vor dem Frühstück noch etwas laufen. Kommst du mit?«

Sie dachte über seine Aufforderung nach. »Ich komme mit dir zum Strand, aber heute morgen ist mir eher nach einem gemütlichen Spaziergang.« Sie trank ihren Kaffee aus. »Du hast mir noch gar nicht gesagt, wann du gestern Nacht heimgekommen bist.«

»Spät.«

»Mmm … und trotzdem bist du heute so früh aufgestanden. Du bist wegen dieser Filmgeschichte wirklich ziemlich aufgeregt, nicht?«

»Ich werde mich umziehen. Wir sehen uns draußen.«

Sie nahm eine Zeitschrift in die Hand, überflog das Titelblatt und streckte sich gemütlich. »Zu spät. Ich bin schon abgelenkt. Ich bin draußen auf der Veranda, falls du mich brauchst.«

Er lachte. »Wie ich schon sage, du wirst langsam alt, Mom. Als Nächstes wirst du am Stock gehen und dann eines dieser Laufwägelchen brauchen. Und wer weiß, was danach kommt?«

»Ich sehe es lieber so, dass ich mit meinen Energien haushalte.«

Als Chris eine Stunde später zurückkam, geriet er direkt in eine lautstarke Auseinandersetzung zwischen Tracy und Beverly, bei der es darum ging, wer das Auto an diesem Nachmittag haben könnte. Janice saß am Tisch und aß ihr Müsli.

»Ich verstehe nicht, wieso du nicht Margarets Wagen nehmen kannst?« Tracy knallte das Paket mit dem Puffreis auf den Tisch. »Sie braucht ihn doch nicht. Sie unternimmt doch sowieso nie irgendwas.«

Beverly gab Süßstoff in ihren Kaffee. »Ich habe dir doch gesagt – «.

»Ich brauche den Volvo heute Nachmittag«, erklärte Chris. »Janice und ich fahren nach Big Sur.«

Janice hob den Kopf, sah ihn an und formte lautlos: »Danke.«

»Seit wann denn das?«, bemerkte Tracy herausfordernd.

»Seit gestern Abend.« Er erwiderte ihren feindseligen Blick, ohne mit der Wimper zu zucken, etwas, was ihm einen Tag vorher ganz bestimmt noch nicht gelungen wäre. »Du kannst gerne mitkommen.« Seine Einladung klang genauso verlogen, als erklärte man einem Ringer, der sein Team mit seinem Punkt um den Sieg gebracht hatte, es würde keine Rolle spielen.

»Ich habe eine Verabredung«, sagte sie mit einer geradezu lächerlichen Überheblichkeit.

»Wo ist dann das Problem?« Chris wischte sich mit dem

Saum seines T-Shirts den Schweiß von der Stirn. »Er kann dich doch abholen.«

Tracy schoss einen kurzen Blick in Richtung ihrer Mutter. »Das geht nicht. Er weiß nicht, wo ich wohne.«

»Wann seid ihr denn verabredet? Wir könnten dich doch absetzen?« Chris lächelte Janice zu. »Das macht dir doch nichts aus, oder?«

Janice zuckte zusammen, weil man sie ins Gespräch mit einbezog. »Nein ... das macht mir nichts aus.«

Tracy wandte sich an Janice. »Wie kannst du mir sowas bloß antun?«

»Jetzt reicht es«, erklärte Beverly.

»Du hast mir versprochen, dass es diesen Sommer anders laufen würde, wenn ich mitkomme,« schrie Tracy ihre Mutter an, Tränen in den Augen. »Du hast gesagt, dass ich machen könnte, was ich will, weil es auch meine Ferien sind.«

Chris und Janice waren beide verblüfft über Tracys Gefühlsausbruch. Beverly versuchte, den Arm um Tracy zu legen, aber sie wies ihre Mutter zurück. »Ich will nach Hause«, erklärte sie. »Noch heute. Sofort.«

»Sei doch vernünftig, Tracy«, flehte Beverly sie an. »Du weißt doch, wie sehr ich mich jedes Jahr auf diese Reise freue. Es ist das einzige Mal, dass Margaret und ich uns überhaupt noch sehen können.«

»Warum geht es immer nur um dich? Was ist mit mir?«

Chris hatte etliche Auseinandersetzungen zwischen Tracy und ihrer Mutter erlebt, und sich dabei ganz automatisch immer auf Tracys Seite geschlagen, weil er sich eingeredet hatte, dass Tracy nur durch den vollen Einsatz ihrer Willenskraft Beverly verständlich machen konnte, was sie wollte.

War er blind oder einfach nur blöd gewesen?

»Ich meine das ernst«, fuhr Tracy fort. »Ich will heimfahren.«

»Und was ist, wenn ich dir ein eigenes Auto besorge?«, wollte Beverly wissen. »Könnte dich das umstimmen?«

Tracys Tränen verschwanden mit einem Wimpernschlag. »Ein eigenes Auto?«, fragte sie argwöhnisch.

»Wir könnten prüfen, wie viel mehr es kosten würde, den großen Wagen gegen zwei kleinere umzutauschen?«

Bei diesem Vorschlag leuchteten Tracys Augen auf. »Du meinst, das geht? Dass wir zwei Autos gleichzeitig mieten?«

»Ich wüsste nicht, was dagegen spricht.«

»Und falls das nicht geht, dann könnten wir doch noch einen unter Margarets Namen laufen lassen, oder?«, meinte sie, um einem möglichen Einwand ihrer Mutter zuvorzukommen.

»Und was ist, wenn Margaret das nicht möchte«, erwiderte Beverly. »Wir müssen sie zumindest erst einmal fragen.«

»Du kannst sie doch dazu überreden«, forderte Tracy.

Janice stand auf und räumte ihr Geschirr weg. »Meinetwegen können wir aufbrechen, was ist mit dir?«, fragte sie Chris.

»In fünf Minuten.« Eine Minute würde er brauchen, um seine Mutter davon in Kenntnis zu setzen, was hier vorging, und vier, um eine Dusche zu nehmen.

»Ich werde uns ein Lunchpaket einpacken. Hast du nicht gesagt, dass wir den ganzen Tag unterwegs sein werden?«

Er nickte und erklärte dann Beverly: »Ich weiß nicht, wann wir wieder zurück sind, plant uns also nicht fürs Abendessen ein.«

Tracy sah Janice an. »Eigentlich wollte ich dich fragen, ob du mich nicht begleiten willst. Jimmy sagt, er könnte dich vielleicht mit einem seiner Freunde zusammenbringen. Aber wenn du den ganzen Tag weg bist, dann ...« Sie seufzte demonstrativ und wartete ganz offensichtlich nur darauf, dass Janice einen Rückzieher machen und erklären würde, dass sie es arrangieren könnte, rechtzeitig zurückzukommen.

Janice zog eine Grimasse. »Ich kann mir kaum etwas Schlimmeres vorstellen als ein Blind Date mit einem Biker.«

Beverly schnappte nach Luft und verschluckte sich fast an ihrem Kaffee. »Du gehst mit einem dieser Motorradtypen aus?«

Tracy starrte Janice wütend an. »Nur weil Jimmy gesagt hat, dass du hochnäsig bist, gibt dir noch lange nicht das Recht, sowas von ihm zu behaupten.«

»Wenn er kein Biker ist«, meinte Janice, »wie erklärst du dir dann, dass er überall diese Harley-Davidson-Tattoos hat?«

»Er ist tätowiert?«, meinte Beverly mit erhobener Stimme.

»Alle hier haben Tattoos«, antwortete Tracy. »Ich hab mir schon überlegt, ob ich mir nicht selber eines machen lasse.«

Damit hatte sie genau das Falsche gesagt. Beverly reagierte schnell und entschlossen. »Was du machst, nachdem du dein Elternhaus verlässt, kann ich nicht mehr beeinflussen. Aber so lange du bei mir und deinem Vater lebst, wirst du dich auf gar keinen Fall mit irgendwelchen Tätowierungen verunstalten. Und – «

»Mein Körper gehört mir. Und ich kann damit machen, was ich will«, antwortete Tracy provokant. »Und du wirst mich mit nichts davon abhalten können.«

»Richtig. Aber ansehen muss ich sie mir dann auch nicht. Du scheinst wohl vergessen zu haben, dass wir dich für die Akademie St. Michaels angemeldet haben, und dass vor einem Monat die Zusage kam. Wir brauchen nur noch –«

»Wie kannst du nur?!« Tracy sah zuerst Chris und dann Janice an, während sich ihre wütenden Augen mit Tränen füllten.

»Du hast mir versprochen, es mit keinem Wort zu erwähnen.«

Auch Beverly blickte nun in Chris' und Janices Richtung, als wollte sie deren Reaktion einschätzen. »Es tut mir so leid«, meinte sie zu Tracy, »das war sehr gedankenlos von mir.«

»Damit redest du dich immer heraus.« Tracy sprang auf

und rannte in ihr Zimmer. Beverly folgte ihr wenige Sekunden später. Eine schwere Stille lastete über Chris und Janice. Schließlich fragte Chris: »Hast du eine Ahnung, worum es hier eigentlich geht?«

Janice zögere. »Ich kann auch nur raten, warum sie von zu Hause weg soll. Ich wette mal, es hat irgendetwas damit zu tun, dass Tracys Eltern letztens früher als erwartet von einer Reise zurückkamen und sie dabei erwischten, wie sie mit ihrem Freund Drogen genommen hat.«

Er sah Janice an und spürte, dass er ihre Gedanken und Gefühle viel besser erraten konnte, als es ihm jemals bei Tracy gelungen war. Wer war dieses Mädchen, in das er so lange verliebt gewesen war? War er die ganze Zeit über einem Traumbild nachgerannt?

»Ich kenne Tracy, solange ich denken kann«, meinte er, «aber ich habe keine Ahnung, wie sie wirklich ist.«

»Ist alles in Ordnung mit dir?«, wollte Janice wissen.

»Ich mache mich schnell fertig, damit wir endlich abhauen können.«

»Ich kümmere mich um die Brote.«

»Nicht nötig.« Er wollte so schnell wie möglich von hier weg und wünschte sich insgeheim, allein zu sein. Er musste über eine Menge Dinge nachdenken. »Wir besorgen uns unterwegs etwas.«

Auf dem Weg zu seinem Zimmer sah er seine Mutter auf der Veranda. Er hielt an, um ihr von seinen Plänen zu erzählen.

Als er die Schiebetür öffnete, sah sie von ihrer Zeitschrift hoch. »Du brauchst mir nichts zu erklären, ich habe alles mitbekommen.«

»Hast du das mit dieser Privatschule gewusst?«

Sie schüttelte den Kopf. »Ich hätte es mir vielleicht aufgrund von gewissen Hinweise in Beverlys Briefen zusammenreimen können, wenn ich mir genug Mühe gemacht hätte.«

»Es macht dir doch nichts aus, wenn ich dein Auto nehme, oder?«

Sie schlug die Zeitschrift zu und legte sie auf ihren Schoß. »Ich möchte nicht, dass du auf die Idee kommst, ich sei mit deinen Lügen einverstanden. Aber es ist eine schwierige Sache, sich über jemanden zu ärgern und gleichzeitig auf ihn stolz zu sein.«

Er wusste nicht, was er darauf antworten sollte.

»Raus mit dir. Vergiss, was heute Morgen hier los war, und mach dir einen schönen Tag mit Janice. Und vergiss bloß nicht, dass dich Eric für heute Abend eingeladen hat.«

»Wann wirst du mit Beverly aufbrechen?«

»Keine Ahnung.«

»Und wo geht ihr hin?«

»Das weiß ich auch nicht.«

Ihre Anwort brachte ihn ins Grübeln. »Willst du damit vielleicht andeuten, dass ich heute nicht der Einzige beim Frühstück gewesen bin, der nicht ganz ehrlich war, als es um dein Auto ging?«

Sie lächelte.

8

Chris und Janice kamen gar nicht bis Big Sur. Als sie sich Monterey näherten, fiel Janice plötzlich Chris' Bemerkung über das Aquarium in der Cannery Row ein, und sie bat ihn, dort zu halten.

Obwohl sie fast einen Kilometer davon entfernt parkten und wegen des sonntäglichen Besucherandrangs bei den Ausstellungsstücken Schlange stehen mussten, war Janice' Begeisterung durch nichts zu bremsen. In der Haupthalle blieb sie stehen und legte den Kopf in den Nacken, um die lebensgroßen Wal-Modelle zu studieren, die von der Decke hingen, sodass der unablässige Besucherstrom ihr ausweichen musste.

»Vorwärts, Fräulein.« Chris legte ihr eine Hand auf den Rücken und gab ihr einen leichten Schubs. »Es gibt eine Unmenge zu sehen, und wir haben dafür nur sechs Stunden Zeit.«

»Kannst du dir vorstellen, wie das ist, wenn man ganz ahnungslos so vor sich hinschwimmt, und plötzlich so einem Monstrum begegnet? Ein Biss und dich gibt es nicht mehr.«

»Wale fressen keine Menschen.«

»Erzähle das mal Ahab.« Bevor er antworten konnte, hatte sie bereits etwas Neues entdeckt. Sie deutete auf einen über zwei Stockwerke hinweg ragenden Wassertank, um den sich beiderseits so viele Menschen drängelten, dass es unmöglich war, einen Blick darauf zu werfen.

»Was ist da drin?«

»Otter.«

»Echte Otter?«

Er lachte. »Im Gegensatz zu …?«

»Du weißt, was ich meine!« – »Ja, natürlich echte Otter.« – »Oh, die will ich sehen.« Sie benötigten fast eine halbe Stunde, um sich auf der oberen Ebene nach vorne zu arbeiten, von wo aus man die Otter im und außerhalb des Wassers beobachten konnte. Eine Frau tauchte hinter der Plexiglasscheibe auf, griff in den Korb, den sie bei sich trug, und warf Fischstückchen ins Wasser. Janice hüpfte wie ein Blasebalg auf und ab, um die Tauchmanöver der Otter zu verfolgen, die sich ihre Belohnung während des Schwimmens entweder mit ihren Flossen ins Maul spülten oder das Fressen an die Oberfläche beförderten, sich dann rücklings aufs Wasser legten und den Bauch als Esstisch benutzten.

Als Janice eine Gruppe fünfjähriger Jungen entdeckte, die verzweifelt nach einem Platz Ausschau hielten, von dem aus sie besser sehen konnten, rückte sie beiseite, damit sie vor ihr stehen konnten, blieb aber standhaft, als die Eltern ebenfalls nach vorne drängten.

Erst als Chris ihr von den Becken erzählte, in denen man Schwertfische, Seegurken und weitere Meerestiere »streicheln« konnte, gelang es ihm schließlich, sie zum Weitergehen zu bewegen.

Sie stellte unzählige Fragen. Und alle, die Chris nicht beantworten konnte, richtete sie an die freiwilligen Helfer, die an den Becken Dienst taten.

Vor dem Becken mit dem Seetangwald forderte sie Chris zu dem Wettbewerb heraus. Sie wetteiferten, wer von ihnen die meisten Meeresbewohner entdecken würde. Es sah nach einem schnellen Sieg von Chris aus, doch in letzter Minute tauchten drei Fische gleichzeitig vor Janice auf, die sie dank der Informationstafeln direkt vor ihr auf Anhieb identifizieren konnte.

»Ich habe gewonnen«, jubelte sie ausgelassen.

»Hat man dir nicht beigebracht, dass es nicht nett ist, Schadenfreude zu zeigen?«

»Wen interessiert das – es macht Spaß!«

Der schelmische Blick, den sie ihm zuwarf, entlockte ihm fast ein Lächeln. »Das könnte Tracy gesagt haben.«

Sie packte ihn vorne am Hemd. »Nimm das zurück, ja?«

»Und wenn nicht?«

»Dann kannst du zu Fuß nach Hause gehen.«

»Du hast wohl vergessen, dass es mein Auto ist.«

Sie überlegte eine Minute. »O, ja, natürlich.«

Er nahm sie bei der Hand und führte sie durch den Haupttrakt zurück zu den Aquarien mit Quallen. Drei Stunden später machten sie ein letztes Mal Halt, und zwar beim Andenkenladen. Janice steuerte sofort auf die Bücher zu. Es dauerte eine Ewigkeit, bis sie sich für eines entschieden hatte. Chris hielt sie für sehr wählerisch, bis sie ihr Portemonnaie öffnete und er ungewollt mitbekam, dass der Preis des Buches die Hälfte des Geldes verschlang, das sie noch übrig hatte.

»Rate mal, was ich die kommenden drei Wochen machen werde?«, meinte sie, als sie nach draußen gingen.

»Ich übernehm die Hälfte, wenn du das Buch auch mit mir teilen magst«, bot er ihr an.

Sie lächelte. »Du kannst es dir so oft ausleihen, wie du möchtest, solange ich hier bin. Aber ich nehme das Kleine hier mit nach Hause.«

Es gefiel ihm, dass sie ihren Spaß hatte und auch nicht versuchte, das herunterzuspielen. Viele der Mädchen aus seinem Bekanntenkreis hätten bewusst gelangweilt getan, um cool zu wirken. Janice war da ganz anders.

Sie interessierte sich für alles und war von nahezu allem fasziniert. Irgendwann bei ihrem Aufenthalt im Aquarium hatte sie verkündet: »Wenn ich das nächste Mal nach Kalifornien komme, möchte ich Tauchen lernen. Ich möchte wissen, wie es ist, wenn ich ganz alleine da draußen bin.« Sie drehte sich zu ihm um, Begeisterung in den Augen. »Kannst du dir vorstellen, zwischen den Ottern im Wasser zu schwimmen? Gibt es etwas aufregenderes?«

Chris war überraschte, dass sie tatsächlich wiederkommen

wollte, nachdem sie es zehn Tage lang mit Tracy hatte aushalten müssen.

Auf dem Weg zum Auto fragte Chris: »Hast du Hunger?«

»Und wie!«

»Sind Hamburger okay?«

»Mein Dad hat gedroht, mich zu erschießen, falls ich hier nicht wenigstens ein Mal Fisch essen würde. Macht es dir etwas aus, wenn wir das heute tun?«

»Natürlich nicht. Ich kenne hier zwar kein spezielles Restaurant, aber ich denke mal, wir könnten jemanden fragen.«

Sie erkundigten sich bei einem Verkäufer in einen T-Shirt-Geschäft, der ihnen ein Restaurant empfahl, dass sie auf keinen Fall versäumen dürften, weil es dort angeblich die besten Fisch-Tacos nördlich von Mexiko City gab.

»Fisch-Tacos?« Wiederholte Janice, als sie wieder auf der Straße standen. »Ich glaube nicht, dass mein Vater so etwas im Sinn hatte. Wie wäre es, wenn wir uns noch woanders erkundigen würden?«

»Na Gott sei dank! Ich dachte schon, du würdest das ausprobieren wollen.«

Sie sah ihn durch ihre langen Wimpern an, die längsten, die Chris jemals gesehen hatte. »Vielleicht sollten wir es einfach mal probieren«, meinte sie

»Ich bin dabei, wenn du es bist«, erklärte er, überzeugt davon, sie würde einen Rückzieher machen.

»In Ordnung«.

»Du machst Scherze.«

»Was haben wir schon zu verlieren?«

»Zum Beispiel unser Mittagessen.«

Sie lachte. »Komm schon, wo bleibt denn deine Abenteuerlust?«

Auf dem Heimweg erklärte Janice wiederholt, sie würde die Tacos lieben und sie jederzeit wieder essen. Chris erklärte sie für verrückt, denn ihn hätte der Rhabarber-Erdbeerkuchen seiner Großmutter, den sie immer als Nachtisch servierte, und das Bauchweh danach weit mehr beeindruckt.

Später stellte sich dann heraus, dass das Dessert, zu dem Eric sie eingeladen hatte, aus Rhabarber-Erdbeerkuchen mit Vanilleeis bestand. Janice musste sich zur Seite drehen, um beim Anblick von Chris' Gesicht nicht loszuprusten.

Als sie bei ihrer Rückkehr das Haus verwaist vorgefunden hatten, hatte Chris kurzerhand beschlossen, Janice zu bitten, ihn zu seiner Verabredung mit Charlie Stephens zu begleiten. Es gefiel ihm, dass er sie nicht lange dazu überreden musste und auch, dass sie offenbar wirklich beeindruckt war, als sie einander vorgestellt wurden. Am besten aber gefiel Chris, dass ihre Begeisterung nicht vorgetäuscht war. Sie stellte eine Menge Fragen, die Chris gar nicht eingefallen wären. Sie wollte sogar wissen, weshalb seine Goldmedaille für den Wettkampf in Los Angeles 1984 blind angelaufen war. Als er ihr erklärte, das läge daran, weil sie schon durch so viele Kinderhände gegangen sei, sodass das Gold seinen Glanz verloren hatte, meinte Janice lächelnd, dass er ein Held ganz nach ihrem Herzen sei.

Und dann machte sie etwas, was Chris gewaltigen Respekt einflößte. Sie aß nicht nur ihr eigenes Kuchenstück komplett auf, sondern insistierte so lange, bis er auch noch sein Stückchen mit ihr teilte, pulte die Füllung heraus und überließ ihm lediglich die Kruste. Alles in allem war es der zweitbeste Tag seines Lebens.

Zumindest dachte er das, bis sie sich bei Eric bedankt und Charlie eine Gute Nacht gewünscht hatten und sich auf den Heimweg machten.

»Was für ein toller Mann«, meinte Janice, als sie den öffentlichen Weg zum Strand überquerten, der die beiden Häuser voneinander trennte. »Eric auch.«

»Danke, dass du mitgekommen bist.«

»Gern geschehen.« Mitten auf dem Weg blieb sie stehen, streckte ihre Arme aus, als wollte sie die Erinnerungen an diesen Tag einfangen. Sie sah zum Himmel hoch und drehte sich im Kreis. »Und danke, dass du mir angedroht hast, mir ein Bein zu brechen, falls ich nicht mitkomme.«

Er lachte. »Es war dein Arm.«

Sie tat so, als würde sie das Gleichgewicht verlieren, und stieß absichtlich mit ihm zusammen. »Arm, Bein, was macht das schon für einen Unterschied?«

Spontan bückte er sich, hob sie hoch und legte sie sich mit einem Griff über seine Schultern.

»Wenn uns jemand beobachtet, denkt er bestimmt, du bist betrunken.«

»Und falls mich einer so sieht, denkt er bestimmt, ich bin ohnmächtig, und du musst mich nach Hause tragen.«

Sie war leicht wie eine Feder, im Vergleich zu ihr hatte er schon Lebensmitteltüten geschleppt, die schwerer waren. Am liebsten hätte er sie ewig so gehalten, allerdings hatte er, als er sie hochhob, vergessen, wie kurz ihr Kleid war und nicht damit gerechnet, mit ihrem spitzenbesetzten Höschen wenige Zentimeter vor seiner Nase konfrontiert zu werden.

Janice spürte die Veränderung, die in Chris vorging, drückte deshalb ihre Hände auf seine Schultern und stützte sich ab, während sie an ihm herunter wieder auf den Boden glitt. Sie sahen sich in die Augen, ohne sich zu rühren.

Die schwere Seeluft, von der Tageshitze immer noch erwärmt, umschloss sie wie ein kuscheliger Kokon.

Langsam, sich nur seiner eigenen Gefühle sicher, beugte er sich herunter, um sie zu küssen. Sein Herzschlag hallte wie Donnergrollen in seinen Ohren und übertönte alle anderen Geräusche, selbst die tosenden Wellen des Ozeans. Sie neigte ihren Kopf, um ihm entgegenzukommen, ihre Lippen erwartungsvoll geöffnet, ihre Zungenspitze nach seiner ausgestreckt. Mit einem tiefen Seufzer legte Chris seine Arme um sie und vertiefte den Kuss. Danach sagte er, während sein Kinn zärtlich ihre Stirn berührte: »Keine Ahnung, wie das passieren konnte.«

»Mann, ich auch nicht.« – »Ist es dir unangenehm?« Er fühlte sich zwar wie ein Idiot, als er die Frage stellte, aber er wollte es unbedingt wissen.

Sie antwortete nicht sofort. Schließlich blickte sie zu ihm hoch und meinte: »Weiß ich nicht genau. Vielleicht kann ich das besser beurteilen, wenn du es noch einmal versuchst.«

Ein Gefühl floss durch Chris, durchaus vertraut, doch auf diese Weise noch nie zuvor erlebt. Er wollte sie nicht nur küssen, er wollte mit ihr schlafen.

Ihr Mund war unglaublich süß, die Berührung ihre Zunge einfach berauschend. So wie sie ihre Arme um seinen Hals legte und auf den Zehenspitzen stand, um ihm näher zu sein, ließ seine Fantasie für Tage, Wochen und Monate vorauseilen, produzierte Bilder von ihnen beiden, wie sie lachten, sich liebten, sich nahe waren.

Seine Empfindungen für Tracy waren lediglich das Produkt seiner Fantasie gewesen, diese jedoch waren echt.

Und fühlten sich wesentlich besser an.

»Nein«, flüsterte sie.

»Nein?«, wiederholte er.

Sie lächelte, als sie sich wieder von den Zehenspitzen auf den Boden niederließ und zu ihm hochsah. »Es ist nicht unangenehm.«

Er streichelte ihr Kinn. »Wie wäre es mit einem Spaziergang?«

»Gern.«

Mehr brauchte sie nicht zu sagen. Ihm reichte es, um zu begreifen, dass sie dieselben Gedanken und dieselben Gefühle teilten.

Sie gingen in Richtung der Stufen. Als sie den Strand betraten, griff Chris nach Janices Hand. Seine Beine bewegten sich, aber seine Füße berührten nicht den Sand. War das damit gemeint, wenn man sagte, dass man auf Wolken schwebte?

»Wenn du morgen früh aufstehst, werde ich schon unterwegs sein«, erklärte er. »Und ich weiß nicht, wann ich wieder zurückkomme.«

»Wo – «

Endlich konnte er ihr die Sache mit dem Film erzählen. Mit weit geöffneten Augen hörte sie voller Begeisterung zu. »Wenn du morgen heimkommst, will ich alles ganz genau erfahren, bis ins kleinste Detail.«

Er zögerte. »Ich möchte nicht, dass Tracy davon erfährt …«

Sie nickte, ohne weitere Fragen zu stellen oder irgendwelche Erklärungen zu fordern.

Chris ließ sich auf einem von Salz und Sonne ausgebleichten Holzblock nieder, den irgendwann ein Sturm an Land gespült hatte, und zog Janice neben sich. Sie redeten über die Schule, Freunde, ihre Hoffnungen, ihre Träume. Sie sprachen schnell, frei und ohne Pause, als müssten sie jede Minute der bislang verschwendeten Zeit nachholen.

Chris war vollkommen fasziniert von Janice, von ihrer Olivenallergie bis hin zu ihrem Faible für irische Folksongs. Sie stellten Hunderte Gemeinsamkeiten fest, von Politik bis Philosophie, und fanden ein Dutzend Interessen, die sie nicht teilten, von *Raumschiff Enterprise* bis zu der Frage nach dem besten Schnellrestaurant.

Sie redeten und redeten, während der Mond über den Nachthimmel wanderte, die Flut allmählich einsetzte und sich Stück um Stück den Strand eroberte, als aus der ruhigen Nachtluft eine Brise wurde und die Temperaturen beständig sanken.

Es war nicht leicht, eine ganze Lebensgeschichte bei einem einzigen Beisammensein zu erzählen, aber sie versuchten es. Es schien, als wären sie beide im Besitz unglaublich wichtiger Informationen, die sie preisgeben wollten, bevor sie sich sicher sein konnten, ob das, was da mit ihnen geschah, auch echt und von Dauer sein würde.

Schließlich vertrieb sie die Kälte vom Strand. Obwohl

Chris die Arme um sie gelegt hatte, zitterte Janice so stark, dass sie kaum mehr sprechen konnte. Trotzdem versuchte sie, Chris zu überreden noch zu bleiben, aber er bestand, wenn auch nur widerstrebend darauf, zum Haus zurückzugehen. Chris begleitete Janice bis zu ihrem Zimmer, obwohl es nicht einmal zwei Meter von seinem entfernt lag. Er gab ihr einen Gute-Nacht-Kuss, und Janice revanchierte sich mit einem weiteren. Er war erstaunt, wie perfekt sie zusammenpassten, als wären sie wie füreinander geschaffen. Und ihr ging es nicht anders. Er konnte es daran erkennen, wie sie ihre Arme um ihn legte, wie sich ihre Hüften an seine schmiegten.

»Wirst du morgen Abend auf mich warten?«, flüsterte er.

»Ja«, hauchte sie ihm ins Ohr.

Er setzte an, um ihr noch etwas zu sagen, aber ein Geräusch in Janice Zimmer hielt ihn davon ab. Von Tracy überrascht zu werden war das Letzte, was er jetzt wollte. Er gab Janice einen letzten Kuss und überquerte den Flur zu seinem Zimmer. »Ich komme zurück, sobald ich kann«

»Ich werde hier sein«, antwortete sie leise.

In dieser Nacht träumte Chris zum ersten Mal seit Jahren nicht von Tracy.

9

Chris wälzte sich von der Seite auf den Rücken, schob die Hände unter den Kopf und starrte mit leerem Blick auf die Schlafzimmerdecke. Er konnte nicht schlafen. Seine Gedanken ließen ihm einfach nicht zur Ruhe kommen.

Aus seiner zweitägigen Statistenrolle in einer Massenszene im Film war inzwischen eine kleine Sprechrolle geworden, deren Aufnahme ihn vier Tage lang von frühmorgens bis spätnachts am Set in Anspruch genommen hatte. In der Zeit hatte er Janice allenfalls eine Stunde lang nach seiner späten Rückkehr mitten in der Nacht gesehen und dann wieder jeden Morgen eine halbe Stunde lang, wenn sie zusammen am Strand liefen. Mehr war einfach nicht möglich gewesen. Auch wenn sie immer wieder beteuerte, es würde ihr nichts ausmachen, konnte er nur hoffen, dass sie das nur aus reiner Höflichkeit sagte, denn er durchlitt Höllenqualen, wenn er nicht mit ihr zusammen sein zu konnte.

Gerade, als Chris dachte, seine Rolle sei endlich abgedreht, erschien Robert am Drehort und bat ihn, noch für ein paar weitere Tage zu den Aufnahmen zu kommen. Inzwischen hatte Chris das Gespräch mit Robert und Tony auf der Party schon fast vergessen, in dem beide erwähnten hatten, er würde genau wie dieser Typ David aussehen, den sie beide offenbar kannten. Doch an diesem Abend wurde es Chris auf eine Weise in Erinnerung gerufen, die er höchstwahrscheinlich nicht so schnell vergessen würde. Wie sich herausstellte, war dieser David keine real existierende Person, sondern eine Figur aus einem Buch, das Robert verfilmen wollte. Über sechs Monate lang hatte er bereits nach einem passenden Darsteller für diese Rolle gesucht. Aber alle bisherigen Vorschläge waren von dem Autor des Buches abgelehnt worden. Es sah schon ganz danach aus, als würde das Projekt daran scheitern, doch dann hatte Tony zufällig Chris entdeckt.

Und dann war heute Abend das schier Unvorstellbare passiert.

Robert hatte ihm die Rolle angeboten.

Chris gab zu bedenken, dass der Autor wohl niemals einen untalentierten Anfänger akzeptieren würde, der nicht einmal genügend schauspielerisches Talent besaß, um sich bei einem Strafzettel herauszureden. Doch Robert offenbarte ihm, dass in der vergangenen Woche bereits ein halbes Dutzend Leute am Drehort gewesen seien, die alle in das Projekt involviert waren, der Autor eingeschlossen. Sie waren ausschließlich gekommen, um ihn in Augenschein zu nehmen, und waren einhellig der Meinung, Chris wäre der perfekte David.

Im ersten Moment hatte er sich natürlich geschmeichelt gefühlt, bis ihn plötzlich eine unbändige Angst gepackt hielt. Robert war überrascht, als Chris ihn um Bedenkzeit bat.

Bevor er an diesem Abend den Drehort verließ, hatten alle Leute aus Roberts Crew voller Anteilnahme seine Zweifel und Grundsatzproblemen zur Kenntnis genommen und ihm Rede und Antwort gestanden.

Die Schule sei kein Problem, da man ihm die besten Privatlehrer besorgen würde, die es gab. Sein Mangel an Schauspielerfahrung spiele keine Rolle, denn er sei ein Naturtalent. Und alles andere Nötige würde man ihm beibringen. Das Studio würde ihm und seiner Mutter eine bezahlte Unterkunft besorgen, ihnen sogar ein Auto samt Chauffeur zur Verfügung stellen. Schließlich ginge es nur um einen Film, er würde also keine lebenslange Verpflichtung eingehen, falls ihm die Schauspielerei keinen Spaß machen sollte. Insbesondere Letzteres klang in Chris' Ohren ziemlich unglaubwürdig. Man konnte schließlich auch kein Kind in einen Süßwarenladen einladen und ihm dann das Versprechen abtrotzen, ja nichts davon anzurühren.

Doch ein Argument konnte Chris einfach nicht ignorieren – das Geld. Obwohl man ihm noch keine feste Summe angeboten hatte – die tatsächliche Gage auszuhandeln wäre die Sache eines Agenten, den Chris anheuern müsse –, war die angedeutete Summe hoch genug, um damit nicht nur ein Studium in Yale zu finanzieren, sondern auch noch eines in Stanford obendrein. Danach wäre dann sogar immer noch genügend Geld übrig, um die Anzahlung für ein eigenes Strandhaus zu begleichen.

Wie konnte er da einfach so ablehnen?

Meine Güte, was aber, wenn er zusagen würde?

Normale Menschen wie er wurden nicht einfach Schauspieler beim Film. Das passierte doch nur ganz besonderen Menschen, die sich nichts sehnlicher wünschten, die dafür alles in Kauf nahmen, sogar dafür kellnerten und in einer Bruchbude hausten.

Auch wenn Roberts Team unablässig wiederholte, er würde das ganz bestimmt schaffen. Was wäre, wenn sie sich alle täuschten? Was würde passieren, wenn die Dreharbeiten losgingen, und er würde versagen? Und alle Welt es erfahren würde? Solche Geschichten konnte man immer wieder in den Zeitungen lesen, und auch diese Unterhaltungsshows im Fernsehen berichteten ständig darüber.

Und was, falls er die Sache zwar ganz ordentlich hinbekäme, die Kritiker den Film aber verreißen würden?

Wenn es sich doch wenigstens um einen Actionfilm handeln würde, bei dem es nicht darauf ankam, wie gut der Schauspieler war, weil das Publikum sich ohnehin nur dafür interessierte, wie viele Autos und Gebäude in die Luft flogen. Doch in dieser Geschichte ging es um einen Jungen aus einer Kleinstadt im Mittelwesten, dessen Vater fälschlicherweise des Kindesmissbrauchs beschuldigt wird. Der Roman hatte monatelang auf den Bestsellerlisten gestanden. Millionen hatten das Buch gelesen und würden ganz eigene Vorstellungen von der Hauptfigur David haben. Es war unmöglich, jedermanns Erwartungen zu erfüllen. Er war Chris Sadler und nicht David, die Filmfigur.

Aber Chris musste sich auch eingestehen, dass ihm die Filmerei unglaublich Spaß machte, zumindest das, was er bislang davon mitbekommen hatte. In seinen Tagträumen hatte er sich selbst schon als Schauspieler gesehen, aber zwischen Traum und Wirklichkeit lagen Welten. Er kam sich vor wie jemand, der sich mit Trockenschwimmen für die Olympiade qualifiziert hatte.

Er wälzte sich wieder zur Seite, knüllte das Kopfkissen zusammen und schob es unter den Kopf, während er durchs Fenster auf die vorüberziehenden Wolken starrte.

Janice hatte, wie bereits die ganze Woche über, auch an diesem Abend auf ihn gewartet. Die Neuigkeiten waren aus ihm herausgesprudelt, schnell und ungeordnet. Danach hatte sie lange Zeit geschwiegen. Ihr kam es vor, als habe er ihr eine Ladung Dreck vor die Füße geworfen, ohne ihr zu sagen, ob es sich um Erde oder Müll handelte. Nachdem sich ihre anfängliche Überraschung gelegt hatte, und sie endlich darüber reden konnten, fasste sie noch einmal deutlich all seine Befürchtungen zusammen. Nur zu gut verstand sie, warum er die Chance, die sich ihm plötzlich bot, nicht voller Begeisterung ergriff, sondern eher davor zurückschreckte. Trotzdem wäre es ihrer Meinung nach idiotisch, sie abzulehnen. Gesetzt den Fall, er würde in fünf oder zehn Jahren zu der Überzeugung kommen, die Schauspielerei würde ihm liegen? Es wäre doch mehr als naiv zu glauben, dass sich eine solche Chance täglich bieten würde.

Als Chris an jenem Abend den Drehort verließ, erwähnte Robert ganz beiläufig, dass er für ihn übermorgen Probeaufnahmen in Los Angeles arrangiert hätte. Eine reine Formalität, wie er behauptete, denn niemand, der ihn hatte spielen sehen, würde auch nur im Geringsten daran zweifeln, dass er die Rolle schaffen würde.

Chris hatte zwar das ungute Gefühl, dass viele der Teammitglieder ihm nur schmeicheln wollten, konnte sich darüber trotzdem nicht sicher sein.

Und schließlich musste er für sich noch klären, ob er sein letztes Highschooljahr und die Chance, abermals am nationalen Ringerwettkampf teilzunehmen, wirklich gegen etwas eintauschen wollte, das sich entweder als das Beste oder das Schlimmste seines bisherigen Leben herausstellen konnte? Bevor er mit seiner Mutter sprach, musste er also erst einmal selbst zu einer Entscheidung kommen. Denn es war sehr wichtig, dass nicht sie, sondern er selbst die Entscheidung traf, mit all den daraus resultierenden und weitreichenden Konsequenzen.

Als er sich gerade wieder auf den Rücken drehte, merke er, wie sich die Tür öffnete und jemand ins Zimmer kam. Weil er dachte – nein hoffte –, dass es Janice sein würde, stützte er sich auf die Ellbogen und fragte leise: »Was ist los?«

»Ich habe mitbekommen, dass du wach bist«, flüsterte Tracy. »Ich muss dir etwas zeigen.«

Verwirrt und zugleich überrascht richtete Chris sich auf und starrte zu der dunklen Gestalt am Fußende seines Bettes. »Jetzt?«

»Du hast mir ja keine andere Möglichkeit gelassen. Du bist ja nie mehr da«, meinte sie schmollend. Sie fuhr sich mit den Fingern durch ihr langes Haar, lockerte es auf, bevor sie es mit einem Schwung nach vorne auf ihre Schultern schüttelte.

Er träumte sicher nur.

Anders konnte es nicht sein.

Aber wieso dieser Traum? Und warum jetzt? Er war über Tracy hinweg, zumindest redete er sich das selbst ein.

Obwohl es im Zimmer dunkel war, konnte er sehr wohl sehen, wie sich Tracy in dem Licht, das durchs Fenster fiel, durch den Raum bewegte. Sie trug einen kurzen, seidenen Morgenmantel, weit genug geöffnet, um das dazu passende, knappe Hemdchen zu enthüllen. Sein Herz schlug Purzelbäume.

Sie ging ums Bett herum, ließ sich neben ihm nieder und zog die Beine so weit hoch, bis sie seine berührten. »Ohne dich ist es hier langweilig.«

Gott, es war kein Traum. Er konnte ihre Wärme spüren, roch auch ihr Parfum, ein schwerer Moschusduft, der ihm fast den Atem raubte und nach Luft schnappen ließ. »Was willst du, Tracy?«

Sie lächelte. »Erst einmal musst du mir versprechen, nichts zu verraten.«

Es dauerte eine Weile, bis er begriff, dass sie mit ihm flirtete. Hätte eine Monsterwelle sie beide erfasst und aufs Meer hinausgespült, wäre er weniger überrascht gewesen. »Bitte, ich bin müde und – «

Ihre Hand legte sich auf seinen Oberschenkel nahe seiner Leistengegend. »Komm schon, Chris, ich bitte dich doch nur um ein kleines Versprechen.«

Sie glaubte allen Ernstes, er wäre immer noch so vernarrt in sie, dass sie ihn nur berühren musste, um das zu erreichen, was sie wollte. Wütend schob er ihre Hand von seinen Schenkeln und zog sich in die Mitte des Doppelbettes zurück. »Du hast doch irgend etwas vor, Tracy. Sag einfach, um was es geht, und lass den ganzen Scheiß.«

Sie ließ sich Zeit mit ihrer Antwort. »Es fällt mir wirklich nicht leicht, das zuzugeben.« Sie spielte wieder mit ihren Haaren. »Aber Janice hat mir erst die Augen darüber geöffnet, wie falsch ich dich eingeschätzt habe. Es bleiben uns nur noch zwei Wochen.« Sie hob die Schultern und schob sie so weit nach vorn, bis ihr Brustansatz freilag. »Ich möchte das Beste daraus machen.«

Sie log ihn an. Er konnte es in ihren Augen sehen. »Tut mir leid«, erwiderte er mit einem überwältigenden Machtgefühl. »Ich bin nicht interessiert.«

»Janice hat mir gesagt, dass du wegen neulich Nacht immer noch wütend auf mich bist«, sagte sie, als wäre das die Erklärung für seine Ablehnung. Sie lächelte verführerisch. »Sie hat versucht, mir einzureden, dass es dir damit wirklich ernst ist, aber ich habe ihr gesagt, dass du schon früher auf mich sauer warst, aber nie sehr lange.«

»Hör mal, Tracy, ich habe keine Ahnung, welches Spiel du spielst und wieso, aber ich muss früh raus. Falls du mir also irgend etwas zu sagen hast, dann bitte schnell oder spar es dir auf, bis ich wieder zurück bin.«

»Wohin gehst du?«

Es war offensichtlich, dass sie die Antwort auf dieses Frage längst kannte. Und jetzt erkannte er plötzlich auch den Grund für ihr ganzes Verhalten. Irgendwie musste Tracy herausgefunden haben, dass er in einem Film mitspielte. »Irgendwohin«, gab er ihr zur Antwort.

»Kann ich mitkommen?«

»Wieso?«

»Wenn ich hier nicht bald einmal rauskomme, drehe ich noch durch. Du weißt, was für eine Nervensäge meine Mutter sein kann, wenn sie mal wieder ihren Rappel bekommt.« Kokett lächelte sie ihn an. »Mal abgesehen davon, dass sie einen mordsmäßigen Anfall bekommt, wenn sie herausfindet, was ich getan habe.«

Sie hatte die Angel ausgeworfen, wohlwissend, dass er in jedem Fall anbeißen würde. »Was hast du gemacht?«

»Zuerst musst du mir versprechen, nichts zu verraten.«

Es ging ihr nicht um das Versprechen. Sie wollte ihn lediglich so weit bringen, das zu tun, was sie wollte. Doch zum ersten Mal in all den Jahren, seit sie sich kannten, hatte er die Oberhand. »Vergiss es«, sagte er, »ich will es gar nicht wissen.«

»Warum bist du nur so ein –« Sie konnte sich gerade noch rechtzeitig beherrschen. »Warum bist du nur so stur? Ich bitte dich doch nur um – zum Teufel damit! Vermutlich muss ich dir einfach vertrauen.« Sie schaltete die Lampe neben seinem Bett an, lehnte sich zurück, spreizte die Beine und wartete Chris' Reaktion ab.

Eine Hitzewelle fuhr durch seine Hoden. Er merkte, wie sich sein Penis versteifte, und genau das hatte sie erreichen wollen. Doch sie machte ihn nicht an, sondern nur stocksauer. Na großartig, sie hatte ihn erneut zum Narren gemacht.

»Nun, was hältst du davon?«

»Wovon?«, erwiderte er kühl.

»Na, von der Tätowierung.«

Obwohl er wusste, dass es ein Fehler war, konnte er sich nicht beherrschen und versuchte, sie ausfindig zu machen. Tatsächlich, ganz oben auf der Innenseite ihres Schenkels, drei Zentimeter von dem Gummiband ihres blauen Tangas entfernt, entdeckte er eine Rose, eingerahmt von einem Stacheldraht. Der einzige Gedanke, der Chris dabei durch den Kopf ging war, wie lange sie wohl mit gespreizten Beinen dagesessen hatte, während irgendein fremder Typ einen Orgasmus bekam, während er ihr das Brandmal verpasste.

»Ist es nicht toll?«, meine sie.

»Ja, vermutlich. Wenn es dir gefällt.«

»Möchtest du es berühren?«

Er starrte sie an. Und das alles nur, weil er in einem Film ein paar Sätze sprechen durfte? »Danke, nein.«

Sie rückte näher. »Es macht mir nichts aus. Es ist irgendwie – «

Ein sanftes Klopfen an der Tür lenkte sie beide ab. Bevor Chris antworten konnte, wurde die Tür vorsichtig geöffnet. Janice kam ins Zimmer und schloss die Tür hinter sich. Sie trug Shorts und ein Sweatshirt, dessen Vorderseite mit dem Spruch »Life's A Beach« – das Leben ist ein Strand – bedruckt war.

Tracy lächelte triumphierend, Chris bewegte sich nicht.

»Ich dachte mir schon, dass du hier bist«, meinte Janice und erwiderte Tracys Lächeln.

Tracy drehte sich um und ließ sich neben Chris nieder. Sie lehnte sich gegen die antike, geschnitzte Kopfstütze aus Eiche, und ihre Schultern an seine. »Du solltest das nächste

Mal besser warten, bis einer auf dein Klopfen reagiert, anstatt hier einfach so hereinzuplatzen.« Mit einer demonstrativen Geste schloss sie ihren Morgenmantel. »Was willst du denn eigentlich?«

»Du solltest dir besser einen anderen Zeitpunkt aussuchen«, erwiderte Janice. »Um diese Uhrzeit machen Chris und ich immer unseren Morgenlauf.«

Chris hätte Janice dafür küssen können, wäre sie nur ein bisschen näher bei ihm gewesen. »Eine Minute, ja? Ich seh dich draußen.«

Janice nickte und ging.

»Hast du mir nicht gesagt, dass ich gehen soll, weil du noch etwas schlafen willst?«, bemerkte Tracy vorwurfsvoll.

Chris griff nach seinen Shorts, die auf dem Stuhl neben seinem Bett lagen. »Ich dachte nur, es würde dich in Verlegenheit bringen, wenn uns Janice zusammen überrascht.«

»Was sollte mir das schon ausmachen?«

Er sah sie über die Schulter hinweg an. »Weiß ich auch nicht, vielleicht hab ich ja nur dran gedacht, dass ich dir was vermasseln könnte, falls sie deinem Freund zu Hause von mir erzählt.«

Sie schwang sich aus dem Bett. »Du bist ein Versager, Chris Sadler. Das warst du immer, und das wirst du auch bleiben. Du und Janice, ihr habt euch wirklich verdient.«

Er zog sein T-Shirt über den Kopf. »Danke bestens. Und vergiss eines nicht, das haben wir dir zu verdanken. Hättest du nicht darauf bestanden, dass sie dich begleitet, hätten wir uns nie kennengelernt.«

Tracy riss die Tür auf und stieß fast mit Margaret zusammen, die soeben aus dem Badezimmer kam. Sie starrten sich kurz an, dann zischelte Tracy mit zusammengebissenen Zähnen: »Würdest du mir bitte endlich aus dem Weg gehen!« Margaret wich zurück. Tracy verschwand in ihrem Zimmer und knallte die Tür hinter sich zu.

»Könntest du mir vielleicht mal erklären, was hier los

ist?«, meinte Margaret zu Chris, als er hinter dem Bett auftauchte.

»Später«.

Er legte die Hände auf ihre Schultern und gab ihr einen flüchtigen Kuss auf die Wange.

»Janice wartet draußen auf mich. Wir machen einen Strandlauf.« Und nach kurzer Überlegung fügte er hinzu: »Bleib bitte heute hier. Wir müssen reden.«

»Ja«, erwiderte sie, als er ihr bereits den Rücken zukehrte. »Das müssen wir in der Tat.«

10

Als Chris und Janice endlich ihr Schweigen brachen, waren sie schon fast bei dem Felsvorsprung, auf dem Tonys gemietetes Haus stand. Dort wandte sich Chris zu ihr und sah sie an, während er rückwärts lief. »Danke, dass du mich gerettet hast.« Sie war eineinhalb Stunden früher als sonst bei ihm aufgetaucht. »Woher hast es das gewusst?«

»Ich war mir nicht sicher. Aber als ich aufgewacht bin und gesehen habe, dass Tracy nicht da war, habe ich einfach meine Vermutungen angestellt.« Während sie sprach, hielt sie die Augen niedergeschlagen.

Chris beugte deswegen den Kopf, um auf ihrer Augenhöhe zu sein. »Bist du wütend auf mich?«

»Enttäuscht.«

»Ich habe Tracy nicht gebeten, zu mir zu kommen.«

»Möglicherweise nicht, aber anscheinend hast du sie auch nicht darum gebeten, wieder zu gehen.«

»Doch, das habe ich. Aber sie wollte nicht.«

Janice blieb stehen und starrte ihn an, die Hände in die Hüften gestemmt. »Ach? Und wie sehr hast du dich wirklich bemüht?«

Er lächelte. Es gefiel ihm, dass sie wütend war und dass es ihr so viel ausmachte, dass sie alles riskierte, sogar ihren Stolz, nur um ihn vor Tracy zu retten.

»Du bist unglaublich schön.«

»Versuch mir bloß nicht mit diesem Scheiß zu kommen. Ich weiß, was du für Tracy empfindest.«

»Was ich für sie empfunden habe«, korrigierte er.

»So etwas lässt sich doch nicht einfach abstellen. Das dauert – « Sie biss sich auf die Unterlippe und wandte sich ab.

Chris ging auf die zu und schlang seine Arme um ihre Schultern. »Du machst mir Angst«, meinte er.

»Ja, klar, ich bin ja so ein harter Brocken.«

»Ich habe mich in dich verliebt, Janice, und weiß nicht, was ich dagegen tun kann.«

Sie verhielt sich vollkommen still. »Und was möchtest du tun?«

»Dich hier bei mir behalten, mit dir nach St. Louis ziehen, ganz normale Dinge eben. Aber ich kann verdammt noch mal gar nichts davon. Zumindest im Moment nicht. Das macht es noch schwerer.«

Alle Streitlust hatte sie verlassen wie eine Welle, die sich aufs Meer zurückzog. Sie lehnte sich mit dem Rücken gegen seine Brust. »Wie kam es bloß dazu, dass wir uns zuerst gehasst haben und dann sowas passiert ist?«

Er zog sie enger an sich und schmiegte sein Kinn in ihren Nacken. »Ich weiß es nicht, und es ist mir auch egal. Du bist das Beste, was mir je passiert ist. Wir werden schon irgendeinen Weg finden, um es hinzubekommen.«

»Versprochen?«

Dieses Mal fiel ihm sein Versprechen leicht. »Ja, Ehrenwort.«

Sie wandte ihm ihr Gesicht zu und neigte in Erwartung eines Kusses den Kopf zurück. »Heute ist heute. Über das Morgen können wir uns später noch den Kopf zerbrechen.«

Nichts hatte jemals so süß geschmeckt wie ihre Zunge, die seinen Mund erforschte. Vor lauter Verlangen wurde er wieder steif, doch dieses Mal war es nicht nur eine rein physische, sondern von seinen Gefühlen bestimmte Reaktion. Es war ein Verlangen, das einherging mit einem wunderbaren Bedürfnis, Liebe zu geben und geliebt zu werden. Er wollte für Janice in die Schlacht ziehen, ihr Blumen bringen, ihr den Ozean und den Sonnenaufgang schenken. Er wollte mit ihr Hand in Hand die ganze Welt erforschen, und er wollte mit ihr nackt vor einem knisternden Kaminfeuer liegen. Er hatte noch nie Sex gehabt. Gestern wäre ihm das noch peinlich gewesen. Doch jetzt, in dem Bewusstsein, dass Janice die erste Frau in seinem Leben sein würde, war er froh darüber, abgewartet zu haben.

Er hielt sie ganz fest und genoss das Gefühl, als sie ihren Körper ganz fest an seinen drückte. »Ich werde versuchen, die Reise nach Los Angeles auf Ende des Monats zu verschieben.«

»Du hast dich also inzwischen trotz allem dazu entschlossen, den Film zu machen?«

Der Satz war ihm ganz unbewusst entschlüpft. Und auf einmal hatte er das Gefühl, als sei eine Zentnerlast von seinen Schultern gefallen. Die Angst war weg, ebenso das ständige Aufschieben und diese ewige Unentschlossenheit. »Ja, scheint wohl so zu sein.«

»Hast du es deiner Mom schon gesagt?«

»Noch nicht.« Er sah, dass der Himmel heller wurde und sich von einem Grauschwarz in Dunkellila verfärbte. Heute würde er zum letzten Mal mit Tony am Drehort sein. Und den durfte er auf gar keinen Fall verpassen. »Ich muss zurück. Tony holt mich heute sehr früh ab.«

»Lass uns heute Abend etwas unternehmen«, meinte sie und griff nach seiner Hand, als sie wieder zum Haus zurückgingen. »Nur wir beide.«

Er beugte sich zu ihr, um sie zu küssen. Es spielte keine Rolle, was sie unternehmen würden. Allein das Wissen darum, mit ihr allein zu sein, ließ das Blut wie heißes Feuer durch seine Adern strömen. »Ich komme so schnell wie möglich nach Hause.«

Chris kehrte in dieser Nacht erst kurz vor Mitternacht zurück. Tony würde am Morgen nach Los Angeles zurückfliegen, um sich auf diverse Studioaufnahmen vorzubereiten, und sein Team hatte deswegen eine Überraschungsparty für ihn organisiert. Chris fühlte sich verpflichtet, zu bleiben.

Nach sechs vergeblichen Versuchen, Janice telefonisch zu erreichen, gab er es schließlich auf. Vier Mal war das Besetztzeichen zu hören gewesen, und zwei Mal hatte er es vergeblich klingeln lassen. Er hatte ihr zwar bereits morgens vor seiner Abfahrt erklärt, dass es möglicherweise sehr spät werden könnte, und sie hatte ihn beruhigt und gemeint, es sei schon in Ordnung, sie könnten ihre Pläne auf einen anderen Tag verschieben, aber keiner von ihnen hatte wissen können, dass es wirklich dazu kommen würde.

Als sie in den Jeep einstiegen, gab Tony Chris seine Adresse und Telefonnummer mit dem freundlichen Hinweis, dass er ziemlich sauer sein werde, sollte Chris sich nicht bei ihm melden. Auf dem Heimweg sprachen sie über Chris bevorstehende Probeaufnahmen und darüber, was ihn erwarten würde. Tony gab ihm den Rat, sich der Schauspielervereinigung anzuschließen, und sagte ihm, worauf er bei der Auswahl eines Agenten achten müsse.

Als sie den Highway verließen, hatte sich Chris bereits mit Tonys Philosophie angefreundet, »im Geschäft zu sein.« Zugestanden, es sei eine aufregende Art, seinen Lebensunterhalt zu verdienen, aber Chris sollte eines niemals vergessen, dass es nämlich in allererster Linie ein Geschäft war und er niemals die Realität aus den Augen verlieren dürfe. Tony hielt ihm einen kurzen, ernst gemeinten Vortrag. Chris sollte nicht über seine Verhältnisse leben, sondern lieber jeden Cent investieren, den er in die Finger bekommen konnte, denn – und da sollte er sich keinesfalls etwas vormachen – eines Tages würde seine Karriere als Schauspieler vorbei sein.

Noch wichtiger aber sei es, sich nicht zum Narren zu machen und stets einen kühlen Kopf zu bewahren, wenn es um Hollywood-Partys ging, ganz zu schweigen von den ganzen Schmarotzern, die überall herumlungerten und versuchen würden, sich seine Freundschaft mit kostenlosen Drogen zu erkaufen.

Eigentlich hatte Chris einen entsprechenden Vortrag an

diesem Morgen von seiner Mutter erwartet, doch sie hatte ihm nach annähernd fünfzig Fragen erstaunlich gelassen ihre Zustimmung erteilt. Kein Wort darüber, dass sie erst mit seinem Vater darüber reden müsste, oder über die Befürchtung, er könnte es eines Tages vielleicht bereuen, sein letztes Highschooljahr sausen gelassen zu haben.

»Ich werde dich im Auge behalten«, warnte ihn Tony, als sie das Strandhaus erreicht hatten. »Falls du es vermasselst, werde ich so schnell zur Stelle sein, dass du denkst, ich hätte mich die ganze Zeit über in deinem Kleiderschrank versteckt. Wenn du in Schwierigkeiten steckst, ruf mich an.« Es war Chris nicht ganz klar, ob er bei Tony irgendwelchen Beschützerinstinkte ausgelöst hatte oder ob er sich einfach nur dafür einsetzen wollte, dass Chris eine Chance bekam. Aus welchem Grund auch immer, es war ihre Freundschaft, die zählte. Er würde Tony nicht enttäuschen.

»Ich werde dich wissen lassen, wie es läuft.« Chris stieg aus dem Auto aus. »Mit den Probeaufnahmen, meine ich.«

»Wir werden irgendwas unternehmen, um das zu feiern, wenn ich den Film abgedreht habe.«

Chris schloss die Autotür, stellte sich neben den Jeep und ging erst ins Haus, als Tony verschwunden war.

Im Haus brannte noch Licht, aber kein Mensch war zu sehen. »Mom?« Er wartete einen Moment ab. »Janice?« Niemand antwortete. Auf der Suche nach einer Nachricht machte er sich zur Küche auf und stolperte dabei fast über einen Koffer, der neben dem Sofa stand. Er bückte sich, hob ihn hoch und stellte fest, dass er gepackt war.

Seine Mutter schob die gläserne Schiebetür zur Veranda auf und ging zu ihm. »Ich habe vermutet, dass du es bist.«

Er sah auf den Koffer und dann zu ihr. »Was geht hier eigentlich vor?«

Sie legte einen Finger auf den Mund und bedeutete ihm, ihr in die Küche zu folgen. Obwohl sie dort außer Hörweite von allen auf der Rückseite des Hauses waren, flüsterte sie immer noch. »Beverly bringt die Mädchen heute Abend nach Hause. Sie fliegen von San Jose ab, bei total verheult.«

Es klang so unwahrscheinlich, als hätte sie ihm gerade erklärt, sie hätten sich einen Claim in Alaska abgesteckt und würden morgen dorthin fliegen. Janice würde abreisen? Beverly von San Jose abfliegen? Das alles ergab überhaupt keinen Sinn.

»Ich kann dir nicht folgen.«

»Tracy und Beverly sind den ganzen Tag aufeinander losgegangen, oder sagen wir besser, seit Tracy heute Nachmittag aus der Stadt zurückkam. Du kannst dir nicht vorstellen, was sie gemacht hat.«

»Doch, das kann ich«, meinte Chris, dem allmählich etwas dämmerte. »Wie hat Beverly das mit der Tätowierung denn herausgefunden?« Er konnte sich nicht vorstellen, dass Tracy so dumm war, es ihrer Mutter zu erzählen. Obwohl er inzwischen auf alles gefasst war, wenn es um Tracy ging.

»Welche Tätowierung?«, wollte Margaret wissen.

»Die auf ihrem –« Chris konnte sich gerade noch bremsen. »Wenn Beverly nichts von ihrer Tätowierung weiß, was hat sie dann so in Rage gebracht?«

Margaret zögerte.

»Was?«, meinte Chris hartnäckig.

»Ihr Bauchnabel-Piercing.«

»Jesus.« Tracy war wirklich nicht mehr zu helfen. »Wie hat Beverly das herausgefunden?«

»Die Stelle fing zu bluten an. Der Arzt meinte –«

Janice kam ins Zimmer. Ihre Augen waren rot und verschwollen. »Hast du etwas dagegen, wenn ich mit Chris nach draußen gehe, damit wir reden können?«, wollte sie leise wissen. »Ich muss ihm unbedingt etwas sagen.«

»Natürlich nicht«, erwiderte Margaret und sah auf die Uhr über dem Herd. »Allerdings solltet ihr nicht zu weit gehen, ihr habt nur noch ein paar Minuten.«

»Warum muss denn Janice abreisen?«, wollte Chris wissen, als Margaret gerade gehen wollte. »Warum kann sie denn nicht mit uns hier bleiben?«

Ganz offensichtlich war Margaret der Gedanke überhaupt nicht gekommen. »Vermutlich könnte sie das ... ich jedenfalls hätte nichts dagegen.« Sie sah Janice an. »Was glaubst du, was deine Eltern dazu sagen würden, wenn du noch bleibst?«

»Keine Ahnung. Da muss ich meinen Vater anrufen und fragen.« Ein Hoffnungsschimmer leuchtete in ihren Augen auf. Dann wollte sie von Chris wissen: »Hast du heute klären können, ob sie die Probeaufnahmen auf später verschieben können?«

Er hatte völlig vergessen, dass er in zwei Tagen selbst abreisen musste. »Sie haben gesagt, alles sei bereits arrangiert, und es seien zu viele Leute daran beteiligt, um es zu verschieben.« Er wollte nicht, das sie abreisen würde. »Aber ich bin doch in – «

»Ich möchte nicht, dass du diese Chance verpasst, nur weil denkst, du musst ganz schnell wieder bei mir sein.« Sie blinzelte, um die erneut aufsteigenden Tränen wegzudrücken.

»Aber du kannst doch nicht einfach so abreisen«, meinte Chris und nahm sie in den Arm. Er hielt sie so fest, als könnte er damit ihr Weggehen verhindern. »Wann werden wir uns denn dann wiedersehen?«

Sie schmiegte sich an seine Schultern und kämpfte nicht mehr gegen ihre Tränen an. »Ich weiß es nicht. Vielleicht könnte ich die Woche nach Weihnachten kommen.«

»Aber bis dahin ist es ja eine Ewigkeit«, erwiderte Chris.

»Ich werde dir jeden Tag schreiben.«

»Ich rufe dich an, sobald ich in Los Angeles bin.«

»Ich lasse euch jetzt mal alleine«, meinte Margaret und berührte Chris' Arm zärtlich, als sie ging.

»Es ist einfach nicht fair«, war der letzte Satz, den Margaret von Janice mitbekam, bevor sie die Tür schloss, um draußen Wache zu stehen. Sie sah auf ihre Armbanduhr und überlegte, wie lange Beverly in jedem Fall bis zum Flughafen brauchen würde, und suchte nach einer Möglichkeit, noch ein paar gemeinsame Minuten für Janice und Chris herauszuschinden.

Doch so sehr sie auch hin- und herrechnete, den beiden blieb allenfalls eine Viertelstunde. Wie auch immer sich ihre Beziehung in den kommenden Monaten entwickeln sollte, niemals mehr würde ihre Liebe so intensiv und zugleich so schmerzlich sein, wie in diesem Moment. Und auch nie mehr von solcher Süße.

Es brach Margaret fast selbst das Herz ... und gleichzeitig beneidete sie die beiden auch ein wenig. Bei ihrem Anblick erinnerte sie sich wieder daran, welches Gefühl es war, zu lieben und geliebt zu werden. Bis vor Kurzem hatte sie sich noch einzureden versucht, dass sie auch ohne diese Gefühle leben könnte. Inzwischen wusste sie, sie hatte sich getäuscht.

Margaret legte einen Willkommensgruß zu den von ihr gesammelten Muscheln, die sie anstelle eines Blumenstraußes für Joe und Maggie auf dem Tisch hinterließ. Da sie fünf Tage früher als geplant abreisen würde, um sich mit Chris in Los Angeles zu treffen, hätten die beiden nur einen halb verwelkten Strauß vorgefunden. Sie hatte bereits eine Runde durchs Haus gemacht, um noch einmal zu überprüfen, ob auch wirklich alles auf Hochglanz poliert war, und war gerade im Begriff, noch einmal alles durchzugehen, als sie plötzlich ein Anflug von Melancholie überkam.

Sie trat auf die Veranda hinaus. Der frühe Morgennebel verhüllte das Meer und schluckte die Geräusche der Wellen und Strandvögel. Aus den Eukalyptusblättern fielen geräuschlos Wassertropfen, als würden selbst sie über ihre Abreise trauern.

In den vergangenen dreieinhalb Wochen hatte sich ein weiterer Kreis in ihrem Leben geschlossen. Hier im Strandhaus hatte Chris seine ersten, zaghaften Gehversuche als Baby unternommen, hier hatte er siebzehn Jahre später die ersten Schritte eingeleitet, um seine Kindheit hinter sich zu lassen. Sie und Beverly hatten erlebt, wie sich ihre Kinder nahe kamen und dann wieder auseinanderdrifteten, und auf dem Weg zum Erwachsensein ganz grundverschiedene Wege einschlugen, die so unterschiedlich waren wie das Leben auf dem Meer und am Meeresgrund. In diesem Haus war es, wo sie und Kevin einen Versöhnungsversuch unternommen hatten, und sie ihm schließlich erklärte, dass sie die Scheidung wollte.

Die Tage, die sie allein im Haus verbracht hatte, hatten ihr eine Chance geboten, die sie zu Hause nur ganz selten bekam: genügend Zeit, um nachzudenken und zu reflektieren, wie ihr bisheriges Leben verlaufen war und wie es in Zukunft aussehen könnte. Margaret konnte Chris' Schmerz über die Trennung von Janice nachempfinden, ebenso wie seine Nervosität und Begeisterung angesichts einer möglichen Filmkarriere. Doch sie saß quasi nur auf dem Beifahrersitz in seiner Achterbahn der Gefühle, während er den Turbulenzen trotzen musste. Und das ging nun bereits schon seit Jahren so. Natürlich war es ihr immer klar gewesen, dass Chris sie eines Tages verlassen würde, aber ihre Gefühle meinten etwas anderes.

Und deswegen war es an der Zeit, sich ein eigenes Leben aufbauen. Und die Sache mit ihrem Sohn und Janice hatte ihr bewusst werden lassen, dass sie ihr restliches Leben nicht allein verbringen wollte. Die beiden hatten sie daran erinnert, um wie viel schöner das Leben sein konnte, wenn man es mit jemandem teilte. Von nun an würde sie den Männern, die sich für sie interessierten, auch eine Chance geben. Warum sollten alle wie Kevin sein? Irgendwo musste es einen Mann geben, der an das Wunder einer zweiten Chance glaubte. Ein Mann, der sich Kultursendungen in Fernsehen ansah, auch wenn er nichts von Oper verstand, der ohne Murren Scampi genauso gerne aß wie Fast Food. Einer, der nicht automatisch davon ausging, Schwangerschaftsstreifen und Falten würden die Freude am Sex töten.

Trotz des Nebels füllte sich der Stand bereits mit Menschen, die sich keinen einzigen Ferientag entgehen lassen wollten. Für Margaret war es Zeit, abzureisen. Sie hatte noch eine lange Autofahrt vor sich und am Nachmittag eine Verabredung mit Chris im Büro der William Morris Agentur in Beverly Hills.

Sie stieg in ihren zuverlässigen alten Volvo und warf beim Wegfahren noch einen letzten Blick in den Rückspiegel, traurig darüber, was sie hinter sich ließ und aufgeregt über das, was vor ihr lag.

Teil III

Juli

1

Sie waren nun schon fünfundsechzig Jahre verheiratet, und immer noch war Joe davon überzeugt, dass Maggie nach wie vor die schönste Frau sei, der er in seinen achtundachtzig Lebensjahren begegnet war.

Manchmal, so wie auch an diesem Morgen, kam es ihm so vor, als würde er aus sich heraustreten und sie aus großer Ferne beobachten und sie so sehen, wie sie an ihrem Hochzeitstag ausgesehen hatte – mit ihrem goldblonden Haar, dem kleinen Grübchen oberhalb ihrer linken, sanften Wange, den brauen Augen, die mit Liebe zu ihm erfüllt waren.

Sie hatte ihn damals für den bestaussehenden, intelligentesten und fürsorglichsten Mann der Welt gehalten. Und das hatte sich auf wundersame Weise bis heute nicht geändert.

Inzwischen war Maggies Haar von einem sanften Weiß, und wenn sie lächelte, dann tauchte ihr Grübchen wie eine zusätzliche Dreingabe auf. Nur ihre Augen hatten sich kein bisschen verändert, ihr Blick wirkte immer noch herausfordernd, mit einem Zwinkern, schelmisch und dann wieder rätselhaft. Und seit kurzer Zeit leider auch schmerzverzerrt.

»Haben wir jetzt endlich alles?«, rief sie ihm von der Hintertür des Bungalows zu, den sie fünf Jahre nach ihrer Heirat gekauft hatten. Joe schloss den Kofferraum.

»Es ist alles da, was auf der Liste steht.«

»Die Plastikplane?«

»Ist in der Kiste mit den Lebensmitteln.«

»Der Brief?«

»Ist in deinem Koffer.«

»Josis Spielzeug?«

»Ist in meinem Koffer.«

»Na, dann haben wir wohl alles.« Sie drückte ihre Hand gegen den Türrahmen und bewegte sich nicht.

»Wieder einer deiner Schwindelanfälle?«, wollte Joe wissen.

»Nichts Schlimmes.«

Es kostete ihn eine wahnsinnige Überwindung, ihr nicht zur Hilfe zu eilen. Inzwischen wusste er, dass es kein Mittel gab, mit dem sich ihr Schwindel schneller legen würde. Sehr oft wurde es sogar noch schlimmer, wenn er einen großen Wirbel darum veranstaltete. Ihr war es am liebsten, wenn er einfach darüber hinwegging und so tat, als wäre es nur eine vorübergehende, lästige Angelegenheit. »Hast du die Vordertür überprüft?«

Sie nickte.

»Hast du die Klimaanlage abgeschaltet?«

Sie nickte erneut.

»Ich glaube, dann können wir los.«

Sie ließ ihre Hand zögernd sinken, balancierte für Sekunden ihr Gleichgewicht aus, bevor sie den Treppenabsatz betrat. »Mein Portemonnaie liegt auf dem Tisch. Würdest du so nett sein, es für mich zu holen?«

Joe ging um den Wagen und streckte ihr eine Hand entgegen. Er war froh und zugleich ein wenig mutlos, weil sie seine Hilfe so widerspruchslos in Anspruch nahm und sich von ihm beim Einsteigen helfen ließ.

»Diesen Blödsinn über das Älterwerden können Sie meinetwegen den Vögeln erzählen«, erklärte sie. »Ich finde es einfach nur grässlich.«

Ihr Lamento war ihm wohlbekannt, seit jenem Tag, an dem Maggie ihren fünfundsechzigsten Geburtstag gefeiert hatte, und ein naiver Teenager wissen wollte, was sie in ihrem Alter auf einem Konzert der Grateful Dead zu suchen hatte. Seitdem hatte es Maggie glückseligerweise irgendwie geschafft, zu ignorieren, dass ihr Alter bei jungen Menschen eine Art Barriere im Kopf aufstellte.

Joe bückte sich und gab ihr einen kurzen Kuss. Es war nicht allein ein Bedürfnis nach körperlichem Kontakt, sondern er wollte ihr auf diese Weise auch bestätigen, dass sie in seinen Augen für immer jung bleiben würde. »Ich bin sofort wieder da.«

Als er zurückkam, hatte er unter den einen Arm Josi geklemmt, unter den anderen ihre Brieftasche. Er schloss die Wagentür auf ihrer Seite und überprüfte nochmals, ob das Schloss auch eingschnappt war, bevor er auf der Fahrerseite einstieg. Josi grub ihre Krallen in die Rückenlehne des Sitzes, streckte sich noch einmal genüsslich, bevor sie sich zwischen den beiden niederließ und den Kopf auf Maggies Bein legte.

Automatisch fuhr Maggie mit der Hand über den Kopf der Katze und kraulte sie hinterm Ohr, während Joe den Motor startete. Der Chrysler schnurrte gleichzeitig mit der neunzehn Pfund schweren Maine-Coon-Katze los, und das ging die eineinhalb Stunden dauernde Fahrt von San Jose bis zum Strandhaus so weiter.

»Sieh dir das an«, meinte Maggie, als sie um die letzte Kurve fuhren und endlich das Haus ins Blickfeld kam. »Obwohl Julia so entsetzlich viel durchgemacht hat, hat sie noch Zeit gefunden, neue Blumen zu pflanzen. Das ist wirklich ein gutes Zeichen. Meinst du nicht auch, Joe?«

Die leuchtende Farbenpracht des Gartens bildete einen lebhaften Kontrast zu dem grau bedeckten Himmel. Ihre Liebe zu den Blumen war die erste Gemeinsamkeit, die Maggie und Julia auf Anhieb teilten. Diesem ersten gemeinsamen Interesse folgten später noch Dutzend andere, die schließlich zu einer Freundschaft führten, die den Altersunterschied von fünfzig Jahren unwichtig werden ließ. Maggie hatte zwar um den toten Ken getrauert, aber ihre unendliche Trauer galt eigentlich der jungen, verlassenen Witwe, die ohne ihren geliebten Ehemann keine Zukunft für sich mehr sah.

»Meiner Meinung nach klang sie, als wir letzten Monat

mit ihr gesprochen haben, wieder mehr wie sie selbst«, erwiderte Joe. »Obwohl es für sie ganz bestimmt nicht leicht war, ohne Ken hierher zu kommen.«

Maggie griff über die Katze, und legte ihre Hand auf Joes Bein. »Aber sie hat es geschafft.« Sie lächelte ihm aufmunternd zu. »Und beim nächsten Mal wird es ihr bestimmt leichter fallen. Dieser Platz hier ist etwas ganz Besonderes, und man sollte ihn nicht wegen gewisser Erinnerungen aufgeben. Ich habe Julia geraten, sie sollte in Zukunft einfach andere Zeiten für ihren Aufenthalt hier wählen als früher. Denn wenn sie das Haus jetzt meidet, würde sie es später nicht mehr schaffen, herzukommen. Und das ist ganz bestimmt das Letzte, was Ken gewollt hätte.«

Joe tätschelte ihre Hand. »Bei diesem Anblick kann ich nur sagen, sie hat ganz offensichtlich auf dich gehört.«

»Ich weiß, wovon ich rede, Joe.«

Er bog in die Einfahrt, bremste, führte ihre Hand an seine Lippen und hauchte einen Kuss auf ihre durch die Arthritis angeschwollenen Fingerknöchel. »Habe ich in all den Jahren jemals an dir gezweifelt?«

Sie lächelte. »Wenn ich mich entsprechend anstrenge, wird mir vermutlich das Eine oder Andere dazu einfallen.«

»Wenn es länger als zwei Jahre zurückliegt, zählt es nicht mehr.«

Sie musste lachen. »Obwohl wir schon so lange verheiratet sind?«

Nachdem das Auto zum Stillstand gekommen war, konnte es Josi nicht mehr abwarten, sich Bewegung zu verschaffen. Sie richtete sich auf, machte einen Buckel, stieg dann behutsam auf Maggies Schoß und sah nach draußen. Als Maggie zusammenzuckte, reagierte Joe sofort. Er griff nach der Katze und hob sie hoch.

»Das macht mir nichts aus«, meinte Maggie.

»Ich hatte eigentlich vor, ihr vor unserer Abreise die Krallen zu stutzen.« Es fiel Joe leichter, Maggies Schmerzen auf die

Krallen der Katze zurückzuführen und nicht auf ihr Krebsleiden. »Das sind die reinsten Dolche.«

»Hast du die Krallenschere eingepackt?«

Ihr Gespräch drehte sich um Alltagsdinge, als sie vom Auto zum Haus gingen. Gleich nachdem sie es betreten hatten, bestand Joe darauf, dass sich Maggie auf der Veranda eine Ruhepause gönnte, während er den Wagen entladen und alles verräumen würde. Es passte überhaupt nicht zu ihr, dass sie es ohne Protest hinnahm, als er darauf drängte, dass sie sich in einen der Redwood-Stühle setzte. Bevor er wieder ins Haus zurückkehrte, schob er den dazugehörigen Fußhocker unter ihre Füße und wickelte ihre Beine in eine Decke ein, um sie gegen die kühle Nachmittagsbrise zu schützen. Als er alles zu seiner Zufriedenheit erledigt hatte, reichte er ihr die Notiz, die er auf dem Küchentisch vorgefunden hatte.

»Ich nehme mal an, sie stammt von Margaret oder Beverly.«

Maggie faltete das bunte Papier auseinander und las die kurze Nachricht. »Margaret schreibt, dass beide Familien aus verschiedenen Gründen früher als geplant hätten abreisen müssen, und dass deshalb im Kühlschrank und im Küchenschrank noch eine Menge Lebensmittel seien.« Dann las Maggie schweigend weiter. »Das Postskriptum klingt wirklich interessant.«

»Ach ja?«, erwiderte Joe rasch.

»Sie schreibt, sie würde uns in ihrer Weihnachtskarte wahrscheinlich ein paar aufregende Nachrichten mitteilen können, und dass es in ihrem und in Chris' Leben ein paar sehr interessante Veränderungen geben würde.«

»Ich frage mich, um was es da gehen könnte?«

»Egal, worum es sich handelt, ich hoffe nur, dass es gut für sie ausgeht. Ich kann ihre Begeisterung fast durch das Papier hindurch fühlen.«

»Soll ich dir etwas zum Lesen rausbringen?«

Sie schüttelte den Kopf. »Ich werde erst einmal eine Weile lang nur das Meer betrachten und den Wellen zuhören.«

»Ich bin gleich wieder im Haus, falls du mich brauchen solltest.«

Sie lächelte. »Ich brauche dich immer.«

Bevor er ging, drückte er ihr einen Kuss auf die Stirn.

Von ihrem Sitzplatz aus konnte Maggie den Strand leider nicht sehen, sondern nur die Bäume, die das Haus umgaben, und den Ozean selbst. Sie hätte viel lieber weiter vorne auf der Veranda gesessen, um den Wind ihrem Gesicht zu spüren und die Wellen zu beobachten. Aber weil sie Joe dieser Tage so wenig Gutes tun konnte, war es ihr bereits zur Gewohnheit geworden, sich seiner Fürsorge einfach zu fügen.

Im Gegensatz zu Joe, der die Stille grundsätzlich dem Rummel vorzog, liebte sie den sommerlichen Lärm und die Energie, und sie war gerne mitten im Geschehen. Den Urlaubern, die hier waren, um ihre Sorgen zu vergessen, und sei es nur für ein oder zwei Wochen, fiel ein Lächeln viel leichter. Und weil hier alle Fremde waren, konnte man jeden grüßen, und es war ganz normal, dass man stehenblieb, um mit wildfremden Menschen ein Schwätzchen zu halten. Am meisten gefiel Maggie jedoch, dass man sogar den Kindern ein Hallo zurufen konnte.

Auch wenn sie durchaus Verständnis hatte für die Argumente der Elterngeneration von heute, die ihren Kindern Vorsicht einimpfte und selbst ihren Kleinkindern beibrachte, vor jedem Unbekannten, der sie anlächelte, Reißaus zu nehmen, konnte sie bis heute den Verlust, den das mit sich brachte, nicht verwinden. Weil Maggie keine eigenen Kinder hatte, war sie anfangs eine Art Tante und später ein Großmutterersatz für die Kinder in ihrer Nachbarschaft gewesen, und Joe entsprechend deren Onkel und später ihr Großvater. Die Hintertür zu ihrem Haus stand immer für sie offen. Sie backten Kekse für alle und lasen ihnen laut die Comics aus den Sonntagszeitungen vor. Joe hatte genug Werkzeug,

Schrauben und Schlösser angesammelt, um ihre kaputten Fahrräder und Spielzeugwagen zu reparieren.

Und jedes Jahr war es ein ganz besonderes Ereignis, den Weihnachtsbaum der Chapmanns zu schmücken. Die große Tanne reichte stets bis hoch zur Decke und war mit so viel handgemachtem Schmuck behängt, dass er das Sortiment eines jeden Ladens überbieten konnte. Die Kinder der Nachbarschaft waren erst dann glücklich und stolz, wenn auch ihre Bastelarbeiten am Baum glänzten.

Nachdem zwei Kindergenerationen in der Nachbarschaft herangewachsen waren, begannen sich die Dinge zu verändern. Im Verlauf der Zeit wurde aus den kleinen Häuschen um sie herum das Zuhause von Familien, die viel zu beschäftigt waren oder deren Einkommen viel zu gering war, um die Gärten zu pflegen oder die anstehenden Reparaturen durchzuführen. Die Kinder verschwanden in Tagesstätten und später in den Schulen. Jene, die nachmittags allein zu Hause waren, blieben im Haus und saßen vor dem Fernseher, gingen allen Fremden aus dem Weg, selbst dem Nachbarn direkt nebenan, aus Angst, jemand könnte ihnen etwas antun.

Als hätte eine gute Fee Maggies Gedanken erraten und beschlossen, ihr einen Wunsch erfüllen, tauchte plötzlich auf dem verlassenen Pfad zum Strand, der direkt an der Veranda des Strandhauses vorbeiführte, ein kleines Mädchen auf. Es war vielleicht fünf oder sechs Jahre alt, hatte das hellblonde Haar zu zwei Affenschaukeln hochgebunden, ein rundes Gesicht und riesige braune, neugierige Augen.

Sie legte beide Hände auf das Verandageländer, baumelte mit den Beinen nach unten und schaute durch die Geländerstäbe Maggie an. »Hallo.«

»Hallo«, erwiderte Maggie.

»Ich bin Susie, und wer bist du?«

»Maggie.«

»Lebst du hier?«

»Manchmal.«

»Hast du vielleicht Kinder, mit denen ich spielen könnte?«

»Leider nein.«

Susie zuckte mit den Schultern, als sei das gar nicht so wichtig. »Meine Mama und mein Papa leben nicht mehr zusammen. Sie sind geschieden.« Die Sorglosigkeit, mit der sie das so nebenbei erwähnte, versetzte Maggie einen Stich ins Herz. »Bist du mit deiner Mom da?«

»Mit meinem Dad.« Sie stemmte sich wieder nach oben und legte das Kinn auf das Geländer. »Er war einmal Arzt, aber jetzt macht er ein Buch.«

Julia hatte zwar erwähnt, dass ein Arzt in Andrews Haus wohnen würde, allerdings nicht, dass auch dessen Tochter bei ihm war.

»Wo ist dein Dad jetzt?«

»Bei Jason.«

»Jason?«

»Das ist mein Bruder.«

Sie deutete hinter sich. »Sie bauen mit dem Sand ein Auto.«

»Susie –«, rief eine männliche Stimme am Rande der Panik.

Sie drehte sich in die Richtung, aus der die Stimme kam. »Ich bin hier drüben.«

Kurz darauf lief ein hochgewachsener Mann mit windzerzaustem, grauem Haar und einem Bartansatz um das Haus. Er trug eine geflochtene Strandtasche, vollgestopft mit Plastikschaufeln, Sandförmchen und Eimern. »Wie oft habe ich dir schon gesagt, du sollst nicht alleine drauflos laufen, junge Dame? Jason und ich haben überall nach dir gesucht.« Sein erleichterter Gesichtsausdruck stand in völligem Kontrast zu seinem strengen Tonfall.

»Ich hab dir doch gesagt, dass ich aufs Klo muss.«

»Aber nicht, dass du dich davonmachst.«

Er ließ die Tasche fallen, hob Susie hoch und schwang sie über seine Schulter. Als er sich erneut bückte, um die Tasche hochzuheben, warf er einen Blick aufs Haus und entdeckte Maggie. »Es tut mir leid, ich habe Sie gar nicht gesehen.«

Susie fing zu zappeln an, und er ließ sie wieder zurück auf den Boden. »Sie müssen Maggie sein. Ich bin Eric Lawson –« Er wartete kurz ab, um zu sehen, ob sie mit seinem Namen etwas anfangen konnte, und fügte dann hinzu, »der Mann, der Andrews Haus gemietet hat. Julia meinte, sie würde Sie darüber informieren, dass ich jederzeit behilflich wäre, falls nötig.« Ein kleiner Junge tauchte auf. Er war einen halben Kopf größer als Susie und hatte hellbraunes Haar. Sein Deckhaar war lang, an den Seiten war es kurz geschnitten. Als er Maggie entdeckte, rückte er näher an Eric heran.

Maggie zerrte an der Decke, die Joe um ihre Beine gewickelt hatte. Aber er hatte wieder einmal gute Arbeit geleistet, und sie konnte sich nicht sofort befreien.

»Bleiben Sie sitzen«, meinte Eric, »wir müssen sowieso los.«

Susie neigte den Kopf nach hinten, und sah zu ihm hoch.

»Wieso das?«

»Weil ich das Abendessen vorbereiten muss«, antwortete er.

»Und was gibt es?«, wollte sie wissen.

»Spaghetti.«

»Nicht schon wieder«, maulte sie. »Die hatten wir doch schon gestern Abend.«

Maggie kicherte. »Aufgewärmte Spaghetti sind auch nicht gerade mein Lieblingsgericht. Joe und ich wollten uns eigentlich eine Pizza liefern lassen«, meinte sie zu Eric. »Wollen Sie uns mit den Kindern Gesellschaft leisten?«

Sie hatten zwar nichts dergleichen geplant, aber allein der Gedanke, ein bisschen Gesellschaft zu haben, war viel zu verführerisch, um nicht einen kleinen Bestechungsversuch zu wagen.

»Ich weiß nicht«, erwiderte Eric.

»Bitte«, flehte ihn Susie an.

Eric sah zu dem Jungen neben sich hinunter. »Und was hältst du davon, Jason?«

Seine einzige Antwort bestand aus einem unentschlossenen Achselzucken seiner schmalen Schultern.

»Bei Ihnen oder bei uns?«, wollte Eric wissen.

»Hier bei uns wäre gut.« Es spielte keine Rolle, ob es um einen Kilometer oder nur um ein paar Schritte nach nebenan ging. Das eine erschien ihr so beängstigend wie das andere. Die Reise hierher hatte an ihren Kraftreserven gezehrt.

Eric legte eine Hand auf den Nacken seines Sohnes. Der lehnte sich zurück und ließ seinen Kopf auf Erics Hüften ruhen. »Wann sollen wir zu Ihnen kommen?«

»Um sechs Uhr.«

Er warf einen Blick auf seine Uhr. »Bestens. Dann haben wir noch genügend Zeit, uns ein bisschen sauber zu machen.«

»O, bitte keine Umstände«, meinte Maggie. »Kommen Sie einfach so, wie Sie sind.«

Jason blickte zu seinem Vater hoch und meinte leise: »Aber ich habe doch Sand in meinen Schuhen.«

»Dagegen musst du natürlich unbedingt etwas tun«, meinte Maggie. »Wir wollen doch nicht, dass du den Sand in euer Haus schleppst.« Sie wunderte sich immer wieder, wie unterschiedlich Kinder aus ein- und derselben Familie sein konnten. Im Gegensatz zu seiner Schwester Susie, die spontan und frei war, schien Jason eher ein stilles, ernsthaftes Kind zu sein. War es möglich, dass das eine Kind mit seinem Verhalten dem anderen Freiheiten einräumte oder sein Verhalten sogar bedingte?

»Es ist nicht Daddys Haus«, erklärte Susie. »Es gehört seinem Freund. Wir leben inzwischen in Daddys früherem Haus, und er lebt hier ganz alleine.«

Maggie wartete ab, wie Susies Vater auf ihre unverblümte Offenbarung seiner Lebensumstände reagieren würde. Er nahm es offenbar gelassen hin, aber der kleiner Anflug von

Bedauern in seinem Gesicht entging Maggie nicht. »Was für eine Pizza soll ich bestellen?«, fragte sie und wechselte damit bewusst das Thema.

»Ohne Knoblauch«, meinte Susie. »Den mag ich nicht. Und keine Pilze, die mag Jason nicht.«

»Doch, mag ich wohl«, protestierte Jason.

»Nein, magst du nicht«, wiederholte Susie.

»Du auch nicht«, petzte er zurück.

Maggie lächelte. »Und wie wäre es mit Salami und Schinken?«

»Wunderbar«, stimmte Eric zu.

»Mit Oliven«, fügte Susie hinzu. »Mit ganz vielen Oliven.«

Maggie sah Eric an, als würde sie seine Zustimmung abwarten.

»Ich befürchte, sie meint es ernst«, betonte er. »Vielleicht können Sie bei der Bestellung darauf hinweisen, das sie auf ein paar Stückchen besonders viel Oliven geben.«

»Mal sehen, was sich machen lässt.«

Eric schob die Strandtasche über die Schulter und streckte die Hand nach Susie aus. »Nun komm schon, Kleines. Wir gehen jetzt nach Hause und machen noch einen Salat zu der Pizza.«

Sie packte seine Hand und streckte die Beine in die Luft, damit er sie herumschwingen konnte. »Wir sind bald wieder da«, rief sie Maggie zu.

»Ich kann es kaum erwarten«, rief ihr Maggie nach.

Kurz darauf erschien Joe an der Schiebetür, öffnete das Fliegengitter und ging nach draußen. »Mir war, als hätte ich Stimmen gehört.«

»Stimmt«, erwiderte sie. »Wir bekommen Besuch zum Abendessen.«

»Dann werde ich mich gleich zum Laden aufmachen.«

Es gefiel ihr, dass er nicht wissen wollte, wer kommen würde oder wie viel Personen, und warum sie trotz ihres Zustandes die Einladung ausgesprochen hatte. Andererseits war es nur eines von hunderttausend Dingen, die sie an diesem Mann, den sie vor so langer Zeit geheiratet hatte, so liebte.

»Das ist nicht nötig. Wir werden Pizza bestellen.«

Sie versuchte erneut, ihre Beine aus der Decke zu befreien und gab schließlich auf. »Wir müssen jetzt nur noch eine Pizzeria finden, die auch nach Hause liefert.«

»Du magst keine Pizza«, erinnerte sie Joe.

»Wenn du siehst, wer zu Besuch kommt, wirst du es schon verstehen.«

»Ich werde mich hüten nachzufragen, wie das zustande gekommen ist. Ich lasse mich einfach überraschen.«

Er lockerte ihre Decke. »Wann kommen unsere Gäste?«

»Um sechs Uhr.«

»Gut, dann hast du noch genügend Zeit für ein kleines Nickerchen.«

»Du hast versprochen, das zu unterlassen«, erinnerte sie ihn sanft.

»Und du hast versprochen, dich nicht völlig zu verausgaben und nicht alles auf einmal zu machen, falls ich mit dir hierher fahre.«

Joes Fürsorglichkeit hatte schon immer so selbstverständlich zu ihm gehört wie seine blauen Augen und das tiefe, poltrige Lachen. Wie konnte sie da dann erwarten, dass er sich von heute auf morgen verändern würde. »Na gut, aber nicht länger als eine halbe Stunde.«

»Und nicht eine Minute weniger.«

2

Jason war das ganze Abendessen über sehr schweigsam und aß seine Pizza, ohne einmal aufzublicken, als würde er das Essen nicht als Vergnügen, sondern eher als eine Art Strafe empfinden. Susie hingegen quasselte unbekümmert vor sich hin, hielt das Gespräch mit Fragen, Zwischenbemerkungen und Familienklatsch in Gang, auch wenn es Eric bisweilen die Sprache verschlug.

Nach dem Essen entschuldigte sich Susie und ging zur Toilette. Und während sich Joe und Eric ans Geschirrspülen machten, blieb Maggie mit Jason alleine. Maggie nutzte diesen Augenblick, streckte Jason ihre Hand hin und fragte ihn, ob es ihm etwas ausmachen würde, sie ins Wohnzimmer zu geleiten. Rein instinktiv spürte sie, dass er nach der Scheidung seiner Eltern offenbar die Rolle des Fürsorgenden übernommen hatte. Vielleicht konnte sie damit die unsichtbare Barriere zwischen ihnen überbrücken. Zögerlich betrachtete er für einen kurzen Moment ihre faltigen, knotigen Finger, bevor er schließlich seine kleine, perfekt geformte Hand in ihre legte.

Sie ließ es zu, dass er sie in den Raum nebenan geleitete, und bewegte sich dabei sogar bewusst etwas langsamer als sonst. »Sollen wir uns zu Josi setzen oder lieber da drüben an den Tisch?«, fragte sie und benutzte dabei schamlos die Katze als Lockmittel, um Jason zu überreden, direkt neben ihr und nicht auf einem der Stühle am Tisch Platz zu nehmen.

Jason starrte die Katze an, die sich lang auf dem Sofa ausgestreckt hatte und dadurch trotz ihrer neunzehn Pfund noch imposanter wirkte. »Mag sie Kinder?«, wollte Jason wissen.

»Mindestens so gern wie ich«, antwortete Maggie.

Zögerlich bewegte er sich auf die Katze zu, als könne sie ihn für eine leichte Beute halten. Als er sich vorsichtig näher heranwagte, beobachtete Josi ihn aus einem halb geöffneten Auge. Jason drückte seine Knie in eines der Kissen und streckte seine Hand aus. Bevor er sie berührte, sah er Maggie nochmals an. »Und du meinst, sie mag das wirklich?«

»Ganz bestimmt.«

Als er Josis Fuß berührte, öffnete sie auch das andere Auge. Er streichelte das dicke Fell über ihrem Bauch. Sie hob den Kopf. Langsam fuhr er mit seiner Hand an ihrer Flanke entlang. Josi gähnte und streckte sich, ließ dann den Kopf wieder sinken und fing laut zu schnurren an.

Jason riss die Augen weit auf, als er den lauten, brummenden Ton vernahm, zog seine Hand zurück und schlug sich damit auf die Brust. »Was ist denn jetzt los?«

»Das heißt nur, dass sie dich mag.«

»Wirklich?«

Maggie sank neben Jason aufs Kissen, und Josi legte ihren Schwanz besitzergreifend über Maggies Schulter. Wie von einer unwiderstehlichen Kraft angezogen, streckte Jason abermals die Hand aus und fuhr damit durch das dicke Fell der Katze. Seine Finger streiften dabei zufällig Maggies Wange, die das Gefühl hatte, als würde er auch sie streicheln.

Susie kam ins Zimmer. »Darf ich ihn auch streicheln?«

»Es ist kein Er«, korrigierte sie Jason, »sondern eine Sie.«

»Darf ich?« Sie wartete auf Maggies Zustimmung.

»Natürlich darfst du das. Am besten gefällt es ihr, wenn man sie ganz sanft streichelt.«

Susie kuschelte sich neben Jason. Sie fuhr mit der flachen Hand über Josis Kopf.

»Was ist denn das für ein Geräusch?«

»Das heißt, das sie mich mag«, erklärte Jason.

Susie sah Maggie abermals an. »Stimmt das?«

Maggie nickte. »Und es heißt, dass sie auch dich mag.«

Susie lehnte sich spontan nach vorne und küsste Josi auf die Schnauze. »Sie riecht aber komisch«, erklärte sie.

»Das kommt daher, weil sie so viel Fisch frisst.«

»Igittigitt!«, rief Susie aus, während sie zurückwich. Sie hatte das Interesse verloren. »Hast du irgendwelche Spielsachen?«

»Ich habe ein paar Bücher«, meinte Maggie, der just in diesem Augenblick eingefallen war, dass etliche Kinderbücher im Spielregal lagen. »Sollen wir gemeinsam eines lesen?«

»Prima.«

Joe, der ein Glas abtrocknete, überprüfte mit einem kurzen Blick ins Wohnzimmer, was dort vor sich ging. Auch wenn das Leben im Großen und Ganzen fair zu Maggie gewesen war, hatte sie sich mit der grausamen Tatsache abfinden müssen, keine eigenen Kinder zu haben. Sie hatten zwar versucht, ein Kind zu adoptieren, aber ihr Gesuch war abgelehnt worden, nachdem die Agentur herausgefunden hatte, dass Maggie an Epilepsie litt. Und als dann endlich ein wirksames Medikament gegen ihre Anfälle auf den Markt kam, waren sie bereits in einem Alter, um Großeltern zu sein.

»Sie kann wirklich gut mit ihnen umgehen«, bemerkte Eric, als Joe in die Küche zurückkam, um das Glas wegzuräumen.

»Manchmal habe ich mich gefragt, ob es nicht Gottes Wille war, dass sie keine eigenen Kinder bekommen konnte, weil es so viele Kinder gibt, die einen Menschen wie sie brauchen.«

Eric schwieg sehr lange. Schließlich fragte er ganz sanft: »Ist es Krebs?«

Joe sah ihn an. »Wie haben Sie das herausgefunden?«

»Nach einer Weile kann man die Zeichen dieser Krankheit erkennen, auch wenn jemand wie Maggie sich noch so sehr darum bemüht, das zu verbergen.«

»Sie jammert nie.« Joe tauchte aus lauter Verlegenheit

einen Schwamm ins Spülwasser und begann, damit die Küchenablage zu säubern.

»Wie lange bleibt ihr noch?«

»Viel Zeit geben sie ihr nicht mehr.« Bei diesen Worten wurde sein Hals rau. Eigentlich hätte er sich inzwischen an seinen Schmerz gewöhnen müssen, aber jeden Morgen verspürte er ihn aufs Neue, weil er sich dummerweise für wenige Momente einzureden versucht hatte, alles sei nur ein Albtraum gewesen, aus dem er gerade erwachte. »Ein Arzt meinte, sie hätte noch einen Monat oder zwei, ein anderer erklärte uns, sie könnte durchaus an Weihnachten noch bei uns sein.«

»Selbst die besten Spezialisten auf diesem Gebiet können eine solche Sache nicht mit absoluter Sicherheit einschätzen«, meinte Eric. »Ich hatte Patienten, die angeblich noch ein Jahr oder mehr zu leben hatten und dennoch kurz nach der Diagnose starben. Andere wiederum stellten alle medizinischen Glaubenssätze auf den Kopf und überlebten noch Wochen, Monate, ja sogar Jahre die prognostizierte Lebenszeit.«

»Aber ich vermute mal, dass die meisten trotzdem zu dem Zeitpunkt sterben, mit dem man gerechnet hat, oder?«

»Ja, bei den meisten ist das so.«

Joe nickte.

»Wenn ich irgendetwas tun kann, um Ihnen während Ihres Aufenthaltes hier zu helfen, dann lassen Sie es mich bitte wissen, ja?«, erklärte Eric.

»Auch Julia war völlig überzeugt davon, dass Sie das tun würden.«

»Sie haben mit Julia über mich geredet?«

»Maggie oder ich telefonieren alle paar Wochen einmal mit ihr. Sie hat nach Kens Tod so schwere Zeiten durchgemacht, und manchmal braucht sie einfach jemanden, mit dem sie reden kann. Sie ist der Ansicht, dass Ken und Sie sich in gewisser Weise sehr ähnlich wären, als seien sie irgendwie aus demselben Holz geschnitzt, nur dass der eine einfarbig und der andere gemustert sei.«

Eric fischte das restliche Silberbesteck aus dem Spülwasser. »Ken muss wohl etwas ganz Besonderes gewesen sein?«

»Einen Besseren gab es nicht. Ich habe in meinem Leben viele Menschen kennengelernt, aber keiner konnte Ken das Wasser reichen.« Joe war Kens Herzinfarkt fast genauso nahe gegangen wie die Krebserkrankung seiner Maggie. »Er und Julia waren füreinander bestimmt. Es wird wohl sehr lange dauern, bis sie jemanden findet, der seinen Platz einnehmen kann – falls überhaupt.« Er nahm das Geschirrtuch wieder in die Hand und begann, das Silberbesteck, das Eric in den Besteckkorb gestellt hatte, zu polieren.

»Sie ist eine junge Frau«, fuhr er fort. »Und es ist schon hart, sich vorzustellen, dass sie ihr restliches Leben allein verbringen soll.« Und etwas leiser fügte er hinzu: »Ich kann mir nicht vorstellen, dass ich all diese Jahre über ohne Maggie hätte überleben können.«

»Wie lange sind Sie verheiratet?«

»Im März waren es fünfundsechzig Jahre. Maggie war damals zwanzig und ich dreiundzwanzig.« Er schüttelte den Kopf. »Wenn ich daran denke, was seitdem alles passiert ist – wie sich die ganze Welt verändert hat, und wir uns mit ihr. Und trotzdem erscheint es mir immer noch so, als sei es erst gestern gewesen, dass wir in dieser kleinen Kapelle in Reno vor dem Priester gestanden haben.«

»Sie haben in Reno geheiratet?«

»Wahrscheinlich glauben Sie, dass ist etwas, was erst mit der Generation Ihrer Eltern in Mode kam«, meinte er grinsend. »Aber das gab es schon zu unserer Zeit.« Er faltete das Geschirrtuch zusammen und hängte es über die Spüle. »Und eh ich es vergesse: Falls Sie in nächster Zeit mit Julia reden sollten, wäre es mir sehr lieb, wenn Sie die Sache mit Maggie nicht erwähnen würden. Nach allem, was sie seit Kens Tod durchgemacht hat, haben wir beschlossen, ihr nichts zu sagen bis … nun, Sie wissen schon, was ich meine.«

»Ich habe es verstanden.«

»Wie wäre es mit einer Tasse Kaffee? Es würde mir nichts ausmachen, eine Kanne aufzusetzen.«

»Wahrscheinlich sollten wir besser aufbrechen«, erwiderte Eric. »Ich möchte nicht, dass die Kinder Sie zu sehr in Anspruch nehmen.«

»Das ist gar nicht möglich«, erklärte Joe. »Sie sind für sie besser als jede Medizin, die man ihr bisher jemals verschrieben hat.«

Bevor er das Wohnzimmer betrat, blieb er stehen, um Eric die Möglichkeit zu geben, sich selbst ein Bild zu machen.

Susie saß zu Maggies Füßen und spielte mit den Muscheln, die Margaret auf dem Esszimmertisch hinterlassen hatte.

Jason hatte sich neben Maggie zusammengerollt und hörte ihr zu, als sie vorlas, während Josi, deren Kopf Jasons Schoß fast völlig bedeckte, laut vor sich hinschnurrte.

»Sie haben nur selten Gelegenheit, ihre Großeltern zu besuchen«, erklärte Eric.

»Jetzt merke ich, dass ich unbedingt etwas unternehmen muss, um das zu ändern.«

»Maggie und ich wären überglücklich, wenn wir als Ersatz für sie einspringen könnten, solange die Kinder hier bei Ihnen sind.«

Er machte dieses Angebot nicht uneigennützig, sondern durchaus mit gewissen selbstsüchtigen Hintergedanken.

Er würde alles tun, sich auf jeden Handel einlassen, nur um Maggie nach dem Aufwachen am Morgen eine Perspektive zu geben.

»Das wäre sehr schön.«

Eric betrachtete seine Kinder voll inniger Liebe und Fürsorge.

»Jason benötigt im Moment sehr viel Aufmerksamkeit und Verständnis. Er hat es nur schwer verkraftet, als ich vor zwei Jahren ausgezogen bin. Seine Mutter hat gerade wieder geheiratet, und damit musste er auf einmal akzeptieren, dass aus uns vieren nie wieder ein intakte Familie werden wird.« Eric schob die Hände in die Hosentaschen und fuhr fort: »Sie ist auf Hochzeitsreise. Das ist der Grund, wieso die Kinder schon jetzt bei mir sind, und nicht wie sonst erst im August.«

»Ich möchte ja nicht neugierig erscheinen«, meinte Joe zögernd, »aber was geht in Ihnen nach der Heirat ihrer Exfrau vor?«

»Das war abzusehen. Shelly ist eine schöne, fürsorgliche Frau.«

»Daddy«, rief Susie ihm zu. »Schau mal, was ich gemacht habe.«

Joe zog sich zurück, um Eric dabei zu beobachten, wie er sich mit seiner Tochter beschäftigte.

Eric kauerte sich direkt neben sie auf den Boden, während er dabei gleichzeitig Jasons wippenden Fuß mit der Hand umfasste.

Joe gefiel, wie er den Körperkontakt zu seinen Kindern suchte.

Und es gefiel ihm auch, dass Eric seine Gefühle offen nach außen trug, wenn es um seine Kinder ging.

Maggie sah hoch und fing Joes Blick ein. Sie lächelte ihn zufrieden an, und machte dann mit dem Vorlesen der Geschichte weiter.

Als man ihnen mitgeteilt hatte, dass sie an Krebs erkrankt sei, hatte Joe sie überreden wollen, den Sommer zu Hause zu verbringen.

Er hatte Angst, sie könnte sich überanstrengen, und er wollte nicht, dass sich dadurch die gemeinsame Zeit, die ihnen noch vergönnt war, womöglich verkürzen würde, und sei es auch nur um eine Minute.

Aber sie blieb hartnäckig und bestand darauf, ins Strandhaus zu fahren.

Nun sah er ein, dass ihre Entscheidung richtig gewesen

war. Sie hatte noch ein letztes Geschenk zu vergeben, und genau den richtigen kleinen Jungen dafür gefunden, der es verdient hatte.

Wahrscheinlich würde sich Jason später nicht mehr an die alte Frau mit der Katze erinnern, die ihm Geschichten vorgelesen und eine Pizza mit ihm geteilt hatte. Aber irgendwo ganz tief in seinem Unterbewusstsein würde Maggie etwas bewirken. Denn sie gab ihm das Gefühl, etwas ganz Besonderes zu sein, und dass er es wert war, ihm ihre Zeit zu schenken.

3

»Was für ein schöner Morgen«, sagte Maggie und sah zum Wohnzimmerfenster hinaus. Beim Vogelhäuschen draußen hatte sich eine Schar Finken eingefunden. Sie kamen im Sturzflug angeflogen, um zu landen, huschten herum und verjagten sich gegenseitig, als sie um die besten Plätze wetteiferten, während unten am Boden die aufgeplusterten Spatzen ruhig und friedlich das verstreute Futter aufpickten.

Joe ging mit langsamen Bewegungen zu Maggie hinüber, weil er sich nach dieser anstrengenden Nacht etwas steif fühlte. Er blieb neben ihr stehen, legte einen Finger unter ihr Kinn und bog ihren Kopf leicht nach hinten, um ihr einen Kuss zu geben. »Warum bist du denn schon so früh auf?«

Sie legte die Arme um seine Taille und lehnte den Kopf an seine Schultern. Seine Berührungen, sein Geruch und seine Nähe waren ihr so wohlvertraut und willkommen, wie die Luft, die sie atmete. »Ich konnte nicht schlafen.«

»Geht es dir gut?«

»Ja, alles bestens. Ich habe über Jason nachgedacht. Er ist etwas ganz Besonderes, Joe. Ich weiß, das klingt sehr hochtrabend, denn ich habe ihn ja gerade erst kennengelernt. Aber ich denke, dass ich noch nie einem kleinen Jungen wie ihm begegnet bin.«

»Wie meinst du das?«

»Er ist eine sanfte Seele. Die ganze Zeit über, die er mit Josi zusammen war, hat er sie nicht ein einziges Mal getriezt, er hat sie nicht ins Ohr gekniffen oder an ihrem Schwanz gezogen. Er ist aber auch nicht in Panik geraten oder hat versucht, aufzustehen, als sie ihre Pfote in seine Hand krallte, weil sie nicht wollte, dass er sie weiterhin am Bauch kraulte.

Er hat mir auch nichts vorgespielt, Joe, es gehört einfach zu seinem Naturell.«

»Aber Susie ist auch ein ziemlich ungewöhnliches Mädchen.«

Maggie lächelte. »Wenn ich für uns ein maßgeschneidertes Mädchen hätte bestellen können, dann wäre es exakt wie Susie ausgefallen.«

Und dann küsste er sie an diesem Morgen ein weiteres Mal, dieses Mal auf die Schläfe. »Was möchtest du denn zum Frühstück haben?«

»Ein englisches Muffin – und Tee.« Sie hatte keinen Appetit, mittlerweile stand ihr nur noch selten der Sinn nach Essen. Das war eine der ironischen Seiten des Sterbens. Es war vermutlich das allererste Mal in fünfzig Jahren, dass sie sich keine Gedanken darüber machen musste, ob sie an Gewicht zulegte. Die Kleider schlotterten so sehr, dass sie selbst an Tagen, an denen es ihr gut ging, kaum verhehlen konnte, dass sie die Hälfte ihrer endgültig letzten Reise längst hinter sich hatte.

Es machte ihr nichts aus, dass sie sterben musste. Auf gewisse Weise war sie sogar dankbar, dass es so und nicht anders gekommen war, und sie dadurch die Möglichkeit hatte, den Zeitpunkt ihres Tod ganz nach ihren Wünschen zu bestimmen. Aber es brach ihr wirklich das Herz, Joe verlassen zu müssen. Vor die Wahl gestellt, wäre es ihr lieber gewesen, wenn es ihn zuerst getroffen hätte. Dann wäre es ihr letzter Akt der Liebe gewesen, die Trauer um ihn und die Einsamkeit zu ertragen.

Doch Joe würde sein Leben meistern, auch wenn es ihm das Herz brach.

Nach seiner letzten Generaluntersuchung hatte der Arzt Joe mitgeteilt, dass er ohne Weiteres einhundert Jahre werden könnte, es sei denn, er würde zufällig unter die Räder eines schnellen Lastwagens geraten. Das waren gute Nachrichten, aber Maggie war die Einzige, die an jenem Tag den verlorenen Blick in Joes Augen sah. Daraufhin hatte sie beschlossen, dass er ausschließlich mit all den schönen Erinnerungen an ihr gemeinsames Leben weiterleben und keinesfalls mit dem unvermeidlichen, ewigen Dahinsiechen im Kampf gegen den Krebs konfrontiert werden sollte, der ihren Tod nur hinauszögern würde. Außerdem gab es für ihre Entscheidung einen weiteren, nicht minder zwingenden und vordringlichen Grund. Seit jenem Tag, an dem man ihr die endgültige Diagnose mitgeteilt hatte, war ihre allergrößte Befürchtung gewesen, zum ersten Mal in ihrem Leben etwas nicht mit Joe teilen zu können. Sie kannte den Mann, der seit fünfundsechzig Jahren ihr bester Freund und Liebhaber war, in- und auswendig. Er wäre einfach nicht in der Lage, sie loszulassen. Sein Verstand konnte vielleicht ihre Anordnung akzeptieren, dass sie keine Wiederbelebungsversuche wünschte, aber ganz bestimmt nicht sein Herz. Ganz egal, wie viele Lebensjahre noch vor ihm lagen, er würde nie aufhören, darüber nachzudenken, ob er nicht zu vorschnell dem Zeitpunkt ihres Todes zugestimmt hätte. Er würde sich einreden, dass jeder Tag, jede Woche oder jeder Monat, denn sie vielleicht noch hätte weiterleben können, womöglich zu den wichtigsten in ihrem ganzen gemeinsamen Leben gehört hätten.

Solange sie noch am Leben war, würde Joe im wahrsten Sinne des Wortes seine Seele verkaufen, nur um ihr die letzten Tage so leicht wie möglich zu machen, und keinesfalls würde er irgendwelche Einwände von ihr dulden. Sie konnte den Gedanken einfach nicht ertragen, dass die Kosten für ein langes Dahinsiechen Joe um sein gesamtes Geld bringen würde, und er seinen Lebensabend in Armut verbringen müsste. Denn das war die nackte Realität.

In den darauffolgenden Wochen hatten sie leidenschaftliche Debatten geführt, bis sie ihn endlich hatte davon überzeugen können, dass sie den Zeitpunkt ihres Todes selbst bestimmen würde. Sie wollte noch klar bei Verstand sein, wenn sie sich von ihm verabschiedete, und nicht dahinvegetieren, während Apparate und Klinikpersonal über ihren Tod bestimmten. Auf welche andere Weise hätte sie ihn nach ihrem gemeinsamen Leben sonst verlassen können? Irgendwann begriff er, dass sie ihren Entschluss weder aus Feigheit noch Angst gefällt hatte, sondern aus ganz verständlichen und vernünftigen Gründen. Und so gab er schließlich nach.

Maggie hatte den Tag ihres Geburtstages für ihren Tod festgelegt, weil es ihr wie ein unwiderstehlicher, symbolischer Akt vorkam. Für sie sollte sich an einem Tag, der sowohl ihre Geburt als auch ihren Tod markierte, der Kreis des Lebens schließen. Als sie Joe dies mitteilte, hatte er sie sehr lange schweigend in den Armen gehalten. Irgendwann einmal meinte er dann, er würde sich allen ihren Wünschen fügen – mit einer einzigen Ausnahme. Im Augenblick ihres Todes wollte er unbedingt bei ihr sein, sie in diesem Moment auf keinen Fall alleine lassen. Sie hatten sich deswegen gestritten, sie hatte ihn inständig anflehte, sie alleine gehen zu lassen. Aber er hatte nicht nachgegeben und gesagt, sie hätte doch wissen müssen, dass er viel zu stur sei, um zuzulassen, dass alles ausschließlich nach ihrem Kopf gehen würde.

»Du bist mit deinen Gedanken schon wieder ganz woanders«, bemerkte Joe. »Denkst du immer noch über Jason nach, oder geht es jetzt um etwas anderes?«

Sie sah zu ihm hoch. »Ich habe über uns nachgedacht. Ich muss in meinem letzten Leben etwas ganz Besonderes geleistet haben, dass ich in meinem jetzigen mit einem Mann wie dir belohnt wurde.«

»Wenn das stimmen sollte, dann wirst du in deinem nächsten ein verdammt gutes Leben führen.«

Sie schüttelte den Kopf. »Nein, für mich ist danach Schluss. Es kann einfach nichts Besseres nachkommen.«

»Du hast recht«, erwiderte er leise.

»Was machen wir heute?« Im Gegensatz zu früher, als ihre Augusttage im Strandhaus völlig planlos verlaufen waren, hatten sie sich dieses Mal ganz bestimmte Dinge vorgenommen. Manche aus reiner Sentimentalität, wie zum Beispiel die Kolibris in Carmel Mission zu beobachten und nach Ottern beim Point Lobos Ausschau zu halten. Andere wiederum gehörten zu den Dingen, die sie schon immer geplant, sie aber ständig verschoben hatten, aus welchen Gründen auch immer – wie etwa eine Runde Golf bei der Pebble Beach für Joe, während sie den Golfcart schob, oder ein Picknick auf dem Fremont Peak.

»Für heute steht ein Mittagessen im Steinbeck House auf dem Plan.«

Auf dieses Vergnügen hatten sie über viele Jahre hinweg selbst dann nicht verzichtet, wenn es ihre finanzielle Lage eigentlich nicht zuließ und sie dafür das Bargeld für Notfälle angreifen mussten, das Joe in einer alten Whiskeyflasche in seinem Schrank aufbewahrte. »Hast du einen Tisch bestellt?«

»Ja«, erwiderte er nachsichtig. »Schon letzte Woche.«

Sie lächelte. »Und du hast vermutlich den heutigen Tag gewählt, weil ...«

»Sie deine Lieblingsquiche auf der Karte haben.«

»Ach, es ist wirklich wunderbar, wie sehr du mich verwöhnst.«

Er warf ihr einen überraschten Blick zu. »Aber du hast mir doch gesagt, dass du mich nur heiraten würdest, wenn ich das tue.«

»Habe ich das wirklich? Wie klug von mir.« Nun war sie an der Reihe, ihm einen Kuss zu geben. »Sag mir, was hast du mir denn sonst noch alles versprechen müssen?«

»Dass ich das Geschirr abspüle und meine Wäsche selber mache.«

»Hmmm, es scheint mir, als hätten wir Letzteres ein bisschen schleifen lassen, was?«

»Oder war es, dass ich staubsauge und das Bad putze?«

Sie versetzte ihm einen neckischen Stoß in die Rippen. »Ich

vermute mal, du hast mich eher damit rumgekriegt, indem du irgendetwas in der Art behauptet hast, dass ich die schönste Frau der Welt sei, und das mit einem ganz ernsten Gesicht dazu.«

»Nein, so billig hättest du mich nicht davonkommen lassen.«

Es grenzte schon an ein Wunder, dass in den fünfundsechzig Jahren aus seinen Augen niemals dieses gewisse Verlangen verschwunden war.

»Für wann hast du den Tisch bestellt?«

»Für ein Uhr.«

»Und wie lange brauchen wir dorthin?«

Er sah sie kurz an. »Meinst du etwa damit das, was ich denke, was zu meinst?«

»Ich müsste schon mein Gespür verloren haben, wenn ich der Ansicht wäre, dir das jetzt lang und breit erklären zu müssten.«

»Und du meinst es ernst?«

»Der Geist ist willig. Ich sehe also keinen Grund, warum wir dem Fleisch nicht eine Chance geben sollten.«

Er grinste. »Du wirst nicht glauben, was du damit bei mir gerade angerichtet hast.«

Sie griff nach seiner Hand und blickte in Richtung des Schlafzimmers. »Doch, werde ich, wenn du es mir zeigst.«

Als Joe Maggie den Morgenmantel auszog, sah er nicht ihre gealterte Haut und die nachlassende Spannkraft ihres Körpers, Spuren, die die Jahre hinterlassen hatten, sondern den Körper der jungen Frau, die in der Hochzeitsnacht neben ihm gelegen hatte, mit vollen, festen Brüsten, dem flachen Bauch und Oberschenkeln, so sanft wie das ruhige Meer und so weich und verlockend wie das Geflüster von Liebenden.

Er kannte ihren Körper genauso gut wie seinen eigenen, er wusste, wo und wann er sie berühren, wie er sich bewegen musste, sobald er in sie eingedrungen war. Er wusste, wie er sie allein dadurch zum Orgasmus bringen konnte, und wann er auf andere Weise nachhelfen musste, weil ihr Verlangen noch viel größer war. Er wusste, wann sie so weit war, und mit einem kurzen, kaum vernehmlichen Atemholen ließ sie ihn wissen, dass er sich schneller bewegen sollte.

Er machte sich keine Sorgen mehr, dass er ihr weh tun könnte. Stattdessen erwachte in ihm aufs Neue jene Heftigkeit, die er bereits vor Monaten aus lauter Angst verdrängt hatte. In Gegensatz zu Maggie gelang es Joe nur sehr langsam, die Fähigkeit zu entwickeln, im Hier und Jetzt zu leben, ohne groß darüber nachzudenken, was die Zukunft bringen würde. Selbst die alte Weisheit, dass kein Mensch ewig leben würde, tröstete ihn nicht über die Krebsdiagnose von Maggie hinweg. Eigentlich hätte er mit seinen achtundachtzig Jahren auf das Unvermeidliche viel besser vorbereitet sein müssen, zumal nur noch eine Handvoll seiner Altersgenossen am Leben waren. Aber er konnte den Gedanken einfach nicht ertragen, dass die Spielregeln des Lebens auch für sie galten.

Nur der Gedanke, dass nicht er vor ihr sterben würde, dass nicht sie über den Verlust durch seinen Tod würde trauern müssen, gab ihm die nötige Energie.

Nachdem sie sich geliebt hatten, kuschelte sich Maggie an Joe und lächelte zufrieden. »Es gibt keinen besseren Weg, den Tag zu beginnen.«

»Geht es dir gut? Ich habe dir doch nicht weh getan, oder?«

Sie streichelte mit ihrer Hand über seine Brust. »Habe ich etwa den Eindruck erweckt, als würdest du mir weh tun?«

»Nun, ich habe dich einmal stöhnen hören.«

»Nur einmal?«, neckte sie ihn.

Er zog sie enger an sich. »Es war ein gutes Leben, Maggie. Ich hätte mir kein Besseres wünschen können.«

»Ja, wir sind wirklich gesegnet, mein Lieber. Denn es bleibt uns sogar noch genügend Zeit, um uns voneinander zu verabschieden.«

Sie machte eine Bewegung, um ihren Arm zu befreien und

die Schmerzen in ihrer Schultern zu lindern. Nach und nach hatte sie in den letzten Tagen ihre Schmerzmittel reduziert, nahm aber diese Beschwerden anstelle der leichten Benommenheit gern in Kauf. Allerdings würde sie vor Joe nicht mehr lange verbergen können, was sie wirklich durchmachte. Solange er davon ausging, dass sie nicht leiden musste, konnte er mit ihrem Zustand umgehen. Es gab sogar Zeiten, in denen sie völlig vergaßen, dass sie krank war, weil es keinerlei äußere Anzeichen dafür gab.

»Seit wir hier sind, habe ich viel über Julia und Ken nachgedacht«, sagte sie. »Sie waren so glücklich zusammen. Erinnerst du dich noch an den Tag, als wir alle gemeinsam zum Abendessen ins Winslow's gegangen sind, und Ken in seinem Trinkspruch meinte, er würde sich nur eines in seinem Leben wünschen, nämlich ein so langes und glückliches Leben mit Julia führen zu können wie wir.« Sie legte ihre Hand auf die von Joe, die auf ihrem Bauch ruhte. »Ich habe nicht einen Moment lang daran gezweifelt, dass sein Wunsch in Erfüllung gehen würde.«

»Wenn Julia ihr restliches Leben nicht alleine verbringen will, dann wird sie sich wohl für den zweitbesten Mann entscheiden müssen«, erwiderte Joe.

»Nicht unbedingt den Zweitbesten. Natürlich kann keiner Kens Platz einnehmen, aber vielleicht gibt es einen, der sich seinen eigenen Platz schaffen kann.« Sie wandte ihm den Kopf zu und sah ihn an. »Ich möchte auch nicht, dass du die Möglichkeit ausschließt, eine andere Frau zu finden.«

»Warum sagst du so etwas? Du weißt doch, dass so etwas niemals passieren wird.« Er lehnte sich ins Kissen zurück und starrte an die Decke. »Ich liebe dich, Maggie, das werde ich immer. Für mich wird es nie eine andere geben.«

»Aber es würde mir nichts ausmachen, weißt du.«

Er richtete sich auf und setzte sich mit dem Rücken zu ihr. »Darüber möchte ich nicht reden.«

»Bitte, Joe. Das ist wichtig für mich. Lass mich wenigstens

in der Hoffnung sterben, dass du diese Möglichkeit nicht völlig ausschließt.«

»Warum tust du das?«

»Weil es mir bei dem Gedanken, dass du alleine lebst, das Herz bricht.«

Er drehte sich um und sah sie an. »Schließlich bist du es gewesen, die beschlossen hat mich bereits jetzt alleine zu lassen, oder?«

Seine harten Worte ließen sie zusammenzucken. »Ich dachte, du hättest es verstanden.«

Mit einem Mal war die Verspannung in seinem Rückgrat verschwunden. Er schloss die Augen, um gegen die aufsteigenden Tränen anzukämpfen. »Es tut mir leid. Das hätte ich nicht sagen sollen.«

Sie legte ihre Hand in seine. In diesem Augenblick hätte sie alles dafür gegeben, seinen Schmerz lindern zu können. Aber sie biss die Zähne zusammen, damit ihr nicht die Worte herausrutschten, auf die er so sehnlichst wartete. Sie konnte nicht nachgeben, ihr Entschluss stand fest.

»Möchtest du eine Dusche nehmen, bevor wir gehen?«, fragte er, um das Gespräch wieder auf neutrale Gebiet zurückzuführen.

»Wenn wir dafür noch genug Zeit haben.«

Er warf einen Blick auf die Uhr auf dem Nachtkästchen. »Wir werden es schaffen«, sagte er, um ein schelmisches Lächeln bemühte, »aber nur, wenn wir gemeinsam eine nehmen.«

»Ich liebe dich, Mr. Chapman.«

Er führte ihre Hand für einen Kuss an seine Lippen.

»Und ich liebe dich, Mrs. Chapman.«

4

Als Maggie tags darauf am Morgen vor das Haus trat, um die Tageszeitung zu holen, rannte ihr Jason auf dem Pfad, der zwischen den beiden Häuser verlief, entgegen. »Ich habe schon auf dich gewartet«, rief er ihr zu. »Dad hat gesagt, ich darf erst zu dir rüberkommen, wenn ich mir ganz sicher bin, dass du schon aufgestanden bist.«

Sie lächelte ihn an. »Nun, jetzt bin ich ganz bestimmt schon auf den Beinen. Um was geht es denn?«

»Möchtest du mitkommen, und mit uns das Feuerwerk ansehen?«

Die Frage traf sie völlig unvorbereitet. Sie hatte doch tatsächlich vergessen, dass heute der 4. Juli war. »Sehr gerne. Und wie ist es mit Joe, soll er auch mitkommen?«

Jason nickte begeistert. »Ich sage meinen Dad, er soll noch ein paar Brote mehr machen.«

»Wann brechen wir auf?«

Er sah sie verwirrt an.

»Und soll ich etwas mitbringen?«

»Du meinst Spielsachen und so was?«

»Nun, ehrlich gesagt, habe ich eher an Essen und solche Sachen gedacht. Aber vielleicht können wir im Laden noch irgendetwas für dich und Susie zum Spielen besorgen.«

»Hast du zufällig Kekse mit Schokoladentropfen?«

»Nein, aber ich könnte welche backen.«

Seine Augen wurden riesengroß und rund. »Das könntest du?«

»Sind das deine Lieblingskekse?« Er nickte.

»Und Susie? Mag sie die auch?«

»Ja, aber nicht so sehr wie ich.«

Eric erschien auf der vorderen Veranda und winkte ihr zu.

»Wie ich sehe, hat er Sie gefunden.«

»Ja – und er hat uns freundlicherweise eingeladen, Sie bei Ihrer Ausflug zum 4. Juli zu begleiten.«

»Ich hoffe, Sie können mitkommen«, meinte Eric.

»Sie kann«, antwortete Jason an Maggies Stelle.

Susie tauchte neben Eric auf. »Darf ich rüberkommen?«, rief sie Maggie zu.

»Natürlich. Wenn dein Vater nichts dagegen hat.«

Eric streckte schützend eine Hand aus, um zu verhindern, dass sie womöglich von der Veranda stolperte. »Ich glaube nicht, dass ihr beiden unbedingt –«

»Es ist schon in Ordnung«, beschwichtigte ihn Maggie. »Joe und ich wollten am Strand spazieren gehen. Es wäre schön, wenn die beiden mitkämen.«

Eric ging vor Susie in die Hocke. Er schien ihr etwas zu erklären, denn er wartete ab, bis sie ernsthaft mit dem Kopf nickte. Dann richtete er sich wieder auf und nahm sie bei der Hand. Gemeinsam gingen sie über den Pfad zum Strandhaus hinüber.

»Ich freue mich sehr, dass Sie uns heute Abend begleiten«, meinte Eric. »Ich wollte, ich wäre auf die Idee gekommen, Sie einzuladen, aber es ist Jasons gewesen.«

»Um wie viel Uhr? Und was soll ich mitbringen?« Sie bemerkte den Anflug leichter Enttäuschung, der über Jasons Gesicht huschte, und fügte sofort hinzu, »abgesehen von den Keksen mit Schokoladentropfen.«

Eric sah Jason streng an. »Die Kekse waren bestimmt deine Idee?«

»Ich hab nur gesagt, dass ich sie mag.«

»Es sind auch Joes Lieblingskekse«, erklärte Maggie. »Und ich liebe Picknicks.«

Susie schlang ihre Arme um Maggies Beine. »Daddy sagte, es würde so aussehen, als würde man Blumen in den Himmel malen.«

»Was für eine wunderschöne Art, es zu beschreiben.« Er lachte und legte spaßeshalber eine Hand auf die Brust. »Sie wissen ja, ich bin Schriftsteller. Das versuche ich mir zumindest einzureden.«

»Ich kann mir nicht vorstellen, dass Sie in der vergangenen Woche viel zum Arbeiten gekommen sind.« Sie rücke zur Seite, damit Jason genug Platz hatte, neben ihr zu stehen.

»Ich arbeite ein paar Stunden, nachdem ich sie zu Bett gebracht habe, und dann wieder, bevor sie aufstehen. Ich bin selbst ein bisschen überrascht, wie viel ich in den wenigen Stunden Zustande gebracht habe.«

Joe kam heaus. »Ich habe euch von drinnen gehört.«

»Wir sind zu einem Vierter-Juli-Picknick eingeladen«, erklärte ihm Maggie.

Erst nach einigen Sekunden hatte Joe begriffen, um was es ging. »Du liebe Güte! Ich habe völlig vergessen, dass heute der vierte Juli ist.« Er sah Jason und Susie an. »Kommt ihr auch mit?« Er gesellte sich zu ihnen.

Jason nicke, und Susie grinste übers ganze Gesicht.

»Und machen sie auch ein Feuerwerk?«, wollte er wissen.

»Ein ganz großes«, antwortete Susie. »Wie Blumen im Himmel.«

»Falls es keinen Nebel gibt«, fügte Eric hinzu.

»Ein Picknick, ein Feuerwerk und dazu noch meine allerbesten neuen Freunde«, sagte Joe, als er seine Hand auf Jasons schmale Schultern legte. »Ich kann mir für diesen Tag nichts Schöneres vorstellen.« Er sah Maggie lächelnd an. »Nur eine Sache fehlt noch – Pfirsicheis!«

Seine Worte lösten bei ihr so intensive Erinnerungen aus, dass ihr vor lauter Vorfreude bereits das Wasser im Mund zusammenlief. Sie hatten nach Joes Schlaganfall und der strengen Diät, die er danach einhalten musste, mit einer alten Tradition, die an ihrem ersten gemeinsamen 4. Juli ihren Anfang genommen hatte gebrochen – kaltes Backhühnchen, Kartoffelsalat und dazu selbst gemachtes Pfirsicheis.

»Wo könnten wir deiner Meinung nach eine kleine Eismaschine kaufen?« Für Joe kam ihre Frage völlig überraschend.

»Es gibt vermutlich ein Dutzend Läden in der Nähe, wo wir es versuchen könnten«, erwiderte er.

»Darf ich mitkommen?«, fragte Susie.

»Ich glaube nicht, dass das so eine gute Idee ist,« erwiderte Eric, bevor Joe oder Maggie antworten konnten.

»Wir haben nichts dagegen«, erklärte Joe, »solange Sie einverstanden sind.«

Eric zögerte, als wollte er Joe die Möglichkeit geben, es sich noch einmal zu überlegen. Schließlich meinte er, wenn auch mit einer Spur von Zweifel in der Stimme: »Na gut, ich denke, es ist in Ordnung.«

Jason sah sehnsüchtig zu Maggie hoch, und in seinen großen braunen Augen konnte man seine Frage lesen.

»Möchtest du denn auch mitkommen?«, wollte sie wissen.

Er sah seinen Vater an. »Darf ich?«

Erics Blick wanderte zuerst zu Joe, dann zu Maggie und dann wieder zurück. »Die beiden können manchmal ganz schöne Nervensägen sein.«

»Wir nehmen sie gerne mit«, erklärte Maggie.

»Und was ist mit Josi?«, wollte Jason wissen, dessen Begeisterung sich mit jeder Sekunde steigerte.

Maggie lachte. »Ich glaube, Josi gefällt es zu Hause am besten. Aber ich bin mir sicher, sie freut sich auf dich, wenn wir zurückkommen.«

Jason sah zu Eric hoch. »Dad?«

»Na gut. Aber sobald ihr wieder zurück seid, kommt ihr bitte sofort nach Hause, verstanden? Das ist mein letztes Wort.«

Nachdem sie fort waren, versuchte Eric, sich auf seine Arbeit zu konzentrieren, was ihm jedoch nicht recht gelingen wollte. Er hatte noch nie erlebt, dass Jason und Susie sich zu anderen Menschen derartig hingezogen gefühlt hatten wie zu

Joe und Maggie. Doch dann ermahnte er sich selbst, dass er seine Kinder bei Weitem nicht so gut kannte, wie er es sich einzureden versuchte. Er wusste lediglich, dass sie mit allen Menschen, die sie kennenlernten, sehr offen und liebevoll umgingen.

Dennoch hatte Eric Bedenken, ob er es überhaupt zulassen durfte, dass sie sich noch enger befreundeten, als sie es bislang schon waren. Zwischen den vieren spielte sich etwas ganz Einzigartiges ab, vor allem aber zwischen Jason und Maggie. Wie oft konnte Jason es wohl verkraften, dass seine ganze Welt durch den Verlust eines Menschen, der ihm sehr viel bedeutet hatte, erneut auf den Kopf gestellt wurde?

Nein, das war verrückt. Maggie war eine Ferienbekanntschaft, und im Verlauf des neuen Schuljahres würde sie für ihn wahrscheinlich nur noch zu einer vagen Erinnerung verblassen. Es grenzte schon an Paranoia, dass Jason auf etwas verzichten sollte, nur weil sein Vater Spekulationen darüber anstellte, was danach passieren könnte.

Er lehnte sich in seinem Stuhl zurück und starrte auf die Nebelbank vor der Küste. Als er sich nach dem Feuerwerk erkundigt hatte, hatte ihm die Frau in Monterey vorsorglich mitgeteilt, dass in den vergangenen vier Jahren dreimal Nebel aufgezogen wäre. Aus diesem Grund könnte das Feuerwerk möglicherweise zu ein paar Farbtupfern am grauen Himmel schrumpfen. Aber solche Sachen hatten ihn noch nie abhalten können, selbst wenn die Chancen noch so gering waren. Wie sonst hätte er es bis zu seinem Medizinstudium geschafft? Niemand hatte ihm große Chancen eingeräumt, weil er aus einer kleinen Gemeinde stammte, in der gerade einmal dreiundzwanzig Schüler in der Abschlussklasse saßen. Aber er hatte es ihnen allen gezeigt, er hatte es bis ganz nach oben geschafft, bevor er dann völlig unerwartet zum Aussteiger wurde.

Er wünschte, er würde irgendeine logische Erklärung dafür finden, warum ihm das Schreiben dieses Buches so ein dringendes Bedürfnis war und warum er eine Botschaft vermitteln wollte, die anderen wichtig war. Natürlich schrieb er nicht für die Nachwelt. Er wollte unterhalten, eine Flucht aus der Realität schaffen, wenn auch nur für ein paar Stunden, für Menschen, wie etwa die nervösen Patienten, die er in seiner Praxis kennengelernt hatte. In Erics Kindheit war ein Fernseher noch ein absoluter Luxus gewesen, und Lesen folglich eine Notwenigkeit. Inzwischen konnte er bereits die gleichen Verhaltensweisen bei Jason erkennen, und er freute sich auf den Tag, an dem sie über ihre Lieblingsautoren diskutieren konnten.

Der kleinste Fingerzeig diesbezüglich war wichtig und musste unterstützt werden, nachdem sie nicht mehr unter einem Dach lebten.

Das Telefon klingelte. Erics erster Gedanke galt den Kindern und dass ihnen etwas zugestoßen sein könnte. »Hallo«, meldete er sich besorgt.

»Eric? Sind Sie das?«

Auch wenn er ihre Stimme noch nie am Telefon vernommen hatte, wusste er sofort, dass sie es war. Er reagierte auf eine Weise, die ihn selbst überraschte, als sei Julia erst vor ein paar Tagen abgereist, als hätte er ihren Anruf erwartet. »Ja, ich bin es. Sie haben mich am Computer erwischt.«

»O, ja, natürlich. Ich hätte mir denken können, dass Sie jetzt arbeiten. Wie wäre es, wenn ich Sie später anrufe?«

Alles, nur das nicht. Er würde alles dafür tun, alles Erdenkliche sagen, nur um sie weiterhin am Telefon festzuhalten. Seit ihrer Abreise hatte es nicht einen Tag gegeben, an dem er nicht an sie gedacht hatte. »Ich wollte sowieso gerade eine Pause machen. Was kann ich für Sie tun?«

»Ich habe vergeblich versucht, die Chapmans zu erreichen. Sie wissen schon, das Ehepaar, von dem ich Ihnen erzählt habe, das diesen Monat im Haus wohnen wird. Haben Sie die beiden zufällig gesehen?«

Er lehnte sich im Stuhl zurück, legte die Füße auf den

Schreibtisch und musste daran denken, wie sie an dem Morgen ausgesehen hatte, als sie den Otter beobachtet hatten. »Vor ungefähr einer Stunde. Sie sind mit Jason und Susie unterwegs zum Einkaufen.«

»Jason und Susie?«

»Meine Kinder.«

»O, natürlich.« Es klang, als wäre es ihr peinlich, das vergessen zu haben.

Der Klang ihrer Stimme durchrieselte ihn wie ein warmer Sommerregen, der einem in Tropfen übers Gesicht lief, wenn man den Kopf nach hinten legte, und man mit geschlossenen Augen die Feuchtigkeit von den Lippen lecken konnte, um diesen Augenblick reiner Sinnlichkeit voll in sich aufzunehmen. »Sie sind drei Wochen bei mir. Ihre Mutter ist auf Hochzeitsreise.«

Sie schwieg eine Sekunde lang und meinte dann mit sanfter, verständnisvoller Stimme: »Geht es Ihnen gut?«

War ihr Mitgefühl die Folge ihres eigenen Schmerzes, oder hatte sie schon immer eine so einfühlsame Art gehabt, wenn es um andere Menschen ging? »Es geht mir mehr als gut. Ich freue mich für Shelly ... und auch für die Kinder.«

»Das glaube ich Ihnen.«

Ihm wurde bewusst, dass er sie mit einer dieser Standardantworten abgespeist hatte, die man normalerweise von sich gab, wenn man sein Gegenüber beeindrucken wollte. »Müssen Sie sofort mit Joe und Maggie sprechen? Ich könnte versuchen, die beiden für Sie ausfindig zu machen.«

»Nein, ich wollte mich eigentlich nur erkundigen, ob ich irgendetwas für die beiden tun kann. Ich habe bereits ein paar Tage vergeblich versucht, sie zu erreichen. Dann habe ich es bei ihnen zu Hause probiert, aber auch da hatte ich kein Glück. Also fing ich an mir ein bisschen – vergessen Sie es. Nun weiß ich ja, was los ist.«

Ihre tiefe Besorgnis, die sie mit forcierter Nonchalance überspielte, ließ sein Herz schneller schlagen. Nun verstand er auch, weshalb Maggie ihn darum gebeten hatte, Julia ihre Krebserkrankung zu verschweigen. »Und wie geht es Ihnen?«

»Besser.«

»Besser, als es war, oder besser, als Sie es bis zu diesem Zeitpunkt gehofft hatten?«

Sie zögerte. »Überraschenderweise ein bisschen von beidem. Ich habe zwar hin und wieder immer noch in bestimmten Situationen schwache Momente, aber mittlerweile gibt es tatsächlich Tage, an denen ich mir nicht ständig einrede, dass alle Welt von mir erwartet, ich müsste ständig ein fröhliches Gesicht aufsetzen.«

»Maggie und Joe sprechen oft von Ken.« Er ließ sich ganz bewusst auf dieses Risiko ein, von Ken zu sprechen. Ihn ins Spiel zu bringen könnte zu einer Barriere für ihre zarte Freundschaft werden, es könnte aber auch sein, dass er damit ein Hindernis aus dem Weg schaffen konnte. »Ich glaube, sie haben ihn insgeheim adoptiert.«

»Ich weiß. Er hatte die gleichen Gefühle für sie.«

»Nun, inzwischen sind sie wiederum von meinen Kindern adoptiert worden. Wenn ich es zulassen würde, dann würden Jason und Susie jeden Tag ausschließlich bei ihnen verbringen.«

Ganz instinktiv wusste er, dass es ihnen mit Julia nicht anders gehen würde. Sie und Maggie ähnelten sich in vielen Dingen.

»Das finde ich wunderbar. Und wahrscheinlich ist es genau das, was Maggie und Joe brauchen.«

»Wir machen heute Abend ein Picknick und fahren anschließend nach Monterey, um uns das Feuerwerk anzusehen.«

»Ich gehe auf eine Party.« Sie klang alles andere als begeistert.

Er hätte sie gerne gefragt, ob sie die Party alleine besuchen würde, aber es fiel ihm einfach keine Möglichkeit ein, wie er es ganz beiläufig in die Unterhaltung einfließen lassen konnte. »Eigentlich meckere ich immer erst herum, wenn ich eine Party besuchen soll, aber wenn ich erst einmal dort bin, dann macht es mir doch Spaß.« Das klang zwar abgedroschen, aber es war auch etwas Wahres daran. Mit seiner ständigen Nörgelei über ihr exzessives Gesellschaftsleben hatte er nur einen weiteren Keil zwischen sich und Shelly geschoben.

»Ich würde aber sehr viel lieber mit euch allen zum Picknick gehen.«

Warum fühlte er sich mit einem Mal, als hätte er in der Lotterie gewonnen? Sie hatte doch nur eine ganz beiläufige Bemerkung gemacht, oder doch nicht? Fühlte er sich einsam, oder war er nur eifersüchtig, weil Shelly, als sie kürzlich mit den Kindern telefonierte, so glücklich geklungen hatte? Wollte er nur auch ein bisschen von diesem Glücksgefühl verspüren?

»Ich könnte zu Ihnen fahren und Sie abholen.« Verdammt noch einmal, das klang nicht so, wie er beabsichtigt hatte. Anstatt im lässigen Plauderton auf ihre beiläufige Bemerkung zu reagieren, hörte er sich so ernst und armselig an wie ein Fernsehprediger, der um Geldspenden bettelte. Er fuhr sich mit den Fingern durch den Bart und kratzte sich. Länger als eine Woche würde er das nicht mehr aushalten. Wenn die Juckerei nicht nachließ, würde er sich das blöde Ding wieder abrasieren.

»Ich würde Sie vielleicht sogar beim Wort nehmen und Ihr Angebot tatsächlich annehmen, aber leider handelt es sich um eine dieser Pflichtveranstaltungen.«

Es war ihm nicht ganz klar, ob sie es wirklich ernst meinte.

Oder war sie nur sehr geschickt darin, gewisse Einladungen so abzuwiegeln, dass ihr Gegenüber überhaupt nicht auf die Idee kam, gekränkt zu sein. »Ich nehme also an, dass Sie noch immer eine aktive Rolle innerhalb der Firma spielen.«

»Ich habe letzte Woche versucht, einige Tage zu Hause zu bleiben, aber der Gedanke, nicht gebraucht zu werden, hat mich fast wahnsinnig gemacht.«

»Ist das der einzige Grund, warum Sie täglich Ihrer Arbeit nachgehen?«

Sie ließ sich mit ihrer Antwort sehr lange Zeit, und als sie schließlich weiterredete, klang es fast nach einem Geständnis. »Ich muss mich einfach mit irgendetwas beschäftigen, aber die Firma war Kens Leidenschaft, und nicht meine.«

»Ich verstehe.«

»Ich wusste, dass Sie es irgendwie verstehen würden.«

Mit einem mal bestand wieder diese enge Verbindung zwischen ihnen, die er sich nicht erklären konnte. »Und was werden Sie jetzt machen?«, wollte er wissen.

»Weiterhin mein Bestes zu geben. Was anderes bleibt mir nicht übrig.«

Ihm schossen ein halbes Dutzend abgedroschener Sätze durch den Kopf, aber er konnte sich beherrschen, sie nicht zu äußern. Sie war nicht nur schön, sondern auch klug. Und was sie bestimmt am allerwenigsten nötig hatte, waren Ratschläge aus zweiter Hand. »Soll ich Joe und Maggie ausrichten, dass sie Sie anrufen sollen, wenn sie wieder zurück sind?«

»Sagen Sie ihnen einfach, dass ich mich nach ihnen erkundigt hätte und dass ich es in ein paar Tagen erneut versuchen werde.«

»Und was, falls die beiden Sie erreichen wollen?« Er merkte, dass sie kurz davor war, den Hörer aufzulegen, aber er wollte unbedingt das Gespräch am Laufen halten.

»Sie haben meine Telefonnummer. Aber dabei fällt mir ein, dass ich Sie Ihnen vermutlich nicht gegeben habe. Nur für den Fall, dass irgendetwas passiert und Sie mich schnell erreichen müssen«, fügte sie rasch hinzu.

»Ich hab schon etwas zum Schreiben hier, dann mal los.«

Sie gab ihm eine zehnstellige Nummer durch und bat ihn anschließend, sie nochmals zu wiederholen. »Bevor ich los muss … was macht das Buch?«

»Mein Agent hat mich darum gebeten, die erste Hälfte lesen zu dürfen. Also habe ich sie ihm vor ein paar Tagen zugeschickt.«

»Bedeutet das etwas Gutes?«

Er lachte. »Keine Ahnung.«

»Und was geschieht jetzt?«

»Das weiß ich auch nicht. Vermutlich wird er das lesen, und mir dann entweder mitteilen, dass ich weitermachen oder es überarbeiten soll oder doch lieber etwas ganz anderes schreiben soll.«

»Hat er gesagt, wann er sich mit Ihnen in Verbindung setzen wird, um das zu klären?«

»Nein, und ich habe ihn auch nicht gefragt.«

»Was nichts anderes heißt, als dass Ihnen wohl jedesmal, wenn das Telefon klingelt, das Herz in die Hose rutscht, ja?«

Wie konnte sie so viel über ihn wissen, obwohl sie ihn doch kaum kannte? »Ich habe nicht gewusst, dass mir diese Warterei so schwerfallen würde.«

»Werden Sie mich anrufen, wenn Sie etwas von ihm hören?«

Auch wenn es ihm sehr schwer fiel, widerstand er der Versuchung, zu viel in ihr Interesse zu interpretieren. »Klar, doch. Falls Sie nicht zu Hause sind, dann hinterlasse ich eine Nachricht auf Ihrem Anrufbeantworter.«

»Passen Sie gut auf sich auf,« sagte sie.

»Sie auch.«

Er legte den Hörer auf und warf durchs Fenster einen Blick auf den Strand. Wegen des Feiertages waren noch mehr Leute angereist, und der Strand war entsprechend überfüllt. Das Meer war schaumig und unruhig, und bewegte sich in einem aufgewühlten Auf und Ab zwischen den weißen Schaumspitzen und grünen Tälern, den Ausläufern eines weit entfernten Sturmes auf dem Pazifik. Das Blau des Himmels ähnelte dem Prairiehimmel in Dallas, und der Horizont war mit kunterbunten Drachen übersät. Wenn er an diesem Morgen eine Wunschliste für den perfekten Tag hätte zusammenstellen sollen, dann wäre sie wohl kaum anders ausgefallen, als der Tag, so wie er sich ihm darbot.

Julia warf den Stift auf den Schreibtisch und lehnte sich im Stuhl zurück. In fünf Minuten würde die Konferenz mit John Sidney und seinem Team beginnen, in der sie die Kontrollprobleme bezüglich der Versandboxen diskutieren wollten. Ihre erste Reaktion hatte darin bestanden, es John Sidney selbst zu überlassen, die Sache mit dem Lieferanten zu klären, aber das widersprach dem Geschäftsgebahren bei HCF.

Auch wenn Kens Hauptinteresse der Produktentwicklung gegolten hatte, gehörte er zu den Chefs, die überall selber Hand anlegten und sich über alle Vorgänge in ihrer Firma durch tägliche Kurzsitzungen mit den Managern aller Abteilungen auf dem Laufenden hielten. Als Julia die Firma übernahm, hatte sie die Sitzungen zwangsläufig auf zwei pro Woche reduziert, weil sie sich aufgrund ihrer Doppelbelastung völlig überfordert fühlte. Sie musste nicht nur den Verlust von Ken verkraften, sondern gleichzeitig alles über das Geschäftliche lernen. Doch die Arbeitsmoral sank daraufhin alarmierend schnell.

Zwar standen alle männlichen und weiblichen Angestellten bei HFC geschlossen hinter ihr und waren bereit, mit ihr durchzuhalten, und alles Erdenkliche zu tun, um ihr die Einarbeitung zu erleichtern. Sie zeigten sich bedingungslos loyal, und ihre Begeisterung war schon fast einschüchternd. Wäre sie auf Widerstand gestoßen – und dieser Gedanke war gar nicht so abwegig –, hätte sie jederzeit beschließen können, dass es zum Besten aller Beteiligten sei, wenn sie die Firma verkaufen und an Leute übergeben würde, die mehr davon verstanden. Stattdessen aber war man ihr mit so viel Freundlichkeit, Sympathie und Geduld entgegengekommen, dass es ihr schier unmöglich schien, einfach aufzugeben.

Es klopfte leise an der Tür. »Herein«, sagte Julia.

Ihre Sekretärin Pat Faith steckte den Kopf durch den Türspalt. »Ich habe soeben erfahren, dass John Sidneys Frau gestern Nacht eine Fehlgeburt hatte. Ich dachte, dass ich Sie darüber informieren sollte.«

Ganz bestimmt war Julia Sidneys Frau auf irgendeiner der Firmenfeiern begegnet, aber es gelang ihr nicht, sich im Geiste ein Bild von ihr zu machen. »Ich kann mich nicht an sie erinnern.«

Pat kam ins Zimmer und schloss die Tür hinter sich. »Sie ist eine sehr ruhige Person, aber sehr hübsch, mit langen, blonden Haaren und einem Leberfleck unter dem rechten Auge.«

»Sie trägt ausschließlich Kleider, sogar beim Picknick?«

»Genau das ist sie.« Pat wollte schon gehen, doch dann fiel ihr ein, dass sie noch eine Frage hatte.

»Haben Sie Joe und Maggie erreicht?«

Julias Sekretärin Pat hatte davor sechzehn Jahre lang in Kens Diensten gestanden, und war über die Zeit hinweg von einer Angestellten auch zu einer Vertrauten der beiden geworden. »Ja – nein. Ich habe sie zwar nicht selbst erreicht, aber ich weiß inzwischen, wo sie sind und dass es ihnen gut geht. Anscheinend hat sich der neuer Nachbar im Strandhaus nebenan der beiden angenommen.«

»Der Schriftsteller?«

Julia hatte ganz vergessen, dass sie Pat von Eric erzählt hatte. Sie nickte. »Seine Kinder sind bei ihm, und Sie wissen ja, wie vernarrt Joe und Maggie in Kinder sind.«

»O, er ist also verheiratet?«

Das war eine seltsame Frage. »Geschieden.«

Pat lächelte. »Da bin ich aber froh, das zu hören.«

»Und wieso – ».

»Mir gefällt Ihr Gesichtsausdruck, wenn Sie ihn erwähnen, aber ich möchte auf keinen Fall, dass Sie da in irgendetwas Unangenehmes hineingeraten.«

Julia riss überrascht den Mund auf. »Sie reimen sich da nur etwas zusammen. Wenn ich über Eric spreche, dann habe ich auch keinen anderen Gesichtsausdruck, als wenn ich von anderen Freunden spreche.«

»Ich habe damit doch nicht gemeint, dass etwas dagegen spricht, wenn Sie jemanden kennenlernen, für den Sie sich interessieren«, protestierte Pat. »Das muss ja früher oder später einmal passieren. Nur dass Sie dabei sehr viel mehr auf der Hut sein müssen, als zum Beispiel eine Frau wie ich.«

Inzwischen hatte sich Julia diese Warnung schon oft von ihren und Kens Freunden auf die eine oder andere Weise anhören müssen. Alle waren sie davon überzeugt, dass sämtliche Mitgiftjäger dieser Welt sie zu ihrem Ziel auserkoren hatten. Außerdem konnte sich niemand vorstellen, aus welchem Grund sie es zulassen sollte, dass ein neuer Mann in ihr Leben trat, egal, wie wunderbar er sein würde.

Sie hatte den denkbar besten Ehemann von allen gehabt. Warum sollte und konnte sie sich jemals mit weit weniger begnügen?

Es klopfte erneut an der Tür. »Das ist wahrscheinlich John«, meinte Julia. »Ich werde mal sehen, ob ich für ihn und seine Frau etwas tun kann. Bis dahin rufen Sie am besten bei McLellan an. Bestellen Sie einen Strauß Orchideen. Und betonen Sie, dass wir etwas ganz besonders Schönes haben wollen, etwas in weiß, rosa oder gelb, bloß nichts Düsteres. Und legen Sie einen ganz schlichten Gruß von uns allen bei.«

Pat nickte. »Ich kümmere mich darum.«

Julia erhob sich, um John an der Tür zu empfangen. Wenn Sie überhaupt etwas durch Kens Tod gelernt hatte, dann war es die Tatsache, wie viel es anderen Menschen bedeutete, wenn man sein Mitgefühl ehrlich zeigte. Sie konnte John zwar nicht über seinen großen Verlust hinweghelfen, aber zumindest ihre aufrichtige Anteilnahme zeigen.

5

Die fünf trafen bereits sehr früh am Pier ein, voll bepackt mit Decken, Büchern und Spielsachen für Jason und Susie, einer Klappliege für Maggie sowie Stühlen für Joe und Eric. Eric behielt die Nebelwand draußen auf dem Meer weiterhin im Auge, und in der Ferne röhrten die Seelöwen so laut, als wollten sie schon einmal vorsorglich gegen diese unerwartete menschliche Invasion protestierten. Die fünf hatten sich so reichlich mit frisch zubereitetem Pfirsicheis und allen möglichen Leckereien vollgestopft, dass sie die beiden Stunden bis zum Beginn des Feuerwerks in satter Zufriedenheit abwarten konnten. Es hatte lange Überredungskünste bedurft, bis Joe sich schließlich auf der Decke niederließ und sich der Länge nach ausstreckte. Susie legte sich auf die eine Seite von ihm und Jason auf die andere, dann begann Joe laut aus den Büchern vorzulesen, die Susie mitgebracht hatte.

Eric und Maggie beobachteten den Weg der Sonne, die gemächlich über den nebelverhangenen Himmel wanderte, während sich der Strand um sie herum mit immer mehr Menschen füllte.

»Wie geht es Ihnen?«, erkundigte sich Eric so leise, dass es keiner der anderen mitbekommen konnte. Maggie musterte ihn eine Weile, bevor sie antwortete. »Sie wissen es also, ja?«

»Joe hat mir nur das bestätigt, was ich bereits an dem Abend vermutet habe, als wir bei Ihnen zum Pizzaessen waren.«

Sie nickte. »Ich bin ein bisschen müde«, gestand sie ihm. »Aber ich würde selbst nicht für eine Wagenladung Energie eine einzige Minute hier missen wollen.«

»Sie wissen schon, dass Sie wirklich etwas langsamer machen sollten?«

Anstatt zu antworten, sah sie ihn nur an.

»Tut mir leid. So etwas zu sagen war wirklich dumm von mir.«

»Haben Sie diesen Rat auch Ihren Patienten gegeben, die wussten, dass sie sterben würden?«

»Gut möglich. Aber ehrlich gesagt, ich weiß es nicht. Ich habe mich unter anderem auch deshalb dazu entschlossen, meine Praxis aufzugeben, weil ich plötzlich feststellen musste, dass ich mich genau zu der Art von Arzt entwickelt hatte, der ich auf gar keinen Fall hatte werden wollen.«

»Meine Tante hat mir einmal gesagt, dass selbst dem Tod ein Neubeginn inne liegt, dass er nur eine weitere Lebensreise ist. Daran denke ich jedesmal, wenn ich das Gefühl bekomme, dass mich das alles erdrückt, was mir jetzt widerfährt.«

»Das gefällt mir. Hätten Sie etwas dagegen, wenn ich das verwende?«

»Wie verwenden?«

»Ich arbeite an einer Szene für mein Buch, die noch eine philosophische Komponente gebrauchen könnte.«

»Meine Tante wäre sicher ganz entzückt«, antwortete Maggie lächelnd. »Und ich bin es auch.«

Eric hob die Arme über den Kopf und räkelte sich, streckte dann die Beine der Länge nach aus und legte die Fußgelenke über Kreuz. »Julia hat mir erzählt, dass Sie und Joe schon seit ewigen Zeiten in die Gegend hier kommen, und dass das Haus einmal Ihnen gehört hat.«

»Wir haben unsere Flitterwochen in Santa Cruz verbracht, und seitdem sind wir immer wieder hierher gekommen. Insgesamt fünfundsechzig Jahre lang.«

»Soweit ich es verstanden habe, gehörte Ihnen früher Julias Haus.«

»Wir haben es vor über fünfzig Jahren gekauft, kurz nachdem ein Arzt uns erklärt hatte, es würde keinen Sinn machen, an unser Haus in San Jose die geplanten Kinderzimmer anzubauen. Als dann Joe einen Schlaganfall erlitt, gleich nachdem er in den Ruhestand getreten war, haben wir es an Ken verkauft. Aber er hat den Kauf von einer Vertragsklausel abhängig gemacht, die besagt, dass uns das Haus im Sommer weiterhin zur Verfügung stehen würde. Er meinte, er fände es sehr schade, wenn das Haus monatelang leer stehen würde.« Die Erinnerung daran brachte sie zum Lächeln. »Natürlich hat er es so gedreht, dass es so klang, als würden wir ihm damit einen Gefallen tun. Aber wir haben nicht ein einziges Mal drei volle Monate hier verlebt. Joe hat sich also nach anderen Mietern für Juni und August umgesehen, nach netten, zuverlässigen Leuten, von denen er wusste, dass sie das Haus auch pfleglich behandeln würden. Wir wiederum haben angenommen, wir würden Ken damit einen Gefallen tun, und ihm damit bei der Finanzierung des Hauses behilflich sein.« Sie kicherte. »Können Sie sich das vorstellen?«

»Ich glaube, inzwischen bin auch ich, wie Sie alle hier, von diesem Bazillus infiziert«, erwiderte Eric. »Nachdem ich mittlerweile schon eine ganze Weile hier lebe, möchte ich gar nicht mehr weg. Es wird mir sehr schwerfallen, nach Andrews Rückkehr das Haus wieder ihm zu überlassen.«

»Ich wünschte, Sie hätten es noch erleben können, wie es damals hier war, als wir zum ersten Mal hierher kamen. Nicht dass es mir nicht gefällt, was aus den Städtchen und Ortschaften geworden ist, es ist eher so, dass ich manchmal die Dinge von früher einfach vermisse.«

»Ich würde sehr gerne etwas darüber erfahren, wie es hier früher einmal war.«

»Lieber Himmel, ich wüsste gar nicht, wo ich da anfangen soll.«

Nur sehr selten ließ sie sich zu Geschichten über die alten Zeiten hinreißen, weil sie annahm, es würde den Kontakt zu anderen Menschen nicht unbedingt fördern, sondern dabei eher hinderlich sein. Doch während sie gemeinsam auf den Einbruch der Dunkelheit warteten, begann Eric, sie mit Fragen über die Gegend regelrecht zu löchern. Was sich denn bis heute verändert hätte, und was immer noch so war wie früher. Sie erzählte ihm, dass Gestank und Lärm das Erscheinungsbild der Cannery Row geprägt hätten, als noch nicht die Touristen, sondern der Verkauf von Sardinen das Geld brachte und dort die Boote entladen wurden. Man hatte die größeren Fische gleich direkt am Ende des Piers verarbeitet, wo sich heute unzählige Restaurants und Läden befanden. Sie beschrieb den urwüchsigen Charme von Carmel, als die kleinen Häuschen noch von einfachen Arbeitern bewohnt wurden, die sich nicht im Traum hätten vorstellen können, in ihrem gesamten Leben so viel Geld zu verdienen, wie man heute für ihre damaligen Behausungen bot.

Im Verlauf der Jahre, in denen sie mit Joe die Monterey Peninsula erforscht hatte, freundeten sie sich mit Künstlern, Fischern und Bauern an. Allmählich begann die Gegend, sich sichtlich zu verändern. Touristen mit dicken Brieftaschen tauchten auf, und weil ihnen die Landschaft so gut gefiel, erstanden sie nach und nach selbst einen Teil dieses Paradieses. Bald waren die mit Zypressen, Pinien und Eichen bewachsenen Hügel mit »Durchfahrt verboten«-Schildern übersät, die Auffahrten durch massive Tore versperrt. Um die spendablen Touristen anzulocken, entstanden auf der Carmel's Ocean Avenue an jeder Ecke Souvernirläden zwischen den Kunstgalerien. Dort verkaufte man die Bilder sogar in schlechten Zeiten zu Preisen, bei denen selbst den Wohlhabendsten der Atem stockte. Das einstmals so peinlich saubere, noch immer malerische Dorf litt mittlerweile unter dem Massentourismus. Die Abfalleimer quollen über, und auf den Fußgängerwegen drängelten sich die Besucher manchmal Schulter an Schulter. Ganze Busladungen von Touristen, mit Kameras und Gürteltaschen bewaffnet, reisten an und spekulierten insgeheim darauf, einen Blick auf Clint Eastwood erhaschen zu können, damit sie ihren Freunden zu Hause etwas Aufregendes zu erzählen hatten.

Die hereinbrechende Dunkelheit umgab sie bereits, als Eric immer wieder neue Fragen zu Carmel und Monterey einfielen. Er war noch nicht einmal auf Santa Cruz und die Folgen des Erdbebens 1989 in Loma Prieta zu sprechen gekommen, als die ersten Feuerwerkskörper explodierten und drei Ringe in den Farben Rot, Weiß und Blau in den Himmel zeichneten. Maggie versprach Eric, das Gespräch später fortzusetzen und rutschte dann auf ihrer Liege etwas tiefer, um für Jason Platz zu schaffen. Susie kletterte auf Joes Schoß und legte eine Hand auf den Arm ihres Vaters.

In den Pausen zwischen dem widerhallenden Böllerschüssen konnte man die allgemein anerkennenden »Ooos« und »Aaas« hören.

»Daddy, sie sehen ja wirklich wie Blumen aus«, meinte Susie ganz andächtig. »Ich wünschte, Mommy könnte das auch sehen.«

Das ging Maggie sehr zu Herzen. Alle Menschen, die man liebte, sollten auch einander lieben. Für ein so kleines Kind wie Susie war die Abwesenheit eines geliebten Menschen sicher eine schwere Prüfung. »Du könntest ihr morgen ein Bild davon malen. Ich wette, dass ihr das gefallen wird.«

»Ich werde auch eines für sie malen«, erklärte Jason, ohne den Blick vom Himmel zu wenden.

»Und auch eines für Roger?«, schlug Eric mit sanfter Stimme vor.

»Einverstanden«, antwortete Susie.

»Mal sehen«, fügte Jason hinzu.

Maggie konnte sehen, welche Überwindung Eric dieses Friedensangebot gekostet hatte. Es war nicht zu übersehen, dass er nur sehr ungerne seine Kinder mit einem anderen Mann teilen wollte. Doch ganz bestimmt würde er ihre Bedürfnisse stets über seine eigenen stellen, ganz egal, welche Konsequenzen das möglicherweise für ihn haben sollte.

Ohne irgendeine Vorwarnung fuhr Maggie plötzlich ein so heftiger Schmerz durch den ganzen Körper, dass es ihr die Luft zum Atmen raubte. Sie klammerte sich an die Armlehnen ihrer Liege, in der Hoffnung, dass der Schmerz schnell vergehen würde. Hatte sie etwa vergessen, ihre Tabletten zu nehmen? Nein, das war unmöglich. Denn Joe verabreichte ihr das ganze Pillensortiment in absolut zuverlässiger Regelmäßigkeit.

Eric drehte sich um, weil er Maggie eigentlich etwas sagen wollte, und bekam sofort mit, was mit ihr los war. Ohne die Aufmerksamkeit der anderen zu erregen, umfasste er ihr Handgelenk und ertastete mit seinen Fingern den Puls. Nach einigen Sekunden griff er schweigend in ihre Tasche, zog einen Plastikbehälter hervor, in dem sie die dunkelorangen Flaschen mit ihren Medikamenten aufbewahrte. Er überflog kurz die Aufkleber, wählte dann eine Flasche aus, öffnete sie und entnahm ihr zwei Tabletten. Er schob sie ihr mit einer schnellen und routinierten Bewegung in den Mund. »Wollen Sie einen Schluck Wasser?«, fragte er leise und hielt ihre Hand fest.

Sie schüttelte den Kopf, lehnte sich zurück, schloss die Augen und wartete ab, bis die Wirkung des Beruhigungsmittels einsetzte. Joe hatte eisern darauf bestanden, dass sie von einem Onkologen betreut wurde, der es mit ihrer Lebensqualität genauso ernst nahm wie mit ihrer Krebserkrankung auch. Der Arzt hatte sie bereits vorgewarnt, dass es irgendeinmal so weit kommen könnte, dass die Tabletten allein nicht mehr ausreichen würden, allerdings hatte er mit diesem Zustand erst in ein paar Monaten gerechnet.

Das Beruhigungsmittel dämmte ihren Schmerz ein wie Wellen, die an den Strand schlugen, spülte ihn nach und nach fort, bis nur noch die Erinnerung daran zurückblieb und die Angst, er könnte wiederkommen.

Als Maggie die Augen öffnete, konnte sie sehen, dass Erics Augen auf ihr ruhten. »Es geht mir wieder gut«, murmelte sie. Der Zwischenfall war so schnell und ohne großes Aufheben passiert, dass er sogar Joe entgangen war. »Vielen Dank.«

Eric drückte liebevoll ihre Hand.

»Wann immer Sie mich brauchen, rufen Sie einfach an. Egal, wann.«

Jason sah seinen Vater an. »Wegen was?«

»Ach, alles Mögliche«, antwortete ihm Eric und fuhr ihm durchs Haar.

»Warum sollte Maggie dich brauchen?«, bohrte er weiter, denn so leicht ließ er sich nicht abfertigen.

Maggies Meinung nach verlor man das Vertrauen eines Kindes in jedem Fall, wenn man es belog. Aber es war einfach die falsche Zeit und der falsche Ort, um Jason über ihre Krankheit aufzuklären. »Um mir dabei zu helfen, neue Eiscreme zu machen.«

Offenbar war er mit dieser Erklärung zufrieden.

»Und das geht?«

»Natürlich geht das«, erwiderte sie.

Jasons Aufmerksamkeit galt wieder dem Feuerwerk, denn nun kündigten eine ganze Reihe von Explosionen das spektakuläre Finale an, und der Himmel war mit einem ganzen Garten kurzlebiger Blumen übersät.

Wie auf Knopfdruck rückte der Nebel immer näher. Maggie beobachtete, wie die letzten, farbenprächtigen Streifen durch den heranziehenden Dunst im Meer verschwanden. Sie merkte, wie ein seltsamer Friede sie überkam. Die umliegende Natur trug viel zur Schönheit dieses Schauspiels bei. Natürlich war es ihr größter Wunsch, Joe nicht verlassen zu müssen, aber sie hatte auch nicht das Bedürfnis, ewig zu leben. Und sie bedauerte inzwischen, dass sie nicht aktiver gewesen war, um ihr kleines Fleckchen Erde besser zu schützen. Sie hätte sich unbedingt stärker einsetzen müssen, zum Beispiel, um die Menschen darüber zu informieren, was sie anrichteten, wenn sie bei großen Festivitäten jede Menge

Luftballons aufsteigen ließen. Viele Vögel verfingen sich darin, und gingen elendig zugrunde. Und sie hätte sich dem Kampf gegen die Einrichtung eines Massentransportsystems in der gesamten Küstengegend anschließen sollen.

Natürlich war sie stolz auf die Preise, die man ihr verliehen hatte. Ihrem Engagement war es zu verdanken, dass viele inzwischen ihre Haustiere kastrieren ließen, um die Zahl der unerwünschten Kätzchen und Hundebabys zu reduzieren, die später in öffentlichen Einrichtungen getötet wurden. Und sie war stolz auf ihren Einsatz für die Obdachlosen. Doch eigentlich hätte sie sich noch sehr viel mehr engagieren sollen.

»Können wir?«, wollte Joe wissen.

Es dauerte eine Sekunde, bis sie verstand, was er meinte. Sie lächelte voller Dankbarkeit, als sie sich aus ihrer Liege erhob. »Gott, das war vielleicht schön. Ich bin so froh, dass wir hierher gekommen sind.« Sie sah Jason und Susie an. »Vielen Dank, dass ihr uns eingeladen habt.«

»Haben wir doch gerne gemacht«, antwortete Susie.

Jason umarmte sie spontan. »Ihr könnt das nächste Mal auch wieder mitkommen.«

Sie legte die Arme um ihn, und drückte ihm einen Kuss auf den Kopf. »Ich danke dir«, meinte sie nur.

Die Rückfahrt verlief ruhig, weil zuerst die Kinder und danach auch Joe auf dem Rücksitz von Erics Wagen einschliefen. Als sie sich dem Kraftwerk bei Moss Landing näherten, streifte Eric Maggie mit einem Blick, um sich zu vergewissern, ob auch sie schlafen würde. Als er merkte, dass sie noch wach war, sagte er: »Ich weiß, wie anstrengend das sein kann, wenn man immer wieder gefragt wird, wie es einem geht, aber ich riskiere es trotzdem. Wie geht es Ihnen?«

»Im Moment oder überhaupt?«

»Beides.«

»Den Erwartungen entsprechend sehr gut.« Sie bemerkte sein erstauntes Gesicht und grinste. »Tut mir leid, aber das wollte ich schon immer einmal zu einem Arzt sagen. Frustrierend nicht?«

Er lachte. »Und wie. Außerdem ist es eine gute Art, mir beizubringen, dass ich mich besser heraushalten sollte.«

»Es geht mit mir bergab, Eric. Ich bin mir sicher, dass Sie mit dieser Phase vertraut sind, und es gibt einfach nichts Neues, was ich dazu sagen könnte.« Sie legte eine Hand auf seinen Arm. »Aber denken Sie bloß nicht, daß Ihre Anteilnahme nicht willkommen wäre oder dass ich Ihr großzügiges Angebot, Sie anzurufen, falls ich Hilfe brauche, nicht annehmen werde.«

»Ich wollte, ich könnte irgendetwas machen, um Ihnen zu helfen.«

»Sie sind ein netter Mann. Und ich kann nur hoffen, dass Sie eine Frau finden, die all die wunderbaren Dinge mit Ihnen teilt, die noch vor Ihnen liegen.«

»Von welchen wunderbaren Dingen reden Sie? Falls Sie mir irgend etwas zu meinem Buch zu sagen haben, ich bin ganz Ohr. Ich hatte keine Ahnung, dass mir dieses Abwarten so schwer fallen würde.«

»Ich habe das Leben gemeint. Das Buch macht seinen eigenen Weg.«

»Würden Sie mich bitte möglichst oft daran erinnern?«

Wahrscheinlich könnte sie nur noch für eine kurze Zeit seine Freundin sein, aber solange sie noch lebte, war sie vermutlich seine beste Freundin. »Mit Vergnügen.«

6

Joe drückte mit seiner Hüfte die Schlafzimmertür auf, in den Händen balancierte er ein Tablett mit Tee und Toast, und Josi wuselte um seine Füße. »Der Nebel will sich heute aber gar nicht lichten.«

Maggie schob ihr Kopfkissen gegen die Kopfstütze des Bettes und richtete sich auf. Josi sprang aufs Bett und stupste ihren Kopf gegen Maggies Hand, die sie an den Ohren und unterm Kinn kraulte, was die Katze mit einem lauten Schnurren quittierte. »Er macht damit den gestrigen Abend wieder wett«, meinte sie, während sie mit der Hand über Josis Rücken streichelte.

Joe wartete ab, bis Josi zur Ruhe gekommen war, bevor er das Tablett auf dem Bett abstellte und für sich und Maggie jeweils eine Tasse Tee einschenkte. Die Teekanne hatten sie vor dreißig Jahren während ihrer einzigen Europareise in London gekauft. Bevor er sich neben ihr auf dem Bett niederließ, öffnete Joe die Jalousien. »Wie hast du geschlafen?«

Sie hatte die ganze Nacht über wach gelegen, aber das verschwieg sie ihm, denn Joe hätte sich nur Sorgen gemacht. »Ich hatte eine wirklich gute Nacht und wundervolle Träume.«

»Was möchtest du heute unternehmen?«

Sie probierte vorsichtig einen Schluck aus der Teetasse. Sie wusste nicht, ob es an ihrer Krebserkrankung oder den Medikamenten lag, jedenfalls verlor sie allmählich das Gespür für heiß und kalt und hatte sich in letzter Zeit deshalb schon mehrmals verbrannt. Doch der Tee hatte genau die richtige Temperatur. Sie umschloss die hellgelbe Teetasse mit beiden Händen und nahm einen weiteren Schluck.

»Ich habe mir etwas überlegt.«

Er zog eine Augenbraue hoch und verzog gleichzeitig den Mundwinkel zu einem erwartungsvollen Lächeln. »Ja …?«

Statt zu antworten, sah sie ihn an, als würde sie ihn zum ersten Mal sehen. »Zweifellos bist du der bestaussehendste Mann, den ich kenne.«

Er gluckste. »Ich kann nur sagen, dass du mit diesem Kompliment meine volle Aufmerksamkeit gewonnen hast.«

»Ehrlich, das stimmt wirklich. Wer dich nicht kennt, würde dich niemals auf fast Neunzig schätzen.« Sie schüttelte den Kopf. »Neunzig Jahre, Joe. Hast du jemals gedacht, das wir so alt werden könnten?«

»Ohne dich wäre ich doch schon längst nicht mehr am Leben.«

»Das wärst du sehr wohl. Schließlich warst du es selber, der sich das Laufen und Reden wieder beigebracht hat. Ich habe doch nur geduldig abgewartet und auf dich geachtet und dir so oft wie nur möglich ein bisschen Mut zugesprochen.«

»O, so nennst du das jetzt?«

Sie verbarg ihr Lächeln, indem sie den Kopf senkte und einen Schluck Tee trank. Wenn sie heute an diese beiden schrecklichen Jahre in ihrem Leben dachte, dann erschienen sie ihr längst nicht mehr so schlimm. Tatsächlich aber hatten die Ängste und Frustrationen nach Joes Schlaganfall beide fast an die Grenzen ihrer Leidensfähigkeit getrieben. Aber sie waren gestärkt daraus hervorgegangen, und sie hatten dadurch eine neue und tiefe Wertschätzung für die gemeinsame Zukunft gewonnen, die ihnen bleiben würde.

»Nun sag mir doch endlich, was dich beschäftigt«, meinte Joe.

»Ich weiß, dass wir eine Menge Pläne vor unserer Abreise gemacht haben, wir hatten vor, eine ganze Reihe von Plätzen zu besuchen, und wollten uns eine Menge ansehen …« Wenn sie doch nur mit Bestimmtheit hätte sagen können, ob sie diese Reisepläne ursprünglich eher ihr zuliebe oder seinetwegen geschmiedet hatten. »Also, was ich mir gedacht habe – aber bitte, das ist wirklich nur ein Vorschlag, und wenn du dagegen bist, müssen wir es auch nicht tun. Nun gut, ich habe mich gefragt – und natürlich möchte ich zuerst einmal, dass du mir vollkommen ehrlich sagst, was du davon hältst, denn es ist ja nur so ein Gedanke von mir …«

»Maggie, warum rückst du nicht endlich damit heraus?«

Josi rollte sich auf den Rücken und streckte sich der Länge nach aus, bis sie die Hälfte des Bettes einnahm. »Was würdest du davon halten, wenn wir in den Vormittagsstunden Susie und Jason zu uns nehmen, damit Eric an seinem Buch arbeiten kann?«, antwortete sie schnell. »Es wäre ja nicht für lange. Sie bleiben ja nur noch eine weitere Woche. Vor lauter Eiscrememachen und den ganzen anderen Dingen gestern, habe ich es auch nicht mehr geschafft, Jason seine Schokoladenkekse zu backen. Wenn er und Susie hier wären, könnten sie mir etwas zur Hand gehen. Und wenn wir unsere Dinge erledigt haben, könntest du ihnen beim Malen der Feuerwerksbilder helfen, die sie für ihre Mutter und ihren neuen Stiefvater machen wollten.«

»Und du bist dir absolut sicher, dass du das möchtest? Was ist mit den Plänen, die du gemacht hast?«

»Die finde ich nicht mehr so wichtig.«

»Was auch immer dich glücklich macht, ist auch mir recht, Maggie. Das ist alles, was ich mir immer gewünscht habe.«

»Es geht mir um mehr, als nur glücklich zu sein. Wenn ich mit den Kindern zusammen bin, denke ich einfach nicht mehr so viel über mich selbst nach.« Sie wusste sehr wohl, dass es Joe nicht anders ging. Als sie damals beschlossen hatten, eine Art Wallfahrt zu den ihnen wohlbekannten und geliebten Orten ihrer Vergangenheit zu unternehmen, schien das wirklich eine gute Idee zu sein. Doch mittlerweile befürchtete sie, das Ganze könnte zu einer rührseligen Angelegenheit werden. Sie wollte, dass Joe sie als einen Menschen in Erinnerung behielt, der im Hier und Jetzt lebte, und nicht in der Vergangenheit.

Sie sah ihm in die Augen, um herauszufinden, ob er sie verstanden hätte. Doch alles, was sie darin erkennen konnte, war die ihr inzwischen wohlbekannte Mischung aus Liebe, Gram und Schmerz. »Ist es dir auch ganz bestimmt recht? Schließlich geht es ja auch um deine Zeit. Ich möchte nicht, dass du zu kurz kommst.«

»Solange wir zusammen sind«, meinte er, »ist mir alles recht.«

»Allerdings müssen wir erst einmal Eric dazu überreden und herausfinden, was die Kinder dazu meinen.«

»Mit Eric werden wir uns irgendwie arrangieren müssen. Aber ich bin mir ganz sicher, was die Kinder davon halten.«

»Da ist noch etwas.« Sie stellte ihre Teetasse aufs Tablett zurück. »Und es ist mir wichtig, dass du mir ganz ehrlich antwortest.«

»Das mache ich doch immer, Maggie.«

»Aber inzwischen stehen die Dinge etwas anders. Ich bin mir sicher, dass du alles nur Erdenkliche tun würdest, solange ich zufrieden bin.«

»Ich kann dir doch nicht antworten, bevor ich deine Frage nicht kenne.«

Sie fuhr sich mit der Hand durchs Haar, und das ungewohnte Gefühl löste eine gewisse Verwunderung in ihr aus. Früher hatte sie einen so dicken Haarschopf gehabt, dass sie ihn bei jedem Friseurtermin ausdünnen ließ, doch inzwischen schimmerte bereits die Kopfhaut durch. »Vielleicht ist das Ganze sehr egoistisch von mir. Vielleicht ist es Jason und Susie gegenüber unfair, wenn wir uns mit ihnen zu eng anfreunden.« Er stellte das Tablett auf den Fußboden und nahm sie in die Arme. »Fair oder nicht, meine Liebe, dafür ist es jetzt sowieso zu spät. Sie hängen doch bereits an dir.«

»Wir hatten uns doch eigentlich vorgenommen, uns es hier so leicht wie möglich zu machen. Wieso ist auf einmal alles so kompliziert?« Er drückte seine Wange auf ihr Haupt, während sie sich enger an seine Schultern kuschelte. »Was hältst du davon, wenn ich mit Eric rede, und er danach selbst entscheidet?«, schlug er vor.

»Hör doch«, meinte sie leise.

»Was hörst du denn, was ich nicht höre?«, wollte er nach ein paar Sekunden wissen.

»Josi schnurrt im gleichen Rhythmus wie das Meer.« Und weil ihr Kopf auf Joes Brustkorb ruhte, konnte sie in ihrem Ohr auch noch Joes regelmäßigen, starken Herzschlag vernehmen. Alle diese Geräusche waren ein direkter Ausdruck des Lebens, jedes in seinem eigenen Takt, von anderer Bedeutung und unterschiedlicher Dauer.

Eric stand an der Tür und sah Jason und Susie nach, als sie Hand in Hand mit Joe und Maggie davongingen. Eingepackt in dicke Jacken und Pullover hatten die vier beschlossen, trotz des Nebels, der sich schon seit zwei Tagen hartnäckig hielt, der Kälte zu trotzen. Sie waren zum Strand unterwegs, um Sandburgen zu bauen. Eric hatte versprochen, später nachzukommen, um die Ergebnisse in Augenschein zu nehmen, und die Gewinner sollten von der Küchenarbeit nach dem Mittagessen befreit werden.

Joe konnte seine Überraschung nicht verhehlen, als Eric seinem Vorschlag zustimmte, sich zusammen mit Maggie um die Kinder zu kümmern, während Eric an seinem Buch arbeitete. Joe konnte nicht ahnen, dass Eric ähnliche Befürchtungen hegte, was die enge Zuneigung seiner Kinder ihnen beiden gegenüber betraf, und bereits sehr eingehend darüber nachgedacht hatte. Selbstverständlich hatte er sich für seine Kinder in diesem Sommer anderes gewünscht, als die Erfahrung, einen geliebten Menschen zu verlieren. Doch aufgewogen gegen ihre Freude, ihre Zeit mit einem so außergewöhnlichen Menschen wie Maggie zu verbringen, gab es für Eric diesbezüglich keine Frage, wie er sich zugunsten seiner Kinder entscheiden würde. Das Einzige, was er in der Tat bedauerte, war lediglich, dass sie sich nicht schon früher kennengelernt hatten. Die Eltern von Shelly hatten sich sehr schwer damit getan, ihrer Rolle als Großeltern gerecht zu werden. Sie kamen sich plötzlich sehr alt vor, eine der Schattenseiten, wenn man in einer Gesellschaft lebte, die vom Jugendwahn beherrscht wurde. Ihre Besuche beschränkten sich mehr oder minder auf die Feiertage und fanden bevorzugt weit weg von ihrem eigenen Zuhause bei Shelly und Eric statt, wo die Gefahr, irgendwelchen Freunden in die Arme zu laufen, sehr gering war. Alle Besuche wurden von Shellys Mutter stets mit der Raffinesse und Geschicklichkeit einer Bienenkönigin arrangiert, die ihr Bienenvolk unter Kontrolle hatte.

Seine Eltern waren längst tot, sie waren bei einem Hotelbrand ums Leben gekommen, als er noch das College besuchte. Als der Prozess über die Schadensersatzsumme schließlich abgewickelt war, war er fünfundzwanzig Jahre alt, eine Waise und unglaublich reich.

Wenn Jason und Susie überhaupt jemals die Chance hatten, Großeltern kennenzulernen, die einem Idealbild nahekamen, dann hier bei Joe und Maggie. Und ganz bestimmt würde er seinen Kindern niemals etwas verwehren, was er sich selbst so innig gewünscht hatte.

Eric kratzte sich abwesend den Bart, schloss dann die Tür, um den Nebel auszuschließen, und machte sich wieder an die Arbeit.

Maggie stopfte den nassen Sand in eine leere Tomatensaucendose, von der sie den Deckel und Boden entfernt hatte. Dann presste sie den Sand wieder vorsichtig heraus, um damit einen Eckpfosten zu formen, der zu dem Pferdekorral gehörte, den sie mit Susie baute. Susie lag auf dem Bauch und bohrte mit konzentriertem Blick ein Stöckchen in den Sandpfosten, der als Geländer fungieren sollte.

»Sehr gut«, meinte Maggie.

Susie sah lächelnd hoch und wischte sich mit der Hand den Pony aus der Stirn, der sich unter ihrer Kapuze selbstständig gemacht hatte. Dabei bekam sie etwas Sand in die Augenbrauen.

»Komm doch mal kurz hierher«, meinte Maggie und streckte ihre Hand aus. Sie bat Susie, die Augen zu schließen, während sie den Sand entfernte. Doch anstatt wieder zur Arbeit zurückzukehren, kletterte Susie auf Maggies Schoß.

»Und wieso durfte Josi nicht mitkommen?«, wollte sie wissen.

»Ich befürchte, dass sie nicht unbedingt zur Kategorie der Strandkatzen zählt.«

»Weil sie nicht hierher gehört?«

»Ja, so etwas in der Art.«

»So, wie ich und Jason auch nicht bei Mommys und Rogers Flitterwochen dabei sein können?«

»Nein, nicht wirklich. Wir wollen nicht, dass Josi im Sand spielt, weil sie ihn in den Magen bekommt, wenn sie sich ableckt.« Der zweite Teil der Frage war weniger leicht zu beantworten. »Deine Mommy und Roger machen diese Reise alleine, um noch bessere Freunde zu werden. Und das Tolle daran ist ja, dass du mit Jason deswegen bei eurem Daddy sein kannst.«

»Und bei dir.« Sie schlang die Arme um Maggie und drückte sie.

»Und bei mir.«

»Wirst du mich und Jason zu Hause besuchen?«

»Wenn ich das könnte, würde ich das sehr gerne tun, Susie. Aber ich werde dann sehr weit weg sein.«

»Das macht doch nichts, du kannst doch mit deinem Auto kommen.«

»Dafür ist es viel zu weit weg.«

»Aber wie kann ich dich denn dann wiedersehen?«

Maggie legte ihre Hand auf Susies Brust, da, wo ihr Herz schlug. »Du wirst mich da drinnen sehen.«

Susie dachte kurz nach und runzelte sichtlich verwirrt die Stirn. »In meinem Bauch?«

Maggie musste lachen. Sie fuhr mit den Fingern über Susies Magen und kitzelte sie. »Ja, genau in deinem Bauch. Immer dann, wenn du selbst gemachte Eiscreme oder Schokoladenkekse isst, bin ich da, um dich ganz, ganz fest zu drücken.«

Lachend befreite sich Susie aus Maggies Umarmung und landete direkt auf ihrem so sorgfältig errichteten Bauernhof. Als sie die Bescherung sah, war sie überhaupt nicht betrübt, sondern lachte nur noch lauter. Sie ließ sich rücklings fallen und rollte über den Bauernhof und den Pferdekorral hinweg.

Maggie ließ sich von Susies Ausgelassenheit anstecken, obwohl sie in diesem Augenblick merkte, dass der Schmerz, den sie schon seit rund einer halben Stunde verspürte, sie plötzlich übermannte. Doch Maggie ignorierte die Symptome, legte sich neben Susie und wälzte sich mit ihr im Sand. Als sie sich wieder aufrichtete, war es nicht allein der Schmerz, der ihr den Atem raubte, sondern vielmehr eine unendliche Traurigkeit. Offenbar war sie doch nicht so weit, dass sie ohne Weiteres auf die Lebenszeit, die ihr noch verblieb, auf die Art und Weise verzichten konnte, wie sie es sich vorgestellt hatte.

Als sie hochsah, entdeckte sie, dass sich Joe und Jason näherten, die Hände vollbepackt mit Muscheln, Steinen und diversen anderen interessanten Dinge, die sie auf ihrem Spaziergang gesammelt hatten.

»Wir bauen ein Raumschiff«, erklärte Jason. »Ihr werdet staunen, wenn ihr seht, was wir alles dafür gefunden haben.«

Joe ging zu Maggie, um nachzusehen, wie es ihr ging. »Was ist denn hier passiert?«

Susie kicherte, beugte sich vornüber und schlug die Hände vors Gesicht.

»Besser, wenn du es nicht erfährst«, erwiderte Maggie.

Er musterte sie und meinte dann: »Zeit für deine Tabletten?«

Sie nickte.

Joe legte seine Ausbeute auf den Haufen von Jasons Fundstücken, griff in seine Tasche und reichte Maggie unauffällig ihre Medikamente. Er klopfte ihr den Sand vom Rücken und den Schultern und meinte: »Ich gehe mal davon aus, dass ihr mir das auch nicht erklären werdet, oder?«

»Wir haben das Haus kaputt gemacht«, antwortete Susie.

»Ich verstehe«, erwiderte Joe. Er sah Maggie an.

»Und warum habt ihr das gemacht ...?«

»Aus Spaß?«, erwiderte sie vieldeutig.

»Dir ist schon klar, dass ihr damit natürlich bei diesem Wettbewerb ins Hintertreffen geraten seid, oder?«

Sie wusste, er würde so lange neben ihr ausharren, bis er sich sicher sein konnte, dass es ihr wirklich gut ging. Ebenso wie er auch keine einzige Minute von ihrer Seite weichen würde, selbst wenn ihr Todeskampf endlos dauern sollte, ob nun zu Hause oder im Krankenhaus. Er würde bei ihr sein, falls man sie an die Apparate anschließen würde, und sie danach nicht einmal mehr ein einziges Wort stammeln könnte.

Doch genau aus diesem Grund konnte sie es nicht zulassen, dass ihr gemeinsames Leben mit Joe so enden würde, selbst dann nicht, wenn sie sich keine Sorgen über die Kosten machen müsste.

Doch dann wurden ihre Zweifel hinweggespült und ihr Verstand war wieder klar wie der Sand, wenn ihn die Wellen gesäubert hatten. Sie war froh, ein allerletztes Mal mit ihren Zweifeln konfrontiert zu werden, denn nun wusste sie mit Bestimmtheit, dass sie genau das Richtige tat, wenn sie Joe auf ihre Weise verlassen würde.

7

Maggie war zufällig anwesend, als Eric einen Anruf erhielt, der bei ihr einen tiefen Gefühlskonflikt zwischen Freude und Verzweiflung auslöste. Und auch noch zwei Tage später hatten sich ihre widersprüchlichen Gefühle nicht gelegt.

Shelly erkundigte sich am Telefon, ob Jason und Susie noch eine weitere Woche bei Eric bleiben dürften, damit sie in Ruhe mit Roger in ihr neues Heim umziehen könnte.

Eric erklärte sich selbstverständlich damit einverstanden und teilte ihr mit, dass auch Joe und Maggie, die neuen Freunde der Kinder, sich ganz bestimmt über den verlängerten Aufenthalt freuen würden.

Die Kinder würden also noch an ihrem Geburtstag da sein.

Und damit konnte Maggie natürlich nicht ihren für diesen Tag sorgfältig geplanten Abschied von dieser Welt durchführen, womit sich für sie ihr Lebenszyklus geschlossen hätte.

Das Gespräch mit Joe darüber verschob sie bis zum Abend, als sie endlich alleine waren. Als sie gemeinsam auf dem Sofa im Wohnzimmer saßen und sich gegenseitig festhielten, waren keine weiteren Worte nötig. Josi hatte sich auf dem Schoß der beiden so breit gemacht, als wäre sie in den schwierigen Prozess, eine neue Lösung zu finden, mit einbezogen.

»Es tut mir leid«, meinte Joe. Er fiel ihm nicht schwer, sich in ihre widersprüchlichen Gefühle hineinzuversetzen, und er verstand auch durchaus ihre Argumente.

»Vielen Dank, dass du mir erst gar nicht einreden willst, es sei ein Wink des Schicksals, dass sich der Aufenthalt der Kinder hier plötzlich um eine Woche verlängert.«

»Ein Wink des Schicksal wäre für mich, wenn man plötzlich

eine Therapie gefunden hätte, um dich zu heilen, oder einen Weg, um deine Schmerzen zu stoppen. Aber ich habe mich damit abgefunden, dass das nicht passieren wird, Maggie. Zumindest nicht rechtzeitig für uns.«

Auch wenn ihr der Gedanke nicht gefiel, dass er sie für einen Feigling halten könnte, wollte sie ihn einfach nicht mit der Wahrheit belasten. Denn er würde sein Leben dafür geben, nur um sie zu retten. Darüber war sie sich absolut sicher. Allein dafür, dass er ihr zum Abschied ein Letztes »Ich liebe dich« zuflüstern könnte, würde er seine gesamte finanzielle Absicherung investieren.

Josi schob ihre Nase unter Maggies Hand und fing sofort zu schnurren an, als Maggie sie hinter den Ohren kraulte. »Nun muss ich wohl einen anderen Tag dafür festlegen.«

»Aber doch nicht heute Abend.«

»Aber wenn ich es jetzt vertage, dann höre ich überhaupt nicht mehr auf, darüber nachzudenken.«

Wenn sie jetzt kein konkretes Datum festlegen würde, könnte es passieren, dass ihr jeden Morgen nach dem Aufstehen womöglich ein neuer Grund einfiele, warum sie so sehr am Leben hing.

Sie liebte den Nebel ebenso wie die Sonne, Tee und Toast genauso wie ein gemütliches Abendessen. Und das Herz lief ihr fast über, wenn sie einen Kolibri zwischen den Blumen entdeckte, und Josi entlockte ihr immer wieder aufs Neue ein Lächeln.

Aber Joe war für sie so wichtig wie jeder Atemzug, den sie tat. Wenn sie ihn nicht gar so sehr lieben würde, dann könnte sie noch eine ganze Weile weiterleben.

Was nach ihrem Tod passieren würde, wusste sie nicht. Als junges Mädchen besuchte sie die Bibelstunden und hatte selbstverständlich an die Existenz von Himmel und Hölle geglaubt wie auch an die Tatsache, dass es in allernächster Nachbarschaft auch noch andere Städte gab. Als sie dann älter wurde und sich in der Welt umsah, begann sie an ihrem

Glauben zu zweifeln, weil zu viele verstörende Fragen auf sie einstürmten, auf die es keine Antwort gab. Man hatte ihr beigebracht, dass Gott alle Kinder liebte. Wie konnte er es also zulassen, dass so viele Kinder auf schreckliche Weise sterben mussten?

Viele schienen tatsächlich zu glauben, er hätte nichts Besseres zu tun, als den Ausgang von Basketball-, Football- und Baseballspielen zu lenken, und schickten ihm deshalb Stoßgebete und Danksagungen. Hatte er deswegen keine Zeit mehr, um bei den ständigen Heimsuchungen durch Hungersnöte, Überschwemmungen und Seuchen zu helfen?

Irgendwann einmal kam sie zu dem Schluss, dass sie eigentlich nicht Gott selbst so sehr infrage stellte, sondern eher die Institution Kirche. Sie war immer noch auf der Suche nach dem wahren Glauben, als sie erfuhr, dass es Joe ganz ähnlich gegangen war, allerdings schon etliche Jahre vor ihr.

Ihre ganz persönliche Kirchengemeinde war klein, und ihr gehörten nur sie selbst, Joe und Gott an. Sie gaben jeweils ein Zehntel von allem ab, um die Welt, die Gottes Schöpfung war, intakt zu halten, auch für die Tiere, deren Zuhause hier auf Erden war. Ihr Evangelium bestand nur aus einem einzigen Wort, und das gaben sie durch Taten und nicht Gebete weiter. Das Wort hieß Liebe.

»Bist du wach?«, wollte Joe leise wissen.

Sie hob den Kopf, um ihn anzusehen. »Ich habe nur nachgedacht.«

»Über was?«

Sie zögerte, aus Furcht, er könnte ihre Fragen als Zweifel auslegen. Aber ihre innere Stimme ließ nicht locker, sie musste es einfach riskieren.

»Was passiert nach unserem Tod?«

»Und was noch?«

»Ich weiß, was ich mir danach wünsche.«

Er gab ihr einen unendlich zärtlichen Kuss.

»Das weiß ich auch. Und was glaubst du, wie die Chancen stehen, dass es genauso kommen wird?«

»Wir werden zusammen sein, Joe. Das ist das Einzige, worüber ich mir ganz sicher bin. Und falls es keinen Himmel gibt, in dem ich auf dich warten kann, dann werde ich für immer in deinem Herzen sein.«

»Ach, Maggie, welch ein großer Segen ist es doch, dass wir uns gefunden haben. Wir haben wirklich nicht das Recht, noch mehr zu verlangen.« Er schluckte, und ein Schluchzen erstickte seine Stimme. »Aber ich wünsche mir noch viel mehr. Ich möchte mit dir in Ewigkeit leben.«

»Sollte dafür eine Möglichkeit existieren, werde ich sie finden, mein Liebling. Selbst dann, wenn es auf einer Wolke in einem anderen Sonnensystem sein sollte, werde ich mich dorthin begeben und ein Plätzchen für uns einrichten.«

Drei Tage später erklärte Maggie Joe nach dem gemeinsamen Mittagessen mit Jason, Susie und Eric, sie wäre müde und würde sich deshalb für ein Nickerchen hinlegen. Als Joe eine Stunde später ins Schlafzimmer kam, um nachzusehen, wie es ihr ging, lag sie zusammengerollt wie ein Fötus auf dem Bett. Ihre Haut war verschwitzt, und ihr Herz raste.

»Die Tabletten ... sie wirken nicht«, sagte sie unter Schmerzen. »Hol Eric. Er weiß, was zu tun ist.«

Joe betete insgeheim, dass Eric noch im Haus sein würde. Er hatte beim Mittagessen nebenbei erwähnt, dass er mit den Kindern nachmittags ins Kino wollte. Joe schaute zum Fenster hinaus, als er zum Telefon ging, und sah erleichtert Erics Auto vor der Tür.

Nachdem Eric einem Blick auf Maggie geworfen hatte, packte er sie warm ein und setzte sie in seinen Wagen. Bereits zehn Minuten später kamen sie im Krankenhaus an. Joe betreute Jason und Susie, während sich Eric um das verwirrende Prozedere der Aufnahmepapiere und um die Diagnose kümmerte.

Angst und Trauer hatten Joe dermaßen verwirrt, dass ihm erst klar wurde, welche Folgen die übereilte Fahrt zum Krankenhaus für Jason haben musste, als er bemerkte, dass der Junge nicht mehr neben Susie saß. Er drückte sich gegen die Wand und starrte den mittlerweile leeren Gang hinunter, an dessen Ende sein Vater mit Maggie verschwunden war.

Joe ging zu Jason und legte ihm die Hand auf die Schultern. »Ich habe im Vorraum einen Getränkeautomaten gesehen. Möchtest du etwas trinken?«

Jason schaute mit sorgenvollen, weit geöffneten Augen zu ihm hoch. »Was ist denn mit ihr los?«

»Maggie ist krank, und die Medizin, die dagegen geholfen hat, wirkt nicht mehr. Dein Dad hilft uns dabei, dass wir eine andere Medizin für sie bekommen.«

»Wird sie sterben?«

Eine solche Frage sollte eigentlich von den Eltern beantwortet werden. Joe hatte keine Ahnung, was er sagen sollte.

»Sie wird sterben, nicht wahr?«

Joe nickte.

»Darf ich ihr zuerst Lebewohl sagen?«

Joe nickte erneut, und schloss die Augen, um gegen das altvertraute Gefühl anzukämpfen, wenn die aufsteigenden Tränen in seinem Hals brannten. Die Worte, um die er seit Monaten gerungen hatte, hatte Jason dank seiner unschuldsvollen Liebe und Fürsorge auf einen einfachen Nenner gebracht. Es war ein Geschenk, wenn man sich noch verabschieden, die letzten Momente gemeinsam verbringen konnte, um die allerletzten Worte zu sprechen: »Ich liebe dich.«

»Das würde sie bestimmt mögen«, antwortete er Jason.

Jason lehnte sich trostsuchend an Joe, aber gleichzeitig schien es, als wollte er auch ihm Trost spenden. »Ich finde, wir sollen es Susie nicht sagen.«

Joe warf einen Blick über seine Schultern. Susie schaute sich auf dem Fernseher, der an die Wand montiert war, Zeichentrickfilme an. Offenbar geschützt durch ihr kindliches

Alter und dank ihrer Ahnungslosigkeit hatte sie das Drama, das sich um sie herum abspielte, völlig vergessen. »Du bist ein ganz außergewöhnlicher großer Bruder, Jason.«

Nach der Rückkehr aus dem Krankenhaus schlief Maggie den restlichen Tag und auch die ganze Nacht hindurch. Am Morgen danach war sie zwar wegen der neuen Medikamenten völlig erschöpft, wollte aber unbedingt Eric und die Kinder sehen. Susie traf als Erste ein. Sie beugte sich ganz ungeniert über das Bett, als wäre ihr nie der Gedanke gekommen, dass der Krankenhausaufenthalt mehr als nur reine Routine war. Sie kuschelte sich neben Maggie und fuhr mit ihren Fingern durch die dicke Mähne von Josi.

»Daddy meinte, wir können nicht bleiben«, erklärte sie, völlig überzeugt, dass Maggie ihn ganz bestimmt umstimmen würde.

Eric stand auf der Türschwelle, und Jason stand neben ihm.

»Wie geht es Ihnen?«, wollte er wissen.

»Dank Ihrer Hilfe sehr gut.«

Er lächelte. »Ich nehme das Kompliment mit Freuden an, glaube aber, dass es an diesen gelb-blauen Kapseln liegt, die man Ihnen im Krankenhaus mitgegeben hat.«

Maggie brach es fast das Herz, als sie die Angst in Jasons Augen bemerkte. Niemals hätte sie es zugelassen, dass ihre Freundschaft so intensiv wurde, wenn sie auch nur geahnt hätte, dass er auf diese Weise mit ihrer Krankheit konfrontiert werden würde. »Es tut mir leid, dass ich dir mit dem, was gestern passiert ist, Angst eingejagt habe«, sagte sie. »Aber du siehst ja selbst, wie gut es mir schon wieder geht.«

Er schwieg immer noch.

»Ich habe ihnen erklärt, dass sie nur kurz vorbeischauen dürfen, um Hallo zu sagen«, sagte Eric. »Falls es Ihnen recht ist, kommen wir heute Nachmittag noch mal auf einen kurzen Sprung vorbei.«

Susie sah zu Maggie hoch, und in ihren Augen stand immer noch die Bitte, bleiben zu dürfen.

»Natürlich ist es mir recht«, erwiderte Maggie. Sie legte ihre Hand auf die von Susie. »Ich habe auch eine Aufgabe für dich, wenn ihr wiederkommt.«

»Wirklich?«

»Ich habe immer wieder vergeblich versucht, den roten Ball von Josi zu finden. Vielleicht könntest du mir ja dabei helfen, hinter dem Sofa nachzusehen.«

»Das könnte ich doch gleich machen«, schlug Susie vor. »Ich könnte auch unter dem Fernseher nachsehen.«

»Das machen wir auf unserem Weg nach draußen«, schlug Eric vor, und hielt ihr seine Hand hin.

Jason blieb noch bei Maggie, während Eric mit Susie ins Wohnzimmer ging. »Es tut mir leid, dass du krank bist.«

»Mir auch. Aber am allermeisten tut mir das leid, was gestern passiert ist.«

»Aber dafür kannst du doch nichts. Du bist doch nicht absichtlich krank.«

»Du bist ein ganz ungewöhnlicher, junger Mann, Jason«, erklärte Maggie. »Ich bin so froh, dass du hierher gekommen bist, um bei deinen Vater zu sein, und wir dadurch Freunde werden konnten.«

Er stand völlig bewegungslos da, als wäre er hin und her gerissen zwischen dem Gedanken zu bleiben oder einfach davonzulaufen. Schließlich kam er doch ins Schlafzimmer, krabbelte über das Bett und warf sich in ihre Arme. »Joe hat versprochen, dass ich dir Lebewohl sagen darf, aber jetzt möchte ich das noch nicht.«

Sie blickte hoch und sah Joe, der auf der Türschwelle stand. Der Ausdruck in seinen Augen verriet ihr alles, was sie wissen musste. Sie fuhr Jason über das glänzende, duftende Haar und drückte ihm einen Kuss auf den Kopf. »Wir haben noch viel Zeit«, sagte sie leise.

»Versprochen?«

»Versprochen. Wie viele Tage sind es noch bis zu deiner Heimreise?«

»Fünf.«

»Dann werde ich bis dahin immer für euch da sein.«

Eric kam zurück. »Jason, wir müssen endlich los.«

»Ich werde dir ein Bild malen, von mir, Susie und Dad«, versprach er Maggie.

»Was für eine wunderbare Idee. Wirst du es mir heute Nachmittag, wenn ihr wiederkommt, mitbringen?«

»Darf ich das, Dad?« Er arbeitete sich zum Bettende vor.

»Sollten Sie sich bis dahin entsprechend gut fühlen, könnten wir auch zum Abendessen kommen und nochmals Pizza bestellen.«

»Das fände ich schön«, erklärte sie.

»Was hältst du davon, Jason?«

»Ich habe ihn gefunden«, posaunte Susie los, bevor Jason antworten konnte. »Da ist er.« Sie steckte ihren Kopf zwischen ihren Vater und Joe durch und streckte die Hand hoch. Sie warf den Ball aufs Bett, direkt vor Josis Schnauze. Josi wartete ab, bis der Ball zu ihr rollte, schlug dann mit einer Pfote nach ihm, sah zu, wie er davonrollte und ließ dann den Kopf wieder auf die Steppdecke sinken.

»Zeit für ihr Nickerchen«, versuchte Maggie das mangelnde Interesse von Josi zu erklären. »Ganz bestimmt hat sie heute Abend mehr Lust zu spielen, wenn ihr wiederkommt.«

»Es würde Ihnen auch nicht schaden, wenn sie ebenfalls ein Nickerchen machen würden«, meinte Eric zu Maggie. Er nahm Jason und Susie bei der Hand und wandte sich Richtung Flur. »Rufen Sie an, wenn Sie etwas brauchen«, bat er Joe, »egal, um was es geht.«

Als sie gegangen waren, ging Joe ins Schlafzimmer, schob Josi zur Seite, damit er sich neben Magie setzen konnte. Die Katze protestierte mit einem tiefen Brummen, streckte die Pfoten aus und ließ sich zur Seite fallen. »Sie wird um die Mitte herum ein bisschen fett«, meinte Joe.

»Das kommt von den ganzen Leckerbissen, die die Kinder in sie reinstopfen. Sie mögen es, wenn sie Männchen macht und bettelt.«

Er hielt ihre Hand. »Wie geht es dir?«

»Nur, weil ich diese neuen Tabletten bekommen habe, lass ich dir diese Frage dieses Mal durchgehen.«

»Wenn ich fragen darf, dann habe ich doch auch das Anrecht auf eine Antwort, oder?«

»Ich fühle mich etwas benommen und bin ein bisschen müde, aber ich habe keine Schmerzen.«

»Gar keine?«

Solange sich seine Frage nur auf ihre Krankheit bezog, konnte sie ihm auch ehrlich antworten. Aber sie würde ihm nichts über den Schmerz verraten, der in ihrem Herz saß, und auch nicht den, der ihre Kehle zuschnürte, weil sie ihre Tränen unterdrücken musste.

»Gar keine«, antwortete sie aufrichtig.

8

Eine Meeresbrise ließ die Blätter des Eukalyptus' erzittern. Joe und Maggie standen mitten auf der Straße, als sie Eric, Jason und Susie zum Abschied zuwinkten. Die Kinder fuhren wieder nach Hause, denn ihre letzte Ferienwoche hier war vorüber. Jason drückte sein Gesicht immer noch gegen die Autoscheibe, als der Wagen bereits um die Kurve fuhr und verschwand.

»Er wird dich vermissen«, meinte Joe und ließ den Arm sinken.

Maggies Hand fuhr mit einer liebevollen, vertrauten Geste über Joes Rücken. »Eric hat mit Shelly gesprochen. Er hat ihr erklärt, dass Jason wahrscheinlich ein bisschen mehr Aufmerksamkeit als sonst braucht, wenn er wieder zu Hause ist.«

»Was würdest du denn heute Abend gerne machen?«

Sie sah ihn an. »Der Zeitpunkt ist gekommen, Joe.«

Diese Bemerkung traf ihn wie ein Boxhieb in die Magengrube. »Aber wir –«

»Es muss jetzt sein«, sagte sie mit einer Stimme, die keinen Widerspruch duldete und ihm keine Möglichkeiten offenließ.

Nur zu gern hätte er laut protestiert, darauf gepocht, dass es doch auf eine weitere Woche nicht ankomme, dass sie ihm wenigstens noch einen weiteren Tag gewähren solle. Aber alles, was er ihr jetzt noch geben konnte, war das Recht, über sich selbst zu bestimmen. »Hast du denn Schmerzen?«

»Das hat damit überhaupt nichts zu tun.«

»Würdest du vorher noch gerne einen Spaziergang am Strand machen?«

Sie schüttelte den Kopf und berührte seine Wange mit der Hand. »Ich muss es jetzt tun, sofort, Joe.«

Er nahm sie in die Arme. »Es gibt noch so viele Dinge, die ich dir gerne sagen würde.«

»Zum Beispiel was?«

Es war klar, für welche Worte er sich entscheiden würde, »Ich liebe dich«, war alles, was er sagte.

Hand in Hand kehrten sie zum Haus zurück. Bevor sie hineingingen, blieb Joe stehen und pflückte eine kleine, rote Rose von perfektem Wuchs. Julia, die nach ihrer Heirat mit Ken die Gartenpflege übernommen hatte, wählte die Rosensorten, die sie um das Haus herum einsetzte, weniger nach ihrer Schönheit, sondern nach ihrem Duft aus. Diese Rose besaß beides. Joe flocht sie mit dem Stiel in Maggies Haar und küsste sie sanft auf die Lippen.

Maggie ging mit ihrem sorgfältig gehorteten Vorrat an Tabletten ins Badezimmer. Sie wollte niemanden dabeihaben, wenn sie die Medizin einnahm, und bestand darauf, alleine gelassen zu werden. Ihrer Meinung nach würde dieser Tag für Joe so viele bleibende Eindrücke hinterlassen, dass er auf diesen einen sehr wohl verzichten konnte. Als sie wieder zurückkam, half er ihr ins Bett, setzte sich neben sie und hielt ihre Hand fest.

Sie streichelte seine Wange und sagte: »Ich möchte, dass du jetzt gehst.«

Er lächelte traurig und schüttelte den Kopf. »Dieses Mal werde ich dir nicht gehorchen, Maggie, meine Liebe.«

Sie sah ihm in die Augen und gab ihm auf diese Weise schweigend zu verstehen, wie sehr sie ihn liebte, und wie leid es ihr tat, dass sie ihn nun verlassen würde, aber auch, dass sie keine Angst hatte. »Ich liebe dich, Joe Chapman«, waren ihre letzten Worte, während sich ihr Blick allmählich verlor, sie danach die Augen schloss und sanft in den Schlaf hinüberglitt.

Er blieb bei ihr bis zu ihrem allerletzten, flachen Atemzug und dem letzten Flattern ihres Herzen, bevor es zu schlagen aufhörte. Erst dann erhob er sich und hauchte ihr einen Kuss auf die Stirn. Er atmete den Duft der Rose in ihrem Haar ein, der süße Erinnerungen an längst vergangene Sommer wachrief.

»Warte auf mich, Maggie«, flüsterte er, »ich bin schon bald bei dir.«

Eine halbe Stunde später drang die Nachmittagssonne durchs Fenster und tauchte das Schlafzimmer in ein warmes, orangefarbenes Licht. Joe kam ins Zimmer und holte die Tablettenschachtel hervor, die er ganz hinten im Schrank heimlich aufbewahrt hatte. Die Tabletten hatte er während eines Ausfluges nach Mexiko erstanden, als er zum Fischen fuhr. Er hatte die Reise in jenem Monat unternommen, als Maggie ihn von ihrem Plan, freiwillig aus dem Leben zu scheiden, unterrichtet hatte. Und er hatte bereits vom ersten Augenblick, nachdem sie von ihrer tödlichen Krankheit unterrichtet worden waren, gewusst, dass er sich ein Leben ohne sie nicht vorstellen konnte. In fünfundsechzig Jahren war sie zu einem untrennbaren Teil von ihm geworden. Ohne sie weiterleben zu müssen, kam ihm wie pure Zeitverschwendung vor. Eigentlich hätten sie ein besseres Ende verdient, fand er, nach allem, was sie gemeinsam erlebt und was sie füreinander empfunden hatten.

Als Joe aus der Küche zurückkehrte, legte er sich neben Maggie aufs Bett. Er zog sie sanft in seine Arme. »Hast du tatsächlich gedacht, ich würde dich ohne mich gehen lassen?«

Er schloss die Augen und wartete ab. Die Tabletten ließen seine Wahrnehmung allmählich bis auf ein kleines, weißes Lichtpünktchen schrumpfen. Als er merkte, dass er vollkommen losließ, rief er nach Maggie, um ihr mitzuteilen, dass er bereits auf dem Weg zu ihr sei. Bei seinem letzten Atemzug sah er den gleißenden Lichtstrahl, der ihn mit einem Prisma aus Farben umgab.

Er hatte endlich seinen Frieden gefunden.

Und er war nicht allein.

9

Eric kehrte noch am selben Tag spätabends zurück. Ursprünglich hatte er vorgehabt, in Sacramento bei seinem Freund zu übernachten, der seine Praxis übernommen hatte. Nachdem er jedoch die Kinder abgeliefert hatte, überkam ihn plötzlich ein tiefes Gefühl der Leere, und er war sich sicher, dass er ganz bestimmt nicht der angenehmste Gesprächspartner sein würde. Er entschuldigte sich bei seinem Freund unter dem Vorwand, sich große Sorgen um seine Nachbarn im Strandhaus zu machen, und es wäre besser, wenn er heimfahren würde, um nach ihnen zu sehen.

Im Haus von Joe und Maggie brannte jedoch kein Licht mehr, und er wollte sie auf gar keinen Fall aus dem Schlaf reißen. Zum ersten Mal seit Tagen war der Mond zu sehen, dessen Licht wie ein silbernes Schwert auf dem Wasser glitzerte. Oder wollte er nur alle Träumer auf diese Weise anlocken, die um diese Uhrzeit noch wach lagen, um seine Magie zu erleben?

Auch Eric ging nicht sofort ins Haus, sondern machte sich zu einem Spaziergang auf. Die ganze Heimfahrt über hatte er gegen seine Eifersucht angekämpft, die Shellys augenscheinliches Glück bei ihm ausgelöst hatte. Dabei war es genau das, was er sich so sehnlichst für sie gewünscht hatte, wenn es nach seinem Wunsch gelaufen wäre. Trotzdem hatte er große Schwierigkeiten, sich einzugestehen, was für ein Unterschied zwischen ihrem jetzigen Leben und der letzen Phase ihrer gescheiterten Ehe bestand.

Wie hatte er nur so viel Egozentrik entwickeln können, dass ihm nicht einmal aufgefallen war, was er ihr damit angetan hatte?

Er beneidete sie um das Leben, das sie jetzt führte. Das Einzige, was ihn vor einer tiefen Depression bewahrte, war die Gewissheit, dass er dieses Leben nicht mehr mit Shelly führen wollte. Seit dem kompletten Bruch mit ihr war inzwischen schon über ein Jahr vergangen.

Er hatte sie losgelassen, zuerst körperlich, und schließlich auch mental.

Doch trotz all seiner Bemühungen war es ihm bis jetzt nicht gelungen, Jason und Susie dabei auszuklammern. Der Anblick, wie sie zu viert auf der Veranda standen und ihm als glückliche Familie zum Abschied zuwinkten, traf ihn wie ein harter Schlag.

Er machte erst kehrt, als er am Ende der Bucht angekommen war. Auf dem Boden vor sich sah er etwas weißes, rundes liegen, das eine Welle an den Strand gespült hatte. Er blieb stehen, um die Muschel aufzuheben. Nachdem er drei Wochen lang mit Jason vergeblich nach einem perfekt geformten und völlig unversehrten Seestern gesucht hatte, hatte er ihn nun endlich gefunden. Bevor er ihn in die Tasche steckte, untersuchte er die Muschel ganz genau, um sicherzustellen, dass das Tier nicht mehr am Leben war.

Er würde Jason gleich morgen Vormittag anrufen und ihm von seinem Fund berichten. Nun fühlte er sich wieder besser, denn er hatte eine Möglichkeit, sich deswegen mit seinem Sohn in Verbindung zu setzen. Leichten Fußes kehrte zum Haus zurück. Es gelang ihm sogar ein Lächeln, als er entdeckte, dass Susie ihre Sportschuhe zurückgelassen hatte. Sie hatte damit ihr Revier abgesteckt und ihm zudem einen zärtlichen Hinweis hinterlassen, dass sie wiederkommen würde.

Am darauffolgenden Morgen verließ Eric fast halbstündlich seinen Arbeitsplatz am Computer und schaute nach draußen, um zu sehen, ob Joe inzwischen die Tageszeitung hereingeholt hätte. Um halb zehn Uhr begann er sich allmählich

Sorgen zu machen, und um zehn Uhr beschloss er schließlich, nicht mehr länger zu warten.

Schon vom Gehweg aus konnte er den Zettel an der Vordertür sehen und riss ihn im Vorübergehen ab. Minutenlang stand er einfach nur da und starrte auf das Blatt Papier, auf dem in sauberen Großbuchstaben sein Name geschrieben stand. Instinktiv ahnte er bereits, was in dem Brief stehen würde.

Warum hatte er die zahlreichen Hinweise übersehen? Im Nachhinein erschienen sie mehr als eindeutig.

Seine Brust wurde von einer solch überwältigenden Traurigkeit erfüllt, dass es ihm die Luft abschnürte. Der Tod gehörte zum Leben. Das war eines der Grundprinzipien, die man ihm in seinem Medizinstudium beigebracht hatte. Und Mitleid konnte sich ein Arzt allenfalls dann erlauben, wenn ein Kind bereits zum Sterben verurteilt war, bevor es überhaupt die Chance hatte, die Schönheit des Lebens zu erfahren. Oder wenn man eine junge Mutter nicht mehr retten konnte, damit sie noch erleben durfte, wie ihre Kinder heranwuchsen. Jeder Arzt, der Karriere machen wollte und gleichzeitig zu viele Gefühle zuließ, war auf dem besten Wege, als vollkommen ausgebrannter Mensch zu enden.

Joe und Maggie hatten ein langes und wunderbares Leben gelebt und waren mit einer Liebe gesegnet gewesen, die so selten vorkam wie heutzutage die Braunbären, die einst frei in den Bergen von Santa Cruz umherstreiften. Es war völlig in Ordnung, dass sie nach einem gemeinsamen Leben auch den gemeinsamen Tod gewählt hatten.

Seine Hand fühlte sich so schwer an wie sein Herz, als er das Blatt auseinanderfaltete, um einen Blick darauf zu werfen. Völlig unvermittelt schossen ihm Tränen in die Augen, und er war kaum mehr in der Lage, die akribisch geschriebenen Sätze zu lesen.

Verdammt noch einmal, er wollte einfach nicht, dass sie tatsächlich tot waren. Er wischte sich mit dem Handrücken die Tränen aus den Augen. Doch wieso war er sich so sicher, dass in diesem Brief genau das stehen würde, was er befürchtete? Plötzlich flackerte in ihm ein Funke Hoffnung auf, so kurz und sprühend wie die Wunderkerzen in seiner Kindheit. Könnte es denn nicht sein, dass Maggie mit ihrer Medikation wieder irgendwelche Probleme bekommen hatte? Vielleicht waren die beiden noch im Krankenhaus und irrten in der Ambulanz umher? Vielleicht wollten sie ihn nur bitten, dass er nachkam, um sie abzuholen?

Doch all seine Hoffnungen wurden bereits im ersten Satz von Joes Brief zerstört.

Lieber Eric,

es tut mir leid, dass ich Sie damit behellige, aber mir ist einfach keine andere Lösung eingefallen. Maggie hat schon vor Monaten beschlossen, ihr Leben auf ihre eigene Weise zu beenden. Ich weiß, dass ich Ihnen nicht erklären muss, warum ich mich entschlossen habe, mit ihr zu gehen, und ich muss Ihnen auch nicht sagen, dass sie von meiner Entscheidung nichts wusste. Eigentlich bin ich davon ausgegangen, dass ich alles Wichtige geregelt hätte, und ich Sie lediglich darum bitten müsste, den Leichenbeschauer anzurufen.

Allerdings hatte ich da noch den Plan gehabt, auch Josi mit uns zu nehmen. Ich habe tatsächlich gedacht, dass es für sie so am Besten wäre. Aber Jason und Susie haben mir klar gemacht, dass ich mich gründlich geirrt habe. Das alte Mädchen hat noch eine ganze Reihe guter Jahre vor sich. Ich habe es einfach nicht übers Herz gebracht, ihr diese zu nehmen. Ganz abgesehen davon weiß ich, dass mir Maggie das niemals verzeihen würde.

Was mich zu meiner Bitte bringt. Könnten Sie sich nach einem neuen Heim für Josi umsehen? Es fällt mir verdammt schwer, Ihnen nicht auch noch eine endlose Liste der Dinge aufzuzählen, die ihre neuen Besitzer beachten sollten. Viel wichtiger ist ohnehin, dass Sie jemanden finden, der Josis Meinung teilt, dass ihm nichts Besseres passieren könnte, als sie bei sich zu haben. Und deshalb denke ich mal, es reicht vollkommen aus, wenn Sie jemanden finden, der genauso denkt.

Sich mit einem Brief zu verabschieden ist nicht leicht. Das Wort Liebe wird inzwischen so oberflächlich benutzt, dass es viel von seiner ursprünglichen Bedeutung eingebüßt hat. Aber ich kenne kein anderes Wort, um das auszudrücken, was Maggie und ich für Sie, Jason und Susie empfunden haben.

Leider Gottes werden wir nicht zu Ihrer Party kommen können, wenn Sie die Filmrechte für Ihr Buch verkauft haben. Bitte stoßen Sie doch mit einem Gläschen auf uns an. Wir werden das auch tun, egal, wo wir uns dann befinden.

Joe.

Eric faltete das Papier langsam zusammen und steckte es in seine Brusttasche. Er würde alles dafür geben, was er hatte – nein, er würde sogar alles geben, was er sich je erhofft hatte – um eine solche Liebe zu erleben, wie sie Joe und Maggie geteilt hatten. Bevor er in das Haus ging, hielt er kurz inne, fuhr sich durchs Haar und atmete tief durch.

Josi rannte ihm miauend entgegen. Sie lief einmal im Kreis herum, schmiegte sich dann eng an seine Beine, machte sich dann erneut zum Schlafzimmer auf, wobei sie mehrmals stehen blieb und über die Schultern blickte, um nachzusehen, ob er ihr auch folgte. Dann sprang sie auf das Fußende des Bettes, auf dem Joe und Maggie lagen, sah Eric an und stieß dann einen lang gezogenen Klagelaut aus.

»Ja, mir geht es genau, Josi«, flüsterte er, als er einen Blick aufs Bett geworfen hatte, »ganz genauso.«

Eric war den restlichen Morgen damit beschäftigt, die Fragen einer Polizeibeamtin zu beantworten. Als er alle Fragen für die Formulare beantwortet hatte, hielt ihm die Polizistin das Bild hin, das Joe bei ihrem Eintreffen noch in der Hand gehalten hatte. Sie wollte wissen, ob er Näheres darüber wüsste. Eric starrte auf Jasons Zeichnung, die er einen Tag nach dem Aufenthalt im Krankenhaus angefertig hatte. Auf der Zeichnung waren er, Jason und Susie zu sehen, im Hintergrund war sein Haus. Er stand in der Mitte, eingerahmt von Jason und Susie. Er und Susie lächelten. Jason hatte auf sein eigenes Gesicht Pünktchen gemalt, die Eric zuerst irrtümlich für Sommersprossen hielt, bis ihm klar wurde, dass es Tränen waren. Jason hob eine Hand hoch, als würde er zum Abschied winken.

»Darf ich das behalten?«, wollte Eric wissen.

Sie überlegte einen Moment. »Klar, ich wüsste nicht, was dagegen spricht.«

Die Art und Weise, wie Jason damit seinen ganz persönlichen Schmerz ausgedrückt hatte, brachte Eric völlig aus dem Gleichgewicht. Er wollte jetzt nur noch weg. »Brauchen Sie mich noch, oder geht das in Ordnung, wenn ich erst einmal nach Hause gehe?« Als sie zögerte, fügte er hinzu: »Ich wohne in dem grün-weißen Haus genau gegenüber.«

»Weiter sollten Sie sich allerdings nicht entfernen, zumindest nicht, solange wir noch hier sind. Vielleicht haben wir ja noch ein paar Fragen.«

»Ich habe nicht vor, irgendwo anders hinzugehen.«

Zu Hause wurde Eric von Josi begrüßt. Sie strich so eng um seine Füße, dass er sich nicht bewegen konnte. Schließlich beugte er sich völlig frustriert nach unten, hob sie hoch und war erstaunt, als sie sich bereitwillig in seine Arme kuschelte.

Er trug sie auf den Armen in die Küche, um sich einen Kaffee aufzubrühen. Als er den Versuch unternahm, sie auf den Boden zu setzen, krallte sie sich mit ihren Pfoten in seiner Schulter fest. Sie rieb ihren Kopf so fest an sein Kinn, dass sich sein Kopf ganz automatisch zur Seite neigte. Ganz offenbar wollte sie irgendetwas, aber was, das war ihm nicht klar. Anscheinend hatte sie bislang weder das Futter noch das Wasser, das er für sie auf den Boden gestellt hatte, angerührt.

Offenbar merkte Josi, dass er einfach nicht verstand, was sie wollte. Also änderte sie ihre Taktik, sprang auf den Boden, rannte zur Vordertür und fing zu jammern an.

Endlich wurde ihm klar, was sie wollte und meinte mit erstickter Stimme: »Sie sind tot, Josi. Ich weiß, wie dir zumute ist, und ich weiß auch nicht, was wir dagegen tun können.«

Nachdem der Leichenbeschauer dagewesen war, um Joe und Maggie abzuholen, kehrte Eric nochmals ins Haus zurück. Er konnte einfach nicht anders, obwohl es keinen Grund dafür gab. Etliche Nachbarn hatten vorbeigeschaut, aber als ihnen klar wurde, dass sie nichts mehr tun konnten, gingen sie wieder heim. In der Luft schien eine kollektive Trauer zu liegen, die alles zum Stillstand brachte, von den üblichen Strandbesuchern einmal abgesehen.

Nachdem alle gegangen waren, senkte sich eine tiefe Stille über das Haus. So sehr sich Eric auch anstrengte, er konnte weder die Geräusche der Wellen, der Möwen oder Vögel am Futterhäuschen hören, die durch den dunklen Vorhang drangen, der sich über alles gesenkt hatte.

Bevor die Polizeibeamtin sich verabschiedete, hatte sie Eric eine Liste von Joe gezeigt, auf der alle Personen standen, die über den Tod der beiden informieren werden sollten. Sie hatte wissen wollen, ob sie sich darum kümmern sollte oder ob er das lieber selber übernehmen würde. Er gab ihr das Versprechen, sich darum zu kümmern, denn er hatte das dringende Bedürfnis, irgendetwas zu tun.

Auf der Liste stand auch der Anwalt, der das Testament verwaltete, sowie ein Wirtschaftsprüfer, der das Testament ausführen sollte, ein Doktor in San Jose, der gleichermaßen Freund wie Arzt war, und ein Nachbar, der unbedingt verständigt werden sollte. Und dann stand auf der Liste auch noch die Telefonnummer der Neptune Society mit dem Zusatz, dass die Verbrennung in einem Krematorium bereits arrangiert sei, die Asche der beiden vermengt und über dem Meer verstreut werden sollte.

Während Eric durch das Haus wanderte, stellte er fest, dass Joe wirklich an alles gedacht hatten. Das Haus war geputzt, Joes und Maggies Habe stand verpackt an der Vordertür, die Lebensmittel waren aus den Küchenschränken ausgeräumt mit der schriftlichen Bitte, die gesamte Habe an ein Obdachlosenheim zu geben.

Selbst vor ihrem Tod hatten Joe und Maggie wie zu Lebzeiten gehandelt, und alles, was sie entbehren konnten, an andere weitergegeben.

10

Eric hatte beschlossen, erst einmal eine Woche verstreichen zu lassen, bevor er nach Sacramento fahren würde, um die Nachricht von Joes und Maggies Tod seinen Kindern Jason und Susie persönlich beizubringen. Er brauchte erst einmal Zeit, um selbst mit dem Tod der beiden fertig zu werden und auch, um die nötigen Telefonate auf Joes Liste abzuwickeln. Außerdem wollte er unbedingt Julia die traurige Nachricht persönlich mitteilen, doch seine Versuche, sie zu erreichen, mißlangen alle.

Tags darauf, während es sich Josi auf seinem Manuskriptstoß bequem machte und ihn anstarrte, versuchte er zuerst, Julia in ihrer Firma zu erreichen und dann bei ihr zu Hause. Die Haushälterin teilte ihm mit, dass Julia vor einer Stunde das Haus verlassen hätte, und ihre Assistentin informierte ihn darüber, dass Julia für mehrere Tage nicht ins Büro kommen würde.

Danach versuchte er zu arbeiten, gab aber schließlich auf, weil er sich nicht konzentrieren konnte. Deswegen ging er in die Küche, um sich an diesem Vormittag bereits die fünfte Tasse Kaffee aufzubrühen. Irgendwann einmal kehrte er wieder zu seinem Computer zurück und starrte auf den leeren Bildschirm. Josi machte einen Satz von seinem Schreibtisch und lief zur Vordertür, stellte sich dort auf die Hinterbeine und schlug mit einer Pfote auf die Türklinke.

»Ich dachte, du bist eine waschechte Hauskatze, Josi«, wunderte sich Eric.

Sie sah ihn nur an und maunzte.

Er hatte sich immer noch keine Gedanken darüber gemacht, was mit ihr geschehen sollte. Er selbst hatte nie eine

Katze besessen, nicht einmal als Kind, und er hatte keine Ahnung, um was man sich außer Futter, Wasser und einem Katzenklo noch kümmern musste. Die beste Lösung wäre natürlich gewesen, sie den Kindern zu überlassen. Aber Shelly litt an Asthma und reagierte auf fast alle Vierbeiner allergisch.

Josi hörte nicht auf zu miauen und legte schließlich auch noch ihre zweite Pfote auf die Türklinke.

Eric erhob sich und öffnete die Tür einen Spalt weit, weil er wissen wollte, was die Katze machen würde. Sie steckte die Schnauze ins Freie hinaus, und ehe er es verhindern konnte, quetschte sie zuerst ihren Kopf und dann auch ihren Körper durch den offenen Türspalt.

»Josi – komm zurück«, rief er, während sie sich aus dem Staub machte. Er riss die Tür auf, um ihr zu folgen. Niemals hätte er gedacht, dass eine derartig schwere, große Katze so schnell sein konnte, denn als er endlich die vordere Veranda erreicht hatte, war sie bereits verschwunden. Schließlich entdeckte er sie an der Vordertür von Joes und Maggies Haus. Mit aller Kraft drückte sie gegen die Tür, als würde sie davon ausgehen, dass sie sich durch einen unsichtbaren Spalt zwängen könnte, um ins Haus zu gelangen. Als er versuchte, sie hochzuheben, zischte sie ihn an und gab dann einen tiefen, kläglichen Laut von sich.

Eric zog den Hausschlüssel aus der Tasche und öffnete für sie die Tür.

Sofort raste sie in den rückwärtigen Teil des Hauses, durchquerte danach alle Räume, wobei ihr Gejammer immer verzweifelter wurde.

»Sie sind nicht mehr da«, erklärte Eric mit einem bedauernden Ausdruck in den Augen, als sie ins Wohnzimmer zurückkam. »Ich weiß ja, dass ich dir nicht viel bedeute. Aber ich bin nun einmal der Einzige, der jetzt noch für dich da ist.« Erst in diesem Moment wurde ihm bewusst, dass er längst beschlossen hatte, sie trotz seiner riesengroßen Zweifel selbst zu behalten.

Er hörte, dass ein Auto in die Einfahrt bog und sah auf die Uhr. Er hatte die Leute vom Obdachlosenheim angerufen und sie gebeten, die Kisten voller Kleidung und Lebensmittel abzuholen. Doch sie meinten, sie würden es erst im Laufe des Nachmittags schaffen, wegen der Sachen vorbeizukommen. Er ging zum Fenster, und als es sah, dass Julia draußen aus dem Auto stieg, verspürte ein leichtes Grummeln im Magen.

Er kam ihr an der Tür entgegen. »Was machen Sie denn hier?«, wollte er wissen.

Sie schien ganz offensichtlich überrascht, ihn dort vorzufinden und wich einen Schritt zurück. »Die Polizei hat mich verständigt.«

»Gott, es tut mir so leid, dass Sie es auf diese Weise erfahren mussten. Ich wollte zu Ihnen fahren, um es Ihnen persönlich mitzuteilen, aber es gab da einige Dinge, die ich zuerst erledigen musste.«

»Dann stimmt es …?« Sie warf einen Blick ins Haus. »Sie sind tot?« Ihre Stimme wurde zu einem Flüstern. »Beide?«

Sie schien völlig in sich zusammenzusacken, und die Schultern ihres Armani-Anzuges wirkten mit einem Mal viel breiter, als wäre sie geschrumpft und würde darin verschwinden. »Ich habe gehofft, dass es sich um ein Missverständnis handeln würde, ich habe darum gebetet.«

Er nahm sie in die Arme, weil er befürchtete, dass sie in der nächsten Minute ohnmächtig werden könnte. Sie klammerte sich an ihn, als würde sie im freien Fall in der Luft schweben, und er der Einzige mit einem Fallschirm wäre. Ihr schmaler Körper wurde von unheimlichen, leisen Schluchzern erschüttert.

Eric brachte sie ins Haus. Sie saßen gemeinsam auf dem Sofa, während er sie weiterhin sanft wiegte. Als ihr Schluchzen abebbte, versuchte sie, sich aus seiner Umarmung zu befreien. Aber er ließ sie nicht los und gab ihr auf sanfte Weise zu verstehen, dass es völlig in Ordnung sei, neben ihm zu bleiben. Sie entspannte sich in seinen Armen, als hätte seine körperliche Nähe ihre Bedenken zerstreut.

Er reichte ihr ein paar Taschentücher aus dem Karton auf dem Beistelltisch. Sie wischte sich die Augen trocken, schnäuzte sich die Nase und meinte schließlich: »Wissen Sie, wieso sie es getan haben?«

»Meiner Vermutung nach, weil Joe sich ein Leben ohne Maggie nicht vorstellen konnte.«

»Das verstehe ich nicht. Wie ist er auf den Gedanken gekommen –«

»Sie hatte Krebs. Und zwar in einem ziemlich fortgeschrittenen Stadium, soweit ich das beurteilen konnte. Es war nur eine Frage der Zeit, und ich denke, dass sie den Zeitpunkt dafür selbst bestimmen wollte.«

»Als ich sie im März zum letzten Mal gesehen habe, hat sie nicht mit einem einzigen Wort erwähnt, dass etwas mit ihr nicht in Ordnung war.«

»Ich bin mir sicher, sie hatte keine Ahnung davon, dass Joe mit ihr sterben wollte.« Geistesabwesend fuhr er mit seiner Hand ihren Arm entlang. Die weiche Wolle fühlte sich unter seiner Berührung so sanft wie Seide an. »Ich verstehe nur nicht, wieso sie es ausgerechnet hier getan haben?« Seit Eric die beiden im Haus aufgefunden hatte, hatte diese Frage ihn beschäftigt. Keinem war entgangen, dass die beiden sich wirklich große Sorgen um Julia gemacht hatten. Wieso waren sie also in ihrem Haus aus dem Leben geschieden, wenn sie doch wussten, dass sie damit Julias Trauer nach Kens Tod noch zusätzlich verstärken würden?

Sie legte ein Taschentuch über ihren Schoß und fing mechanisch an, es zusammenzufalten, bis schließlich nur noch ein kleines Viereck übrig war. »Wahrscheinlich gab es einfach keinen anderen Ort, an dem sie es sonst hätten machen können. Und Maggie wusste auch, dass ich Verständnis dafür haben würde.« Ihre Hände umklammerten das Taschentuch. »Denn sie musste ja davon ausgehen, dass Joe nach ihrem Tod weiterhin in ihrem gemeinsamen Heim leben würde. Und wahrscheinlich wollte sie einfach nicht, dass für ihn dort die Erinnerungen an ihren Tod präsent sein würden.«

Obwohl Eric in seinem Leben schon sehr oft diese Form der intuitive Verbindung zwischen Frauen erlebt hatte, verblüffte ihn das nach wie vor doch immer wieder aufs Neue. Und deswegen zweifelte er keine Sekunde lang daran, dass Julia mit dieser Vermutung recht haben könnte. Ihre Erklärung ergab absolut einen Sinn. Es klang so einleuchtend, als hätte es Maggie Julia selbst erzählt, als hätte sie ihrer Freundin eine unsichtbare Kapsel mit all ihren Gedanken und Gefühlen hinterlassen, die es zu entdecken gab.

»Ich weiß, was für große Stücke die beiden auf Sie gehalten haben«, erklärte Eric. Eigentlich hatte er das nur gesagt, weil er sie trösten wollte. Aber mit diesen Worten löste er nur einen neuerlichen Tränenstrom aus.

»Mein Gott, ich will nicht, dass sie tot sind.«

Er ließ seinen Blick über die Koffer und Kartons schweifen, die neben der Vordertür aufgereiht standen, über Josi, die am Vorderfenster saß und auf die Rückkehr von Joe und Maggie wartete, und die Spuren der Leichenbahre auf dem Teppich. Wenn er sich in diesem Zimmer bereits unwohl fühlte, wie musste es dann wohl erst Julia gehen? Er stand auf und streckte eine Hand nach ihr aus. »Wir sollten hier raus.«

»Wohin?«

»Zu mir. Ich mache Ihnen etwas zum Mittagessen.«

»Ich habe keinen Hunger.«

»Wie wäre es mit Kaffee?«

Sie sah sich im Wohnzimmer um. »Ich sollte – «

»Vergessen Sie es«, erwiderte er. »Was auch immer gemacht werden ›sollte‹, ich werde mich später darum kümmern. Im Moment mache ich mir eher Sorgen um Sie.«

Sie wischte sich mit ihren spitz zulaufenden Fingern über die Wangen. Ihre Nägel waren auf praktische Art kurz geschnitten und perfekt poliert.

»Mit geht es gut.« – »Natürlich.« Er half ihr hoch und führte sie zur Tür.

»Und was machen wir mit Josi?«, wollte sie wissen.

»Ich werde sie später holen.« Jeder konnte sehen, dass die Katze gerade ihre eigene Trauerphase durchlebte und sich nicht von der Stelle rühren würde, bevor nicht auch sie akzeptiert hatte, dass Joe und Maggie für immer gegangen waren.

Julia wartete mit verschränkten Armen vor der Brust, bis Eric die Tür abgeschlossen hatte. »Jemand hat sich im Garten nützlich gemacht«, stellte sie fest, »die Blumen sehen wunderschön aus.«

Aus reinem Selbstschutz konzentrierte sie sich auf etwas vollkommen Unwesentliches, wie auch Menschen, die kurz vor einer lebensbedrohlichen Operation standen, sich damit ablenkten, die Fliesen auf der Zimmerdecke zu zählen. »Joe hat Jason inzwischen ein bisschen was über Gartenarbeit beigebracht.«

»Jason?«

»Mein Sohn.«

Sie drückte ihre Handfläche auf die Stirn, als wollte sie damit aufziehende Kopfschmerzen abwenden. »O, ja, natürlich. Sind Jason und seine Schwester denn immer noch hier?«

»Sie sind vor zwei Tagen heimgefahren.«

»Ach, tatsächlich ...« Julia runzelte die Stirn, als würde sie über irgendetwas nachdenken. »Maggie und Joe haben also noch gelebt, als sie abgereist sind?«

Eric nickte.

Plötzlich schien es, als hätte sie etwas begriffen.

»Dann hatte Maggie den Zeitpunkt ihres Tod eigentlich auf ihren Geburtstag in der letzten Woche gelegt,« erklärte sie voller Überzeugung. »Aber da konnte sie es nicht machen, weil die Kinder noch da waren. So war sie eben. Sogar als es mit ihr zu Ende ging, hat sie zuerst einmal an die anderen gedacht.«

Eric neigte den Kopf zur Seite und begann, einen verspannten Muskel in seinem Nacken zu massieren. Er bemerkte, dass Julia Pumps mit acht Zentimeter hohen Absätzen und hauchdünne, glänzende Seidenstrümpfe trug. »Eigentlich wollte ich vorschlagen, dass wir einen Spaziergang am Strand machen. Aber so können Sie nicht mitkommen.« Er musste unbedingt das Haus verlassen, und sei es nur für kurze Zeit. »Vermutlich haben Sie nichts anderes zum Anziehen mitgebracht?«

»Der Anruf der Polizei kam genau in dem Moment, als ich in die Firma fahren wollte.« Sie schaute kurz hoch, weil sie das Geräusch eines herannahenden Autos gehört hatte. »Ich bin sofort losgefahren. Warum, weiß ich auch nicht. Man sagte mir, das wäre nicht nötig.« Und dann fügte sie mit so leiser Stimme hinzu, dass Eric Schwierigkeiten hatte, sie zu verstehen: »Ich musste es einfach.« Sie hielt inne und presste eine Hand auf den Mund, um ein Schluchzen zu unterdrücken. »Ursprünglich hatte ich ja geplant, letzte Woche zu Maggies Geburtstag herzukommen. Aber dann waren da diese ganzen gottverdammten Sitzungen ... Vielleicht hätte ich Sie ja umstimmen können, wenn ich dagewesen wäre.«

»Hätten Sie nicht«, erklärte er.

»Wieso sind Sie sich da so sicher?« Sie warf ihm einen flehenden Blick zu, als würde sie inständig darauf hoffen, er würde ihr eine Antwort geben, die einleuchtend klang.

»Maggie hatte Krebs, Julia. Sie lag im Sterben. Egal, was Sie getan oder gesagt hätten, Sie hätten daran nichts ändern können.«

»Aber wenigstens hätte ich sie dann noch einmal gesehen«, sagte sie und es klang, als würde sie vor Reue fast ersticken.

»Das hätte Ihnen den Abschied sicher doppelt schwer gemacht.«

»Aber was sie getan haben, war einfach nicht richtig. Sie hätten niemals auf diese Weise sterben dürfen. Das Leben ist viel zu kostbar, um auch nur Minuten davon zu verschenken.«

Sie hatte ganz bestimmt noch nie einen Menschen gesehen, dessen Krebserkrankung sich im Endstadium befand. Maggies Schmerzen waren nur der Anfang gewesen. Die Betäubungsmittel, die sie hätte einnehmen müssen, um überhaupt den nächsten Tag zu überstehen, hätten die Maggie, die Joe gekannt und geliebt hatte, völlig zerstört. Ihr letzter Atemzug wäre mehr oder minder nur eine Art von Formalität gewesen.

Bei Erics Haus angekommen, öffnete er die Tür und ließ Julia ins Haus. Sie stand in der Mitte des Raumes, verloren und unsicher, als wüsste sie nichts mit sich anzufangen.

»Möchten Sie lieber einen Tee haben?«, wollte er wissen.

Mit leerem Blick starrte sie ihn an.

»Ich meine, statt Kaffee. Ich habe aber auch Soda da.«

»Ich glaube, dass ich im Moment gar nichts möchte. Vielleicht später.« Sie ging zum Fenster und blickte auf den Ozean hinaus. »Die Vorstellung, dass ich mich früher unglaublich darauf gefreut habe hierher zu kommen, fällt mir manchmal sehr schwer.«

»Und jetzt fühlen Sie wieder genauso?«

Sie schüttelte den Kopf. »Auf dem Weg hierher habe ich beschlossen, dass es das letzte Mal sein wird, dass ich hierher komme. Der Immobilienmakler, den ich hier im Mai konsultiert habe, meinte ohnehin, ich müsste für den Verkauf des Hauses nicht herkommen, weil man das alles per Mail abwickeln könnte.«

Der Gedanke, sie möglicherweise nie mehr wiederzusehen, traf Eric so unerwartet wie eine Welle, die einem den Boden unter den Füßen wegzieht. »Ist das Ihre Art mit allen Problemen umzugehen – einfach wegzulaufen?«

Sie wandte sich zu ihm, ihr Gesicht hochrot vor Wut.

»Wie können Sie es nur wagen, so etwas zu sagen? Sie wissen gar nichts über mich, über meine Probleme, oder wie ich damit umgehe!«

Er hatte zwar eine Reaktion erwartet, aber nicht eine solch heftige.

»Sie haben keine Ahnung von meinem Leben«, fuhr sie fort. »Jeden Tag versuche ich, eine Aufgabe zu bewältigen, für die Leute, die mir unterstellt sind, zehnmal besser qualifiziert sind. Ich beiße mir die Finger wund, weil ich weiß, dass die Hälfte der Belegschaft, die Ken dabei geholfen hat, die Firma zu dem zu machen, was sie heute ist, mit ziemlicher Sicherheit ihre Arbeitsplätze verlieren würde. Das kann ich ihnen nicht antun ... egal, was ich mir selber damit antue.«

Julia wandte ihm den Rücken zu, schloss die Augen und biss sich auf die Lippen. Aber es war bereits zu spät. Sie hatte ihm in ihrer Wut Worte an den Kopf geworfen, die sie nicht mehr zurücknehmen konnte. Was war bloß mit ihr los? Wieso hatte sie ausgerechnet Eric so attackiert, der so wahnsinnig bemüht war, ihr zu helfen?

Sie fuhr hoch, als sie spürte, wie er ihren Arm berührte. Er drehte sie zu sich und zwang sie damit, ihn anzusehen. Doch seine Augen zeigten keine Wut, wie sie es eigentlich erwartet hatte. Etwas anderes war darin zu lesen, was sie jedoch nicht verstand. »Es tut mir leid«, meinte sie. »Wahrscheinlich habe ich einfach nur einen Blitzableiter gebraucht, und zufällig hat es eben Sie getroffen. Ich weiß, das ist nicht gerade eine tolle Entschuldigung, aber die einzige, die habe.«

Als er sie plötzlich küsste, war sie mindestens genauso überrascht wie er selbst. Doch als er seinen Mund auf ihren drückte, folgte er nur seiner ungezügelten Leidenschaft und seinem Begehren, und hatte dabei weder Freundschaft, Verständnis oder Zärtlichkeit im Sinn. Julia reagierte zuerst zögerlich auf sein forsches Drängen, gab aber dann ihrem körperlichen Bedürfnis nach, das ihr instinktiv zu verstehen gab, dass auch sie sich sehnlichst das wünschte, was er wollte.

Seit über einem Jahr waren der Tod und seine Folgen ihre einzigen, ständigen Begleiter gewesen. Egal, wo sie war oder was sie unternahm, ihre Erinnerungen, Bedürfnisse, Erwartungen und ihre Einsamkeit wurden davon bestimmt. Jeder Feiertag, jeder Geburtstag, jede Einladung zum Abendessen mit einer ungeraden Zahl an Gästen, der nicht abreißende Strom an Mails, die immer noch mit Kens Namen versehen waren, die Firmensitzungen, auf denen Ken präsenter war als sie selbst … das alles wirkte sich auf ihren seelischen Zustand aus, als würde man aus einem Marmorblock unablässig kleine Stückchen herausschlagen.

Als sie am Vormittag den Anruf erhalten hatte und erfuhr, dass Joe und Maggie tot waren, hatte sie dieser weitere Schlag vollkommen aus der Fassung gebracht. Und jetzt bot ihr Eric die Chance an, das Leben neu zu genießen. Warum, das spielte keine Rolle. Beherrschung und Vernunft waren in diesem Drama nur gleichwertige Spielverderber.

Sie legte die Arme um seinen Nacken und drückte sich an ihn. Sie öffnete ihren Mund für einen tiefen Zungenkuss, und er spielte mit ihrer Zunge, die ihm so bereitwillig entgegenkam, dass es auch nicht den Hauch von Zweifel über ihre Absichten gab. Sie spürte den Atem in seiner Brust und hörte sein Seufzen, das sich zu einem Stöhnen reinster Lust steigerte.

Julia zog das T-Shirt aus Eric Jeans, ließ ihre Hände über seinen festen, muskulösen Rücken gleiten und krallte sich mit den Fingernägeln fest, während ihre Hände erneut bis zu seinen Hüften wanderte. Es war nicht ihre Art, Liebe zu machen, und auch nicht ihre Art, wie sie geliebt werden wollte, es war eher ein Hilfeschrei.

Eric wich zurück, hielt sie an den Händen fest und sah ihr tief in die Augen. »Willst du es denn wirklich?«

»Ist es nicht das, was du willst?«

»Ich habe dich gefragt.«

»Ja – genau das möchte ich.«

»Ich habe keine Kondome da.«

»Ich bin bereit, das Risiko einzugehen.« Er zögerte, und sie fühlte sich plötzlich wie eine Gestrandete auf dem Meer, an der das Rettungsboot vorbeigesegelt war. »Aber du nicht.«

Erst in diesem Moment wurde ihm wirklich bewusst, wie sehr er sie begehrte. »Verdammt noch mal, nein«, erwiderte er mit rauer Stimme. Fest entschlossen, seinen Wünschen zu folgen, die auch ihre waren, streichelte er mit seinen Händen über ihre seidenweiche Kleidung, zog ihre Jacke zur Seite, um sie ihr von den Schultern zu streifen. In der hintersten Ecke seines Bewusstsein meldete sich eine mahnende Stimme, die ihm riet, nicht weiterzugehen, sondern sich darüber klar zu werden, was er eigentlich tat. Die Stimme forderte, dass er an die möglichen Folgen denken sollte, verantwortungsvoll und klar denkend, wie der Mann, der er normalerweise war. Doch zum ersten Mal in seinem Leben ignorierte er seine innere Stimme und ließ sich, ohne es zu merken, ausschließlich von seinen Instinkten leiten.

Eric küsste Julia mit heißem Atem und forderndem Mund, bis sich erregt eng an ihn schmiegte. Er zog ihr das Oberteil aus und legte die Hände um ihre Brüste. Als er ihre von Spitzen bedeckte Brustwarzen mit seinen Daumen liebkoste, verstärkte sie seinen Druck, indem sie sich weit nach hinten lehnte.

»Zieh das aus«, forderte er.

Sie griff hinter ihren Rücken, um den BH zu öffnen, während er ihr die Träger über die Schultern streifte. Er hielt ihre Brüste umfangen, nahm eine ihrer Brustwarzen in den Mund und begann, daran zu saugen. Julia durchfuhr ein Schauer bis hinunter zu ihren Zehenspitzen. Sie legte den Kopf zurück und biss sich auf die Lippen, um einen Schrei zu unterdrücken.

Sie nahm kaum wahr, dass er den Reißverschluss ihres Rockes öffnete, der über ihre Hüften und Oberschenkel glitt und zu Boden fiel. Er schob seine Finger unter das Gummiband ihrer Strumpfhose und zog sie ihr über den Po und die Beine. Sie schaute auf ihn herab, während sein Kopf auf ihrem Bauch ruhte, und er ihr zuerst den einen, dann den anderen Schuh auszog. Auf diese Weise war es ihr nicht möglich, sich noch fester an sein Gesicht zu pressen, dafür konnte sie aber ihr wahnsinnig heftiges Verlangen etwas bremsen, das ihr fast den Verstand raubte.

»Bitte …«, flehte sie seufzend und erschrak zutiefst, als sie merkte, dass sie selbst das gewesen war. Noch niemals zuvor hatte sie um irgendetwas gebettelt, und sie verachtete sich, weil sie auf einmal die Kontrolle über sich verlor. Inständig hoffte sie, dass er es einfach nicht gehört hatte.

Sie wollte gerade über seinen Kopf streicheln, als sie seine Hand auf der Innenseite ihrer Schenkel spürte, begleitet von seinem heißen, vielversprechenden Atem. Und dann spürte sie, wie etwas ihre intimste Stelle berührte, die mittlerweile heiß erblüht war. Ob es seine Zunge oder einer seiner Finger war, konnte sie nicht sagen, aber ihr war, als würden Schockwellen durch ihren Körper rasen. Sie begann zu zittern und klammerte sich mit beiden Händen an seinen Schultern fest, um nicht nach hinten zu kippen.

Einer Gefühlswelle nach der anderen erfasste sie, als würde sie mitten in einer en Brandung stehen. Ihre Beine begannen zu zittern. Sie presste sich eng an Eric, klammerte sich an ihn, als könnte nur er ihren Fall verhindern. Sekunden später waren die Zuckungen derart heftig, dass ihr Körper sich wie von allein erhob und sich einfach drehte. Der allerletzte Anschein von Beherrschung war dahin. Ihre Gefühle waren übermächtig, und sie schrie einfach los.

Als sie fühlte, dass sie kurz vor einem Orgasmus stand, erhob sich Eric, zog sie in seine Arme und trug sie ins Schlafzimmer. Er zog sich aus, und sie war nicht darauf gefasst, dass dies bei ihr erneut ein derartig großes Vergangen nach ihm auslösen würde. Er legte sich auf sie und drang in sie ein. Seine Bewegungen waren so heftig, dass sie gar nicht anders konnte, als in gleicher Weise darauf zu reagieren. Mit einem heftigen Auf und Ab ihrer Hüften beantwortete sie seine Stöße, als er tiefer in sie drang. Julia konnte nicht genug davon bekommen, wie sich ihre eng verschlungenen Körper aneinander rieben. Sie umklammerte ihn mit den Armen und Beinen und stöhnte seinen Namen, als wäre es das Schlüsselwort, mit dem sich das Tor zum Königreich öffnen ließe.

Allmählich verlor sie gänzlich die Kontrolle über sich, als der Gefühlsstrudel ihr Bewusstsein außer Gefecht setzte. Und dann, mit einem Mal, war alles vorbei. Sie biss in seine Schulter, um einen Schrei zu unterdrücken, während er sich mit dem Rücken aufbäumte, um noch tiefer in sie einzudringen.

Danach rollte Eric sich mit ihr in die Seitenlage und nahm sie beschützend in seine Arme, wischte ihr die Haare aus dem Gesicht, die sich aus ihrem sorgfältig geflochtenen Zopf gelöst hatten, und küsste ihr den Schweiß von der Stirn.

Julia lag bewegungslos da, nahm seine Zärtlichkeiten hin und wunderte sich über sein tiefes Einfühlungsvermögen. Verzweifelt kämpfte sie gegen ihre Selbstvorwürfe und versuchte, ihre Fassung wiederzufinden. Als sie sich nach einigen Minuten immer noch nicht bewegt hatte, stützte sich Eric auf seine Ellbogen, schaute sie an und meinte: »Geht es dir gut?«

11

»Mein Gott«, wisperte Julia mit erstickter Stimme. »Was haben wir bloß getan?« Sie verschränkte die Arme über der Brust, richtete sich auf und wandte ihm den Rücken zu, als könnte sie seine Anwesenheit damit einfach ausblenden.

Eric richtete sich neben ihr auf. Eine so heftige Reaktion hatte er nicht erwartet, allenfalls Fragen, denn er hatte ja bei Gott selbst eine ganze Menge davon. »Wir haben uns geliebt«, beantwortete er ihre offenbar rein rhetorische Frage.

»Wir hatten Sex«, korrigierte sie ihn.

»Du kannst es nennen, wie du willst. Ich jedenfalls bereue nicht, was passiert ist.«

»Ich aber schon.« Sie griff nach seinem Hemd und hielt es schützend vor sich.

»Ich gehe mal davon aus, dass du so etwas bis jetzt noch nie getan hast?«

Sie nickte. »Absolut richtig.«

Zu gerne hätte er sie tröstend in seine Arme geschlossen, war sich aber sicher, dass sie sich dagegen wehren würde. »Wie fühlst du dich?«

»Bist du verrückt?« Sie versuchte vergeblich, ihr zerzaustes Haar mit den Fingern zu ordnen. »Was glaubst du wohl, wie ich mich fühle?« Sie verbarg ihr Gesicht in den Händen, während sie ihre Frage selbst beantwortete. »Billig – und dumm.«

Er zog ihr die Hände vom Gesicht und zwang sie, ihn anzusehen. Nachdem sie sich eine Weile intensiv in die Augen geschaut hatten, sagte er: »Eines hast du vergessen – tief befriedigt.«

Sie errötete von ihrer Brust aufwärts über den Nacken bis zu ihrem Gesicht. »Ja, das auch«, gab sie leise zu.

Er beugte sich zu ihr, küsste sie und lächelte.

»Du hast nicht gefragt, wie ich mich fühle.«

»Ich kann das nicht einfach so auf die leichte Schulter nehmen.«

»Das habe ich doch nicht verlangt. Ich will nur nicht, dass du die Sache zu etwas abwertest, was es gar nicht war.«

»Zum Beispiel?«

»Ich wollte –« Er verstummte. Warum sagte er nicht, was er meinte? »Ich habe es genauso dringend gebraucht wie du auch.«

»Ich weiß, dass das ziemlich unglaubwürdig klingt. Aber der einzige Mann, mit dem ich jemals Liebe gemacht habe, war Ken …«.

Sie neigte den Kopf zurück und starrte zur Decke. »Ich meine, vor dir.«

»Wieso glaubst du, dass ich dir das nicht abnehmen werde?«

»So, wie ich mich verhalten habe.«

»Wenn wir schon bei Geständnissen sind, dann sollte ich dir wahrscheinlich sagen, dass du meine erste Frau seit Shelly bist.«

Sie drehte sich um, vergaß dabei, ihre Brüste mit seinem Hemd zu bedecken, und schaute ihn an. »Du nimmst mich auf den Arm.«

»Warum sollte ich dich in diesem Punkt belügen?«

»Weil Männer nicht …« Sie beendete ihren Satz nicht.

»Sie machen was nicht, Julia?«

Sie zuckte mit den Schultern. »Sie sind viel freier, wenn es um ihre … für sie ist es viel leichter …«

»Ich kann nicht für die anderen Männer sprechen, die du kennst. Aber ich habe Sex nie als Sportart für beliebige Kontakte angesehen. Auch wenn es mich so wie dich einfach überrannt hat«, erklärte er, »habe ich ganz genau gewusst, was ich da tue. Ich wollte mit dir Liebe machen, und zwar schon kurz nach unserer allerersten Begegnung.«

»Wieso?«

»Ich weiß nicht, ob ich das wirklich in Worte fassen kann.«

»Du bist doch Schriftsteller, Eric.«

»Es gibt Tage, an denen ich selbst das infrage stelle.«

Vergeblich bemühte sie sich, eine gewisse Unaufrichtigkeit aus seiner Stimme herauszuhören, aber letztendlich drückte er nur ihre eigenen Gedanken und Gefühle aus, mit einer Ehrlichkeit, die sie seit Kens Tod nicht mehr gewohnt war. Nicht nur ihre Freunde, auch die Männer und Frauen, die in der Firma zu ihren Beratern geworden waren, ja selbst ihre eigene Familie, hatten keine Lust zuzuhören, wenn sie versuchte, ihre Ängste und Zweifel auszudrücken, von denen sie seit einem Jahr geplagt wurde.

Sie griff nach seiner Hand. »Jetzt würde ich sehr gerne einen Tee trinken.«

Er hauchte ihr einen Kuss auf die Lippen, schnappte sich seine Jeans und das Hemd und zog sich an, bevor er zum Schrank ging, um für sie seinen Morgenmantel herauszuholen. Er zeigte auf eine Tür und meinte: »Das Badezimmer ist dort. Nimm dir, was du brauchst.«

Sie steckte die Arme in den karierten Flanellmantel, raffte den Stoff zusammen und wickelte sich den Gürtel doppelt um die Hüften. »Auch die Zahnbürste?«

»Auch die Zahnbürste«, erwiderte er ohne zu zögern.

Natürlich hatte sie nicht vor, seine Zahnbürste zu benutzen. Aber sie wollte ihn ein bisschen testen, aus reiner Neugierde, wie er darauf reagieren würde. Aus irgendeinem albernen Grund gefiel Julia seine Antwort. »Ach, übrigens ...«

»Ja?«

»Der Bart gefällt mir.«

Er griff sich automatisch an die Lippen. »Ich habe schon überlegt, ihn abzurasieren.«

»Bloß nicht.« Er lächelte. »Gut.« Erst als sie allein im Badezimmer stand, überlegte sie, was sie denn zu dieser Bitte bewegt hatte. Gab es denn irgendeinen einleuchtenden Grund, weshalb sie ihn gebeten hatte, seinen Bart nicht abzurasieren? Sie bezweifelte entschieden, dass sie sich nach ihrer Abreise noch einmal sehen würden.

Eric stellte den Teekessel auf den Herd, füllte dann eine Schale mit Futter und eine mit Wasser für Josi, die er ihr ins Haus nebenan brachte.

Die Katze kam ihm erwartungsvoll entgegen, als er die Tür öffnete, aber er konnte ihre Enttäuschung fast spüren, als sie merkte, dass nur er es war. Er ging in die Hocke und streichelte sie. Für kurze Zeit ließ sie ihn gewähren, doch dann zog sie sich wieder auf ihren Stammplatz auf dem Fensterbrett zurück.

Als er ins Haus zurückkehrte, kochte das Wasser im Teekessel. Er nahm zwei Teebecher, gab in jeden einen Beutel Earl Grey und brachte sie ins Wohnzimmer. Er starrte gerade zum Fenster hinaus und beobachtete einen rot-gelben Drachenflieger, der über den grauen Himmel segelte, als er wahrnahm, dass Julia ins Zimmer kam.

Sie sagte nichts, sondern blieb einfach neben ihm stehen, aber von ihrem Schweigen ging ein Gefühl von Behaglichkeit aus. Er roch ihr Parfum und wusste, dass dieser herbe Geruch ihn immer an sie erinnern würde. Dieser Duft würde jedesmal aufs Neue die Erinnerungen an diesen Augenblick auslösen, und damit auch das Kaleidoskop an Gefühlen, deren Form, Farbe und Intensität sich ständig verändert hatten, während sie durch seinen Kopf wirbelten.

Eric verursachte es fast körperliche Schmerzen, als sie neben ihm stand, weil er sich zutiefst nach einer Berührung von ihr sehnte, die keinem sexuellen Bedürfnis entsprang, sondern Ausdruck großer Zuneigung war. Er hatte das Gefühl, es sei schon eine Ewigkeit her, seit er diese Art der Intimität erlebt hatte, die mit Fürsorglichkeit einherging, mit einem beruhigenden Händedruck, einer tröstenden Umarmung, einem Kuss, der einfach nur ausdrückte: »Ich bin da.« Er sehnte sich so sehr danach, das alles in seinem Leben noch einmal zu erleben.

Und mehr noch, er wünschte sich eine harmlose Plauderei am Kaminfeuer, wollte mit jemandem Käse, Cracker und eine Flasche Wein auf einem grünen Hügel teilen oder einen Witz, bei dem man die Pointe versaute, der genau wegen dieser ungeschickten und vertrauten Art ihn zu erzählen, so komisch war. Er wollte endlich wieder auf eine Party gehen und sicher sein, dass jemand seinen Blick erwiderte, wenn er sich im Raum umsah.

»Kannst du das auch?«, wollte Julia wissen. »Drachenfliegen, meine ich.«

Endlich sah er sie an. Sie trug ihre Haare offen, hatte sich also nicht die Mühe gemacht, sie wieder hochzustecken. Der Versuch, sie mit den Fingern zu ordnen, war misslungen. Doch mit dieser im Bett zerzausten Frisur sah sie unglaublich sexy aus. Aber hätte sie das gewusst, wäre sehr wahrscheinlich entsetzt gewesen.

»Ja, und zwar mit Augenbinde und mit meinen Händen auf den Rücken geschnallt.«

Sie zog eine Augenbraue hoch und meinte: »Das würde ich aber zu gerne sehen.« Er lachte. »Ich auch.«

»Ich sollte mich anziehen.«

»Wieso?«

Die Frage überraschte sie vollkommen. »Ich weiß nicht, vermutlich weil ich mich ein bisschen seltsam fühle in deinem Bademantel.« Was erstaunlicherweise überhaupt nicht der Fall war. Es war ihr schicklich erschienen, das zu sagen. In Wahrheit fühlte sie sich rundum wohl und ausgeglichen, es ging ihr gut. Der alte Bademantel war so oft gewaschen, dass sich der Flanellstoff auf ihrer nackten Haut so weich wie Daunen anfühlte. »Außerdem bist du auch angezogen.«

Er breitete die Arme aus. »Entweder das oder gar nicht.« – »Dann gehörst du also zu der Sorte Mann, die immer dasselbe anzieht. Das gefällt mir.«

Er kehrte zu einem ernsten Tonfall zurück und meinte: »Ich gehöre auch zu der Sorte Mann, die immer nur eine Frau haben.« Als Eric registrierte, dass sie sich nach dieser Bemerkung sichtlich unwohl fühlte, ließ er es dabei bewenden. Er griff nach dem blauen Teebecher und reichte ihn ihr.

Julia drückte den Teebeutel aus und ließ ihn auf einen leeren Teller fallen, der neben Erics Computer stand, bevor sie einen Schluck Tee nahm.

»Genau richtig.« Sie nach dem Becher in beide Hände, um sie zu wärmen. »Es ist unglaublich kalt für einen Juli. Ist es denn schon länger so kalt?«

»Seit ein paar Tagen.« Er legte seinen Teebeutel ebenfalls auf den Teller und stellte dann seinen Becher ab. »Ich komme gleich wieder.« Als er aus dem Schlafzimmer zurückkam, hielt er ein Paar zusammengerollte Socken in der Hand. »Zieh dir die da über.«

Sie setzte sich aufs Sofa, zog die Socken über ihre Füße und zog die Beine hoch. »Was wirst du mit Josi machen?«

Er schüttelte den Kopf. »Ich weiß es immer noch nicht genau. Ich habe schon überlegt, sie selbst zu behalten, aber ich habe noch nie eine Katze besessen. Ich weiß nicht das Geringste über Katzen.«

»Ich auch nicht. Ich hatte mal einen Goldfisch. Der Typ, mit dem ich damals ging, hat ihn für mich bei einem Wanderzirkus gewonnen.« Sie kuschelte sich noch tiefer in das Sofa, als hätte sie vor, sich dort für längere Zeit aufzuhalten. »Das arme Tier hat nur eine Woche überlebt.« Und während sie ihn über den Rand ihres Teebechers ansah, fügte sie hinzu: »Womit er, soweit ich mich noch erinnern kann, immerhin drei Tage länger bei mir war als mein damaliger Freund.«

Eric saß ihr gegenüber in einen Stuhl, und seine nackten Füße ruhten auf dem verwitterten Beistelltisch aus Holz. Er bemühte sich, Julia nicht anzustarren oder sich gar einzureden, dass sie mehr war als nur eine Frau, die zufällig in sein Leben getreten war, ohne die Absicht, zu bleiben. »Wie habt ihr euch kennengelernt, du und Ken?«

»Bei einer Computermesse. Ich habe mich um den Stand eines Freundes gekümmert. Ken ging zufällig vorbei und stellte irgendwelche Fragen, und tat idiotischerweise so, als hätte ich wahnsinnig viel Ahnung. Drei Monate später haben wir geheiratet.«

»Maggie meinte, sie hätte noch nie zwei Menschen gesehen, die sich so sehr geliebt haben.«

»Das hat sie mir auch gesagt.« Ein Träne glitzerte in ihrem Augenwinkel, und sie blinzelte mehrmals, bevor sie weitersprach. »Ich weiß, warum Joe es getan hat«, sagte sie leise. »Wenn ich nicht ein solcher Feigling wäre, dann hätte ich genau das Gleiche getan.«

Dieses Geständnis schockierte Eric. »Das ist doch nicht dein Ernst? Joe war achtundachtzig, du bist gerade mal dreißig.«

»Das Alter hat doch damit nichts zu tun.«

»Ach ja? Glaubst du allen Ernstes, Joe hätte in deinem Alter genauso gehandelt?«

»Du hast doch keine Ahnung, wie es ist, wenn man plötzlich damit konfrontiert wird, sein ganzes restliches Leben alleine zu verbringen.«

»Dann schau dich mal hier um, Julia.«

Sie starrte in die dunkle Flüssigkeit in ihrer Tasse.

»Du hast deine Kinder.«

»Ja, alle vierzehn Tage genau für zwei Tage, falls nicht ein Geburtstagsfest ihrer Freunde dazwischenkommt, ein Fußballspiel oder, wenn sie älter werden, irgendein wahnsinnig wichtiges Rendezvous.«

»Aber du und Shelly –«

»Was meinst du? Dass wir uns nicht so sehr geliebt haben wie du und Ken? Und was ist, wenn ich die größte Liebesgeschichte aller Zeiten wegen meiner Egozentrik selbst vermasselt habe? Heißt das, dass ich nie wieder auf eine zweite Chance hoffen darf?«

»Ken war etwas Besonderes.«

»Und ich also nicht?« Er war schon drauf und dran, ihr seine wahren Gefühle zu gestehen.

»So habe ich das nicht gemeint. Ich habe nur versucht, dir zu erklären, dass unsere Ehe etwas ganz Besonderes darstellte.«

Ihre Erklärung besänftigte ihn ein wenig.

»Ich weiß – Maggie hat es mir erzählt.« Ein Klopfen an der Tür rettete ihn davor, noch mehr sagen zu müssen.

Der Abschleppwagen, der Joes und Maggies Auto abtransportieren sollte, war eingetroffen. Der Wagen sollte nach San Jose überführt werden, um dort mit dem Haus verkauft zu werden.

Als Eric zurückkam, fand er Julia bereits angezogen vor. Sie hatte sogar ihre Haare wieder zu einem festen Zopf gebunden, hatte die Teebecher und Teebeutel verräumt, und er war sich fast sicher, dass er im Schlafzimmer ein ordentlich gemachtes Bett vorfinden und auch sein Bademantel wieder im Schrank hängen würde. Ihm schoss der Gedanke durch den Kopf, was sie wohl mit seinen Socken angestellt hatte. Er benutzte die Trommel seiner Waschmaschine auch als Wäschekorb und hätte gerne darauf gewettet, dass sie nicht ausgerechnet dort nachgesehen hatte.

»Ich muss los, Eric. Morgen ist eine Vorstandssitzung, die ich auf keinen Fall versäumen darf.«

»Du bist mir keine Erklärungen schuldig, Julia. Wenn du meinst, dass du weg musst, dann musst du das.«

Sie rückte die Vorderseite ihres Jacketts zurecht und glättete eine nicht vorhandene Falte. »In Santa Cruz gibt es einen Reinigungsdienst für Häuser, den ich in den letzten Jahren schon häufiger beauftragt habe. Ich werde dort anrufen, damit sie sich um alles kümmern. Sie haben einen

Hausschlüssel und werden also deinen nicht in Anspruch nehmen.«

»Das ist überflüssig. Du wirst im ganzen Haus nicht ein Stäubchen Schmutz finden. Joe hat sich vor seinem Tod um alles gekümmert.«

Diese Information brachte sie sichtlich durcheinander. Stotternd fragte sie: »Und was ist mit dem Bett?«

»Sie haben nicht dein Schlafzimmer benutzt, Julia.« Danach hatte sie zwar nicht gefragt, aber ganz offensichtlich hatte dieser Gedanke sie beschäftigt. »Sie sind in dem rückwärtigen Schlafzimmer gestorben, dem mit dem Doppelbett, und außerdem haben sie ein Betttuch aus Plastik benutzt.«

Sie zuckte zusammen und wandte sich ab.

Liebend gern hätte er ihr die genauen Details erspart, aber anscheinend war es ihr ein Bedürfnis, alles zu erfahren. »Nachdem der Leichenbeschauer gegangen war, habe ich mich um alle anderen Dinge gekümmert, die Joe nicht mehr erledigen konnte.«

Als sie ihn erneut anschaute, bemerkte er das Glitzern der Tränen in ihren Augen.

»Ich bringe dich zu deinem Wagen.«

Sie saß bereits in ihrem Mercedes und wollte gerade losfahren, als sie nochmals anhielt und das Fenster öffnete. »Ich bereue es nicht, dass ich gekommen bin, Eric. Und ich bereue auch nicht, was zwischen uns passiert ist.«

Es war weniger, als er erhofft, aber mehr, als er erwartet hatte. Andererseits war er ein geduldiger Mensch – geduldig und zielstrebig. Er würde Julia so viel Zeit lassen, wie sie brauchte, egal ob es sich nun Wochen, Monate oder sogar um ein Jahr handeln würde. Denn was waren schon dreihundertfünfundsechzig Tage im Vergleich zu einem langen, gemeinsamen Leben?

12

Am Vormittag darauf hatte Eric drei Mal vergeblich versucht, Josi ins Haus zu locken. Beim Zurückkommen hörte er das Klingeln des Telefons. Es war Julia, und es klang, als hätte sie geweint.

»Ich habe mit der heutigen Post einen Brief von Joe bekommen«, teilte sie ihm mit.

»Ehrlich gesagt, habe mich schon gewundert, weshalb er keinen Brief für dich im Haus hinterlassen hat.«

»Nun weiß ich auch, wieso.«

»Verstehst du nun besser, was passiert ist?«

»Obwohl ich eigentlich nicht gedacht habe, dass das möglich sei, hilft es mir in der Tat weiter. Er hat geschrieben, dass ich ihnen verzeihen möge. Kannst du dir das vorstellen? Weil er ernsthaft befürchten würde, dass ich aufgrund der vielen traurigen Erinnerungen das Strandhaus in Zukunft meiden würde. Und das möchte er auf gar keinen Fall.« Sie machte eine Pause. »Ich bin sehr froh, dass ich den beiden nichts von meinen Plänen erzählt habe, das Haus zu verkaufen.«

»Vielleicht solltest du dir die Sache noch einmal überlegen.«

»Das habe ich bereits.«

»Und?«

»Was das anbelangt, hat sich meine Einstellung nicht geändert. Für mich gibt es dort nichts mehr von Belang, die ich geliebt habe, sind gestorben, und damit auch alles, was ich mit ihnen verbunden habe.«

Eigentlich hätten ihre Worte Eric zutiefst treffen müssen. Doch plötzlich erinnerte er sich an ein Foto, das er einmal gesehen hatte. Darauf war ein Grizzly in Alaska zu sehen gewesen. Der Bär stand auf einem Felsen mitten in einem Fluss, während sich nur Zentimeter von seinem offenen Maul entfernt ein Lachs tummelte. Das Foto hatte genau den Moment festgehalten, als der Lachs noch kerngesund und voller Leben war. Dieses Foto drückte seine Gefühle, die er für Julia empfand, vergleichsweise gut aus.

»Dann vermute ich mal, dass es nur noch eine Frage der Zeit ist, bis du das Haus zum Verkauf anbietest.« Er versuchte erst gar nicht, sie zu überreden, ihr Vorhaben nochmals zu überdenken, weil es keinen Zweck hatte. Und wenn nur ein Ferngespräch sie beide verbinden sollte, dann war das nicht zu ändern.

»Dazu wird es vielleicht gar nicht kommen. Peter hat sein Interesse signalisiert und mich gebeten, ihn dann zu informieren, wenn ich mich wirklich dazu entschließen sollte, zu verkaufen.«

»Er wollte doch demnächst wieder zurückkommen, oder?« Es interessierte ihn absolut nicht, wann Kens bester Freund Peter Wylie wieder zurückkehren würde, er versuchte lediglich, das Ende des Telefonats hinauszuzögern.

»Ja, kommende Woche.«

»Und was ist mit der Familie, die das Haus für den August gemietet hat?« Er wollte unbedingt wissen, wie viel Zeit ihm blieb, um die Sache mit Josi zu regeln.

»Normalerweise kommen sie erst am ersten Wochenende an und bleiben über die Feiertage am Labor Day.«

»Ich wollte gerade weg, als du angerufen hast«, sagte er. Auch sie sollte ein bisschen von diesem Gefühl verspüren, verlassen zu werden, und sei es nur durch dieses Telefonat.

»Es tut mir leid, dass ich nicht gefragt habe, ob du beschäftigt bist.«

»Gut, das war es dann vermutlich, oder?« O Gott, warum hatte er plötzlich einen Kloß im Hals? »Genieße das Leben, Julia.«

Es dauerte eine Weile, bis sie antwortete. »Du hast dich als ein unglaublich toller Freund erwiesen. Ich schulde dir eine Menge.«

Dankbarkeit war das Letzte, was er von ihr wollte, aber ihm war klar, dass sie nicht bereit war, ihm mehr zu geben. »Du schuldest mir gar nichts.«

»Wirst du mich über dein Buch auf dem Laufenden halten?«

»Ja, natürlich«, antwortete er.

»Bitte! Es interessiert mich wirklich!«

»Gib mir deine Adresse. Sollte ich es verkaufen können, dann schicke ich dir ein Exemplar.« Er griff nach einem Stift und kritzelte ihre Adresse auf die Rückseite einer Manuskriptseite.

Danach blieb nichts mehr zu sagen, also verabschiedete er sich. Als Eric den Hörer auflegte, war ihm bewusst, dass er das Risiko eingegangen war, eine noch größere Distanz zwischen ihnen zu schaffen. Doch vermutlich musste sie selbst erst das Gefühl bekommen, ihn zu vermissen, um sich dann nach dem Grund zu fragen.

Als er zwei Tage später die erste Tagesration an frischem Futter für Josi ins Haus trug, empfing die Katze ihn bereits an der Tür. Sie rührte das Futter nicht an, sondern ließ sich neben seinen Füßen nieder und blickte erwartungsvoll zu ihm auf.

»Was hat das denn nun wiederum bedeuten?«, wollte er wissen.

Sie schlich um seine Beine herum, wickelte ihren Schwanz um sein Fußgelenk, miaute, setzte sich wieder und starrte zu ihm hoch. »Du musst dich schon etwas deutlicher ausdrücken«, meinte er. »Vergiss nicht, ich bin kein Katzenkenner.«

Doch sie blieb einfach sitzen, ohne die Augen von ihm zu wenden. Irgendwann einmal beschloss er, sie hochzuheben, denn ein Versuch konnte ja nicht schaden. Sie kuschelte sich in seine Arme und begann so laut zu schnurren wie eines der Rennautos, das sich an der Startlinie aufwärmte.

Am Tag darauf saß Eric schon vor dem Frühstück am Computer, während Josi auf dem Manuskriptstapel schlief, als das Telefon klingelte.

»Wann können Sie nach New York kommen?« Es war Mel, sein Agent. »Ich möchte, dass Sie ein paar Leute treffen.«

»Worum geht es?«

»Ich habe schon mal vorgegriffen und die Hälfte Ihres Buches herumgereicht, um die Lage zu testen.«

»Und?«

»Sie haben mir doch erklärt, wie wichtig es für Sie ist, dass Sie Ihrem Verleger vertrauen können. Und jetzt wird es Zeit, dass wir uns für einen der Kandidaten entscheiden. Sie haben nämlich unter einem halben Dutzend die Wahl.«

»Und Sie meinen, einer von denen ist wirklich an dem Kauf des Buches interessiert?« fragte Eric ungläubig. »Es ist noch nicht mal fertig.«

»Es handelt sich nicht nur um einen Verleger, und offenbar hat allen das vorliegende Material völlig ausgereicht, um zu entscheiden, dass sie es wollen.«

»Sie wollen mir einen Vertrag anbieten – und Geld?« Es fiel ihm sehr schwer, diesen Gedanken zu akzeptieren. »Und das, obwohl das Buch nicht mal fertig ist? Was ist, wenn es dem Ende zu auseinanderfällt? Was, wenn sie etwas ganz anderes erwarten?« Zu seinen alten Zweifeln kamen neue hinzu, wobei er Schwierigkeiten hatte, sie auseinanderzuhalten. »Soweit ich verstanden habe, haben Sie mir erklärt, das Buch würde erst dann jemand zu Gesicht bekommen, wenn ich es komplett zu Ende geschrieben habe.«

»Das war, bevor Sie mir die erste Hälfte des Buches geschickt haben. Hören Sie auf, sich Sorgen zu machen, Eric. Das Buch ist wirklich so gut.«

»Vermutlich werde ich Ihnen das einfach so abnehmen müssen.« Dabei war er in den letzten Wochen zu der Überzeugung gelangt, dass nichts von dem, was er geschrieben hatte, wirklich gut war.

»Also, wann können Sie kommen?« Er sah an die Wand, an die er Jasons Zeichnung von Joe und Maggie gepinnt hatte.

»Das werde ich Ihnen in ein paar Tagen mitteilen. Ich muss davor hier noch ein paar dringende Dinge erledigen.«

Bevor er auflegte, entwirrte er Josis Schwanz aus dem Telefonkabel und sah sie an. »Und was mache ich dann mit dir?«

Mit Trockenfutter und der entsprechenden Menge Wasser würde sie wohl zurechtkommen, falls er nach Sacramento fahren und eine Nacht dort bleiben würde. Aber er konnte sie unmöglich alleine lassen, wenn er nach New York reisen musste. Vielleicht könnte er einen der Nachbarn bitten, nach ihr zu sehen. Aber was, wenn der Josi vergessen würde, oder wenn Josi in der Annahme, er käme nicht mehr zurück, einfach davonlief?

Eric breitete die Arme auf dem Schreibtisch aus, stützte das Kinn in die Hände und sprach mit Josi unter vier Augen. »Vermutlich sollte ich mich jetzt um dieses gute, liebevolle Zuhause für dich kümmern, um das Joe mich gebeten hat.«

Sie gähnte und schloss die Augen.

»Du könntest wenigstens so viel Anstand besitzen, darauf argwöhnisch zu reagieren.«

Eric vernahm ein Geräusch, das er nicht anders als ein katzenhaftes Glucksen beschreiben konnte. Dabei fiel ihm etwas ein, was er vor langer Zeit über Katzen gelesen hatte: Du bist nicht der Besitzer der Katze, die Katze besitzt dich. Erst seit Josi bei ihm war, ergab der Satz für ihn einen Sinn.

Er beschloss, nicht weiter darüber nachzudenken, griff stattdessen erneut zum Telefon und rief Julia zu Hause an.

Sie antwortete nach dem zweiten Klingeln. »Hallo?«

»Ich bin es, Eric.«

»Hi …« Wie war es möglich, dass sie Aufregung und Besorgnis zugleich verspürte? Schließlich hatten sie sich erst vor ein paar Tagen für immer verabschiedet. Zumindest war sie davon überzeugt gewesen. Sie wunderte sich, dass sie so seltsam auf seinen Anruf reagierte.

»Ich möchte dich um einen Gefallen bitten.«

»Nach allem, was du für mich den ganzen Sommer über getan hast, kann ich wohl kaum Nein sagen. Also, um was geht es?«

Sie ging mit dem Telefon hinaus auf die hintere Veranda und kuschelte sich in ihren Lieblingssessel. Über ihr kreiste ein Falke. Es erschien ihr zwar völlig verrückt, aber sie hatte das dringende Bedürfnis, Eric davon zu erzählen, ihm die Schönheit dieser Gegend hier zu schildern, und dass sie nur in dieser ausgedehnten Hügellandschaft und den tiefen Wäldern eine Ruhe verspürte, die sie in ihrem ansonsten extrem hektischen Leben nicht mehr fand.

»Ich muss für einige Tage die Stadt verlassen und brauche jemanden, der auf Josi aufpasst.«

Selbst nach unzähligen Hinweisen wäre sie niemals auf den Gedanken gekommen, um was er sie bitten würde. Sie zögerte eine Weile und fühlte sich deswegen schuldig. Aber ihr war bewusste, dass Josi sie täglich daran erinnern würde, nun auch Joe und Maggie verloren zu haben.

Meine Güte, allmählich wurde aus ihr ein absoluten Feigling. »Natürlich werde ich auf sie aufpassen«, antwortete sie.

»Ich werde sie auf dem Weg zum Flughafen bei dir zu Hause absetzen, wenn dir das recht ist?«

»Ich faxe dir die Fahrtroute durch. Das war doch ein Faxgerät, da auf deinem Schreibtisch, oder?«

»Zumindest haben sie das im Laden behauptet. Ich weiß nicht mal, ob das verdammte Ding überhaupt funktioniert.« Er gab ihr die Nummer. »Du wirst die Erste sein, die es benutzt.«

»Ich bin froh, dass du daran gedacht hast, mich wegen Josi zu fragen. Ich hatte schon Angst, dass – so, wie wir auseinandergegangen sind –« Sie bekam einen rauen Hals, als wären ihre Worte emotionales Schmirgelpapier. »Vermutlich will ich damit eigentlich nur sagen, dass ich inzwischen gemerkt habe, dass ich dich nicht als Freund verlieren möchte.«

»Auch ich möchte nicht, dass das passiert«, erwiderte er.

Für sie war es bereits ein Meilenstein, Eric als Freund gewonnen zu haben. Er war der Einzige, den sie seit letztem Jahr kennengelernt hatte, und der einzige Mensch, den sie kannte, der Ken nicht gekannt hatte. Es sah ganz so aus, als hätte sie endlich einen Schritt getan, um ihrem Leben eine völlig neue Richtung zu geben. Die Erkenntnis stimmte sie ein wenig traurig. Ihr Verstand hatte längst begriffen, dass sie nicht immer in der Vergangenheit leben konnte, aber ihr Gefühl war noch nicht bereit gewesen, loszulassen. Doch nun hatten die Zeit und die Umstände sie einfach zu dieser Entscheidung gezwungen.

»Wann wirst du kommen?«, wollte sie wissen.

»Ich weiß es nicht genau. Ich habe meinen Flug noch nicht gebucht. Und bevor ich abfahre, muss ich noch etwas Dringendes erledigen.« Es folgte ein langes Schweigen. »Ich muss nach Sacramento fahren und meine Kindern besuchen. Sie wissen immer noch nicht, dass Joe und Maggie tot sind.«

Tiefes Mitleid mit ihm überkam sie. Wie sehr er seine Kinder liebte, war in allem zu spüren, was er sagte und tat. Nun musste er ihnen etwas beibringen, das ihnen ganz bestimmt weh tun würde. »Was meinst du, wie werden sie es aufnehmen?«

»Susie wird wohl damit klarkommen. Sie ist noch viel zu jung, um zu wissen, was der Tod wirklich bedeutet. Aber um Jason mache ich mir Sorgen. Er hat herausgefunden, was mit Maggie los war, als wir sie ins Krankenhaus bringen mussten. Ich weiß einfach nicht, wie ich es ihm erklären soll, dass auch Joe tot ist.«

»Die Zeichnung«, sagte Julia, der plötzlich etwas klar geworden war, was sie vorher nicht verstanden hatte. »Jetzt weiß ich, was er auf seinem Bild ausdrücken wollte.«

»Ich kann dir nicht folgen.«

»Das Bild, das Jason gemalt hat und das neben deinem Computer hängt. Ich habe es gesehen, als ich bei dir war, habe aber nicht verstanden, was er damit meinte. Jason hat sich von ihnen verabschiedet.«

»Joe hat es in den Händen gehalten, als er starb.«

»Mach dir keine Sorgen um Jason, Eric. Er hatte schon vor seiner Abreise mit Joe und Maggie abgeschlossen. Genau das hat er mit seinem Bild ausgedrückt.«

»Ich hoffe, dass du recht behältst.«

»Ich bin mir ganz sicher. In diesem Punkt kannst du mir vertrauen.«

»Sobald ich weiß, wann ich kommen werde, rufe ich dich an.«

Das war genau einer dieser Sätze, mit denen man das Ende einer Unterhaltung einleitete. »Ich weiß zwar, dass es mich nichts angeht, aber wohin fährst du? Ach, vergiss es«, fügte sie schnell hinzu. »Es geht mich wirklich nichts an.«

Einen Moment lang dachte sie, er würde es ihr trotzdem erzählen, aber er sagte nur: »Wir sehen uns in ein paar Tagen.«

»Ich freue mich«. Was war bloß in sie gefahren? Selbst geschäftliche Anrufe beendete sie mit mehr Herzlichkeit.

»Ich auch.«

Damit waren sie am Ende ihres Gespräches angelangt. »Wiedersehen, Eric.«

»Wiedersehen, Julia.«

Eric legte den Hörer auf, lehnte sich in seinem Stuhl zurück und starrte auf den blinkenden Cursor auf seinem Bildschirm. Es war schon seltsam, dass sich so mancher Augenblick, der ein ganzes Leben verändern konnte, mit lautem Donnergetöse ankündigte, während ein anderer so leise daherkam, dass man ihn leicht übersehen konnte, wenn man nicht aufmerksam genug war.

Er sah Josi an. Vielleicht hätte er Julia nie mehr angerufen, wenn ihn diese Katze nicht dazu gezwungen hätte. Und womöglich hätte er auch dieses leises Wispern in seinem Unterbewusstsein überhört, das ihm hartnäckig immer wieder die Echtheit seine Gefühle bestätigte. Und ganz bestimmt hatte es schon seltsamere Vermittler in Sachen Liebe gegeben, als ausgerechnet ein neun Kilo schweres Katzenwesen. Auch wenn ihm auf Anhieb nicht ein einziges Beispiel dazu einfiel.

Eric verschob seinen Anruf bei Shelly auf den späten Abend. Als er sie erreichte, teilte er ihr mit, dass er schon Morgen ganz früh ankommen würde, um die Kinder zu sehen, und nannte ihr auch den Grund.

»Ich glaube, Jason weiß es schon«, meinte sie. »So, wie er über sie geredet hat, waren sie für ihn bereits tot. So habe ich ihn noch nie erlebt, Eric. Das war, als würde da ein alter, weiser Mann aus dem Körper eines kleinen Jungen sprechen.«

»Die beiden waren ganz besondere Menschen, Shelly.«

»Aber für ihn ist es doch das allererste Mal, dass er jemanden verloren hat«, fügte sie hinzu.

Er überlegte, ob er sie daran erinnern sollte, dass Jason für sein junges Alter bereits viele Verluste durchlebt hatte, aber ihm war klar, dass er damit nur seine Frustrationen an ihr auslassen würde.

Seine Reise verlief wesentlich angenehmer, als Eric zu hoffen gewagt hatte. Shelly hatte recht gehabt. Jason hatte sich bereits mit dem Tod seiner Freunde abgefunden. Er fragte nicht einmal, wieso auch Joe tot war, als hätte er instinktiv begriffen, dass Joe und Maggie ein unzertrennliches Paar gewesen waren. Und dass folglich, was dem einen zustieß, auch den anderen betraf. Er hatte sogar angenommen, dass sein Vater ihm und Susie die Katze Josi zur Pflege bringen würde.

Nach dieser emotionalen Achterbahn fühlte sich Eric so ausgelaugt, dass er beschloss, Josi erst dann bei Julia abzuliefern, wenn sie bereits in ihrer Firma war. Er war noch nicht darauf vorbereitet, sie wiederzusehen, hatte keine Abwehrkräfte mehr und war folglich nicht in der Lage, sich derart zu verstellen, dass sie nicht mitbekommen hätte, wie sich seine Gefühle für sie verändert hatten.

Er erwartete etwas von ihr, wozu sie noch nicht bereit war. Vielleicht würde sie es nie sein. Im Gegensatz zu ihm hatte sie eine perfekte Beziehung erlebt.

Warum sollte sie sich auf einen Mann einlassen, der schon seine erste Ehe vollkommen vermasselt hatte?

In seinen Augen gab er nur eine Sache, die wirklich für ihn sprach – sie liebte ihn. Auch wenn sie das bislang noch nicht wusste.

TEIL IV

August

1

Genau in dem Moment, als sein Zubringerbus zum Gebäude der Autovermietung abfuhr, sah Peter Wylie Eric aus dem Pendelbus aussteigen, der zwischen Parkplatz und Flughafen verkehrte. Er überlegte kurz, ob Andrew mittlerweile wieder von seiner Weltreise zurückgekehrt war und Eric deswegen abreisen würde, aber viel naheliegender war, dass Eric zu einer Vergnügungs- oder Geschäftsreise aufbrach, sodass sich ihre Wege auf diese Weise erneut kreuzten.

Er mochte Eric, zumindest hatte er das gedacht. Denn nach dieser flüchtigen Begegnung mit ihm überkam ihn ein seltsam unbehagliches Gefühl, das ihn die ganze Fahrt über bis zum Autoverleih beschäftigte.

Eric und Julia gemeinsam anzutreffen, hatte ihm ganz und gar nicht gefallen. In seinen Augen passten sie so wenig zusammen wie Regen bei einem Baseballspiel. Natürlich erwartete er nicht, dass Julia ihr restliches Leben allein verbringen würde. Aber seiner Meinung nach sollte sie sich nach der Ehe mit Ken nicht unter Wert verkaufen und sich nicht mit einem Mann einlassen, der ihr nicht das Wasser reichen konnte. Das war zugegebenermaßen ein bisschen viel verlangt, denn es gab nur wenige Männer wie Ken. Wenn Peter ehrlich war, dann musste er sich eingestehen, bislang nicht einem einzigen davon begegnet zu sein. Vielleicht nahm er es Eric auch einfach nur übel, dass dieser tatsächlich dachte, bei Julia etwas erreichen zu können. Denn es stand gänzlich außer Frage, was Eric tatsächlich im Schilde geführt hatte, als er Julia etwas zum Mittagessen vorbeigebracht hatte und ihr im Haus behilflich gewesen war.

Liebe Güte, was war denn in ihn gefahren?

Hatte er tatsächlich erwartet, Julia würde aus reiner Loyalität Ken gegenüber in Zukunft auf Männer völlig verzichten?

Peter wurde abrupt aus seinen Gedanken gerissen, als der Zubringerbus scharf bremste und anhielt. Er nahm seine Koffer von der Ablage und ging in das Gebäude, um sich einen Leihwagen zu mieten. Eine halbe Stunde später fuhr er bereits auf der 101 in Richtung Süden.

Es war zu einer langjährigen Routine geworden, dass er seine Heimfahrt unterbrach, um Ken und Julia einen Besuch abzustatten. Nachdem die beiden in ihr neues Haus in Atherton gezogen waren, hatte er zum ersten Mal diesen Umweg gemacht, der später zu einer regelmäßigen Gewohnheit wurde. Sie hatten zu dritt das Abendessen eingenommen und Informationen ausgetauscht über die Dinge, die sich in den zwei Monaten seiner Abwesenheit ereignet hatten. Peter war für eine Nacht geblieben, um tags darauf am frühen Morgen weiterzufahren.

Weil er sich nach der dreistündigen Verspätung in Heathrow und dem langen Heimflug völlig zerschlagen fühlte, spielte er kurz mit dem Gedanken, Julia anzurufen, um seinen Besuch dieses Mal abzusagen. Aber er befürchtete, dass er nicht einfach so absagen konnte. Egal, welche Entschuldigungen er vorbringen würde, sie würde ganz bestimmt sofort wissen, dass er nur deshalb nicht kommen wollte, weil er Ken vermissen würde. Schon bei früheren Besuchen war ihm klar geworden, dass die Erinnerungen für ihn zu überwältigend waren, Kens Abwesenheit zu schmerzlich.

Selbst als Ken noch lebte, war Peter nie länger als eine Nacht geblieben. Mit einer einzigen Ausnahme. Aber allein bei dem Gedanken, Katherine könnte längst in das Strandhaus eingezogen sein, war er sich damals vorgekommen wie ein geschlagener Boxer, dem man nach seinem K.o. befahl, noch einmal in den Ring zu steigen. Irgendwann einmal hatten Ken und Julia es schließlich aufgegeben, ihn zu einem längeren Aufenthalt zu überreden und akzeptiert, dass er seine Heimreise wie üblich am kommenden Morgen fortsetzte.

Dass er sich hartnäckig an die Hoffnung klammerte, Katherine werde bei seiner Ankunft bereits im Strandhaus eingetroffen sein, obwohl das bislang nicht ein einziges Mal der Fall gewesen war, war ebenso unsinnig wie die Tatsache, dass er sich überhaupt in sie verliebt hatte.

Peter hatte bislang niemandem von seinen Gefühlen für Katherine erzählt. Das war allein seine Sache und außerdem zu hoffnungslos, um sie mit anderen zu teilen. Er lebte in der beständigen Angst, er würde sie nie mehr wiedersehen, sollte sie eines Tages dahinterkommen, was er für sie empfand.

Er sah einfach keine Möglichkeit, ihr endlich seine Gefühle zu offenbaren, obwohl er wusste, dass es eine Erleichterung für ihn sein würde, endlich über seinen Schatten zu springen. Nur auf diese Weise könnte er es wahrscheinlich schaffen, endlich von ihr loszukommen, um wieder ein normales Leben zu führen. Aber seine Einwände, die ihn davon abhielten, konnte man schon fast als verquer bezeichnen. Denn vor allem bewunderte er Katherine für ihren unantastbaren Familiensinn. Sie liebte ihren Ehemann vorbehaltlos, und betete ihre beiden Söhne an.

Sie waren eine perfekte Familie.

Und Peter hätte sich mit jedem angelegt, der versucht hätte sie auseinanderzubringen.

Aber warum konnte er dann nicht endlich aufhören, von ihr zu träumen?

Er fuhr die lange Auffahrt zu Julias Haus hoch, hielt außerhalb des Tores neben der Gegensprechanlage an, die Ken hatte installieren lassen, nachdem ein Stalker, der sich für Satan hielt, mit seinem Kommen gedroht hatte. Als er ihre freudig erregte Stimme vernahm, wusste er, dass seine Entscheidung, sie zu besuchen, richtig war. Sie hatte bereits so viele

Verluste verkraften müssen, und er war froh, dass er sie auch nicht noch um ihr gemeinsames, kleines Ritual beraubt hatte.

Die dreispurige Straße führte bis zum Gipfel des Hügels, auf dem ihr Haus stand, das die meisten als eines der schönsten der ganzen Gegend bezeichneten, obwohl es in dieser Gegend erwiesenermaßen eine Menge schöner Anwesen gab. Der Architekt hatte mit seinem fanatischen Gespür für Details keine noch so winzige Kleinigkeit übersehen. Ebenso wenig wie Ken, der das Haus so hatte gestalten lassen, dass es eine perfekte Einheit mit seiner Umgebung bildete. Keines der Fenster war durch Jalousien oder Vorhänge versperrt, und folglich hatte man von überall einen atemberaubenden Ausblick. Trotz seiner Ausmaße wirkte das Haus so gemütlich und einladend wie das Strandhaus. Es gab keinen Stuhl, der nicht benutzt wurde, kein Zimmerchen, das nicht praktisch eingerichtet war, keine verschlossenen Vitrinen.

Julia begrüßte ihn mit ausgebreiteten Armen an der Tür. »Wie schön, dich zu sehen. Wie ist es dir ergangen? Du siehst fantastisch aus.« Während er sie in den Armen hielt, lehnte sie sich zurück und musterte ihn. »Nein, das ist nicht wahr. Du siehst schrecklich aus. Komm rein, ich mache dir einen Drink.«

Er lächelte, »Ja, ich finde es auch schön, dich zu sehen.«

Julia führte ihn ins Wohnzimmer. »Scotch?«

»Club Soda. Ich befürchte, wenn ich jetzt etwas Stärkeres zu mir nehme, wirst du mich beim Abendessen stützen müssen.«

»Und wo warst du dieses Mal?«

»In London. Ich war bei ein paar Freunden in Connecticut zu Besuch, die mich dazu überredet haben, mit ihnen rüberzufliegen. Wir haben ein paar Theaterstücke angesehen und diverse Partys besucht.«

Sie warf ihm einen fragenden Blick zu, als sie ihm das geschliffene Kristallglas reichte. »Klingt nicht nach deiner üblichen Art, dich zu amüsieren.«

»Diplomatisch ausgedrückt: Es war eine furchtbare Woche.«

Julia ließ sich in der Ecke des weißen Sofas nieder, streifte die Schuhe ab und schob die Beine unter sich. Sie gab Peter zu verstehen, dass er sich zu ihr setzen sollte. »Erzähl mir lieber von deinen angenehmen Erlebnisse deiner Reise. Ich kann es gar nicht erwarten zu erfahren, was diese ganzen sogenannten Promis der Kunstszene so anstellen.«

Er zog ebenfalls seine Schuhe aus, setzte sich neben sie, und legte die Füße auf den Beistelltisch. Als Ken und Julia in das Haus gezogen waren, hatte es eine ganze Weile gedauert, bis Peter sich an ihre informelle Art gewöhnt hatte. Damals saß er auf dem Sofa oder einem Stuhl so kerzengerade und unbeweglich, als hätte er ein Lineal verschluckt. Irgendwann einmal hatte Julia ihm erklärt, wenn er nicht bald etwas lockerer würde, müsste sie selbst nachhelfen.

»Meine Bilder verkaufen sich immer noch«, berichtete er. »Meine Agentin befürchtet allerdings, dass sie zu populär werden könnten.«

»Aber ich dachte –«

»Wenn du sie kennen würdest, dann wüsstest du, was sie damit meint. Wenn sie sich nicht über irgendetwas den Kopf zerbrechen kann, dann funktioniert sie nicht.«

Josi schlenderte ins Zimmer, ließ sich ihnen gegenüber nieder und beobachtete durchs Fenster die Vögel, die sich um das Futterhäuschen scharten.

»Und wer ist das, bitteschön?« Peter klang überrascht.

Julia lächelte. »Ein vorübergehender Hausgast. Sie ist zwar erst ein paar Stunden hier, hat sich aber schon eingelebt.«

»Seit wann spielst du denn Babysitter für die Haustiere deiner Freunde?«

»Bei Josi handelt es sich um einen ganz besonderen Fall.« Sie streckte die Hand aus und versuchte, Josi anzulocken, die aber viel zu sehr mit dem Beobachten der Vögel beschäftigt war.

»Josi? Heißt nicht die Katze von Joe und Maggie so?« – »Es ist ihre Katze«, antwortete sie.

»Und was machst du –« Er hatte plötzlich das Gefühl, ihre Antwort gar nicht hören zu wollen, denn womöglich handelte es sich um etwas sehr Unangenehmes. »Es ist ihnen doch nicht etwa etwas zugestoßen?«

Sie antwortete nicht sofort. Und dann berichtete sie ihm mit trauervoller Stimme, was mit ihren engen, jahrelangen Freunden geschehen war. Für Peter waren Joe und Maggie aufs Engste mit seiner Freundschaft zu Ken verbunden. Die Geschichte ihrer Freundschaft hatte schon längst vor seinen Sommerreisen begonnen, auf denen er vor dem Nebel und den Touristen flüchtete, und bevor Ken sein Anwesen auf den Hügeln von Atherton bezogen hatte. Obwohl Peter die beiden schon seit Jahren immer nur ein paar Tage im Sommer gesehen hatte, überkam ihn doch das tiefe Gefühl eines echten Verlustes. Aber als unverbesserlicher Romantiker erkannte er auch, dass Joes und Maggies Entschluss, das letzte Kapitel ihrer einzigartigen Liebesgeschichte selbst zu schreiben, nicht nur richtig, sondern auch voller Poesie war.

»Du hast gesagt, Josi sei dein Hausgast. Gehe ich also richtig in der Annahme, dass du sie nicht behalten wirst?«

»Hätte ich schon, aber sie hat sich offenbar bereits mit Eric angefreundet.«

»Eric Lawson?« Seine Frage war rein rhetorisch. »Der Typ, der in Andrews Haus wohnt?« Er wusste ganz genau, wen sie mit Eric gemeint hatte. Für einen Mann, der an den Strand gezogen war und sich von Gott und der Welt zurückgezogen hatte, um Zeit zum Schreiben zu finden, war es Eric Lawson gelungen, sich in das Leben von erstaunlich vielen Menschen, die an der Bucht lebten, einzuschleichen.

»Er war wunderbar zu ihnen. Ich war nicht überrascht, dass sie ihn gebeten haben, sich um Josi zu kümmern.« Julia lächelte, als Josi beim Klang ihres Namens aufblickte, dann auf sie zuschlenderte, um es sich auf dem Sofa neben ihr bequem zu machen. Während sie die Katze unter dem hochgereckten Kinn kraulte, sagte sie: »Ich habe wohl kaum einen Menschen gekannt, der sein Haustier so sehr geliebt hat, wie Joe und Maggie ihre Katze.«

»Du hast sie also im Strandhaus besucht, als sie dort waren, ja?«

»Was meinst du denn damit?«

»Ich habe einfach angenommen, Joe und Maggie haben es dir persönlich erzählt, dass er sich so rührend um sie gekümmert hat.«

Sie hörte auf, die Katze zu streicheln und musterte Peter. »Um was geht es hier eigentlich? Hast du irgendein Problem mit Eric?«

»Findest du es nicht auch etwas seltsam, dass er immer wieder ganz urplötzlich im Leben anderer Leute auftaucht?«

»So, wie an dem Tag, an dem du angeschossen worden bist und du ohne seine Hilfe verblutet wärst?«

Erregt sprang Peter auf und ging zur Bar hinüber, um sich etwas Club Soda nachzugießen. Er hätte gerne selbst gewusst, was ihn an Eric so störte. Rein oberflächlich gesehen schien er in Ordnung, aber unter dieser Oberfläche gab es etwas, was nicht in Ordnung war. »Was weißt du eigentlich noch über Eric, außer den Dingen, die er dir selbst erzählt hat?«

»Falls du auf etwas Bestimmtes hinaus willst, Peter, dann sag es.«

»Es laufen eine Menge Hochstapler herum, die es auf reiche Witwen abgesehen haben.« Damit hatte er sein Misstrauen endlich auf einen Punkt gebracht.

Sie blinzelte überrascht. »Habe ich dich richtig verstanden? Willst du damit sagen, dass sich Eric auf dem College nur deswegen mit Andrew angefreundet hat, weil er wusste, dass Andrew eines Tages ein Haus besitzen würde, das neben dem Haus liegt, dass Ken kaufen würde, und dass Ken mit neununddreißig durch einen Herzinfarkt sterben und eine reiche Witwe hinterlassen würde, die eine leichte Beute ist?«

»Ich weiß, es klingt ziemlich an den Haaren herbeigezogen, wenn man es so sieht.«

»Und wie sollte man es bitte sonst sehen?«

»Vielleicht hat Eric die Sache nicht geplant«, räumte er ein. »Aber das heißt ja nicht, dass er nicht die Chance ergreift, die sich ihm bietet.«

»Und welche Anhaltspunkte hast du dafür ...?«

Damit hatte sie ihn ertappt. »Es ist nur ein Gefühl. Ich kann es nicht erklären, es ist einfach da.«

»Aber er muss doch irgendetwas getan haben, was dich auf diese Idee gebracht hat«, hakte sie nach.

»Ich bilde mir das nicht ein, Julia.« Er wollte nicht mehr darüber nachdenken und widmete sich seinem Drink. »Man konnte doch bereits an der Art und Weise, wie er dich angesehen hat, erkennen, was in ihm vorging.«

»Und das wäre?«

Peter zuckte mit den Schultern, bevor er antwortete. »Er hat sich wie ein kleiner Junge verhalten, dessen bester Freund gerade Eintrittskarten für die US-Meisterschaftsspiele im Baseball gewonnen hat. Er hätte jedes Kunststückchen aufgeführt, um dich zu beeindrucken.«

»Soweit ich mich erinnern kann, hast du auch irgendetwas in dieser Art über Ken zu mir gesagt, als ich anfing, mich mit ihm zu treffen. Auch bei ihm hattest du das Gefühl, dass er nicht gut genug für mich wäre.«

Dieser Vorwurf saß, denn sie hatte recht damit. Vom ersten Augenblick an war Ken davon überzeugt gewesen, in Julia die Liebe seines Lebens getroffen zu haben. »Vielleicht liegt da das Problem«, gab Peter schließlich widerstrebend zu. »Vielleicht glaube ich einfach, dass kein anderer Mann mehr das Recht dazu hat, dich auf diese Weise anzusehen.« Ihm wurde klar, dass Julia in seinen Augen für immer Kens Ehefrau bleiben würde. Alles andere wäre so, als würde man das Taj Mahal durch eine rostfreie Stahlkonstruktion ersetzen, nur weil ihm die Luftverschmutzung arg zusetzte. Ken konnte und sollte man nicht durch einen anderen Mann ersetzen. Als Peter plötzlich bewusst wurde, wie seltsam diese Gedanken doch waren, erschienen sie ihm gleichermaßen verwunderlich wie verabscheuungswürdig. Woher nahm er das Recht, von Julia zu erwarten, dass sie für immer alleine bleiben würde?

»Vergiss alles, was ich gesagt habe«, erklärte er. »Ganz offensichtlich weiß ich überhaupt nicht, was ich da von mir gebe.«

»Gib Eric eine Chance, Peter. Versuche, ihn kennenzulernen, wenn er wieder zurück ist. Ich glaube, dass du ihn mögen wirst.«

Er stützte die Ellbogen auf die Bar und trank einen Schluck, während er sie ansah. »Willst du mir auf diese Weise beibringen, dass –«

»Eric und ich sind Freunde – und mehr nicht. Ich bin noch weit davon entfernt, wieder einen Mann in mein Leben zu lassen.«

»Warum sagst du das?«

Er hatte eine schnelle, simple Erwiderung erwartet, doch Julia ließ sich sehr lange Zeit, darauf zu antworten. »Du bist ja nicht der Einzige, der glaubt, Ken sei unersetzlich. Alle, die ich kenne, sehen es als eine selbstverständliche Tatsache an, dass ich die Jackie Kennedy der Geschäftswelt werde, natürlich ohne den Onassis-Ausrutscher. Sie alle gehen davon aus, dass ich irgendwann einmal ein paar diskrete Affären haben werde, was man sicher akzeptiert würde. Aber für alle ist die Vorstellung undenkbar, dass ich tatsächlich erneut heiraten könnte. Ganz einfach, weil alle meinen, dass ich mich nach meiner Ehe mit Ken nicht mit dem Zweitbesten zufrieden geben könnte.«

Natürlich konnte er nicht bestreiten, dass auch er genau das gedacht hatte. »Ich hatte keine Ahnung …«

»Keiner hat eine Ahnung davon.« Sie stand auf und ging zum Fenster hinüber. »Viel schlimmer aber finde ich, dass nicht nur die anderen, sondern auch ich selbst daran schuld bin. Weil ich mich erst gar nicht dagegen wehre, in diese nette, ordentliche, kleine Schublade gesteckt zu werden, und weil ich mich selbst genau so sehe.« Sie drehte sich um, schaute ihn an und fügte hinzu: »Das Problem ist, dass sich Eric nicht an die Regeln hält. Wahrscheinlich, weil er sie gar nicht kennt.« Sie schob die Hände in ihre blütenweiße Seidenhose und lächelte verächtlich. »Aber er ist ein gelehriger Schüler. Ich bezweifele entschieden, dass er es noch einmal versuchen wird.«

»Möchtest du das denn?« Peter konnte es nicht fassen, dass er es überhaupt wagte, eine solche Frage zu stellen, zumal er ihre Antwort darauf gar nicht hören wollte.

»Manchmal – wenn ich nachts alleine bin und mir klar wird, dass das von nun an womöglich so bleiben wird. Die restliche Zeit über sorge ich dafür, dass ich viel zu sehr mit meiner Arbeit beschäftigt bin, um darüber nachzudenken.«

»Aber das wird dir auf Dauer nicht gelingen.«

»Wer weiß?«

»Auf diese Weise kann man nur vorübergehend leben, Julia.«

»Und welche Alternativen habe ich?«

»Nur weil Eric nicht der richtige Mann für dich ist, bedeutet das ja noch lange nicht, dass nicht eines Tages doch noch der Richtige auftaucht.« Was zum Teufel redete er da eigentlich? Genauso wie ihm war ihr klar, dass ein neuer Mann in ihrem Leben auch dazu führen würde, dass sich wieder auf das häusliche Leben zurückziehen würde. Wäre sie dazu wirklich bereit, nur um über ihre Einsamkeit hinwegzukommen?

»Es ist nur reine Neugierde, aber wieso bist du der Meinung, Eric sei nicht der Richtige für mich?«, wollte sie wissen. »Du machst wohl Witze, oder?«

»Tu mir den Gefallen.« – »Du brauchst einen Mann, der dir helfen kann, die Firma zu leiten. Und Eric ist wohl kaum –«

»Wieso?«

»Wieso was?«

»Wieso brauche ich einen Mann, der mit dabei hilft, die Firma zu leiten? Willst du damit andeuten, dass ich dazu nicht in der Lage bin?«

»Nein, natürlich nicht.« Er war sich nicht sicher, ob sie Streit suchte oder wirklich nur seine ehrliche Meinung hören wollte. »Zumindest aber brauchst du einen Menschen, der in deine Welt passt. Was weiß Eric schon über das Leben, das du führst? Viel wichtiger aber ist, ob es ihn überhaupt interessiert?«

»Vor meiner Heirat mit Ken hatte ich nicht die geringste Ahnung von diesem sogenannten Gesellschaftsleben.«

»Aber du hast auch nicht bewusst die andere Richtung eingeschlagen. Eric ist ein Aussteiger, Julia. Er hat seine Praxis einfach aufgegeben, nachdem er sie zehn Jahre lang aufgebaut hat. Ich denke, dass das verdammt viel über ihn als Menschen verrät.«

Ihre Schultern sackten nach unten, als hätte er ihr einen Schlag versetzt, obwohl er sich nur gewehrt hatte. »Ich habe mich nicht um Kens Posten gerissen.«

»Aber er wäre unglaublich stolz, wenn er das noch hätte erleben dürfen, wie du für ihn eingesprungen bist und weitergemacht hast.«

»Komm mir ja nicht so!« Von einer plötzlichen und unerklärlichen Wut gepackt, wippte sie nach hinten, knirschte mit den Zähnen und starrte zur Decke.

Peter konnte beobachten, wie sich in kürzester Zeit die widersprüchlichsten Gefühle in Julias Gesicht abzeichneten. Mit einem Mal war ihm diese gequälte und verwirrte Frau fremd, die so viel erlitten hatte, dass selbst ihre Fingerkuppen wund waren von dem Versuch, einen Halt zu finden. Bislang war sie immer nur mit königlicher Grazie als die trauernde Witwe aufgetreten, die ihr Schicksal mit einer Würde erduldete, die es selbst ihren engsten Vertrauten ermöglichte, ihr eigenes Leben weiterführen zu können, ohne einen Blick zurückzuwerfen.

»Ich weiß einfach nicht, was ich sagen soll«, gestand er.

»Ich auch nicht«, antwortete sie lächelnd.

Mit ihrem Lächeln hatte sie ihm einen Ausweg aufgezeigt, den er zu seiner Schande auch akzeptierte. »Wieso gehen wir nicht zum Essen aus? Wie wäre es mit dem Restaurant, in dem Ken damals dieses Garnelen-Curry bestellt hat, das ...« Himmel, war ihm noch zu helfen?

»Ist schon in Ordnung, Peter«, meinte sie resigniert. »Ich werde dort anrufen und einen Tisch für uns bestellen, während du dein Gepäck verräumst.«

Sie würde ihm alles verzeihen, schließlich war er Kens bester Freund gewesen. Doch auch dieser Gedanke war nicht wirklich tröstlich. Denn eigentlich hatte sie angenommen, dass er im Gegensatz zu allen anderen verstehen würde, wie schwer ein Leben war, wenn man keinen Partner hatte, den man lieben konnte.

2

Katherine Williams stand in der Auffahrt zum Strandhaus und dirigierte ihren jüngsten Sohn Paul, der rückwärts mit dem Kombiwagen einparkte. Als sich die Hecktür des Autos parallel zur Vordertür des Hauses befand, gab sie ihm ein Zeichen, anzuhalten.

»Wieso hast du denn so viel Kram eingepackt?«, meinte er, während er ihr beim Ausladen behilflich war.

Sie hätte antworten können, dass sie dieses Jahr früher als sonst angereist war. Oder dass sie zugegebenermaßen aus alter Gewohnheit zu viel eingepackt hatte, obwohl das völlig unrealistisch war. Aber sie wusste, dass sich Paul eigentlich nicht an dem »vielen Kram« störte. Sein Befürchtung war wohl eher, sie würde immer noch die Hoffnung hegen, er oder sein Bruder Michael könnten doch noch ihre Meinung ändern, und statt der vereinbarten Montage und Dienstage den gesamten Monat hier mit ihr verbringen. »Wer weiß? Vielleicht habe ich ja vor, ein Obdachlosenheim einzurichten, während ich hier bin. Denk doch einmal daran, wie viele interessante Leute ich hier kennenlernen könnte.«

»Obdachlose leben nicht am Strand.«

»Sperr mal deine Augen auf, Paul. Obdachlose gibt es überall.« Sie hob eine Tasche mit Lebensmitteln hoch und machte sich damit zum Haus auf. Paul war in einer Kleinstadt aufgewachsen und folglich mit einigen der harten Tatsachen des Lebens, speziell denen in einer Großstadt, nicht konfrontiert worden. Obwohl Woodland nur zweiunddreißig Kilometer von Sacramento entfernt lag und einen enormen Bauboom erlebte, war es alles in allem immer noch eine Kleinstadt.

Er schnappte sich einen der Koffer und folgte ihr. »Aber nicht von der Sorte, um die du dich gerne kümmern würdest. Die Obdachlosen hier haben diese Art zu leben freiwillig gewählt.«

Sie hörte den Anflug von Besorgnis in seiner Stimme und wusste aus Erfahrung, dass es besser sei, das Thema fallen zu lassen. Von ihren beiden Söhnen war Paul derjenige, der sich ständig Sorgen um irgendetwas machte. Er würde es niemals übers Herz bringen, sie allein im Strandhaus zurückzulassen, wenn sie ihn dort seiner Meinung nach brauchen würde. Seinem Freiheitsdrang wuchsen gerade die ersten Flügel, und sie musste das nicht nur akzeptieren, sondern ihm auch ein gutes Beispiel geben. Genau aus diesem Grund hatte sie beschlossen, auch dieses Jahr den August so zu verbringen, wie sie es die zwölf vergangenen Jahre über getan hatte. Denn trotz allem musste sie Paul immer noch so viel Routine bieten, wie sie konnte.

»Mach dir keine Sorgen«, beruhigte sie ihn. »Ich verspreche dir, ich werde nichts anstellen, was ich nicht auch machen würde, wenn ihr beiden hier bei mir wärt.« Sie stellte ihre Tasche auf dem Küchentisch ab und sah sich automatisch nach einem Willkommensgruß von Joe und Maggie um, nur um im nächsten Moment wieder daran zu denken, dass Julia in ihrem Anruf erklärt hatte, warum sie dieses Jahr keine Nachricht vorfinden würde.

Das Gefühl von Trauer und Verlust, das Katherine verspürt hatte, war für sie nur deshalb leichter zu ertragen, weil Joe und Maggie so in den Tod gegangen waren, wie sie ihr Leben gemeistert hatten – gemeinsam. Darauf hatten eigentlich auch ihre Großeltern gehofft, bevor sie schließlich in verschiedenen Langzeit-Pflegeeinrichtungen meilenweit voneinander entfernt untergebracht wurden, sodass sie sich in den letzten beiden Lebensjahren nur noch selten sehen konnten. Wer hatte das Recht, Joe und Maggie für das zu verurteilen, was sie getan hatten? Sie ganz bestimmt nicht. Unter den ge-

gebenen Umständen ... Aber diese Umstände würden für sie nicht mehr zutreffen, also war es müßig, darüber zu spekulieren, wie sie sich verhalten würde.

Paul warf ihr einen schelmischen Blick zu. »Heißt das, dass ich und Michael auch nichts anstellen dürfen, was wir ansonsten bei dir zu Hause auch nicht machen würden?«

»Versucht das erst gar nicht.« Sie nahm ein Paket Frühstücksflocken aus der Tasche und stellte sie in den Schrank neben der Spüle. »Außerdem wirst du in meiner Abwesenheit dermaßen beschäftigt sein, dass du gar keine Zeit haben wirst, irgendwelche Dummheiten anzustellen.«

»Wie viel Zeit braucht man deiner Meinung nach dafür?«

Sie stemmte die Hände in die Hüften und sah ihn drohend mit zusammengekniffenen Augen an. »Weißt du, ich kann es mir jederzeit wieder anders überlegen und meine Ferien hier abbrechen.«

Das schien ihn nicht wirklich einzuschüchtern, denn er lachte nur. »Ich mag das, wenn du so bist, Mom. Meinen Freunden gefällt das übrigens auch immer.«

Vergeblich versuchte Katherine, sich ein Lächeln zu verkneifen. Sie gab ihm einen ausgelassenen Klaps. »Raus mit dir, und räum endlich den Wagen aus.«

»Wann wollte Michael hier sein?«, rief er ihr über die Schulter zu.

»Er meinte, vor zehn Uhr bräuchten wir nicht mit ihm zu rechnen. Er wollte zuerst noch bei Allison vorbeisehen.«

Paul stöhnte auf. Er kehrte um, und obwohl er als Siebzehnjähriger immer noch nicht ganz ausgewachsen war, nahm er in seiner ganzer Größe den Türeingang ein. »Wenn das so ist, dann kommt er bestimmt nicht vor morgen. Was wettest du mit mir, dass er gegen Mitternacht hier anruft und erklärt, er sei viel zu müde, um heute Nacht auch noch den ganzen Weg hierher zu fahren?«

»Was macht es schon für einen Unterschied, ob er noch heute Abend oder erst morgen früh hier ankommt?« Michael war neunzehn Jahre alt, verbrachte zehn Monate im Jahr auf dem College, und die restlichen beiden immer noch zu Hause. Diese selbst auferlegten Einschränkungen machten ihm nach wie vor zu schaffen. Deshalb wollte sie ihm für die Zeit, die er diesen Sommer hier mit ihr verbringen wollte, die größtmöglichen Freiheiten einräumen.

Ganz offensichtlich fühlte sich Peter unbehaglich.

»Vermutlich keinen.« Doch bevor sie antworten konnte, machte er sich wieder zum Auto auf.

Sie wusste, dass er es gar nicht erwarten konnte, wieder abzureisen, um zu seinen Freunden und seiner neuen Arbeit zurückzukehren. Ihre Traurigkeit, zu der sich zudem noch Angst gesellte, drohte sie zu verschlingen. Sie hatte diesen Prozess des Loslassens allmählich gründlich satt. Zum Teufel mit den ganzen Psychologen und Philosophen und allen anderen, die ständig predigten, man sollte eine große Genugtuung dabei empfinden, wenn die eigenen Kinder sich zu unabhängigen Wesen entwickelten. Sie war jedenfalls noch nicht so weit, um den nächsten Schritt zu tun. Sie liebte es, ihre Söhne um sich zu haben, liebte das Gelächter, die Neckereien und auch die stillen Augenblicke.

Es war noch nicht einmal ein Jahr her, dass man sie für die glücklichste und harmonischste Familie in ihrem großen Freundeskreis hielt – ja sogar in Brandons gesamter Kirchengemeinde. Davon waren alle überzeugt. Sie wurden als gutes Beispiel ihrer Gemeinde hochgehalten. Der gute Pfarrer und seine Frau führten nicht nur eine ideale Ehe, sie galten auch als perfektes Elternpaar, weil sie offenbar das Kunststück fertigbrachten, am Leben ihrer Kinder teilzuhaben, ohne sie völlig zu erdrücken.

War das wirklich erst ein Jahr her?

Katherine nahm die Cracker und das Chili in Dosen aus der Tasche und verräumte sie. Da sie keine Ahnung gehabt hatte, für wie viel Leute sie würde kochen müssen und was sie sonst noch benötigen würde, hatte sie schließlich von ihren Vorräten von allem ein bisschen eingepackt. Paul und Michael taten auch weiterhin so, als könnte sie mit ihren Besuchen rechnen, denn offenbar trauten sie sich nicht, ihr offen zu gestehen, dass sie auch an den vereinbarten Tagen nicht kommen würden. Sie hatte die eine oder andere Unterhaltung mitbekommen, bei der die beiden für den Zeitraum ihrer geplanten Besuche mit Freunden Pläne schmiedeten.

So sehr sie es sich auch wünschte, ihre Söhne um sich zu haben, so wenig wollte sie, dass sie nur aus reinem Pflichtbewusstsein antreten würden.

»Hallo, ich glaub es nicht – du träumst während der Arbeit?«, meinte Paul, der zurückkam und in jedem Arm eine Tasche trug.

Sie zwang sich zu einem Lächeln. »Es ist die salzige Meeresluft, sie löst das jedes Mal bei mir aus.«

Er stellte die Taschen auf der Theke ab. »Dir gefällt es hier wirklich gut, nicht? Vielleicht solltest du überlegen, ob du nicht für immer hierher ziehen möchtest?«

Diese beiläufige Bemerkung war ihm so leicht von der Zunge gegangen, dass ihr fast schwindlig wurde, als hätte er sich längst damit abgefunden, dass es zwischen ihr und Brandon endgültig vorbei sei. Bei ihrer Arbeit in der Kirchengemeinde mit Familien, die vor der Scheidung standen, hatte sie die Erfahrung gemacht, dass die Kinder meist bereit waren, auch nur alles Erdenkliche zu unternehmen, um eine Versöhnung ihrer Eltern zu unterstützen.

»Und wo würdest du dann wohnen?«, wollte sie wissen.

»Natürlich erst dann, wenn ich mit der Schule fertig bin«, fügte er schnell hinzu.

»Highschool oder College?«

Er grinste verlegen. »Ich nehme mal an, das hängt davon ab, wann mich welches College überhaupt akzeptieren wird.«

Er war wie alle anderen Teenager, die sie in der Vergangenheit kennengelernt hatte, von derselben Krankheit befallen, die sich schlicht Egozentrik nannte. Das war genauso normal, wie die Bienen Honig sammelten. Sie faltete die leere Einkaufstasche zusammen und räumte sie weg. »Keine Bange«, erwiderte sie. »Ich habe nicht die Absicht, woanders hinzuziehen, solange du und dein Bruder –«

»Wo seid ihr denn?«, hörten sie Michael aus dem Wohnzimmer rufen.

»Wir sind in der Küche«, rief Katherine laut zurück.

Pauls Gesicht leuchtete auf. »Als Mom erwähnt hat, dass du einen Zwischenstopp bei Allison einlegst, habe ich angenommen, dass du erst morgen kommen würdest«, meinte er, als Michael im Türrahmen erschien.

»Nein, wieso sollte ich mich denn dort so lange aufhalten«, erwiderte Michael grinsend.

»Seit wann denn das?«, wollte Katherine wissen.

Michael griff hinter sich und zog Allison ins Blickfeld. »Seit sie bei mir ist.«

»Hallo, Mrs. Williams«, sagte Allison. »Ich hoffe, es ist Ihnen recht, dass ich mitgekommen bin. Michael wollte nämlich nicht, dass ich deswegen anrufe.«

»Natürlich ist mir das recht«, erklärte Katherine. Sie musste auf der Hut sein, um sich nicht anmerken zu lassen, wie »recht« ihr das war. Es wäre ihr auch recht gewesen, wenn Michael und Paul ihre ganzen Freunde für den gesamten Monat zu sich eingeladen hätten, vorausgesetzt, es hätte eine Möglichkeit dafür ergeben.

»Wie lange bleibst du?«, wollte Paul wissen.

»Allison muss erst am Montag wieder zurück sein«, antwortete Michael.

Keinem entging der leichte Anflug von Enttäuschung, der über Pauls Gesicht huschte. »Ist ja großartig«, erwiderte er mit gespielter Begeisterung.

»Allison war noch nie an der Strandpromenade«, erklärte Michael. »Ich dachte mir, wir könnten morgen alle gemeinsam hingehen.«

Katherine bedachte Michael mit einem verstohlenen Lächeln. Sie wusste, dass er sich das ausgedacht hatte, und dafür liebte sie ihn. »Ich halte das für eine wunderbare Idee. Ich bin schon seit Jahren nicht mehr dort gewesen.«

Es wurde ein fast perfektes Wochenende. Obwohl sich alle die größte Mühe gaben, konnten sie die Lücke, die Brandons Abwesenheit hinterließ, nicht gänzlich überspielen, daran änderte auch Allisons Anwesenheit nichts. Am deutlichsten zeigte sich das am Sonntagmorgen, als Michael vorschlug, den Gottesdienst zu schwänzen und stattdessen nach Big Sur zu fahren. Alle stimmten zu, und das wäre in Brandons Anwesenheit einfach undenkbar gewesen.

Am Montag gönnten sie sich alle vor der Abfahrt ein ausgiebiges Frühstück. Katherine stand in der Einfahrt und winkte ihnen zum Abschied, und drehte sich erst um, als die Rücklichter von Michaels Honda im Nebel verschwanden. Sie zögerte, in das leere Haus zurückzugehen, denn plötzlich wurde ihr bewusst, dass sie sich dort noch einsamer fühlen würde, als ohnehin schon. Stattdessen zog sie ihre Schuhe aus und machte sich, nur mit dem langärmeligen Hemd gegen die Kälte geschützt, zum Strand auf.

Als Peter eine halbe Stunde später zu Hause ankam, fuhr er erst einmal an Julias Haus vorbei, um nachzusehen, ob Katherine und ihre Familie bereits angekommen waren. Weil es keine Anzeichen dafür gab, machte er daran, seiner Sachen auszupacken und sein eigenes Haus wieder auf Vordermann zu bringen. Dabei überkam ihn wie jedes Mal dieses heimelige Gefühl, wie bei einer alten, wohlvertrauten Wolldecke, die nicht nur Bequemlichkeit, sondern auch ein Gefühl der Wärme vermittelte. Jedes Mal, wenn er heimkam, wurde ihm bewusst, wieso er noch immer in einem Haus lebte, das für seine Bedürfnisse viel zu klein war, in dem er die direkte Nachbarschaft manchmal doch auf irritierende Weise zu nahe empfand, und in dem unablässig immer wieder kleinere und größere Reparaturen anfielen. Aber es war sein Zuhause. Denn in diesem Haus konnte er, wie nirgendwo sonst auf der Welt ganz er selbst sein. Es war der Ort, an dem er sich verkriechen und an dem er völlig ungestört arbeiten konnte, auf der Flucht vor diesen Menschen, die sich ihm anbiederten, was sein momentaner Leben als Star der Kunstwelt mit sich brachte.

Außerdem befand er sich den gesamten August über nur drei Minuten Fußweg und einen Blick aus seinem Küchenfenster von seinem unerfüllbaren Traum entfernt, der nun einmal Katherine Williams hieß.

Peter öffnete die Jalousien in seinem Arbeitszimmer und kam zu dem Schluss, dass sich der Nebel vermutlich den ganzen Tag über nicht auflösen würde. Nachdem er zwei Monate lang in sechs verschiedenen Bundesstaaten und auf zwei Kontinenten permanenten Sonnenschein genossen hatte, begrüßte er dieses Grau sogar als angenehmen Kontrast. Er ging zu seiner Staffelei und betrachte die Skizze, die er vor seiner Abreise angefertigt hatte. Sie zeigte einen Otter mit seinem Jungen. Man hatte ihn gebeten, für eine Wohlfahrtsauktion, die im Herbst in San Francisco stattfinden sollte, ein Aquarell zu stiften, aber noch immer hatte er nichts aufs Papier gebracht, was ihn tatsächlich zufriedengestellt hätte.

Otter in allem Varianten waren ein Kunstklischée in der Monterey Bay Area. Jeder Geschenkeladen, jede Galerie und jeder Supermarkt verkaufte sie auf Postkarten, in Glas gestochen, in Bronze gegossen oder auf Leinwand gemalt. Trotzdem versuchte Peter seit Jahren, diese geschmeidige und kühne Kreatur auf ganz andere und neue Weise darzustellen, völlig unsentimental und naturgetreu.

Er ignorierte seine unausgepackten Reisetaschen, setzte sich vor seine Staffelei, zog ein neues Blatt Papier auf, nahm einen Kohlestift zur Hand und machte sich daran, neue Skizzen anzufertigen. Etliche Zeit später arbeitete er an einem sehr beschaulichen Bild von einem Otter, der durch ein Gestrüpp aus Birntang schwamm. Die Ausdruckskraft des Bildes gefiel ihm gut.

Aus diesem Grund fluchte er auch laut los, als ihn ein Klopfen an der Vordertür aus seiner Konzentration riss. Normalerweise hätte er darauf gar nicht reagiert, das tat er nie während der Arbeit, aber dieses Mal zwang ihn förmlich etwas dazu, herauszufinden, wer es war.

Er riss die Tür auf und stand da, mit einem hinters Ohr geklemmten Pinsel und verkniffenem Gesicht.

Angesichts dieser Begrüßung wich Katherine einen Schritt zurück. »Ich war auf dem Heimweg ... ich habe Ihren Wagen gesehen und gedacht, ich schau mal kurz vorbei, um Guten Tag zu sagen. Aber jetzt, wo ich sehe, dass Sie beschäftigt sind, werde ich ein andermal wiederkommen.«

Peters logische Gehirnhälfte weigerte sich zuerst, ihre Anwesenheit zu akzeptieren. Wünsche wurden nicht einfach so wahr, zumindest nicht für ihn. Falls es so wäre, dann hätte Katherine bereits vor langer Zeit auf seiner Türschwelle gestanden. Er war vermutlich doch viel müder, als er angenommen hatte. So stark übermüdet, dass er an seiner Staffelei einfach eingeschlafen war und von ihr träumte. Das war die einzige plausible und vernünftige Erklärung.

»Peter?« Sie kam näher, um ihn anzusehen. »Geht es Ihnen gut?«

Gütiger Gott, sie war es wirklich. »Mir geht es gut«, gab er zur Antwort. »Ich war nur mit anderen Dingen beschäftigt.« Es war zwar nicht die beste Erklärung, aber eine andere fiel ihm nicht ein. Und dann fügte er matt hinzu: »Ich habe Sie nicht vor dem kommenden Montag erwartet.«

»Ich habe beschlossen, dieses Jahr etwas früher hierher zu kommen.«

»Wie geht es den Jungs ... und Brandon?«

Sie zögerte mit ihrer Antwort und erwiderte dann mit einer seltsam fröhlich aufgesetzten Stimme: »Großartig – ja, es geht ihnen allen prächtig. Sie sind wahnsinnig beschäftigt.

Wirklich wahnsinnig beschäftigt. Ich bin mir nicht sicher, ob dieses Mal einer der beiden hier wirklich viel Zeit verbringen wird.«

Wie konnte es nur sein, dass sie von Jahr zu Jahr schöner wurde, während alle anderen einfach nur alterten? Er hatte immer geglaubt, bereits jedes Detail über sie gespeichert zu haben, die Art und Weise, wie ihr lockiges, kastanienbraunes Haar im Nebel widerspenstig abstand, wie sanft und verführerisch ihre Augen wirkten, wenn sie lächelte, und wie sie ihren Kopf neigte, wenn sie ihn ansah. Doch jedes Jahr entdeckte er etwas Neues an ihr, etwas, das seiner Seele neue Nahrung für jene Monate gab, in denen er nur mit den Erinnerungen an sie leben musste.

»Es tut mir leid, ich hätte Sie hereinbitten sollen«, meinte er verlegen. Er machte die Türschwelle frei, bat sie ins Haus und fragte dann rein mechanisch: »Hätten Sie gerne etwas zum Trinken? Kaffee? Ich glaube, ich habe noch ein paar Teebeutel, die von Ihrem letzten Besuch hier übrig sind.« Er trank niemals Tee, wusste aber, dass es ihr bevorzugtes Getränk war.

»Nein, vielen Dank.« Sie ging ins Wohnzimmer und ließ sich auf dem Morris-Stuhl beim Kaminfeuer nieder. »Seit meinem letzten Besuch hat sich der Raum verändert.«

»Die Kommode und die Brücke sind neu. Vor längerer Zeit habe ich eine Auktion besucht und mich dazu hinreißen lassen; mitzubieten.« Peter wollte sich gerade auf dem Stuhl neben ihr setzen, beschloss aber dann, vorsichtshalber in einem sicheren Abstand von ihr auf dem Sofa Platz zu nehmen. Es war das erste Mal, dass sie ihn ohne Brandon oder eines der Kinder besuchte, die für ihn gewissermaßen wie ein Schutzschild wirkten. Gar nicht auszudenken, was passieren würde, wenn sie ihn bei einem verräterischen Gesichtsausdruck ertappte.

»Sind Sie ganz sicher, dass Sie nicht doch irgendetwas haben möchten?«

»Ehrlich gesagt, bin ich vorbeigekommen, um Sie zu fragen, ob Sie nicht vielleicht mit mir zu Abend essen wollen. Ich habe vergessen, dass ich diese Woche alleine hier bin, und habe eine Hühnchen-Kasserolle zubereitet, mit der man die gesamte Nachbarschaft versorgen könnte.«

»Was ist mit den Jungs?«

Sie lächelte säuerlich. »Sie sind erwachsen. Michael wird in ein paar Wochen wieder auf die Schule zurückgehen und kann den Gedanken, auch nur einen Tag von seiner Freundin Allison getrennt zu sein, kaum ertragen. Paul hat vor zwei Wochen einen Job im Lebensmittelladen angenommen und sich prompt in die Tochter des Besitzers verknallt. Ich kann mich glücklich schätzen, wenn ich ihn überhaupt noch einmal sehen werde, solange ich hier bin.«

»Und Brandon?«, erkundigte sich Peter pflichtgemäß.

»Er hat einen neuen Hilfspfarrer, den er einarbeiten muss.«

Sie rutschte auf ihrem Stuhl hin und her und senkte den Blick auf ihre Hände. In dem Moment, als sich Peter schon zu fragen begann, ob irgendetwas mit ihr nicht stimmen würde, warf sie ihm ein strahlendes Lächeln zu.

»Sie kennen doch Brandon«, meinte sie. »Er denkt doch ständig, dass seine Kirchengemeinde ohne ihn gar nicht auskommen kann.«

»Dann werden Sie also völlig alleine hier sein ... den ganzen Monat über?«

»Sieht ganz danach aus.«

Und in Peter formte sich die Gewissheit, dass der kommende Monat entweder zu dem schönsten oder dem schlimmsten seines Lebens werden könnte.

3

Katherine schloss die Tür hinter sich und lehnte sich mit dem Rücken dagegen, während sie hörte, wie sich Peters Schritte in der Nacht verloren. Es war ein gelungenes Abendessen gewesen und genau die Art von Ablenkung, die sie brauchte, um zumindest ein paar Stunden lang zu vergessen, dass ihr diesjähriger Aufenthalt im Strandhaus wahrscheinlich ihr letzter sein würde.

Sie hatte Schuldgefühle, weil sie Peter belogen hatte, obwohl es sich dabei ja lediglich um eine Unterlassungslüge handelte. Rein intuitiv hatte sie beschlossen, Peter zu verschweigen, dass sie sich von Brandon getrennt hatte. Seit Monaten wurde sie mit gut gemeinten Ratschlägen bombardiert und von Freunden und Verwandten mit endlosen Fragen gelöchert. Sie hatte deren besorgte Gesichter und die verstohlenen Seitenblicke gründlich satt und wollte das alles nicht auch noch mit Peter erleben.

Sie sehnte sich danach, dass endlich wieder eine gewisse Normalität in ihr Leben einzog, und sei es nur für den Monat, den sie hier verbrachte.

Normalität? Das war wohl ein Scherz. Wie die aussah, wusste sie eigentlich schon lange nicht mehr. Normalität herrschte, als ihre Familie noch intakt war und Brandon noch glaubte, sie wäre das Zweitbeste, was ihm in seinem Leben passiert war, womit sie immerhin gleich hinter seiner Berufung zum Priesteramt rangierte. Es hatte ihr nie etwas ausgemacht, erst an zweiter Stelle zu kommen, denn warum sollte sie auf Gott eifersüchtig sein?

Sie stammte aus einer Familie, die am Sonntag lieber zum Footballspiel ging, und es war ein hartes Stück Arbeit für sie gewesen, sich in eine perfekte Pfarrersfrau zu verwandeln. Anfangs war sie noch viel zu jung gewesen, um zu erkennen, dass es Brandon vor allem gereizt hatte, aus der ehemaligen »Sünderin« allmählich eine »Heilige« zu machen. Als er sein Ziel erreicht hatte, stellte sie für ihn keine Herausforderung mehr dar. Damit war sie für ihn zu einer Selbstverständlichkeit geworden. Und irgendwann fand er sie schließlich so langweilig, dass es ihm ein Leichtes war, sie völlig aufzugeben.

Genau das waren Brandons Worte an jenem Abend gewesen, als er sie gebeten hatte, aus dem Haus auszuziehen, das ihnen die Kirchengemeinde zur Verfügung gestellt hatte.

Er hätte über ein Jahr lang jede Nacht auf Knien um innere Führung gebetet, so meinte er, nachdem ihm klar geworden sei, welche Gefahr für ihn dieser Überdruss in sich barg. Dennoch hätte er sich ständig dabei ertappt, dass er beim Anblick der Frauen in seiner Kirchengemeinde auf Gedanken gekommen sei, die sich für einen Ehemann nicht geziemten. Er erklärte ihr zudem, dass er sich auch dagegen gewehrt hätte, ihr dafür die Schuld zu geben, aber ganz ehrlich gesagt, hätte er sich eingestehen müssen, dass sie schuld sei an seinen abschweifenden Gedanken. Denn schließlich sei sie es gewesen, die zugelassen hätte, dass in ihrer Ehe das Feuer erloschen sei. Ihr Liebesleben könnte er allenfalls noch als oberflächlich bezeichnen, und ihr kameradschaftliches Leben wäre auch nicht anregender.

Die Kirchengemeinde hatte sich ganz großartig verhalten – zumindest Brandon gegenüber. Obwohl es keiner direkt aussprach, war unübersehbar, dass alle dachten, sie hätte auf die Trennung bestanden. Natürlich konnte Brandon nicht umhin, oft genug zu betonen, dass sie sich im gegenseitigen Einverständnis getrennt hätten. Das hatte er sogar beim Sonntagsgottesdienst erklärt, bei dem er ihre Trennung öffentlich bekanntgegeben hatte, aber keiner schenkte ihm Glauben. Denn Reverend Williams war nicht der Mensch, sich von einem anderen abzuwenden, schon gar nicht von seiner eigenen Ehefrau.

Auf seinen Wunsch hin betrat sie Brandons Kirche nicht mehr, nachdem sie aus ihrem gemeinsamen Haus, das der Kirchengemeinde gehörte, ausgezogen war und sich eine kleine Zweizimmerwohnung am anderen Ende der Stadt genommen hatte. Dort herrschte eine bedrückende Enge, aber etwas Größeres würde sie sich erst leisten können, wenn ihr Ausbildungsjahr zum Lehrberuf abgeschlossen war und sie einen Arbeitsplatz gefunden hatte.

In jenem Sommer mussten sich Michael und Paul zum ersten Mal gemeinsam ein Zimmer teilen. Weil das keinem der beiden gefiel, zog Michael nach kurzer Zeit zu seinem Vater. Und genau dort hielten sich die beiden jetzt auch für die Zeit auf, die sie im Strandhaus verbrachte.

Katherine warf einen Blick auf die Uhr auf dem Kaminsims. Es ging schon auf Mitternacht zu, aber sie war nicht im Geringsten müde. Wenn sie jetzt ins Bett ginge, würde sie nur wach daliegen. Aber sie musste versuchen, zumindest ein bisschen Schlaf zu finden, ansonsten würde sie am Morgen völlig gerädert sein.

Sie ging zum Bücherregal und studierte die Buchrücken. Es waren jede Menge Science-Fiction-Thriller darunter. Von Julia wusste sie, dass Ken ein Fan davon gewesen war. Katherine war es nicht. Die Krimis kannte sie bereits alle, einige stammten sogar aus ihrer Hinterlassenschaft. Margaret Sadler wiederum hatte die Liebesromane beigesteuert. Katherine zog einen davon heraus, dessen Titel interessant klang, las die Inhaltsangabe und stellte ihn wieder ins Regal zurück. Auch wenn es sich nur um einen Roman handelte, wollte sie nicht unbedingt eine Geschichte lesen, wie eine Frau eine Situation meisterte, in der sie versagt hatte.

Schließlich entschied sie sich für eine Biografie von Doris Duke, einer Frau, deren Lebensgeschichte von Katherines so weit entfernt war, dass sie ihr wie ein Roman erschien. Bevor sie es sich im Sofaeck gemütlich machte, öffnete sie die gläserne Schiebetür, um die Geräusche des Meeres ins Zimmer zu lassen.

Stunden später ging Katherine endlich ins Bett. Sie war völlig durchgefroren, obwohl sie sich eine Wolldecke um die Beine gewickelt hatte. Und weil sie im Sitzen eingeschlafen war, hatte sie einen steifen Hals.

Ihr letzter Gedanke galt merkwürdigerweise Peter.

Sie war der festen Überzeugung, dass er genau der Mensch war, den sie während ihres Aufenthaltes hier nötig hatte, einen guten Freund, der nichts von ihr wollte, sie auch nicht brauchte, mit dem sie sich hin und wieder zum Essen, zu einem Spaziergang oder einem nette Plausch treffen konnte, und der sie weder mit seiner Neugierde noch mit guten Ratschlägen belästigen würde. Mit anderen Worten, einen Menschen, der in den restlichen neun Monaten des Jahres keinen Grund hatte, auch nur einen Gedanken an sie zu verschwenden.

Zwei Tage später stattete Peter Katherine einen Besuch ab, weil er es nicht mehr länger aushalten konnte. Er hatte alles Erdenkliche unternommen, um ein zufälliges Treffen mit ihr herbeizuführen. Er beobachtete den Strand in der Hoffnung, sie dort zufällig zu entdecken. Und er war, so oft er einen Anlass fand, für den es eine plausible Erklärung gab, an ihrem Haus vorbeigegangen. Und trotzdem war es ihm nicht gelungen, in ihre Nähe zu kommen. Mit einer einzigen Ausnahme, als sie hinter ihm aus der Ausfahrt fuhr und ihm kurz zugewunken hatte.

Sie kam ihm an der Tür entgegen, in einem einteiligen, blauen Badeanzug, das Haar hinten zu einem Zopf geflochten, die Sonnenbrille auf den Kopf geschoben und mit einem Handtuch über dem Arm.

»Sie haben mich gerade noch erwischt«, sagte sie. »Ich bin eigentlich auf dem Weg, um mir eines dieser ganz wundervollen, dekadenten Sonnenbäder zu gönnen.« Sie bedachte ihn mit einem Lächeln, das jedem Plakat in einer Zahnarztpraxis zur Zierde gereicht hätte. »Ich hatte schon gedacht, der Nebel würde sich nie mehr auflösen.«

Peter durchfuhr flüchtig der Gedanke, ob es etwa eine spezielle Hölle für Männer gab, die Pfarrersfrauen lüstern nachstellten. »Ich muss später in die Stadt und dachte mir, dass Sie vielleicht Lust hätten, mich zu begleiten, natürlich nur, falls Sie nichts anderes vorhaben.«

Sie schob eine Haarsträhne zurück, die sich aus ihrem Zopf gelöst hatte. »Wann?«

Durch ihre Handbewegung wurde ihr Busenansatz seitlich sichtbar, was Peter ziemlich aus der Fassung brachte. »Gegen Mittag?« Weil sie nicht sofort antwortete, fügte er hinzu, »Das muss aber nicht sein, ich dachte nur, dann könnten wir unterwegs irgendwo zu Mittag essen.«

»Zwölf Uhr passt bestens.«

»Großartig«, antwortete er, und bemühte sich, seine Begeisterung nicht zu deutlich zu zeigen. »Dann also bis später.« Er drehte sich um und wollte gehen. Sie wartete noch kurz, doch weil er nichts mehr sagte, meinte sie: »Sollen wir uns irgendwo treffen?«

»Was?«

»Sie haben gesagt, bis später. Ich wollte nur wissen, wo wir uns treffen?«

»Oh – ich komme vorbei und hole Sie ab.«

Sie wollte schon die Tür schließen, überlegte es sich aber noch einmal.

»Und was machen Sie jetzt?«

Er hatte vor, nach Hause zu gehen, um dieses Bild von ihr im Badeanzug endlich wieder aus seinem Kopf zu bekommen. »Nichts Wichtiges. Warum?«

»Wahrscheinlich ist es für jemanden, der das ganze Jahr über hier lebt, nicht besonders aufregend, ein Sonnenbad am Strand zu nehmen, aber ich habe mir gedacht, dass Sie vielleicht einmal eine Ausnahme machen könnten, um mich zu begleiten, weil es ein so wunderschöner Tag ist.«

Er würde sich vollkommen zum Narren machen, wenn er sich das antun würde. »Gerne ... ich muss nur noch schnell meine Badehose holen.«

»Haben Sie ein Strandtuch?«

»Nein, ich glaube nicht.«

»Dann bringe ich das von Paul mit.«

Als Peter sich zu seinem Haus aufmachte, um die Badehose zu holen, kam ihm immer wieder wie eine herannahende Welle derselbe Gedanke. Er hatte weder das Recht, mit ihr in der Sonne zu liegen, noch das Recht, sie unter dem fadenscheinigen Vorwand, er müsse Einkäufe erledigen, mit in die Stadt zu schleppen. Erstens war das nicht richtig, und zweitens war es auch noch dumm.

Er verhielt sich wie ein Alkoholiker, der jede Nacht betrunken ins Bett sank, um am nächsten Morgen tatsächlich zu glauben, er könnte an diesem Tag seine Sucht endgültig bezwingen.

Als sie nebeneinander auf dem harten Sand lagen, bat sie ihn Gott sei dank nicht, ihr beim Auftragen der Sonnenmilch zu helfen. Und er war klug genug, es nicht von sich aus anzubieten. Außerdem musste er ihre Haut erst gar nicht berühren, weil er wusste, wie weich ihre Haut war, und wie sie sich unter seinen tastenden Händen anfühlen würde. Er war ein Mensch mit einem ausgeprägten Tastsinn, dem sich solche Dinge automatisch erschlossen. Er musste sich erst gar nicht vorstellen, wie die fast unsichtbaren Härchen auf ihrem Arm an seinen Lippen kitzeln würden, er wusste es. So, wie er auch wusste, dass die Mulde an ihrem Halsansatz nach Blumen und Moschus riechen würde.

Katherine rollte sich zur Seite, stützte den Kopf in die Hand und musterte Peter. »Wann ist Ihnen klar geworden, dass Sie Maler werden wollen?«

Er schirmte seine Augen mit einer Hand gegen die Sonne ab

und sah sie an. »Das wollte ich schon immer. Ich kann mich nicht erinnern, dass das irgendwann mal anders gewesen ist.«

»Und wann haben Sie gemerkt, dass Sie auch davon leben können?«

»Als ein Interessent bei einer Ausstellung in der Gemeinschaftsgalerie der Künstler den Preis falsch gelesen und das Zehnfache von dem bezahlt hat, was ich für ein Landschaftsgemälde verlangt habe, das ich bis dahin für ziemlich durchschnittlich hielt.«

»Wie entscheiden Sie, was Sie malen wollen?« Sie hatte noch nie zuvor mit ihm über seine Arbeit gesprochen.

»Es muss mich einfach interessieren ... oder eine Herausforderung darstellen.«

»Ich habe mich einmal in der Malerei versucht, es war schrecklich.«

»Ich wette, dass Sie längst nicht so schlecht waren, wie Sie dachten. Wahrscheinlich sind Sie mit völlig überzogenen Erwartungen an die Sache gegangen.«

Sie lachte. »Nein, nein, nein, es war wirklich schrecklich. Allerdings war die Sache auch nicht ganz vergeblich. Ich habe dabei gelernt, Menschen zu schätzen, die wirklich Talent haben.« Ihre Augen leuchteten auf. »Wie Sie.«

»Aber Sie haben noch nie ein Bild von mir gesehen.«

»Doch, ja, habe ich. In einer Galerie in San Francisco. Ich habe mich dabei so lächerlich gemacht, das können Sie sich gar nicht vorstellen. Brandon ist fast gestorben, weil ich allen dort erzählt habe, dass ich den Künstler persönlich kennen würde.«

»Was würden Sie davon halten, für mich Modell zu sitzen?« Er bemühte sich, die Frage möglichst beiläufig zu stellen.

»Weil Sie sich für mich interessieren oder weil ich eine Herausforderung darstelle?«

»Beides.«

»Ich weiß nicht. Das scheint mir sehr narzisstisch.«

»Nicht so, wie ich arbeite.« – »Erzählen Sie mir bloß nicht, Sie würden gerade eine kubistische Picasso-Periode durchmachen.«

Nun war er es, der lachen musste. »So dramatisch ist es nicht. Ich male nur ganz naturalistisch das, was ich sehe, auch Warzen und dergleichen.«

»Ich habe keine Warzen. Nur jede Menge Sommersprossen.«

»Nun?« Er schloss die Augen, um nicht zu verraten, wie viel ihm ihre Antwort bedeutete.

»Ich kann mir zwar nicht vorstellen, wieso Sie ausgerechnet jemanden wie mich malen wollen. Aber wenn Sie das ernsthaft meinen, dann denke ich mal, dass es wohl in Ordnung ist.«

Nun konnte er sie auch wieder ansehen. »Ich kann schon morgen damit anfangen. Würde Ihnen das passen?«

»Morgen ist gut. Paul wollte zwar kommen, aber man hat seine Arbeitszeiten im Lebensmittelladen geändert, und er muss arbeiten.«

»Und Brandon?«

»Er kommt auch nicht«, antwortete sie zurückhaltend.

Peter fühlte sich schuldig, weil ihn ein solch unglaubliches Glücksgefühl überkam, als er hörte, dass er Katherine in den kommenden Tagen ganz für sich alleine haben würde. Denn sollte Julia tatsächlich beschließen, ihm das Haus zu verkaufen, war das keine Garantie dafür, dass Katherine sein Angebot annehmen würde, weiterhin mit ihrer Familie die Sommerferien hier zu verbringen.

»Ist das schwer?«, erkundigte sie sich. »Die ganze Zeit über ganz unbeweglich dasitzen zu müssen, meine ich.«

»Ich habe keine Ahnung«, gab er ehrlich zu, »ich habe es noch nie gemacht.«

»Was passiert, wenn ich mich bewege?«

»Dann ist alles ruiniert, und ich muss wieder von vorn anfangen.«

Sie bekam ganz große Augen. »Ich weiß nicht, ob ich das kann …«

Lachend legte er seine Hand auf ihren Arm. »Ich verspreche Ihnen, es tut nicht weh.«

Verdammt. Er hätte sie nicht berühren dürfen. Er verspürte einen Schmerz in seinen Eingeweiden, als würde ein enger Gurt sie abschnüren und herumdrehen. »Ich gehe schwimmen«, verkündete er. »Kommen Sie mit?« Insgeheim betete er, sie würde nein sagen. Er musste unbedingt für eine Weile alleine sein.

Sie sah auf ihre Armbanduhr. »Ich werde besser zurückgehen und mich schon einmal zurechtmachen.«

Er nickte. »Dann sehen wir uns später.«

Peter hielt sich erst gar nicht damit auf, sich langsam an das kalte Wasser zu gewöhnen, sondern marschierte direkt hinein und tauchte in eine heranrollende Welle. Aus dem Augenwinkel heraus konnte er sehen, dass Katherine noch eine Weile blieb und ihm zusah. Er bewegte sich parallel zum Strand durch die Dünung, bis sein Körper von der Kälte nahezu betäubt war. Erst dann schwamm er ins Meer.

Wenn es doch nur eine Möglichkeit gäbe, auch seine Gedanken so leicht zu betäuben.

4

Das blau-gelb gemusterte Sommerkleid, das Katherine trug, war ihr eine Nummer zu groß, weshalb ihr die Träger jedesmal über die Schultern rutschten, wenn sie die Serviette in ihrem Schoß zurechtrückte. Peter wusste nicht, was für ihn die größere Versuchung war – zu ihr hinüberzugreifen, um die Träger wieder hochzuschieben, oder sie unten zu belassen. Vor allem, als sie sich einen weiteren Bissen von ihrem Spinatsalat gönnte und sich dafür vornüber beugte und so einen weitaus größeren Einblick in ihren Ausschnitt gewährte, als eigentlich erlaubt war.

Sie bemerkte seinen Blick.

»Ich habe gar nicht gewusst, dass ich so abgenommen habe. Hoffentlich sitzen die anderen Kleider, die mitgebracht habe, etwas besser.« Sie schob einen Träger hoch und richtete ihre Schultern auf. »Ich habe den ganzen Sommer über nur Jeans und Shorts getragen.«

»Mhm, ist in der Kirche in letzter Zeit irgendetwas Ungewöhnliches vorgefallen?« Es war eine unverfängliche, um nicht zu sagen alberne Frage. Er ruckelte mit seinem Stuhl umher, damit der Gast neben ihm genügend Platz hatte, um seinen Stuhl aus der Sonne zu schieben. Das Straßencafé an der Pacific Avenue war seinem Geschmack nach viel zu gut besucht, aber es hatte geöffnet und wirkte leger genug, wodurch nicht das Gefühl aufkam, es würde sich um ein »Rendezvous« handeln, was der Besuch eines seiner eher formellen Lieblingsrestaurants vermittelt hätte.

»Ich glaube, es ist das erste Mal, dass ich endlich wieder ein Kleid trage, seit …« Sie hielt inne, als hätte sie plötzlich Zweifel, ob sie das, was sie ihm erzählen wollte, nicht besser für sich behalten sollte. »Es war in unserem Tal wirklich wahnsinnig heiß. Als ich abgereist bin, lagen wir knapp unter dem Hitzerekord, der in den achtziger Jahren aufgestellt wurde.«

Er hatte zwar bereits vor seinem Highschoolabschluss seine Kirchenbesuche gänzlich eingestellt, fand es aber trotzdem seltsam, dass sich die Gebräuche inzwischen so drastisch verändert hatten und es der Ehefrau eines Geistlichen erlaubt war, über Monate hinweg dem Gottesdienst fernzubleiben oder ihn gar in Jeans oder Shorts zu besuchen. Weil Peter nicht wusste, was er darauf antworten sollte, brach er sich ein Stückchen vom dem Brot ab, das man ihm zu seinem Salat serviert hatte, und konzentrierte sich darauf, mit dem Plastikmesser die kalte Butter aufzutragen.

Um das peinliche Schweigen endlich zu beenden, sagte er schließlich: »Angesichts solcher Rekordtemperaturen verstehe ich natürlich, dass Sie trotz allem beschlossen haben, hierher zu kommen.«

»Trotz allem?«, fragte sie. »Ich bin mir nicht sicher, was Sie damit meinen.«

»Ganz alleine – ohne Brandon und die Jungs.« Brandon hatte nie den ganzen Monat mit ihr im Strandhaus verbracht. Meistens kam er am Montag an, blieb ein paar Tage und fuhr dann zurück nach Hause, um seine Predigt für den kommenden Sonntag vorzubereiten.

Aber die Kinder waren natürlich immer mitgekommen, normalerweise in Begleitung einer Wagenladung von Freunden.

Katherine fischte einen Sonnenblumenkern aus ihrem Salat und warf ihn verstohlen den Tauben zu, die zwischen den Tischen umherwanderten. Als sie aufblickte und sah, dass er sie beobachtet hatte, meinte sie: »Ich weiß, dass man das nicht tun soll.«

»Aber?«, hakte er nach.

»Es sind ganz erstaunliche Tiere, die sich dem Stadtleben

optimal angepasst haben, indem sie von Essensresten und ein paar Tropfen Wasser leben.«

Er lehnte sich in seinem Stuhl zurück und starrte sie an. »Das meinen Sie doch nicht im Ernst?«

Tatsächlich errötete sie so heftig, dass sich die nackte Haut oberhalb ihres Kleides komplett verfärbte. »Keine Sorge, ich weiß schon, dass es sich verrückt anhört. Wahrscheinlich ist das der Grund, wieso ich es noch nie erwähnt habe.«

Albernerweise hatte er insgeheim immer gehofft, Katherine würde sich als ganz normale Durchschnittsfrau entpuppen, sobald er sie besser kennenlernen und ihre Fehler entdecken würde. Und dann wäre der ganze Zauber, den sie auf ihn ausübte, endlich gebrochen. Stattdessen fand er selbst die normalsten Dinge an ihr ungewöhnlich.

»Wissen Sie, da sind Sie nicht die Einzige. Auf der ganzen Welt gibt es Menschen, die das so wie Sie sehen. Sie sammeln die ganze Woche über Essensreste, um sie an ihre geliebte Taubenschar zu verfüttern.«

Sie lächelte. »Ich finde es wirklich erstaunlich, dass es dafür noch keine organisierten Busreisen gibt.«

»Was macht Sie da so sicher?«

»Weil ich bislang noch keinen Tourbus vor meiner Wohnung entdeckt habe.«

Sie lebte in einer Wohnung? Eigentlich hatte Peter den Eindruck gehabt, Brandons Kirchengemeinde würde ihnen einen höheren Lebensstandard ermöglichen. Er hätte schwören können, dass sie einmal erwähnt hatte, sie würden ein Haus bewohnen. Aber auch diese Sache ließ er erst einmal auf sich beruhen. »Und wohin haben sich die Tauben nach Ihrer Meinung nach dem Erdbeben verzogen?«

»Sie werden es nicht glauben, aber tatsächlich mache ich mir auch über solche Dinge so meine Gedanken.« Sie lehnte sich in ihrem Stuhl zurück und starrte auf die Gebäude, die beiderseits der Straße standen. »Wenn man sich jetzt hier umsieht, dann will man kaum glauben, wie schrecklich es hier noch vor ein paar Jahren ausgesehen hat.«

»Es war ziemlich traurig, mitanzusehen, wie sie die ganzen alten Gebäude abreißen mussten.«

»Waren Sie während des Erdbebens zu Hause?«

In Kalifornien war das eine der Standardfragen, die in die gleiche Kategorie fiel, wie etwa die Frage, was wer an dem Tag getan und wo er sich aufgehalten hatte, als John F. Kennedy, Martin Luther King oder John Lennon erschossen wurden. Das Bemerkenswerte daran war, dass sich durch die gemeinsamen Erfahrungen selbst vollkommen Fremde plötzlich näherkamen. »Ich befand mich gerade außerhalb von San Jose, auf dem Rückweg von einer Ausstellung in San Francisco. Die darauffolgenden fünf Stunden verbrachte ich damit, mir die Nachrichten im Autoradio anzuhören, und so wie sie es schilderten, klang es, als sei hier alles dem Erdboden gleichgemacht.«

»Sie haben für sechsundfünfzig Kilometer eine Fahrtzeit von fünf Stunden benötigt?«

»Aber nur, weil ich beschlossen hatte, eine Abkürzung zu nehmen.«

»Das kommt mir irgendwie bekannt vor, weil ich das wohl auch gemacht hätte. Gab es bei Ihnen schwere Schäden?«

»Ein paar zerbrochene Fensterscheiben und etliche Risse in den Wänden, aber nichts im Vergleich zu dem, was sich hier abgespielt hat. Die Häuser um die Küste herum sind ganz schnell in sich zusammengefallen.«

»Michael wollte ursprünglich an die San Jose State Universität gehen, aber das habe ich ihm ausgeredet. Den wahren Grund dafür habe ich ihm verschwiegen, denn sonst hätte er mich ganz bestimmt für verrückt erklärt. Seiner Meinung nach regt sich ein echter Kalifornier nämlich nicht über ein Erdbeben auf, er steckt das einfach weg. Doch irgendwie konnte ich ihn davon überzeugen, er würde nur dann das Gefühl haben, wirklich selbstständig zu sein, wenn er möglichst weit von zu Hause wegziehen würde.« Sie kicherte. »Wissen Sie, was er getan hat? Er hat sich für eine Schule entschieden, die in Kansas mitten im Tornadokorridor liegt.«

Ihr Gesicht strahlte und in ihren Augen spiegelten sich ihr Staunen und ihr Stolz wider, wie immer, wenn sie von ihren Söhnen sprach. »Ich glaube, anfangs kam er sich ein wenig verloren vor, aber inzwischen gefällt es ihm dort sehr gut. Insbesondere, seit er entschieden hat, welches Hauptfach er studieren will.«

»Spielt er immer noch mit dem Gedanken, ein geistliches Amt anzustreben?«

Sie nippte an ihrem Eistee, bevor sie antwortete. »Das war Brandons Idee. Gott sei dank besitzt Michael genug Verstand, seinen eigenen Weg zu gehen.«

»Er ist wohl für diesen Beruf nicht geeignet, oder?«

»So wenig wie ich selbst.« Sie warf den Tauben einen weiteren Sonnenblumenkern hin. Dieses Mal wurde ihr Tun mit einem missbilligenden Stirnrunzeln einer Frau bedacht, die am Nebentisch saß.

»Ich bin davon ausgegangen, dass Sie für dieses Amt die perfekte Kandidatin wären.«

Sie blinzelte überrascht. »Meine Güte, wieso?«

Er musste mit seiner Antwort vorsichtig sein, und seine privaten Gefühle strikt von seinen freundschaftlichen trennen. »Sie mögen die Menschen, und Sie können gut mit ihnen umgehen. Und Ihre Überzeugung ist so natürlich wie ihre Frisur.« Das klang wieder viel zu persönlich. »Ich wollte damit nur sagen, dass Sie sich so geben, wie Sie sind, und es durch Taten und nicht durch Worte ausdrücken. Sie würden Ihren Gemeindemitgliedern mit gutem Beispiel vorangehen, aus dem sie mehr lernen könnten als durch irgendwelche Phrasen.«

»Wie lange ist es her, seit Sie einen Gottesdienst besucht haben, Peter?«

»Sehr, sehr lange«, gestand er. Er hatte nie versucht, ihr

etwas über sich vorzumachen, wie er war und an was er glaubte oder nicht.

»Genau diese Phrasen sind es, weswegen die Leute kommen.« Sie hielt inne und lächelte. »Ich bin mir nicht sicher, ob ich etwas mit einer Kirchengemeinde zu tun haben möchte, die jeden Sonntag nur auftaucht, um brav dazusitzen und erwartet, dass ihr Pfarrer nett ist.«

Wenn Sie auf der Kanzel stünde, würde er jede Woche dem Gottesdienst beiwohnen. Er legte seine Hände auf die Knie und schaute ihr direkt in die Augen.

»Können wir?«

Sie nickte. » Und wohin gehts jetzt?«

»In das Geschäft für Künstlerbedarf. Ich muss mir noch ein paar Pinsel für das Meisterwerk besorgen, mit dem ich morgen beginnen werde.«

Es dauerte eine Weile, bis Katherine begriffen hatte, was mit dem »Meisterwerk« gemeint war, doch dann errötete sie. »Heißt das, dass Sie dafür auch neues Papier verwenden werden?«

»Selbstverständlich.«

Als sie um den Tisch ging, wollte er schon nach ihrem Arm greifen, verkniff es sich aber in letzter Minute. Ab jetzt musste er jeden, wenn auch nur rein zufälligen Körperkontakt mit ihr unbedingt vermeiden. Sein Verlangen nach ihr war so groß, dass es sich wie ein Rucksack anfühlte, den er mit sich herumschleppte, und der täglich schwerer wurde.

»Hätten Sie etwas dagegen, wenn ich zuerst dort reinschaue?« Sie deutete auf einen Buchladen namens Book Ship Santa Cruz.

»Nein, machen Sie nur. Ich bin in ein paar Minuten wieder zurück. Ich muss noch schnell etwas besorgen.«

Er fand sie im Gang mit der Unterhaltungsliteratur. Sie las gerade die Inhaltsangabe eines Taschenbuchs. Und als er sie dort stehen sah, wusste er, dass er einen Fehler gemacht hatte. Wieso hatte er bloß dieser plötzlichen Eingebung nachgegeben, die ihn zu dem Blumenstand vor dem Buchgeschäft geführt hatte.

Es stand ihm einfach nicht zu, ihr Blumen zu schenken, egal mit welcher fadenscheinigen Begründung er das auch immer erklären würde.

Er wollte gerade umkehren, um die Blumen in den Abfallkorb neben der Kasse zu werfen, da hatte sie ihn bereits entdeckt.

Sie schlug das Buch zu, klemmte es sich unter dem Arm, unter dem sie bereits ein anderes stecken hatte, und kam auf ihn zu.

»Ich muss nur noch bezahlen, dann können wir los.«

Während er auf sie wartete, schlenderte er zu einem Tisch mit Sonderposten und blätterte einen Kunstband durch.

Da sie die Blumen bereits gesehen hatte, blieb ihm nichts anderes übrig, als sie ihr zu geben.

Nun musste ihm nur noch ein Trick einfallen, es möglichst beiläufig wirken zu lassen, so normal, als würde er ihr eine Tür aufzuhalten oder ihr einen Stuhl hinschieben.

»Ich habe eine tiefe Hochachtung vor talentierten Menschen«, sagte sie, während sie ihm über die Schultern blickte. »Jeder Art von Talent. In meinem nächsten Leben würde ich gern Schauspielerin werden – nein, Sängerin.«

»Sie glauben an die Wiedergeburt?«

»Nicht wirklich.«

Sie machte einen Schritt, um neben ihm zu stehen.

»Das ist nur meine Art, mich darüber zu beschweren, dass ich auf keinem einzigen Gebiet auch nur das geringste Talent aufweise, mal abgesehen von den ganz alltäglichen Dingen.«

»Was reden Sie denn da? Sie sind für mich die ungewöhnlichste Frau, die ich kenne.«

Offenbar der Ansicht, er wolle sie nur necken, machte sie eine kleine Verbeugung vor ihm.

»Und Sie sind ganz bestimmt der galanteste Mann in meinem Bekanntenkreis.«

War es möglich, dass sie so blind ihrer eigenen Persönlichkeit gegenüber war und ihre Fähigkeit nicht erkannte, anderen Menschen ein Wohlgefühl zu vermitteln, weil sie grundsätzlich nur das Gute in ihnen sah? War es möglich, dass Brandon nicht merkte, dass er der glücklichste Mann auf Erden war?

Langsam kam er sich mit den Dahlien in der Hand etwas albern vor, und deshalb überreichte er Katherine endlich den Strauß.

»Sind die für mich?«

»Sie passen zu Ihrem Kleid.«

Sie starrte so nachdrücklich auf die gelben Blumen, als hätte sie Angst, sie könnten im nächsten Augenblick verschwinden.

»Noch nie hat mir jemand Blumen geschenkt.«

»Noch nie?«

Sicher meinte sie damit nur, nicht ohne einen besonderen Anlass.

»Nicht einmal, als ich im Krankenhaus lag und meine Kinder zur Welt brachte. Brandon hatte schon immer etwas gegen Blumen.«

Sie steckte ihre Nase in den Strauß und atmete den Duft tief ein.

»Und damit meine ich, dass er wirklich etwas gegen Blumen hat. Nach der Geburt von Michael und Paul hat er alle gebeten, eine Summe für die Wohlfahrtseinrichtung der Kirche zu spenden. Als er Pastor unserer Kirche wurde, machte er gleich allen klar«, – sie schnupperte nochmals an den Blumen – »welchen Standpunkt er diesbezüglich einnahm. Wir verloren zwar einige Gemeindemitglieder, allesamt Floristen, aber der Rest der Gemeinde akzeptierte offenbar seinen Standpunkt, vor allem, nachdem er erklärte, dass es in seinen Augen schon fast eine Sünde sei, Geld für etwas auszugeben, das bereits nach einer Woche auf dem Müll landet. Und das, obwohl eine Familie in der Dritten

Welt von diesem Geld eine ganze Woche leben könnte. Logischerweise lag die Vermutung nahe, dass danach die Spenden an die Mitarbeiter der Wohlfahrtseinrichtung angestiegen wären, was aber nicht der Fall war.«

»Und wie fühlen Sie sich jetzt?«, fragte er. Sie lächelte schuldbewusst, aber voller Freude. »Wie etwas Besonderes … wie etwas ganz, ganz Besonderes.«

Dabei ging es doch nur um die normalste Sache der Welt. Er fragte sich ernstlich, ob Brandon auch nur die geringste Ahnung hatte, was ihn seine starrsinnige Haltung kosten könnte.

5

Katherine stand vor den Spiegeltüren des Kleiderschranks und musterte sich eingehend. Peter hatte sie gebeten, etwas Schlichtes anzuziehen, weil es auf dem Gemälde nicht um ihre Kleidung, sondern um sie selbst ging. Sie hatte vier Kleider mitgebracht und jedes in der letzten halben Stunde anprobiert. Aber sie fühlte sich in keinem richtig wohl. Wie war es nur möglich, dass sie so an Gewicht verloren hatte, ohne es selbst zu merken?

Hatte Brandon recht damit gehabt, als er ihr vorwarf, sie würde allmählich nur noch Haut und Knochen sein? Und hatte er sie aus diesem Grund nicht mehr attraktiv genug gefunden?

Sie hatte Peter ganz spontan zugesagt, für ihn Modell zu sitzen, ohne sich auch nur einmal über die möglichen Konsequenzen Gedanken zu machen. Was würde passieren, falls Peter auf die Idee käme, das Gemälde zu verkaufen, es aber niemand haben wollte, weil sie so uninteressant wirkte? Von einem Modell erwartete man Schönheit oder zumindest eine ganz besondere Ausstrahlung.

Doch sie war bestenfalls Durchschnitt. Oder, falls man Brandon Glauben schenken sollte, einfach nur entsetzlich langweilig. Dieser Punkt war Peter offenbar völlig entgangen, warum auch immer. Wahrscheinlich, weil er so wenig Zeit mit ihr verbrachte. Auch Schildkröten in Terrarien zu beobachten war für eine gewisse Zeit interessant, aber wer wollte sich schon ständig mit ihnen beschäftigen? Aber was würde passieren, falls er das Gemälde verkaufen konnte und alle wissen wollten, wer ihm Modell gestanden hatte? Oder noch schlimmer, was wäre, wenn es zu ähnlichen Spekulationen kommen würde, die Andrew Wyeths Gemälde von Helga nach sich gezogen hatte? So etwas würde sie Brandon nie und nimmer einleuchtend erklären können.

Du liebe Zeit, offenbar mutierte sie allmählich zu einer völlig paranoiden Idiotin. Redete sie sich solche Sachen eigentlich nur deshalb ein, weil sie sich schon fast verzweifelt nach ein bisschen Nervenkitzel sehnte?

Sie ließ sich auf der Bettkante nieder.

Wie hatte es nur so weit kommen können, dass aus dem Mädchen, das früher zu jeder Highschoolparty eingeladen wurde, eine Frau geworden war, deren einzige Freunde der Kirchengemeinde angehörten, die sie auf Wunsch ihres Ehemannes nicht mehr betreten durfte?

Stimmte es womöglich, dass sie als Frau tatsächlich so eindimensional war, wie Brandon versucht hatte, ihr einzureden. Ihr gemeinsames Liebesleben war nie wirklich so atemberaubend gewesen, wie man es in Büchern und Filmen darstellte. Jeden Änderungsvorschlag ihrerseits, einfach einmal etwas Neues auszuprobieren, wie zum Beispiel sich am hellichten Tage zu lieben oder nicht immer nur im Ehebett, hatte er brüsk zurückgewiesen und ihr seltsame Fantasien unterstellt. Danach hatte er mit ihr so lange darüber debattiert, bis sie irgendwann keine Lust mehr hatte. In manchen Dingen war sie einfach ein Spätzünder, und leider Gottes wohl auch in diesem Punkt. Nachdem sie sich jahrelang vergeblich bemüht hatte, wurde ihr schließlich klar, dass Brandon sich sein Geschlechtsleben genauso vorhersehbar wünschte wie sein ganzes Leben überhaupt.

Zumindest hatte sie das angenommen.

Denn wenn sie sich mehr Mühe gegeben hätte, Brandons wahre Bedürfnisse herauszufinden, müsste sie jetzt wahrscheinlich nicht damit rechnen, nach ihrem Urlaub einen Termin beim Scheidungsanwalt wahrzunehmen. So zumindest hatte Brandon ihre Eheprobleme dargestellt. Sie wusste nicht, was sie davon halten sollte. Nach allem, was passiert war, fühlte sie sich immer noch wie betäubt. Sie fühlte sich, als hätte sie einen Arzt aufgesucht, um sich eine Warze entfernen zu lassen, um dann zu erfahren, dass sie nur noch sechs Monate zu leben hatte.

Sie warf einen Blick auf die Uhr neben dem Bett. Sie musste los und hatte noch genau fünf Minuten Zeit, um sich zu entscheiden, welches Kleid sie anziehen würde.

Peter wusste ganz genau, wie das Gemälde von Katherine aussehen sollte. In den vergangenen Jahren hatte er aus dem Gedächtnis unzählige Skizzen von ihr angefertigt, auf vielen davon war im Hintergrund das Meer zu sehen. Mit seinem Einverständnis durften sogar einige Galerien drei der fertiggestellten Zeichnungen ausstellen, die jedoch allesamt mit einem Schild »VERKAUFT« versehen waren. Es waren keine reinen Portraitzeichnungen, sondern eher figürliche Darstellungen, auf denen er sie von Weitem portraitiert hatte. Auf manchen saß sie einfach ganz ruhig da, auf anderen wiederum agierte sie im Kreise ihrer Familie.

Anfangs hatte er gehofft, dass seine Arbeiten für ihn eine karthartische Wirkung haben könnten, wenn er sie über längere Zeit hinweg einfach als reines Motiv betrachten würde, sodass er irgendwann einmal über sie hinwegkommen würde. Er hatte darauf gesetzt, dass er ihrer eines Tages überdrüssig sein würde und er sich anderen Dingen oder anderen Personen zuwenden könnte. Doch bis heute war das nicht eingetreten.

Nachdem er sich selbst so viele Jahre diesen Höllenqualen ausgesetzt hatte, musste er sich schließlich einfach damit abfinden, um zumindest auf diese Weise Frieden mit sich selbst zu schließen. Er liebte sie. Er würde sie immer lieben. Jeden Tag würde die Sonne auf- und wieder untergehen, die Flut würde kommen und gehen, der Nebel würde im Sommer über die Küste ziehen, und er würde Katherine lieben – ganz einfach, unstreitig und unvermeidlich.

Sie kam in einem himmelblauen Strickkleid mit einem runden Ausschnitt und kurzen Ärmeln. Das Oberteil war bis zu ihrem Brustansatz unterfüttert, ab da fiel es in weiten und sanften Linien bis zu ihren Fesseln. Sie breitete die Arme aus und drehte sich um die Achse. »Ist das in Ordnung?«

»Geradezu perfekt«, meinte er, während ihm das Herz bis zum Hals klopfte. Er gab sich der Vorstellung hin, sie hätte die Arme nur für ihn so weit ausgebreitet.

»Ich muss Sie um einen Gefallen bitten.«

»Alles, was Sie wollen.« Er versuchte, die Leidenschaft in seiner Antwort mit einem Lächeln zu entschärfen.

»Erwähnen Sie bitte nicht den Jungs gegenüber, was wir hier machen. Ein Bild von sich malen zu lassen ist etwas für junge Mädchen, aber nicht für Mütter.«

»Und wie steht es mit Brandon?«

Sie zögerte. »Ich glaube nicht, dass dieses Thema zur Sprache kommen wird.«

»Und falls doch?«

»Dann müssen wir ihm natürlich die Wahrheit sagen.«

Hatte er allen Ernstes erwartet, sie würde tatsächlich vor ihrem eigenen Ehemann Geheimnisse haben, noch dazu, wenn es um ihn ging. »Würde er sich denn sehr darüber aufregen, wenn er erfährt, dass Sie für mich Modell sitzen?«

Sie schob die Hände in die Taschen ihres Kleides. »Machen Sie sich darüber keine Sorgen, Peter. Brandon wird diesen Sommer nicht hierher kommen.«

Es war ihm schlicht unbegreiflich, dass es Brandon auch nur einen Tag ohne sie aushielt, ganz zu Schweigen von einem ganzen Monat. »Kann ich Ihnen irgendetwas anbieten, bevor wir anfangen?«

»Ich hätte gerne ein Glas Wasser – aber das kann ich mir selber holen.« Sie machte sich auf, um in den anderen Teil des Haus zu gehen. »Es ist schon so lange her … ist die Küche dort?«

»Ich hole es für Sie«, bot er an.

»Nein, bitte, lassen Sie mich das machen. Ich fühle mich nicht wohl, wenn ich weiß, dass man auf mich warten muss.«

Als er ihr einen fragenden Blick zuwarf, zuckte sie mit den Schultern, als wäre sie über ihre Bemerkung selber verwundert. »Soll ich Ihnen auch etwas mitbringen?«

»Nein danke, ich habe gerade Kaffee getrunken.« Er sah ihr nach und dachte, wie schnell sie sich doch in seinem Haus zurechtfand. Ganz so, als würde sie hier schon immer leben … als ob sie hierher gehören würde.

Mit aller Gewalt unterbrach er seine Gedanken und stoppte die Flut seiner Hirngespinste. Dass er sich in Katherine verliebt hatte, war einem Unfall vergleichbar, bei dem man als Schwimmer in eine Springflut gerät. Und sich irgendwelchen Tagträumen über Katherine hinzugeben, über Dinge, die überhaupt nicht existierten und auch niemals wahr werden würden, war so sinnlos, als würde sich der Schwimmer in der Springflut noch zusätzlich Bleigewichte an die Fußgelenke hängen.

Katherine kam mit einem Glas Wasser zurück.

»Wo soll ich mich hinsetzen?«

»Auf dem Platz am Fenster. Ich habe mir überlegt, dass wir verschiedene Positionen ausprobieren, ein Profil, bei dem Sie aufs Meer hinausblicken, ein paar Großportraits und vielleicht ein oder zwei, auf denen Sie ins Zimmer schauen, als würden Sie sich mit jemandem unterhalten.«

Sie setzte sich auf die losen Kissen und schlug ganz selbstverständlich ein Bein über das andere.

»Das ist gut so«, meinte er, denn es gefiel ihm, dass sie ganz natürlich wirkte, was er eigentlich nicht erwartet hatte.

Sie tat, worum er sie gebeten hatte, legte einen Arm auf die eicherne Fensterbank, eine Hand auf ihre abgewandte Gesichtshälfte und sah durch das mit Sprossen versehene Fenster hinaus. Wie jeden Tag zu dieser Zeit begann die frühe Nachmittagssonne ins Wohnzimmer zu scheinen, und ihre Strahlen fielen genau auf ihren Schoß.

Den ganzen Nachmittag über würde dieses Wechselspiel aus Licht und Schatten anhalten und Peter damit ständig neue Perspektiven liefern. Damit er genau jene einfangen konnte, die er unbedingt haben wollte, musste er seine Zeichnungen schnell anfertigen und erst später die einzelnen Details hinzufügen. Im Moment zählte vor allem das Licht, die Art und Weise, wie es sich über ihren Körper hinwegbewegen, ihr Haar aufleuchten lassen, und ihrer Haut Struktur verleihen würde.

Obwohl er mit Wasserfarben arbeitete, war sein Stil so detailliert, als würde er in Öl malen. Er benutzte dazu trockenen Pinselstaub über den verdünnten Wasserfarben, Gouache-Farben, um kleine Lichter zu setzen, dazu Decklack und Abdeckflüssigkeit zum Retuschieren, was ihm die größtmögliche Freiheit zum Experimentieren bot. Dieser Malstil hatte in den vergangenen Jahren eine ganze Reihe puristischer Kritiker gegen ihn aufgebracht. Aber er hatte noch nie gemalt, um irgendwelchen Kritikern zu gefallen, sondern ausschließlich für sich selbst.

Statt Fotos benutzte Peter stets Skizzen als Vorlagen, weil seiner Meinung nach jedes Foto nur einen eingefrorenen Augenblick einfangen würde. Oft versah er seine Skizzen auf der Rückseite mit langen Notizen, damit er sich an die jeweilige Stimmung und den Ort erinnern konnte. Doch heute würde er sich ganz bestimmt keine Notizen machen müssen, denn diesen Tag würde er niemals in seinem Leben vergessen.

Katherine drehte sich um und sah in an. »O – Sie arbeiten schon.« Sie brachte ihren Kopf mit einem Ruck wieder in Position. »Ich wollte Ihnen gerade etwas über den Vogel erzählen, der auf Ihrem Zaun sitzt.«

»Was ist mit ihm?«

Sie versuchte zu sprechen, ohne dabei den Mund zu bewegen.

»Das kann ich Ihnen auch später erzählen.«

Er lächelte. »Legen Sie Ihre Hand in den Schoß.«

Sie folgte seiner Anweisung. »Meinen Sie so?« – »Mit der Handfläche nach oben.« Er studierte für kurze Zeit ihre Position und sagte dann: »Bewegen Sie sich nicht. Ich bin gleich wieder da.«

Peter ging nach draußen, pflückte die orangefarbene Blüte einer Kapuzinerkresse und arrangierte sie in ihrer Hand. »So werden Sie in Zukunft nie mehr ohne Blumen sein.«

Ihr Gesichtsausdruck veränderte sich, ihre Augen bekamen einen gedankenverlorenen Schleier, und ihre Gedanken schweiften ab in Regionen, zu denen er keinen Zugang hatte.

Nach zwei Stunden musste er die Arbeit abbrechen, weil das warme Licht zu viel Härte bekommen hatte. Er musste das tiefe Siena-Ocker, das dunkelbraune Umbra und helle Ockergelb des Sonnenuntergangs abwarten, um das einzufangen, was er sich als Nächstes vorstellte.

»Wie wäre es mit einer Pause?«, schlug er vor.

Sie räkelte sich wie eine Katze, die vor dem Kaminfeuer ein Nickerchen gemacht hatte und wieder zu sich kam. »Es war bei Weitem nicht so anstrengend, wie ich es mir ursprünglich vorgestellt habe.«

»Da bin ich aber froh.« Er legte die Skizze, an der er zuletzt gearbeitet hatte, mit der Oberseite nach unten zu den anderen auf den Tisch. »Hätten Sie etwas gegen eine weitere Sitzung heute Abend einzuwenden?«

Sie griff nach ihrem Wasserglas, das sie bislang noch nicht angerührt hatte. »Und was werden Sie jetzt machen?«

»Mit den Skizzen?«

»Nein, ich meine Sie. Haben Sie Hunger? Ich könnte uns einen Imbiss herrichten.«

War die fürsorgliche Hausfrau die Rolle, auf die sie sich in ihrem Leben eingerichtet hatte? »Ich könnte uns doch auch etwas zurechtmachen, oder?«

»Ist mir auch recht. Auf diese Weise können Sie sich eine

Weile entspannen. Schließlich waren Sie es, der die ganze Zeit über gearbeitet hat.«

Ohne darüber nachzudenken, was er tat, nahm Peter sie bei Hand, ging mit ihr in die Küche und bestand darauf, dass sie sich hinsetzte, während er eine kleine Kugel Goudakäse und Trauben aus dem Kühlschrank holte. Indem er sie berührte, hatte er gegen seine eigenen Regeln verstoßen. Bei jedem anderen Menschen wäre das Berühren der Hand etwas völlig Beiläufiges, ja das Natürlichste der Welt gewesen, nicht aber bei Katherine. Ganz einfach, weil er es nie vergessen würde. Denn als ihre Hand in seiner lag, überkam ihn ein Gefühl, dass sein Verlangen nach ihr nur noch größer werden ließ. Am liebsten hätte er ihre Hand zu seinem Mund geführt, mit seinen Lippen die sanfte Lebenslinie in ihrer Handfläche benetzt, die leider nicht für ihn galt, weil ihm das Schicksal nicht gewogen war. Aber das durfte er nicht.

Er nahm ein Frühstücksbrettchen aus einer Schublade und begann, den Käse in Scheiben zu schneiden. »Was war mit dem Vogel?«

»Er war ziemlich klein, ein bisschen größer als ein Fink, er hatte einen roten Kopf und einen gelben Körper.«

»Und die Flügel und der Schwanz waren schwarz?«

»Ich habe ihn nur von vorn gesehen, konnte also seinen Schwanz nicht erkennen, aber ich glaube, die Flügel waren schwarz.«

»Klingt, als wäre es einer dieser exotischen Western Tanager gewesen. Aber ehrlich gesagt, gehöre ich nicht gerade zur Kategorie der Vogelkenner. Im Bücherregal im Wohnzimmer steht ein Vogelbuch, ganz unten auf der linken Seite, in dem können Sie nachschlagen.«

Sie erhob sich, ging aber nicht ins Wohnzimmer, sondern blieb neben ihm stehen, hob die Trauben hoch und ging damit zum Spülbecken, um sie abzuwaschen. »Tut mir leid, ich bin es einfach nicht gewohnt, untätig herumzusitzen.

»Hätten Sie gerne ein Glas Wein?«, wollte er wissen.

»Ehrlich gesagt, wäre mir ein Glas Bier lieber, falls Sie welches haben.«

Er ging zum Kühlschrank hinüber, blieb aber plötzlich stehen. »Nein, das Bier ist ja dort. Und die Gläser sind im Tiefkühlfach.«

»Sehr gut, Peter.« Sie tätschelte seinen Arm.

»Ach, wissen Sie was, bringen Sie mir doch auch eines.«

Nun lächelte sie. »Noch besser.«

»Und wenn Sie schon gerade dabei sind, da draußen liegt noch etwas Wäsche herum ...«

Das brachte sie zum Lachen. »Übertreiben Sie es ja nicht.«

Ihr Lachen war wundervoll, spontan und frei, nicht dieses gezwungene, höfliche Lachen, das nur ein flaues Gefühl hinterließ, sondern eines, bei dem man sich danach sehnte, es noch einmal zu hören.

Sie neigte das Glas und ließ das Bier hineinlaufen. »Haben Sie schon immer alleine gelebt?«

Er war immer noch damit beschäftigt, herauszufinden, was sie zu dieser Frage bewegt hatte, als sie weiterredete.

»Vergessen Sie die Frage. Das geht mich nichts an.« Sie nahm ein frisches Geschirrtuch und trocknete damit die Trauben ab. »Ich habe das gefragt, weil ich Sie immer nur alleine sehe. Sie sind ein so ungewöhnlicher Mensch, dass es eine Schande wäre, wenn Sie ihr Leben nicht mit einem Menschen teilen würden, der genauso ungewöhnlich ist.«

Gott im Himmel, was sollte er auf diese Frage antworten? »Vermutlich habe ich bislang einfach noch nicht den entsprechenden Partner gefunden.«

»Hat es denn niemals ... « – sie suchte nach den richtigen Worten – »jemanden gegeben, der ihnen wirklich etwas bedeutet hat?«

Eine merkwürdige Formulierung. Zuerst dachte er, dass man in ihren Kreisen die Dinge so umschrieb. Doch plötzlich dämmerte es ihm, was sie damit eigentlich sagen wollte.

Sie dachte, er sei schwul.

6

Peter versuchte, Zeit für seine Antwort zu gewinnen. Plötzlich schien sich der Himmel gelichtet zu haben, und er sah klar. Nachdem er Katherine jahrelang insgeheim geliebt hatte, begriff er endlich, wieso sie seine Nähe überhaupt zugelassen hatte, warum sie ihn bei seinen Unternehmungen begleitet hatte und warum sie jetzt hier in seinem Haus war. Sie war weder so naiv noch gar so unschuldig, um nicht zu wissen, dass es rein platonische Freundschaft zwischen Männer und Frauen tatsächlich nur sehr selten gab. Doch sie vertraute ihm, sie fühlte sich bei ihm sicher, weil sie annahm, dass er sich nicht für Frauen interessierte.

Was für eine Ironie.

Aber ging sie auf seine oder ihre Kosten?

Was würde wohl passieren, wenn er ihr die Wahrheit sagte? Würde sie sich von ihm zurückziehen? Würde er damit das Ende ihrer Freundschaft besiegeln? War er mutig genug, das zu riskieren?

Trotzdem beschloss er, es mit der Wahrheit zu versuchen. »Ich war einmal verheiratet«, erklärte er. »Fünf Jahre lang. Doch sie wollte Kinder und einen Ehemann, der ihr die nötige finanzielle Sicherheit bieten würde, damit sie daheimbleiben konnte, um die Kinder aufzuziehen. Deswegen habe ich alle möglichen Nachtarbeiten angenommen, die keinerlei Zukunftsperspektiven boten, um tagsüber genug Zeit zum Malen zu haben. Wir haben uns nur an den Wochenenden gesehen, und selbst da manchmal nicht. Später folgten noch etliche Beziehungen«, fuhr er fort. Sein Drang, sich zu rechtfertigen, war so groß, dass er einfach weiterreden musste, obwohl er sich dabei ziemlich albern vorkam.

»Eine Beziehung entwickelte sich zu etwas ziemlich ernstem, aber sie stammte aus San Francisco und konnte sich nicht vorstellen, mit uns Provinzlern hier zu leben. Wir treffen uns immer noch, wenn ich in der Stadt bin, aber wir sind nur Freunde.«

»Fühlen Sie sich denn nie einsam?«

Irgendwie verwunderte ihn die Art und Weise, wie sie diese Frage gestellt hatte, es klang so unpersönlich, so allgemein.

»Früher einmal, ja. Aber das hat sich irgendwann einmal gelegt, als ich herausfand, dass es besser ist, alleine zu leben, statt mit einem Menschen zusammen zu sein, der eigentlich nur die eigene Leere überbrücken soll.«

Sie zuckte zusammen. »Für mich wäre es ganz schrecklich wenn ich merken würde, dass man mich auf diese Weise benutzt.«

»Das wird Ihnen doch nie passieren, Katherine. Denn Sie sind …«

Himmel, was war denn in ihn gefahren? »Sie und Brandon passen perfekt zusammen. Das kann doch jeder sehen.«

»Das habe ich auch schon zu hören bekommen.« Sie nahm einen kräftigen Schluck Bier. »Nicht zu fassen, wie durstig ich bin.«

Er holte eine Schachtel Cracker aus dem Schrank, schüttete sie auf eine Platte und fügte den Käse und die Trauben hinzu. »Wie wäre es, wenn wir das draußen zu uns nehmen?«

Sie trat von einem Bein auf das andere und meinte dann: »Wissen Sie, ich glaube, ich sollte wirklich gehen. Ganz bestimmt haben Sie noch eine Menge zu tun, und da ist es wenig hilfreich für Sie, wenn ich hier herumsitze und Ihnen im Weg bin.«

Er stellte die Platte zurück auf die Theke und schob die Hände in die Hosentaschen. Nur auf diese Weise konnte er den Impuls unterdrücken, ihr nicht einfach seine Hand hinzustrecken. Er war das Risiko eingegangen, und er hatte verloren. Seit sie wusste, dass er nicht schwul war, fühlte sie sich in seiner Gegenwart offenbar nicht mehr sicher. Und Pfarrersfrauen verbrachten ihre Urlaubszeit nun einmal nicht mit anderen Männern, selbst dann nicht, wenn es sich dabei angeblich um eine noch so unschuldige oder platonische Freundschaft handelte.

»Ich habe heute absolut nichts mehr zu tun«, erwiderte er, »und Sie sind mir auch nicht im Weg.«

Sie stellte ihr Glas in das Spülbecken. »Wenn ich weg bin, fällt Ihnen ganz sicher ein, was Sie noch alles erledigen müssen.«

Peter fühlte sich plötzlich so frustriert, als hätte er eine Tablette geschluckt, die im Hals stecken geblieben war und sich nicht lösen wollte.

»Werden Sie denn später wiederkommen, damit ich die Skizzen beenden kann?«

»Ja, natürlich. Um wie viel Uhr?«

»Kurz nach sechs Uhr?«

»Ich werde da sein.« Sie war schon auf dem Sprung. »Und danke für das Bier.«

»Gern geschehen.« Er begleitete sie zur Vordertür und beobachtete dann vom Fenster aus, wie sie den Fußweg betrat, der vom Haus nebenan zu ihrem Haus führte. Voller Verzweiflung klammerte er sich an seine allerletzte Hoffnung, sie würde sich schon daran gewöhnen, dass er ein ganz normaler, heterogener Mann war, und dass diese Tatsache für sie irgendwann einmal keine Rolle mehr spielen würde.

Katherine zog den Schlüssel aus ihrer Tasche, doch erst nach mehreren, vergeblichen Versuchen gelang es ihr, ihn ins Schloss zu stecken, um endlich ins Haus zu gelangen.

Wie konnte sie nur so dumm sein? Wie hieß doch gleich dieses alte Sprichwort? Wer Falsches denkt, ist am Schluss selbst der Dumme. Nun, das war ihr prächtig gelungen. Sie konnte nur hoffen, dass er ihre Anspielungen nicht mitbekommen hatte.

Ja, klar, so sicher, wie Fische fliegen konnten und Politiker niemals ihre Ehefrauen betrogen.

Wie konnte sie ihm danach überhaupt noch unter die Augen treten und ihm ehrlich ins Gesicht sehen? Vielleicht sollte sie einfach behaupten, sie sei krank. Nichts Ernsthaftes natürlich, vielleicht eine kleine Magenverstimmung, auch ein bisschen Kopfschmerzen würden schon genügen.

Sie ließ sich mit einem lauten Stöhnen aufs Sofa fallen. Was würde er jetzt nur von ihr denken? Und was würde er im Nachhinein von ihrer Einladung zum Abendessen halten, nachdem er dort der einzige Gast gewesen war? Was für ein Glück, dass sie ihm wenigstens die Sache mit Brandon verschwiegen hatte.

Sie beugte sich vornüber und vergrub ihr Gesicht in den Händen. Am Schlimmsten aber war für sie, dass sie es unglaublich genoss, mit Peter zusammen zu sein, und sich das eigentlich nicht wirklich eingestehen wollte. Auf gar keinen Fall durfte sie zulassen, dass es so weiterging wie bisher. Schließlich war sie eine verheiratete Frau, zumindest würde sie das noch etliche Monate lang sein. Sie musste bei bestimmten Anlässen immer noch Präsenz zeigen, und sie musste den Anstand wahren. Brandon wäre vermutlich am Boden zerstört, falls ihm jemand aus seiner Kirchengemeinde zutragen würde, man hätte sie an der Seite eines anderen Mannes gesehen.

Himmel, sie suhlte sich ja geradezu in ihrem Selbstmitleid. Wie ein kleines Hündchen, das man im Regen draußen vergessen hatte und das nur darauf wartete, dass endlich ein mitfühlender Mensch seine Tür öffnen und es ins Haus lassen würde.

Glücklicherweise klingelte das Telefon, bevor sie noch tiefer in das Loch von Selbstanschuldigen rutschte, aus dem sie sich dann nur noch mit größter Kraftanstrengung würde heraushieven können.

Es war Michael. »Hallo, Mom, na, wie geht es denn?«

»Großartig. Das Wetter war bis jetzt wunderbar, ideal zum Surfen. Du solltest wirklich versuchen, für ein paar Tage herzukommen, bevor du wieder weg musst.« Bitte, betete sie insgeheim. Sie brauchte unbedingt etwas Ablenkung, egal welche.

»Darum rufe ich dich ja an. Es sieht nicht danach aus, als wenn ich es diesen Sommer noch einmal schaffen würde, dich am Meer zu besuchen. Der Typ, mit dem ich eigentlich zusammenziehen wollte, musste die Schule verlassen. Und deshalb werde ich jetzt früher abreisen, um mich nach einem anderen Zimmergenossen umzusehen. Wenn ich das nicht mache, muss ich am Schluss mit einem wildfremden Menschen zusammenziehen.«

Bevor sie weitersprechen konnte, musste sie erst einmal ihre Enttäuschung hinunterschlucken »Wann wirst du abreisen?«

»Morgen.«

»So bald schon? Aber du musst doch …« Sie zwang sich dazu, einmal ganz tief durchzuatmen und bis fünf zu zählen. »Um wie viel Uhr?«

»Halb sieben – in der Früh. Ich konnte keinen anderen Flug bekommen.«

»Und seit wann weißt du das schon?«

»Seit ein paar Tagen.«

»Ich wollte, du hättest mich deswegen angerufen. Ich habe Peter versprochen, ihm heute Abend bei etwas behilflich zu sein. Ich werde es also nicht schaffen, vor neun Uhr hier abzufahren, vielleicht auch erst später.«

»Du musst nicht herkommen. Dad hat versprochen, mich zum Flughafen zu bringen.«

»Aber ich möchte dich doch noch einmal sehen, bevor du abreist.«

»Komm schon, Mom. Wir haben uns doch bereits letzte Woche verabschiedet, als ich bei dir war. Du musst doch nicht den ganzen, weiten Weg hierherfahren, nur um dich nochmals zu verabschieden.«

»Es würde dir also nichts ausmachen, wenn ich nicht komme?«

»Ich komme mir sowieso furchtbar albern vor, wenn man am Flughafen so einen Wirbel um mich veranstaltet. Ich fahre ja nicht für immer und ewig weg. Ich werde an Thanksgiving wieder da sein.«

Er speiste sie mit Fakten ab, während sie sich so sehr nach Gefühlen sehnte. Aber schließlich hatte sie sich viel zu weit nach vorne gewagt und folglich auch kein Recht, sich darüber zu beschweren, zurückgewiesen zu werden. »Ich liebe dich.«

»Ich liebe dich auch.«

»Ruf mich an, wenn du alles geregelt hast.«

»Mache ich.«

Sie legte den Hörer auf. Dabei beschlich sie das ungute Gefühl, dass dieses Telefonat nur ein Vorgeschmack darauf war, wie ihr künftiges Leben aussehen würde.

In ihrem Hinterkopf meinte sie den leisen Knall zu hören, mit dem sich Michaels Bande zu seiner Familie nach und nach verabschiedeten. Aber was hatte sie denn eigentlich anderes erwartet?

Schließlich war der Kern ihrer Familie auseinandergebrochen, der sein ganzes bisheriges Leben bestimmt hatte.

Sie wurde das Gefühl nicht los, dass es ein großer Fehler gewesen war, diesen Sommer zum Strandhaus zu fahren. Ursprünglich war diese Idee nur ihrem ganz natürlichen Bedürfnis entsprungen, für eine Weile Abstand zu gewinnen, tatsächlich aber hatte sie sich damit von ihrer Familie entfernt.

Natürlich hätte sie trotz aller Unbequemlichkeiten die lange Reise gerne auf sich genommen, wenn Michael sie auch nur im Geringsten dazu ermutigt hätte.

Aber weil sie wusste, dass Michael seine Äußerungen über tränenreiche Abschiedsszenen auf dem Flughafen wirklich ernst meinte, sah sie davon ab, trotzdem loszufahren.

Dieser Prozess des Loslassens war für sie wirklich reine Schwerstarbeit.

Sie schaute auf die Uhr und fragte sich, ob es Peter etwas ausmachen würde, wenn sie ein bisschen früher bei ihm auftauchen würde. Sie musste unbedingt mit einem Menschen zusammen sein. Nein, es war mehr als das. Sie wollte unbedingt mit Peter zusammen sein. Er war ihr Freund, und wenn sie einen guten Freund nötig hatte, dann war es jetzt.

Erneut schickte sie ein Dankesgebet zum Himmel, dass sie ihm nichts über ihre Trennung von Brandon erzählt hatte. Denn damit hätte sie womöglich alles ruiniert.

7

Je näher Eric Julias Haus kam, desto mehr wurde ihm bewusst, dass er es kaum erwarten konnte, sie wiederzusehen. In New York war er viel zu beschäftigt gewesen, um ständig an sie zu denken, wie es vor seiner Abreise der Fall gewesen war. Wenn er während der endlos langen Sitzungen, bei denen er ständig schnelle Entscheidungen fällen musste, überhaupt zum Denken kam, dann verspürte er das dringende Bedürfnis, mit ihr all das zu teilen, was ihm derzeit widerfuhr. Das war für ihn eine ein völlig neue Erfahrung. Erst jetzt wurde ihm bewusst, dass seine Beziehung zu Shelly tragischerweise aus diesem Grund gescheitert war.

Er hatte sich offenbar verändert. Er war durchs Fegefeuer gegangen und dabei zu einem Mann herangereift, der endlich begriffen hatte, dass wahres Glück nur durch echte Vertrautheit entstand und man diese auch zu schätzen wusste. Er hatte sich Shelly gegenüber nie geöffnet, sie nie in seine Alltagsprobleme mit einbezogen oder mit ihr über die kleinen Freuden gesprochen, die aus ihm den Menschen machten, der er nun einmal war. Noch schlimmer aber war, dass er nicht einmal zugehört hatte, als sie versuchte, ihm zu erklären, was für Auswirkungen das auf sie als Mensch an seiner Seite hatte. Zu Beginn ihrer Ehe waren sie Freunde gewesen, am Schluss waren sie Fremde geworden.

Sein Bedürfnis ging sehr viel tiefer, als Julia nur von seiner Reise zu berichten. Es wurde ihm immer noch ganz schwindelig bei dem Gedanken, dass ein Verlag tatsächlich sein Buch veröffentlichen wollte. Ganz zu Schweigen von dem überwältigenden Honorar, das man ihm angeboten hatte. Doch sein Agent hatte ihn beruhigt und ihm erklärt, dass ein so wahnsinnig überzogenes Angebot durchaus Sinn ergab. Man hatte ihm eine Viertelmillion Dollar mehr angeboten, als man in der Branche bislang für jeden anderen Erstlingsroman bezahlt hatte. Schon aus diesem Grund würden sich alle Print- und Fernsehmedien automatisch auf das Buch stürzen, und zwar nicht nur zum Zeitpunkt der Bekanntgabe des Vertrages, sondern auch zum tatsächlichen Erscheinungstermin. Jeder Versuch, sich solch eine enorme Publicity zu erkaufen, würde wesentlich mehr Geld kosten, als die Summe seines Vorschusses ausmachte. Doch schon bei dem bloßen Gedanken, sein Buch würde allein deswegen einen absoluten Härtetest bestehen müssen, geriet er in Panik. Und das, obwohl sowohl sein Agent als auch sein Verleger sich darüber einig waren, dass die Presse positiv ausfallen würde. Wiederholt hatten sie betont, sowohl seine Geschichte als auch sein Schreibstil seien so gut, dass selbst die schärfsten Kritiker überzeugt sein würden. Doch Eric war nicht entgangen, wie schnell das Schicksal von Unterhaltungsromanen besiegelt war, wenn sie erst einmal den Literaturkritikern in die Hände gefallen waren. Nichts und niemand auf dem gesamten Manhattan Island konnte ihn ernsthaft davon überzeugen, dass ihm mit seinem Buch nicht Ähnliches widerfahren könnte.

Aber er war sich auch gar nicht so sicher, ob ihm das tatsächlich etwas ausmachen würde. Für ihn zählten eigentlich nur die Leser, die bereit waren, für den Kauf seines Buches fünfundzwanzig Dollar hinzublättern. Das war verdammt viel Geld, wenn man es mit den Milch- und Brotpreisen verglich, andererseits sehr viel weniger, als man für den Kinobesuch eines mittelmäßigen Films hinblättern musste.

Selbstzweifel waren ebenfalls etwas Neues für ihn und die Gefühle, die damit einhergingen, setzten ihm nicht zu. Das Einzige, was ihn wirklich nachdenklich stimmte, war die Tatsache, wie wenig Kontrolle er über sein Buch haben würde, sobald es auf den Markt kam. Das Problem war durchaus vergleichbar mit dem Sprung in einen Swimmingpool, mit dem man eine Bauchlandung hingelegt hatte, denn der nächste Versuch würde noch schwerer werden, weil man bereits alle Aufmerksamkeit auf sich gelenkt hatte.

Er war sich nicht einmal sicher, ob er noch ein weiteres Buch zustande bringen würde. Er war so sehr mit seinem jetzigen Roman beschäftigt, dass er darüber noch gar nicht nachgedacht hatte.

Eric bog in die Einfahrt zu Julias Haus und hielt bei der Sprechanlage an, um sich anzumelden. Weil sein Verlangen, sie wiederzusehen, so groß war, hatte er ursprünglich überlegt, sich die Zeit bis zu ihrer Rückkehr aus dem Büro totzuschlagen, dann aber die Idee verworfen. Er war viel zu müde, um die Zeit mit sinnlosem Warten zu überbrücken, zumal ihm keiner garantieren konnte, dass sie an diesem Abend überhaupt aus der Stadt zurückkehren würde. Doch als sich Julia tatsächlich selbst über die Sprechanlage meldete, war es für ihn, als hätte nach einer endlosen Ebbe ihm zuliebe die Flut wieder eingesetzt.

»Ich bin es, Eric«, meldete er sich. »Ich bin hier, um Josi abzuholen.

»Irgendwie hatte ich das Gefühl, dass du heute vorbeikommen würdest.«

Der Summer ertönte, und das Tor öffnete sich. »Wir kommen zur Tür, um dich zu begrüßen.«

War sie wirklich aus diesem Grund zu Hause geblieben? Der Gedanke wirkte auf ihn, als hätte er zu schnell einen Schluck Whiskey hinuntergespült, und müsste nun um Atem ringen, während er gleichzeitig ein unglaublich wohliges Gefühl in seinem Inneren auslöste.

Als er die letzte Kurve nahm, sah er sie sofort. Sie trug Jeans und ein weißes Hemd, dessen Ärmel sie bis zu den Ellenbogen hochgekrempelt hatte. Das Baumwollmaterial umspannte ihre Hüften und Oberschenkel auf eine Weise, als wäre es genau zu diesem Zweck so entworfen worden. Ihr

Körper war einfach hinreißend, und ihre Haut von einer natürlichen, makellosen Bräune.

Er hatte in New York unzählige schöne Frauen gesehen, aber keine kam auch nur annähernd an Julia heran. Sie hatte für ihn einen Maßstab gesetzt, der alle anderen Frauen für ihn uninteressant machte.

Ein Lächeln ließ ihr Gesicht aufleuchten, während sie Josi in den Armen hielt.

Sie kam zu seinem Wagen, um ihn zu begrüßen.

»Wie ist es denn gelaufen? Ich bin schon fast gestorben, weil ich nichts von dir gehört habe. Warum hast du denn nicht angerufen?«

Es war ihm egal, ob sie die Frage aus reiner Neugierde oder aus ehrlichem Interesse gestellt hatte, für ihn zählte allein, dass sie überhaupt gefragt hatte. Er stieg aus dem Wagen. »Es tut mir leid. Wahrscheinlich habe ich gedacht, dass es dich nicht interessieren würde.«

Ihr Lächeln erstarb und damit auch das Leuchten in ihren Augen. »Natürlich interessiert es mich. Wir sind doch Freunde. Zumindest habe ich das geglaubt.«

Er schob einen Finger unter Josis Kinn und kraulte sie kurz, woraufhin sie den Kopf nach hinten neigte und zu schnurren begann. »Alles ist gut gelaufen. Ehrlich gesagt, noch besser als gut. Ich habe das Buch verkauft.«

»Jetzt schon? Das ist ja wunderbar. Herzlichen Glückwunsch.«

»Dankeschön. Jetzt muss ich das Teil nur noch fertigschreiben.«

»Und wie lange wirst du deiner Meinung nach dafür brauchen?«

»Drei … vielleicht auch vier Monate.« Josi kroch in seine Arme und machte es sich auf seiner Schulter bequem, wobei sie so laut schnurrte, dass er mit dem Ohr auf dieser Seite so gut wie nichts mehr hören konnte.

»Das ist doch ein Anlass zum Feiern, oder?« Sie schob die

Hände in die Gesäßtaschen und wippte auf ihren Absätzen. »Darf ich dich zum Abendessen ausführen? Nein, ich habe eine viel bessere Idee. Wir bleiben hier, und ich koche uns etwas zum Abendessen. Connie hat eingekauft, bevor sie ihren freien Tag angetreten hat. Sie meinte, im Kühlschrank wären jede Menge Vorräte. Wie wäre es mit Lachs?«, fuhr sie fort, bevor er antworten konnte. »Ich kenne da ein wahnsinnig gutes Rezept. Danach wirst du Lachs nie wieder auf andere Weise essen wollen. Ken meinte immer ...« Sie verschluckte den Rest ihres Satzes und setzte dann erneut an. »Und falls du Lachs nicht mögen solltest, mein Schweinebraten ist auch nicht ohne.«

»Was hat Ken denn immer gemeint, Julia?«

Sie starrte auf den Boden. »Das ist nicht so wichtig.«

In diesem Punkt gab er ihr recht. Viel wichtiger war aber, dass sie es ihm nicht sagen konnte oder wollte. »Das Feiern sollten wir auf ein andermal verschieben«, meinte er. »Ich bin schon viel zu lange unterwegs. Ich sollte heimfahren und mich um meine Angelegenheiten kümmern.«

»Welche Angelegenheiten?«

Die Frage kam für ihn überraschend. Er hatte nicht damit gerechnet, dass sie versuchen würde, ihn zum Bleiben zu überreden. »Keine Ahnung, das Übliche halt.«

»Und ist irgendetwas darunter, was sich nicht aufschieben lässt?«

»Nein.«

»Dann gibt es doch eigentlich keinen triftigen Grund, warum du nicht zum Abendessen bleiben kannst, oder?«

Er lächelte und gab dann nach. »Vermutlich nicht.«

»Gut. Also, für was hast du dich denn entschieden – Lachs oder Schweinebraten?«

»Lachs.«

Nun musste sie lächeln. »Aber den Schweinebraten hättest du wahrscheinlich lieber, nicht?«

Insgeheim fragte er sich, was sie wohl dazu sagen würde,

wenn er ihr gestand, dass er von ihr alles andere als ein Abendessen erwartete. Er sah sie wieder vor sich, wie sie sich neben ihm in seinem Bett geräkelt hatte. Ohne lange darüber nachzudenken, welche Konsequenzen es möglicherweise für ihn haben könnte, erklärte er ihr: »Es ist mir völlig egal, was wir essen, Julia. Es ist mir sogar egal, ob wir überhaupt etwas essen. Mir reicht es völlig, wenn wir die Nacht zusammen verbringen.«

Sie hatte offenbar beschlossen, seine Worte nicht ernst zu nehmen. »Wahnsinn! Wenn du so schreibst wie du redest, dann verstehe ich, warum alle Welt dein Buch kaufen möchte.«

Eric merkte, dass Josi nervös wurde. Sie richtete ihre Hinterbeine auf und machte Anstalten, von seiner Schulter zu springen. Da er sich allerdings sehr gut daran erinnern konnte, wie schnell sie ihm das letzte Mal entwischt war, klemmte er sie sich fest unter den Arm. Sie wand sich um sich selbst und sah mit gesenktem Kopf um ihn herum. Eric drehte sich um und entdeckte ein Eichhörnchen, das sich langsam einen Weg durch den Garten bahnte. Erneut spannte Josi spannte alle Muskeln an.

»Ich glaube, ich bringe sie jetzt besser ins Haus«, erklärte er Julia.

Ihr Blick wanderte von Josi zum Eichhörnchen und wieder zurück. »Meinst du, dass sie es erwischen würde?«

»Daran zweifle ich nicht eine Minute.« Er legte seine Hand über die Josis Augen. Sie machte ihrem Ärger mit einem tiefen Brummeln Luft.

»Bis jetzt habe ich das aber noch nicht gemerkt«, erwiderte Julia. Sie gab ihm ein Zeichen, ihr ins Haus zu folgen.

Erst als sie im Haus waren und die Tür hinter sich geschlossen hatten, setzte Eric Josi auf dem Boden. Sofort streifte sie um Erics Beine, wobei sie alle paar Schritte immer wieder stehen blieb, um die Richtung zu wechseln. »Ich habe das Gefühl, dass sie mir irgendetwas sagen will.«

Julia lachte. »Sie wartet nur auf eine Chance, um sich zu rächen. Du würdest verstehen, was ich meine, wenn du letzte Woche hier gewesen wärst. Die Eichhörnchen haben sie wirklich bis zur Weißglut gebracht. Jedesmal, wenn sie am hinteren Fenster aufgetaucht ist, haben sie sich auf der Veranda regelrecht zusammengerottet.«

»Woher weißt du das denn? Ich dachte, du wärst die ganze Woche über im Büro gewesen?«

»Ich habe beschlossen, mir eine gewisse Auszeit zu gönnen. Es ist ein kleines Experiment,« sagte sie geheimnisvoll. Sie fuhr sich mit der Hand über den Nacken und strich das Haar von ihren Schultern. »Was möchtest du zum Trinken haben?«

Am liebsten hätte er einen harten, klaren Drink gehabt, am allerliebsten einen Whiskey, aber er hatte an diesem Abend noch eine lange Fahrt vor sich, und schon die kleinste Kleinigkeit würde seine Müdigkeit in völlige Erschöpfung verwandeln. »Hast du zufällig Tomatensaft da?«

»Du möchtest gern eine Bloody Mary?«

Er lächelte. »Nein, keine Mary, nur das rote Blut.«

»Dann mach es dir schon einmal bequem.« Sie führte ihn ins Wohnzimmer, das rechts von der Eingangshalle lag. »Ich bin gleich wieder zurück.«

Als Julia verschwand hörte Josi auf, sich im Kreis herumzudrehen. Sie starrte zu Eric hoch, rieb sich nochmals an seinem Schienbein, und machte sich dann davon, wobei ihr Schwanz wie ein wildes Ausrufungszeichen in die Luft ragte.

Vor ein paar Tagen, als er Josi bei Julia abgeliefert hatte, war Eric in solcher Eile gewesen, dass er gerade einmal bis zur Eingangshalle gekommen war. Doch dieser kurze Aufenthalt hatte ihm gereicht, um einen ziemlich guten Eindruck davon zu bekommen, wie der Rest des Hauses aussehen könnte. Beim Betreten des Wohnzimmers sah er sofort, dass er sich nicht getäuscht hatte. Auch wenn der Raum bei Weitem nicht so protzig wirkte, wie er erwartet hatte, strahlte er alles in allem großen Wohlstand aus, um nicht zu sagen, großen

Reichtum. An den Wänden hing eine exzellente Auswahl von Gemälden. In den leeren Zwischenräume der Bücherregale standen Bronzestatuen, kostbares Porzellan und Artefakte.

Darunter befand sich eine ganze Reihe von Dingen, die unter anderen Umständen ganz bestimmt seine Aufmerksamkeit erregt hätten. Im Moment allerdings interessierte Eric nur das Gemälde über dem Kamin. Er durchquerte den Raum, um einen näheren Blick auf das Bild zu werfen, das einen Mann und eine Frau in einem Moment der innigsten Vertrautheit zeigte.

Das also war Ken Huntington. Ein gut aussehender Mann, der lächelte, und der die Frau, die er in seinen Armen hielt, von Herzen liebte. Die Frau war Julia. Der Maler hatte einen magischen Augenblick zwischen den beiden eingefangen.

Oder war möglicherweise jeder einzelne Augenblick zwischen den beiden pure Magie gewesen?

Eric betrachtete das Bild. Ken lehnte am Stamm eines riesigen Baumes. Julia hatte ihre Arme um seine Taille geschlungen, und ihr Kopf ruhte auf seinen Schultern. Seine Arme umfassten ihre Schultern, und sein Kopf war so geneigt, dass er mit seiner Wange ihr Haar berührte. Ihre Kleidung wirkte so lässig, als wären sie soeben von einem Spaziergang durch den Wald zurückgekehrt.

»Das ist ein Geschenk von Peter zu unserem achten Hochzeitstag gewesen«, erklärte Julia, als sie das Zimmer mit einem Tablett betrat. »Er ist ein großartiger Maler, nicht wahr?«

»Ja«, erwiderte Eric.

Sie reichte ihm den Tomatensaft. »Du solltest ihn einmal bitten, dir einige von seinen Gemälden zu zeigen, die er in seinem Haus herumstehen hat.« Sie lächelte. »Ich habe ihm schon ein paar mal erklärt, dass ich nachts seinen Müll durchwühlen würde, um seine ausgemusterten Arbeiten zu klauen.«

»Und was hat er geantwortet?«

»Dass das nur pure Zeitverschwendung wäre. Denn die Bilder, die er nicht mag, verbrennt er.«

»Das tut weh!«

»Genau das habe ich auch gedacht.« Julia hielt Eric ihr Glas hin. »Auf dein Buch. Darauf, dass es für dich so ausfällt, wie du es dir wünscht. Und dass du damit alles erreichst, was du dir wünschst.«

»Im Moment ist mein einziger Wunsch, dass die Leser das Gefühl bekommen, ihr Geld gut investiert zu haben.«

Er nahm einen Schluck Tomatensaft und fuhr sich mit der Zunge über die Oberlippe.

Ihr Blick wanderte von seinen Augen zu seinen Lippen, und unwillkürlich ahmte sie ihn nach, als auch sie sich mit der Zunge über die Lippen fuhr. »Ich werde die Erste sein, die dein Buch kauft. Und ich werde allen, die ich kenne, sagen, dass sie es auch kaufen sollen.«

Sie war tatsächlich besorgt um ihn. Wie war er bloß auf die Idee gekommen, dass er ewig auf sie warten könnte? Er wollte, dass sie ab sofort einen Platz in seinem Leben einnehmen würde, und nicht erst in einem Jahr oder einem Monat oder in einer Woche. Er stellte sein Glas auf dem Kaminsims ab, und nahm dann auch ihr das Glas aus der Hand.

»Ich muss einfach gehen, Julia, bevor ich noch irgendetwas sage, was du nach wie vor nicht hören willst.« Er berührte ihre Wange und legte dann seine Hand in ihren Nacken. Er beugte sich mit seinem Kopf langsam über sie und küsste sie ganz zärtlich, doch voller Begehren. Ihre Lippen fühlten sich warm an und so weich wie ein Flüstern. Er schloss die Augen und gab sich für einen glückseligen Moment der Vorstellung hin, dass sie keine Hindernisse überwinden, keine Geister besiegen mussten, sondern dass nur eine gemeinsame Zukunft vor ihnen lag. Die guten Dinge, die ihm in der letzten Woche widerfahren waren, erschienen ihm im Vergleich zu diesem Augenblick nur wie ein Schluck Wasser, doch das hier war der Ozean.

Julia reagierte auf seinen Kuss mit einem leisen Stöhnen. Er konnte spüren, wie auch ihr Verlangen nach ihm wuchs. Doch mit einem Mal legte sie ihre Hände auf seinen Brustkorb und schob ihn von sich.

»Es tut mir leid«, sagte sie mit einem verwirrten Gesichtsausdruck. Sie richtete ihren Blick auf den Boden, dann auf das Gemälde über dem Kamin, und schließlich auf Eric. »Es ist nur so …«

»Es ist schon in Ordnung. Ich wollte nur, dass du über etwas nachdenken solltest, wenn ich wieder weg bin.«

Er ging zum Fenster und nahm Josi in die Arme, blieb noch einmal stehen und sah Julia ein letztes Mal an. »Du weißt ja, wo du mich finden kannst. Den nächsten Schritt wirst du machen müssen.«

Julia bereitete das Abendessen zu, das eigentlich für sie und Eric gedacht war. Sie zerkleinerte die frischen Kräuter, öffnete eine Flasche des preisgekrönten Chardonnay und zündete die Kerzen auf dem Tisch an. Aber sie hatte keinen Appetit und beschloss schließlich, alles in den Kühlschrank zu stellen. Connie könnte es morgen zum Mittag essen.

Danach versuchte sie, Eric aus ihrem Kopf zu verbannen und konzentrierte sich auf einen Bericht, den sie an diesem Tag bekommen hatte, in dem es darum ging, wie viel Geld die Firma einsparen könnte, wenn sie zu ihren Produkten ins Ausland auch die Montagearbeiten mitliefern würde. Ken hatte die Recherchen diesbezüglich genehmigt, obwohl er allen wiederholt erklärt hatte, dass er eigentlich nicht die Absicht hätte, sich darauf einzulassen.

Aber warum hatte er dann solche Summen investiert, die in ihren Augen ein kleines Vermögen ausmachten, um ein ganzes Team um die halbe Welt reisen zu lassen? Diese Frage hatte Julia von ersten Tag an, seit sie Kens Büro übernommen hatte, beschäftigt.

Sie musste feststellen, dass sie seine Entscheidungen mehrmals täglich infrage stellte, weil sie in seinem Sinne handeln wollte, ohne auch nur im Geringsten zu wissen, was er tatsächlich geplant hatte. Obwohl in der Firma alle ihr Bestes gaben, um ihr dabei zu helfen, die Geschäfte so weiterzuführen, wie Ken es sich ihrer Meinung nach gewünscht hätte, wurde sie allenfalls mit einem leichten Nicken dazu ermutigt, wenn es darum ging, ihre eigenen Entscheidungen zu fällen.

Ken war ein Ikon gewesen, und sie würde für ewige Zeiten nur die Rolle seiner Hohenpriesterin spielen.

Sie ging ins Bett, konnte aber nicht schlafen. Nachdem sie sich zwei Stunden lang in ihrem riesigen Bett von einer Seite zur anderen gewälzt hatte, stand sie auf und ging ins Wohnzimmer. Sie blieb vor dem Gemälde über dem Kamin stehen, das sie und Ken zeigte, schloss die Augen und versuchte sich vorzustellen, wie es sich angefühlt hatte, als Ken damals seine Arme um sie legte. Aber alles was sie fühlte, waren Erics Arme, und noch immer spürte sie seine Lippen auf ihrem Mund, und was sie hörte, war seine Stimme.

Tränen traten in ihre Augen, während sie das Bild betrachtete. »Ich habe mich wirklich wahnsinnig bemüht, Ken, und trotzdem habe ich dich enttäuscht. Es tut mir leid. Bitte vergib mir.«

Julia nahm unbewusst wahr, dass jemand versuchte, sie aus einer anderen Welt zurückzuholen, in der sie bleiben wollte. Je mehr sie sich dagegen wehrte, umso beharrlicher wurde die Stimme.

»Mrs. Huntington, Sie müssen endlich aufstehen.«

»Connie?« Julia öffnete die Augen und blinzelte.

»Was machen Sie denn um diese Uhrzeit schon hier?«

»Es ist schon fast halb neun. Sie haben verschlafen.«

Sie war tatsächlich auf der Couch. Sie richtete sich auf und warf einen Blick auf die Uhr auf dem Kaminsims. Das Herz sank ihr in die Knie. »Verdammt, ich habe in fünf Minuten eine Konferenz.«

»Soll ich für Sie im Büro anrufen und sagen, dass Sie sich verspäten?«

»Nein, das mache ich besser selber.« Sie war immer noch wie benommen, als sie sich ins Badezimmer aufmachte.

»Und da ist noch etwas, was ich Ihnen sagen muss, Mrs. Huntington.«

»Ja?«

»Josi ist verschwunden.«

Julia konnte aus ihrer Stimme heraushören, wie besorgt sie war. »Nein, das ist sie nicht. Als Sie schon weg waren, kam Eric auf seiner Heimfahrt hier kurz vorbei, um Josi abzuholen.«

Eigentlich hatte sie erwartet, dass Connie mit Erleichterung darauf reagieren würde, stattdessen wirkte sie enttäuscht.

»Ich hatte schon gehofft, er würde es vergessen.«

Diese Bemerkung klang aus Connies Mund so seltsam, dass Julia einfach nicht kommentarlos darüber hinweggehen konnte. »Ich habe gar nicht gewusst, dass Sie eine Katzennärrin sind.«

»Bin ich gar nicht. Es hat mir nur gefallen, dass Josi Sie zum Lächeln gebracht hat. Das ist im vergangenen Jahr nur sehr selten passiert.« Sie ging zum Sofa, auf dem Julia übernachtet hatte, und klopfte die Kissen zurecht. »Vielleicht sollten Sie sich überlegen, sich eine eigene Katze anzuschaffen.«

Mit ihrem Vorschlag hatte sie Julia hart getroffen. Connie schätzte sie also als einen Menschen ein, der sich nur eine Katze anschaffen musste, um ein bisschen glücklicher zu sein? »Ich werde darüber nachdenken.«

Von ihrem Telefon im Schlafzimmer rief sie im Büro an, zog sich aus und ging ins Badezimmer. Als sie um das Bett herumging, nahm sie aus ihrem Augenwinkel das Monogram auf der Brusttasche ihrer Pyjamajacke wahr. Das stilisierte H fiel ihr so stark ins Auge, als würde sie ein Brandzeichen tragen.

Pat Faith folgte Julia in ihr Büro. »Ich habe es geschafft, Ihre ganzen Termine zu verschieben, ausgenommen den mit Adam Boehm. Er meinte, er würde Sie später anrufen, sobald er die Zeit gefunden hätte, seinen Terminkalender durchzugehen.«

»Was ist mit David? Hat er seine neuen Entwürfe vorbeigebracht?«

»Ja, und zwar schon um acht Uhr morgens.«

»Gut.« Julia ließ sich hinter ihrem Schreibtisch nieder und griff zum Telefon. Doch aus einem Impuls heraus legte sie wieder auf und wandte sich nochmals an Pat, die schon im Begriff war zu gehen. »Hätten Sie vielleicht eine Minute Zeit?«

»Natürlich«, erwiderte Pat und kehrte ins Büro zurück.

»Würde es Ihnen etwas ausmachen, wenn ich Ihnen eine persönliche Frage stelle?«

»Nein ...«

Julia wollte erst gar nicht lange darüber nachdenken, ob es ein Fehler war, wenn sie sich einem Menschen anvertraute, den sie kaum kannte. Sie schob also ihre Zweifel beiseite und wagte den entscheidenden Schritt. »Wie kommen Sie eigentlich ohne Howard klar?«

Pat rutschte etwas tiefer auf ihrem Stuhl. Ihr Ehemann war einen Monat vor Ken verstorben. Dass sie beide einen so tiefgreifenden Schicksalsschlag verkraften mussten, hätte die Frauen eigentlich verbinden müssen. Aber bis heute hatten sie noch nie darüber geredet. »Ich hätte mir keinen besseren Mann als Howard wünschen können. Aber für den Rest der Welt war er nur ein ganz normaler Durchschnittsmensch. Bei Ihnen aber ist das etwas ganz anderes. Es scheint so, als würden alle hier denken, dass Ken da oben im Himmel die rechte Hand Gottes ist.«

Julia hatte mit einem Mal das Gefühl, als wäre ihr ein unglaubliches Geschenk zuteil geworden. Sie hatte endlich einen Menschen, mit dem sie über ihr Problem reden konnte, und der inzwischen auch begriff, worum es ging.

8

Peter ging in die Küche, brühte sich eine Tasse Kaffee auf und sah zum Fenster hinaus. Die Rollläden in Katherines Haus waren immer noch geschlossen. Er warf einen Blick auf die Uhr. Zehn Minuten vor acht. Normalerweise war Katherine um diese Zeit bereits wach.

Weil der Himmel in der vergangenen Nacht aufklarte, hatte er sich den Wecker gestellt, um die Morgendämmerung noch mitzubekommen und in der Hoffnung, der Nebel würde ausbleiben. Dann könnte er das Morgenlicht einfangen, das er für die Fertigstellung des Gemäldes, das er tags zuvor begonnen hatte, brauchte.

Statt der Skizze, auf der Katherine ins Zimmer schaute, wählte er jene aus, auf der sie zum Fenster hinaussah. Diese Intensität an Ausdruckskraft und Körpersprache, die aus dem Bild sprach, hatte er noch nie zuvor an ihr erlebt. Es erweckte den Eindruck, als würde auf der anderen Seite der Fensterscheibe eine andere Welt liegen, die nur sie allein sehen konnte, eine Welt, die ihr anscheinend Angst einflößte, nach der sie sich aber auch sehnte.

Auf den ersten Blick wurde er nicht schlau daraus, was für eine Aussage in dem Bild wirklich lag. Erst bei seinem dritten Versuch war es ihm gelungen, die Anhaltspunkte sinnvoll miteinander zu verknüpfen, um hinter das Gefühl zu kommen, das sich einen Weg an die Oberfläche zu bahnen versuchte. Irgendwann war er sich sicher, dass es ihm mit dem Bild gelungen war, etwas einzufangen, was sie sorgfältig zu verbergen versucht hatte. Damit war er allerdings auch nicht klüger als zuvor, denn er hatte keine Ahnung, was ihre Emotionen ausgelöst hatte.

Er konnte nur hoffen, dass sie beim Betrachten des Bildes den Unterschied zur Realität erkennen würde und nicht annahm, er sei unbarmherzig in ihre Privatsphäre eingedrungen.

Ihre Freundschaft stand ohnehin auf tönernen Füßen. Ihr lockeres, harmonisches Verhältnis hatte einen heftigen Dämpfer bekommen. Mittlerweile wünschte er sich fast, dass er sie weiterhin in dem Glauben gelassen hätte, er sei schwul. Wessen Schaden wäre es denn gewesen, solange sie sich deswegen auch weiterhin in seiner Nähe wohlgefühlt hätte?

Und welcher Wahnsinn ritt ihn, dass er sich immer noch Hoffnungen machte? Was für ein Irrsinn, jahrelang eine zu Frau lieben, die seine Liebe niemals erwidern würde, nein, diese Liebe niemals erwidern konnte? Würde er im Nachhinein irgendwann zu der Erkenntnis kommen, dass er die besten Jahre seines Lebens verschwendet hatte?

Er würde sich jeder Kur unterziehen, wenn sie ihm nur helfen würde. Gott allein wusste, welche wahnsinnigen Anstrengungen er unternommen hatte, von ihr loszukommen. Zum Thema unerwiderter Liebe konnte man bestimmt die wunderschönsten und romantischsten Lieder schreiben. Aber damit zu leben stand auf einem ganz anderen Blatt. Freundlich ausgedrückt, war es einfach nur dumm. Und um ganz ehrlich zu sein, es war einfach krank.

Peter goss den restlichen Kaffee in die Spüle und ging in sein Atelier zurück. Er stand auf der Türschwelle und starrte auf das halb fertige Gemälde von Katherine. Ob es nun dumm war oder einfach nur krank, er würde sie immer lieben. Alles andere wäre genau so, als würde er versuchen, den Wechsel der Jahreszeiten zu ignorieren oder gar zu versuchen, ihn zu ändern.

* * *

Katherine griff nach dem Handtuch, das sie auf einen Felsen gelegt hatte, und schlang es sich um die Schultern. Sie war zwar vom Schwimmen halb erfroren, fühlte sich aber wie neugeboren. Und sie hatte Regeln gebrochen, die sie ihren Kindern vom ersten Ferientag an hier im August am Strand unablässig eingebläut hatte: Man geht nicht mit vollem Magen schwimmen, und man geht auch nicht alleine ans Meer.

Ihr ganzer Körper war von Gänsehaut überzogen, ihre Zähne klapperten, und ihre Haut war blau verfärbt. Aber sie hatte beobachtet, wie die Sonne aufging, und war beinah mit einer neugierigen Robbe Nase an Nase geraten. Verglichen mit ihrer kleinen Sünde hatte sich das mehr als gelohnt.

Zudem war es eine völlig neue Erfahrung für sie, ganz alleine etwas zu unternehmen. Sie konnte sich nicht daran erinnern, dass sie jemals alleine ein Kino oder ein Restaurant besucht hatte. Ihr ganzes Leben lang war sie entweder umständehalber oder aufgrund eigener Entscheidungen an andere gebunden gewesen. Sie hatte dieses Verhalten nie infrage gestellt, und hatte auch nie den Drang verspürt, alleine auszugehen. Nun aber, nachdem sich alle von ihr losgesagt hatten, entdeckte sie eine Seite an sich, von der sie bislang gar nichts geahnt hatte.

Die einfachsten Dinge versetzten sie in Staunen. Es war die reinste Offenbarung für sie, feststellen zu müssen, dass sich die Welt auch dann weiterdrehte, wenn das Abendessen nicht um Punkt halb sieben auf dem Tisch stand. Es war egal, ob sie um fünf oder erst um acht Uhr essen würde oder auch gar nicht, wenn ihr nicht danach war.

Am besten aber gefiel ihr, dass sie die ganze Nacht hindurch lesen konnte, wenn sie Lust dazu hatte, und sogar bis um acht oder sogar neun Uhr schlafen konnte, ohne sich den Vorwurf anhören zu müssen, ein sündiger Müßiggänger zu sein.

Natürlich würde diese Freiheit, tun und lassen zu können, was sie wollte, nicht ewig Bestand haben. Schon aus reiner Notwendigkeit würde ihr Leben wieder in routinierten Bahnen verlaufen müssen, sobald sie nach Hause zurückkehrte. Sie musste sich um Paul kümmern und sich selbst an den

Stundenplan ihres Unterrichts halten. Aber ganz egal, wie groß ihr Arbeitspensum sein würde, auf keinen Fall würde sie es mehr zulassen, dass ihre Tage so streng durchorganisiert waren, sodass es keinen Raum mehr für spontane Dinge gab.

Sie war einundvierzig Jahre alt, in ein paar Monaten wurde sie zweiundvierzig. Wenn sie die Lebensspanne in ihrer Familie in Betracht zog, dann war es absolut nicht abwegig, dass sie noch mindestens weitere vierzig Lebensjahre vor sich hatte. Mit anderen Worten, die erste Hälfte ihres Lebens lang schon hinter ihr. Nein, so hätte es Brandon formuliert.

Für sie selbst lag die Hälfte ihres Lebens noch vor ihr.

Ja, das klang schon sehr viel besser.

Trotz ihrer halb erfrorenen Lippen brachte sie sogar ein kleines Lächeln fertig, als sie sich zurück zum Haus aufmachte. Vierzig Jahre ... man konnte eine Menge Abenteuer in vierzig Jahren erleben.

Und heute war ein guter Tag, um damit zu beginnen. Vielleicht würde sie sogar Peter darum bitten, sie zu begleiten. Die Tatsache, dass er nicht schwul war, beunruhigte sie zwar immer noch ein bisschen, aber nach der anfänglichen Überraschung fand sie, dass eigentlich nichts dagegen sprach, weiterhin mit ihm befreundet zu sein. Ihm machte die Situation offenbar nichts aus, also warum sollte es ihr etwas ausmachen? Der entscheidende Faktor war die Angst gewesen, ihn womöglich als Freund zu verlieren. Allein der Gedanke daran hatte bei ihr schon ein tiefes Verlustgefühl ausgelöst. Sie mochte Peter. Er war freundlich, aufmerksam und fürsorglich ... und er brachte sie zum Lachen.

Sollte sie jemals wieder auf die Idee kommen, ihr Leben mit einem anderen Menschen zu teilen, dann müsste es ihrer Meinung nach ein Mann wie Peter sein. Aber allein der Gedanke daran hing von einem so großen »sollte« ab, dass es ihr schwerfiel, sich das überhaupt vorzustellen.

Da sie nun beschlossen hatte, den zweiten Abschnitt ihres Lebens in Angriff zu nehmen, kamen ihr so viele neue Ideen, dass sie es kaum erwarten konnte, damit zu beginnen. Jedes Jahr hatte sie neue Orte, die sie besuchen wollte, und neue Dinge, die sie sehen wollte, auf ihre »August«-Liste gesetzt, und sich den Winter über in die neuen Kataloge und kostenlosen Zeitungen vertieft, die sie während ihres Sommeraufenthaltes im Strandhaus gesammelt hatte. Doch dann kam der nächste August, und Brandon kam trotz seiner anders lautenden Versprechungen wieder nur für zwei oder drei Tage in der Woche zu ihnen. Außerdem hatte er seine eigene Vorstellung von Urlaub, und die bestand darin, einfach nur herumzusitzen, ohne etwas zu unternehmen. Die Kinder verbrachten natürlich ihre Zeit lieber mit ihren Freunden am Strand oder an der Strandpromenade in Santa Cruz. Sie war noch niemals eine Einzelgängerin gewesen und ihr gefielen nur Unternehmungen, die man mit anderen teilen konnte, und hatte deshalb nie auf eigene Faust eine Sightseeing-Tour unternommen.

Am allermeisten bedauerte sie jedoch, dass sie neben vielen anderen geplanten Unternehmungen es bis heute noch nicht realisiert hatte, ihre ganz persönliche Reise auf den Spuren von John Steinbeck und seinem Kalifornien zu unternehmen. Vor vier Jahren hatte sie den ganzen Winter über seine Bücher gelesen, die er über diese Region verfasst hatte. Als der August allmählich näher rückte, hatte sie so viele Buchpassagen mit Beschreibungen von real existierenden Orten, dass sie sicher war, es würde ihr unglaublichen Spaß machen und dazu auch noch sehr lehrreich sein, jeden einzelnen davon aufzusuchen.

An ihrem ersten Urlaubstag im darauffolgenden August hatte sie den Vormittag mit Brandon in Fremont Peak verbracht. Doch nach einem Spaziergang durch den Park dort musste er am Nachmittag ins Krankenhaus, weil er sich von der Berührung mit den Sumachgewächsen das sogenannte allergische »Poison Oak«-Fieber zugezogen hatte. Als Folge der Behandlung hatte sich sein Hautausschlag erst noch verschlimmert, bevor er wieder abklang. Und Katherine hatte beschlossen, ihr Vorhaben um ein weiteres Jahr zu verschieben.

Während Katherine die Stufen vom Strand hinaufging, war sie derart in ihren Gedanken über Vergangenheit und Zukunft gefangen, dass sie die Gegenwart um sich herum gar nicht wahrnahm. Sie war schon fast um das ganze Haus herumgegangen, als sie den dunkelgrünen Taurus entdeckte, der vor Andrews Haus geparkt war, wo eine fünfzig Jahre alte Pinie Schatten spendete. Genau so einen Wagen fuhr auch Brandon.

Gestern noch wäre sie vor Freude außer sich gewesen, hätte neue Hoffnung geschöpft und sich darüber gefreut, weil er tatsächlich gekommen war. Doch inzwischen war sie sich ihrer Gefühle nicht mehr so sicher.

»Findest du nicht, dass es ein bisschen zu früh ist, um zum Schwimmen zu gehen?«, fragte er, als er das Gartentor öffnete.

Brandon gehörte in Bezug auf das genetische Zufallsprinzip zu den absoluten Gewinnern. Er war zweifelsohne ein Bild von einem Mann. Selbst nach zwanzig Ehejahren fand sie ihn immer noch hinreißend, vor allem, wenn er lächelte. Sogar in den schlichten Baumwollhosen und Polohemden, die er für gewöhnlich zu tragen pflegte, wirkte er noch imposanter als jeder Durchschnittsmann.

»Was machst du denn hier?«

Er zögerte, verwundert über den vorwurfsvollen Tonfall ihrer Stimme. »Ich wollte dich sehen.«

Sie zog das Handtuch enger um sich, als wollte sie ihre Blöße mehr bedecken. »Wieso?«

»Brauche ich etwa einen Grund dafür?«

»Ja.« Ihre Antwort klang so schonungslos offen, dass sie beide überrascht waren.

»Meinst du nicht, wir sollten besser ins Haus gehen?«, versuchte er einzulenken.

»Du siehst aus, als wärest du halb erfroren. Und es ist mir lieber, wenn die Nachbarn nicht unbedingt mitbekommen, daß wir in diesem Aufzug hier herumstehen.«

Wenn Brandon nicht die Laufbahn zum Priesteramt eingeschlagen hätte, dann wäre aus ihm ein verdammt guter politischer Berater geworden. Selbst in den schlimmsten Augenblicken seines Lebens war er immer noch darauf bedacht, dass sein Image, das er verkörperte, keinen Schaden nahm. Katherine griff in ihre Badetasche und zog den Hausschlüssel hervor. Im Haus warf sie den Schlüssel auf den Beistelltisch, wandte sich Brandon zu und wiederholte kühl: »Also, was hast du hier zu suchen?«

Er wich ihrem Blick aus und ließ ihn stattdessen durchs Zimmer schweifen. »Wir müssen reden.«

Brandon hatte es nie an Selbstbewusstsein gemangelt. Und genau das gehörte zu den Dingen, die sie früher so anziehend an ihm gefunden hatte. Er besaß große Macht, wenn er andere von seinen eigenen Vorstellungen überzeugen wollte und konnte ihnen am Ende sogar einreden, dass seine Überzeugungen von Anfang an auch ihre eigenen gewesen seien.

Es hatte Jahre gedauert, bis sie die Mechanismen seiner manipulativen Art durchschaut hatte. Als sie ihn schließlich darauf angesprochen hatte, wollte er lediglich wissen, wie sie überhaupt dazu kam, seine Verhaltensweisen infrage zu stellen, der Zweck würde schließlich die Mittel rechtfertigen.

»Du hast mir doch erklärt, dass du bereits alles, was wichtig war, ausgesprochen hättest,« erwiderte sie.

»Ich habe mich getäuscht.«

Diese Bemerkung wirkte geradezu entwaffnend. Brandon hatte noch nicht ein einziges Mal einen Irrtum eingestanden. Sie klammerte sich an das Handtuch, das inzwischen von ihren Schultern gerutscht war, und hoffte, dass er endlich gehen würde.

»Ich habe dich vermisst«, sagte er. »Mehr, als ich erwartet habe. Die letzten Monate waren wirklich sehr schwer für mich.« Er wartete ab. Als sie immer noch schwieg, gab er einen Laut der Enttäuschung von sich und legte die Hände auf ihre Arme. »Ich werde nicht lange um den heißen Brei herumreden, Katherine. Ich möchte, dass du zu mir zurückkommst. Inzwischen weiß ich, dass unsere Trennung ein furchtbarer Fehler war.«

Noch vor einer Woche wäre sie in seine Arme gesunken, aus lauter Dankbarkeit, dass er willens war, ihr gemeinsames Leben nicht aufzugeben. Noch vor einer Woche, nein, sogar vor drei Tagen, wäre sie bereits auf dem Weg ins Schlafzimmer gewesen, um ihre Koffer zu packen. »Ich weiß nicht, was ich sagen soll«, gab sie zu.

Er nahm sie in die Arme. »Du musst gar nichts sagen. Ich kann die Antwort von deinen Augen ablesen. Du bist genauso erleichtert, dass wir das endlich hinter uns haben.«

Plötzlich setzte sich wieder ihr eigener Wille durch. »Das Einzige, was wir hinter uns haben, ist eine gescheiterte Ehe.«

Entweder hatte er nicht zugehört oder beschlossen, ihre Bemerkung einfach zu ignorieren. Er küsste sie, und öffnete dabei den Mund, um mit seinen Lippen ihre zu umfassen. Auf diese Art und Weise hatte er sie immer nur dann geküsst, wenn er ihr signalisieren wollte, dass er Lust auf Sex hatte. Sie merkte, wie leicht es für ihn war, sie herumzubekommen. Ihre innere Stimme warnte sie jedoch, dass sie sich nur zur Närrin machen würde, falls sie jetzt nachgab. Es schien schon eine Ewigkeit her, seit sie ein Mann in den Armen gehalten hatte, geschweige denn berührt oder Zärtlichkeiten mit ihr ausgetauscht hatte. Und es war ihr gar nicht bewusst gewesen, wie groß ihre Sehnsucht nach dem war, was er ihr zu geben bereit war. Und nicht zu vergessen – rein rechtlich waren sie immer noch verheiratet. Und wem würde es schon schaden, wenn sie nach so vielen gemeinsamen Jahren ihre

Beziehung auf zärtliche Weise beenden und sich noch ein einziges Mal lieben würden?

»Ja ... es ist schon in Ordnung«, meinte sie, nachdem ihm ein leiser Seufzer entfuhr, als er sie hinter dem Ohr küsste. Hitzeschübe pulsierten in ihren Unterleib. War das alles, was er anstellen musste, damit sie sich ihm bereitwillig hingab? Und war es wirklich Brandon, nach dem sie sich sehnte? Über diese Frage, die aus ihrem tiefsten Unterbewusstsein aufgestiegen war, wollte sie gar nicht erst nachdenken.

Er nahm sie bei der Hand und machte sich mit ihr zum Schlafzimmer auf.

»Nein«, meinte sie, »wir machen es hier.«

Sein Gesicht verfinsterte sich. »Was, hier? Auf dem Sofa?«

»Ist mir egal, ob auf dem Sofa oder dem Fußboden, das spielt keine Rolle.« Über diese Bitte hätte er sich eigentlich freuen müssen, denn schließlich hatte er doch behauptet, ihr Liebesleben sei zur langweiligen Routine erstarrt. Sie zerrte an seiner Hand, um ihn zum Umkehren zu bewegen.

»Warum sollen wir das machen, wenn wir ein wunderbares, komfortables Bett gleich hier nebenan haben?«

»Wir haben uns immer nur im Bett geliebt.« Sie zog nochmals an seiner Hand. »Nun komm schon, Brandon, vergiss es. Die Kinder sind nicht da. Keiner wird an die Tür klopfen und uns stören. Und es wird auch kein Telefon klingeln.«

Er zögerte immer noch. »Was ist denn bloß in dich gefahren?«, meinte er misstrauisch. »Du hast doch nicht etwa angefangen, diese billigen Liebesromane zu lesen?«

Sie spürte, dass sie enttäuscht war und ihre Lust verflog, sei es nun, weil sie es nicht anders gewohnt war, weil er wieder einmal ihre Bedürfnisse ignorierte oder einfach nur, weil sie verwirrt war. Während sie ein ungutes Gefühl im Magen verspürte, verzog sie den Mund zu einem Lächeln, das wie ein Flehen wirkte. »Vergiss es. Dann machen wir es im Bett.«

Seine Augen leuchteten triumphierend auf. »Ich werde dort auf dich warten.«

»Wieso warten?«, wiederholte sie albernerweise seine Frage. »Na, bis du dich geduscht hast. Du musst dich ja schrecklich fühlen mit dem ganzen Sand und dem Salz auf deiner Haut.«

Das waren exakt die Worte, die sie wieder zur Vernunft brachten. Als hätte er ihre eine kalte Dusche verpasst, war ihre Lust auf ihn mit einem Mal komplett verflogen. Hätte er sie einfach ins Meer geworfen, wäre es nicht schlimmer gewesen. Er wollte Sex mit ihr haben, aber nur absolut keimfrei. Seine Lust auf sie war absolut nicht von Leidenschaft geprägt. Abrupt ließ sie seine Hand los. »Was geht hier eigentlich vor, Brandon? Was steckt wirklich hinter deinem Besuch hier?«

»Das habe ich dir doch gesagt. Mir ist klar geworden, dass es wirklich falsch war, dass ...«

»Hör mit dem Blödsinn auf. Das nehme ich dir nicht mehr ab.«

Urplötzlich veränderte sich sein Verhalten. Seine Augen funkelten vor Wut und Ungeduld, obwohl er diese Art von Gefühlen normalerweise völlig unter Kontrolle hatte. »Was ist denn bloß in dich gefahren, Katherine? Seit wann stellst du irgendetwas infrage, was ich dir sage?«

Hatte er tatsächlich schon immer in diesem Ton mit ihr geredet?

Offenbar wurde ihm bewusst, dass er zu weit gegangen war, und er räumte ein: »Das hört sich schlimmer an, als es gemeint war. Ich bin einfach völlig fertig, seit du mich verlassen hast. Ich kann mich nicht mehr konzentrieren, und ich habe seitdem nur noch unregelmäßig gegessen. Sogar meine Predigten beginnen schon, darunter zu leiden.«

»Was hast du denn erwartet? Ich habe mich zwanzig Jahre lang von morgens bis abends nur um dich gekümmert, während du ständig damit beschäftigt warst, dich um andere zu kümmern.«

»Ich begreife einfach nicht, was hier läuft«, erklärte er.

»Ich dachte, du würdest unsere Ehe retten wollen, und dass dir das genauso wichtig ist wie mir.«

»Moment mal. Seit wann ist denn unsere Ehe auf einmal so wichtig für dich? Soweit ich mich erinnern kann, warst du es, der mich gebeten hat auszuziehen, und der bewusst darauf hingewiesen hat, dass damit alles vorbei sei, und dass es absolut keine Chance mehr gäbe, dass wir uns jemals wieder versöhnen würden.«

»Wenn du versuchst, mir die Schuld dafür in die Schuhe zu schieben, dann führt uns das auch nicht weiter«, erklärte er mit pädagogischem Tonfall.

Ihr war kalt, und sie fühlte sich unwohl, und sie brauchte Zeit zum Nachdenken. »Ich gehe jetzt unter die Dusche.«

»Eine gute Idee. Ganz bestimmt bist du danach für eine Unterhaltung besser gelaunt.« Er beugte sich nach vorn, küsste sie auf die Wange und tätschelte ihren Arm. »Ich werde Kaffee für uns machen.«

»Wie lange wirst du bleiben?«

Ganz offensichtlich hatte er diese Frage nicht erwartet. »Ich denke mal, das hängt von dir ab.«

Wenn es nach ihr gegangen wäre, dann wäre er bereits abgereist, ehe sie wieder aus der Dusche kam. Dieser Gedanke brachte sie zum Stutzen. Wenn … nein, zu welchem Zeitpunkt hatte sie eigentlich den Glauben verloren, dass er die Quelle ihres ganzen Lebensglückes war? Und wann hatte sie sich zum ersten Mal darauf gefreut, ein Leben ohne ihn zu führen?

9

»Das kannst du nicht machen«, meinte Brandon, »nicht nach allem, was ich für dich getan habe.« Sein Gesichtsausdruck veränderte sich plötzlich. Er schien nicht mehr besorgt zu sein, und er wollte sie offenbar überreden. »Was soll ich deiner Meinung nach tun? Dass ich dir etwas Zeit lasse? Damit kann ich leben. Ich kann es sogar verstehen, dass du mich noch etwas hinhalten willst, bevor du zu mir zurückkommst. Aber eines musst du mir glauben, Katherine. Auch wenn es nicht so aussieht, habe ich mindestens genauso gelitten wie du. Ich kann dir gar nicht sagen, wie viele Nächte ich wach gelegen und gebetet habe, dass es richtig war, was ich getan habe. Oder wie oft ich tagtäglich an dich denken musste, und wie sehr ich es vermisst habe, dass du mich nicht mehr an der Tür willkommen geheißen hast, wenn ich nach Hause gekommen bin.«

Um sich abzulenken, griff Katherine nach ihrer Kaffeetasse. Aber ihre Hände zitterten so stark, dass der heiße Kaffee über den Tassenrand schwappte und auf ihrer weißen Hose landete, wo er einen Fleck bildete, der einem verzerrten Herz glich. Sie stellte ihre Tasse wieder ab.

»Ich werde nie und nimmer eine Lüge leben, nicht einmal dir zuliebe, Brandon.« Weil sie inzwischen den wahren Grund seines Kommens kannte, fiel ihr das Gespräch sehr viel leichter. »Vielleicht hättest du, als du mich darum gebeten hast auszuziehen, erst einmal genau darüber nachdenken sollen, wie sich eine Scheidung auf deine Chancen auswirken würde, in den Gemeinderat gewählt zu werden.«

Sie griff nach einer Serviette, um damit den Fleck auf ihrer Hose zu kaschieren. »Du hast wohl vergessen, was ich alles für dich getan habe? Du hättest es ohne mich niemals so weit gebracht.«

»Das stimmt«, gab er zu, klang dabei aber nicht besonders überzeugend.

»Ich habe dir niemals die nötige Anerkennung zuteil werden lassen, für all das, was du für mich getan hast. Aber das ist vorbei. Ich verspreche dir, dass ich mich ab jetzt ändern werde.«

Noch nie hatte sie ihn so erlebt. Sie griff erneut zu ihrer Kaffeetasse und schaffte es dieses Mal, sie ohne weiteres Missgeschick zum Mund zu führen. Normalerweise eine banale Sache, aber sie empfand es schon als einen bemerkenswerten Fortschritt. »Dann zähl sie mal auf, Brandon.«

»Was soll ich aufzählen?«

»Na, die ganzen Dinge, die ich für dich getan habe und die dir erst jetzt klar geworden sind.«

Er wusste nicht mehr weiter. »Das ist nicht fair von dir. Ich kann doch jetzt nicht einfach irgendetwas herunterrattern. Darüber muss ich erst einmal nachdenken.« Er stieß einen resignierten Seufzer aus. »Sag mir einfach, was ich tun soll, damit du mit mir zurück nach Hause kommst. Ich werde alles machen, was du willst.«

»Und wie lange?«

Er fühlte sich zurückgestoßen. »Habe ich dir gegenüber jemals ein Versprechen gebrochen?«

»Meinst du abgesehen von jenem: bis dass der Tod euch scheidet?«

»Vergiss eines nicht, Katherine. Auch du hast diesen Schwur vor Gott geleistet. Und auch du weißt, dass Er erwartet, dass du alles, was in deiner Macht steht, tust, um dein Versprechen zu halten. Selbst wenn das heißen sollte, dass du ein bisschen etwas von deinem Stolz hinunterschlucken musst.«

»Du bist also der Meinung, dass es mir nur um meinen Stolz geht?« Zum ersten Mal sprach sie mit erhobener

Stimme. »Wie kannst du es überhaupt wagen, bei deinen Manipulationsversuchen mir gegenüber unseren Herrgott ins Spiel zu bringen?«

»Gut, ich gebe ja zu, dass es ein Fehler war, als ich dich gebeten habe auszuziehen. Wirst du mir jetzt endlich verzeihen?«

Er stand auf, um seine Tasse ins Spülbecken zu stellen, drehte sich dann um und sah sie an. »Und eines ist ja wohl klar, ich habe dir bereits eine ganze Menge Fehler verziehen.«

Er hatte wirklich das Talent, immer dann, wenn sie ins Schwanken kam, eine Bemerkung zu machen, die sie sofort wieder in Rage brachte und ihr bestätigte, dass sie das einzig Richtige tat. Sie würde nur das Unvermeidliche weiter hinausschieben, wenn sie jetzt mit ihm nach Hause fahren würde. Alles, was sie einmal verbunden hatte, war inzwischen abgestorben.

»Na, großartig, Brandon! Obwohl ich so viele Fehler habe, bist du bereit, mir eine neue Chance zu geben! Also, dieses Opfer kann ich dir einfach nicht abverlangen.« Es gelang ihr nicht, ihre Wut und ihre Verletztheit zurückzuhalten, so sehr sie sich auch darum bemühte. »Nach allem, was du für andere getan hast, hast du es verdient, mit einer Frau verheiratet zu sein, die dich glücklich macht – wirklich glücklich. Ich weiß sehr wohl, dass du momentan nur denkst, dass sich alles ändern würde, wenn du es endlich in den Gemeinderat schaffst. Aber in zwei oder drei Jahren, wenn das Neue zur Selbstverständlichkeit geworden ist, werden wir wieder genau da landen, wo wir jetzt sind. Und ich möchte das Ganze einfach nicht noch einmal durchmachen. Und ich werde es auch nicht. Ich habe etwas Besseres verdient.«

Er schüttelte den Kopf, während er ein unendlich trauriges Gesicht aufsetzte. »Ich hätte niemals gedacht, dass du derart rachsüchtig sein könntest. Wenn du schon nicht wegen mir zurückkommen willst, wie sieht es dann mit Michael und Paul aus? Denke doch mal darüber nach, wie viel es ihnen bedeuten würde, wenn sich ihre Eltern wieder versöhnen.«

»Und wie groß war eigentlich deine Sorge um deine Söhne wirklich, als du mich gebeten hast auszuziehen?«

Er setzte sich wieder hin. »Glaubst du allen Ernstes, dass du irgendetwas damit gewinnen wirst, wenn du mich jetzt dafür bestrafen willst? Nichts, ganz klar gesagt. Wenn du weiterhin darauf pochst, dass wir uns scheiden lassen, dann bestrafst du damit nicht mich, sondern Michael und Paul.«

Bevor sie darauf antworten konnte, klopfte es an der Vordertür. Es war Peter, der zum denkbar ungünstigsten Zeitpunkt auftauchte.

»O, Entschuldigung«, sagte er, als er Brandon entdeckte, der hinter Katherine in der Mitte des Wohnzimmers stand. Ganz offensichtlich wurde ihm beim Anblick von Brandon unbehaglich, zumal er wusste, dass alles, was er nun sagen würde, völlig falsch verstanden werden könnte. Deshalb meinte er zu Katherine: »Ich bin nur vorbeigekommen, um zu fragen ob … mhm, um zu fragen, ob Sie etwas aus dem Lebensmittelladen brauchen.«

»Nein, ich habe alles«, antwortete sie schnell. »Ich war gestern einkaufen und habe alles da, was ich brauche.«

»Na gut, dann überlasse ich euch wieder euren eigenen Angelegenheiten.« Er winkte Brandon kurz zu. »Schön, Sie auch einmal wiederzusehen.«

Nachdem Peter gegangen war, schwieg Brandon eine Weile, wartete ab, und schaute Katherine dann direkt in die Augen. »Sag mir bitte sofort, dass mich mein Eindruck, den ich soeben bekommen habe, getäuscht hat. Hast du mit Peter …?«

»Ich habe keine Ahnung, wovon du da redest?«

Sie wollte an ihm vorbeigehen, aber er versperrte ihr den Weg.

»Ich habe mich nämlich schon gefragt, wieso du diesen Sommer unbedingt alleine hierher kommen wolltest. Ist Peter der Grund dafür, dass du unsere Ehe so leichtfertig aufgibst?«

»Es ist absolut unter meiner Würde, diese Frage zu beantworten.«

»Ich bin mit den allerbesten Absichten hierher gekommen, um die Sache zwischen uns zu bereinigen. Aber jetzt merke ich, dass meine Gebete nicht erhört wurden.« Er fuhr sich mit der Hand durchs Haar.

»Vielleicht will mir ja Gott auch nur einen Fingerzeig geben, dass ich es nicht wert bin, im Gemeinderat zu sitzen.« Er wartete ab, aber als sie darauf nicht antwortete, fuhr er fort: »Ich kann nur für uns beide hoffen, dass es die Hand unseres Herrn war, der diese Entscheidung herbeigeführt hat, und nicht deine.«

»Falls es Gottes Plan sein sollte, dass man dich in den Gemeinderat wählt, dann wird er dir das auf andere Weise zeigen.«

Brandon wandte sich zur Tür. »Sobald ich zu Hause angekommen bin, werde ich Roger davon unterrichten, dass er alles in die Wege leiten soll. Es ist sinnlos, wenn wir das noch weiter hinausschieben.«

»Du hast Roger mit unserer Scheidung beauftragt?« Roger und seine Frau Martha waren die ersten, mit denen sie sich nach ihrem Umzug nach Woodland angefreundet hatte. Sie stand ihnen genauso nahe wie ihrer eigenen Familie.

»Ihn damit zu beauftragen lag doch logischerweise auf der Hand.«

Merkte Brandon denn gar nicht, was für Auswirkungen das auf sie haben würde, wenn er einen gemeinsamen Freund darum bat, ihre Scheidung abzuwickeln? Warum war er ihren eigenen Problemen gegenüber so blind, während er doch andererseits selbst die geringsten Probleme seiner Gemeindemitglieder mit einem unglaublichen Einfühlungsvermögen behandelte? »Bitte, sieh dich nach einem anderen Anwalt um.« Er öffnete die Tür und ging hinaus.

»Ich werde darüber nachdenken.« Sie folgte ihm nach draußen. »Es tut mir wirklich sehr leid, Brandon. So wie die Dinge nun einmal liegen, kann ich nicht mehr zurückkommen. Es ist mir einfach nicht möglich.«

Die folgenden zwei Tage verbrachte Katherine ausschließlich im Haus und wagte sich nur vor die Tür, um die Tageszeitung hereinzuholen. Der trübe Morgennebel spiegelte ihre Stimmung wider, und wenn die Sonne am Nachmittag durchkam, schloss sie die Jalousien.

In ihrer Familie hatte es noch nie eine Scheidung gegeben. Ihre Mutter und ihr Vater würden diese Nachricht nicht leicht aufnehmen, auch nicht ihre Brüder und Schwestern. Sie waren zwar über ihre Trennung von Brandon informiert, aber sie zweifelten nicht eine Sekunde lang daran, dass sie beide sich wieder einigen würden.

Schließlich gab es in allen Ehen schwierige Zeiten. Warum sollten sie also annehmen, dass es bei ihr und Brandon anders war?

Sie beteten Brandon an und sprachen von ihm mit diesem Stolz, den Eltern an den Tag legen, wenn eines ihrer Kinder Arzt oder Anwalt wurde. Und was für eine höhere Berufung gab es denn, als Gott unserem Herrn zu dienen?

Katherine machte sich nicht einmal die Mühe, darüber nachzudenken, auf welche Seite sich ihre Familie schlagen würde. Vor allem dann, falls sie erfahren sollte, dass er sie um eine Versöhnung gebeten hatte und sie abgelehnt hatte. Sie machte sich keine falschen Hoffnungen darüber, dass die Familie es jemals verstehen würde, wieso sie mit einem Mal das Bedürfnis hatte, sich als Frau selbst zu verwirklichen.

Hatte sie das tatsächlich ernsthaft angenommen? Hatte sie allen Ernstes gedacht, dass irgendjemand ihre Partei ergreifen würde? In ihren Gebeten bat sie Gott, ihr die nötige Stärke zu geben, um die kommenden Monate durchzustehen und dass sie einen Weg finden würde, um ihren Freunden und Verwandten klarzumachen, sich weder auf ihre noch auf Brandons Seite schlagen zu müssen.

Am dritten Tag ihrer selbst gewählten Isolation wurde sie morgens von der Sonne begrüßt. Schon aus diesem Grund beschloss Katherine, dass es an der Zeit sei, einen Schlussstrich unter ihre depressive Einsiedelei zu ziehen. Sie war in ein tiefes Loch gefallen, aber nun war es an der Zeit, sich wieder dem Leben zu stellen.

Nach einer Dusche fühlte sie sich erfrischt, zog den gelben Bademantel aus Frottee über und wickelte mit dem Handtuch einen Turban um ihre Haare. Sie war auf dem Weg zur Küche, um sich eine Tasse Kaffee zu machen, als sie hörte, wie ein Wagen in der Einfahrt vorfuhr.

Sie ging zum Fenster und spähte durch die Jalousien. Zuerst war sie überrascht, dann verwirrt und schließlich hocherfreut. Sie öffnete die Tür. »Was machst du denn hier?«

»Man hat mich gefeuert«, meinte Paul und grinste. »Der alte Fielding hat mich dabei erwischt, wie ich ein paar Trauben geklaut habe.«

»Das ist doch nicht wahr.« Sie legte die Arme um ihren jüngsten Sohn und drückte ihn viel länger als üblich, wobei keine Zweifel aufkamen, wie froh sie war, ihn zu sehen.

»Was meinst du denn mit – das ist nicht wahr? Dass sie mich gefeuert haben – oder das ich Trauben geklaut habe?« Er zwinkerte mit den Augen, in denen etwas Spitzbübisches lag.

»Keines von beiden.« Sie lächelte, als ihr Blick auf die beiden Jungs hinter ihm fiel, die aus dem Mustang ausgestiegen waren. Es waren Pauls beste Freunde, deren Bande bis in die Vorschule zurückreichten. »Ich hoffe, ihr habt vor, eine Weile zu bleiben.«

»Wenn das geht,« meinte Tom, der Größere der beiden.

Sie griff sich an den Kopf und rückte das Handtuch zurecht, das sich auf einer Seite löste. »Natürlich geht das. Habt ihr schon gefrühstückt?«

»Wir haben unterwegs etwas gegessen«, antworte Charlie.

»Aber das ist doch schon zwei Stunden her«, meinte Paul. »Ich sterbe vor Hunger. Was hast du denn da?«

»Pfannkuchen. Oder, falls ihr das lieber wollt, Alte Ritter.«

»Pfannkuchen«, antworteten alle drei im Chor.

»Ich brauche nur ein paar Minuten, um mich anzuziehen. Und dann werde ich mal schauen, wie man eure leeren Mägen füllen kann.«

Dieser Vormittag wurde einer der besten, den sie seit Monaten erlebt hatte, erfüllt von Scherzen, Gelächter und Lärm. So schnell konnte sie die Pfannkuchen kaum machen, wie sie verschwanden, und am Schluss war kein Tropfen Milch mehr übrig und auch kein Obstsaft mehr da. Charlie und Tom verscheuchten Katherine und Paul aus der Küche, räumten den Küchentisch ab und wuschen das Geschirr ab.

Als Katherine mit Paul alleine auf der Veranda saß, wo die Meeresbrise ihre Stimmen vom Küchenfenster wegtrug, fragte sie ihren Sohn: »Aus welchem Grund bist du denn nun wirklich hier?«

»Ich habe einfach gedacht, dass dir ein bisschen Gesellschaft nicht schaden könnte.«

»Und wie bist du auf den Gedanken gekommen?«

Er zuckte mit den Schultern. »Dad hat sich irgendwie ziemlich merkwürdig verhalten, als er zurückkam.«

Sie schwankte zwischen Neugierde und dem Gefühl, herauszufinden, was das heißen sollte. »Es ist wirklich sehr schön zu sehen, dass du dir Sorgen um mich machst, Paul. Aber ich möchte nicht, dass du das Gefühl hast, du müsstest dich um mich kümmern. Die Dinge zwischen mir und deinem Vater sind allein unser Problem, und nicht deines.«

Sie überlegte einen Moment und meinte dann. »Das nehme ich zurück. Natürlich ist es auch dein Problem. Du hattest jedes Recht der Welt zu glauben, dass dein Dad und ich bis zu unserem Lebensende zusammenbleiben würden. Und jetzt musst du dich damit herumschlagen, dass du dein letztes Schuljahr vor dir hast, dich auf das College vorbereiten sollst, und dass deine Mutter und dein Vater, die eigentlich für dich da sein sollten ...«

»Jesus, Mom, wenn du so weiterredest, dann bekomme ich noch das Gefühl, dass ich mich auch noch selbst bedauern sollte.«

Die Liebe zu ihrem Sohn war so überwältigend, dass ihr die Tränen in die Augen stiegen. »Ich muss schon etwas ganz Besonderes geleistet haben, um einen Sohn wie dich zu verdienen.«

»Ich hoffe, du denkst daran, wenn ich das nächste Mal vergesse, mein Zimmer aufzuräumen.«

Sie musste lachen und wischte sich über die Augen.

»Vergessen?«

»Na gut – es aufschiebe.«

»Was habt ihr denn heute Nachmittag vor?«

»Nichts Besonderes, vielleicht hängen wir hier 'ne Weile rum und schauen uns mal die Chicks am Strand an.«

»Die Chicks?«

Er lachte. »Mom, du bist wirklich einmalig.«

»Da ihr nichts Besonders geplant habt, wie wäre es denn, wenn ihr drei mir dabei helfen würdet, Eiscreme zu machen? Ich habe im Küchenschrank eine Eismaschine entdeckt, die niegelnagelneu aussieht. Und ich habe mir gedacht, es könnte vielleicht Spaß machen, sie einmal auszuprobieren.«

»Ja, klar doch«, obwohl man merkte, dass er sich bei dem Gedanken an selbst gemachtes Eis nicht gerade überschlug, sondern ihr lediglich damit einen Gefallen tun wollte. »Sollen wir zum Lebensmittelladen gehen, um den ganzen Kram dafür einzukaufen?«

»Nein, das mache ich selber.« Denn ganz bestimmt würde er den ganzen Vormittag dafür brauchen, um alles zu besorgen, was auf ihrer Liste stand.

10

Katherine stand vor dem Blumenbeet und stellte einen Strauß Löwenmäulchen zusammen. Sie schaute kurz hoch und entdeckte einen Jungen von vielleicht acht oder neun Jahren, der sie beobachtete. »Hallo, Kleiner«, meinte sie und lächelte.

»Hallo«, antwortete er, ohne ihr Lächeln zu erwidern.

Sie ging in die Hocke, damit sie auf Augenhöhe mit ihm war und sagte: »Suchst du jemanden?«

»Meine Freunde haben hier gelebt. Aber sie sind gestorben.«

Nun verstand sie, warum er so ernst dreinblickte. »Du meinst Joe und Maggie, nicht wahr?«, erwiderte sie sanft.

Er nickte mit dem Kopf. »Wohnst du jetzt hier?«

»Nur für eine Weile.«

»Hast du auch Kinder?«

»Ich habe zwei Jungs, aber die sind schon fast erwachsen.«

Sie schnitt ein hellrotes Löwenmäulchen ab und stellte es in den Wassereimer neben sich.

»Ich lebe mit meiner Schwester bei meinem Dad dort drüben.« Er deutete auf Andrews Haus.

Peter hatte ihr erzählt, dass ein Schriftsteller während Andrews Abwesenheit dessen Haus gemietet hatte. Bei ihrer Ankunft war er wohl verreist gewesen und vermutlich in der Zeit zurückgekommen, in der sie sich eingeigelt hatte, um über ihr Leben nachzudenken. »Ich werde heute Nachmittag Eiscreme machen. Hättest du Lust vorbeizukommen, um sie zu probieren? Du kannst auch deine Schwester und deinen Dad mitbringen.«

»Was für eine Eiscreme?«

»Erdbeereis.«

»Ich mag Pfirsich«, antwortete er leise. »Die hat Maggie gemacht.«

Damit hatte er ihr Herz gewonnen. »Ich könnte natürlich auch Pfirsicheis machen, aber wahrscheinlich wird es nicht so gut werden wie das von Maggie.«

»Das macht nichts. Ich muss mit meiner Schwester sowieso heute wieder zu unserer Mom zurück.« Er hob seine kleine Hand zum Gruß, als er sich umdrehte, um den Heimweg anzutreten. »Tschüß.«

Sie sah ihm nach, während er den Fußweg zu seinem Haus überquerte. Obwohl es ihr überhaupt nicht gefiel, was die Scheidung von Brandon für ihre Söhne bedeutete, war sie sehr erleichtert, dass ihre Familie zumindest so lange intakt gewesen war, um den beiden eine unbeschwerte Kindheit zu bieten.

Sie machte sich zu den riesigen Ringelblumen beim Gartentor auf, blickte hoch und sah Peter, der bei seinem Briefkasten stand. Als er sie bemerkte, winkt er ihr zu, und sie winkte zurück. Daraufhin legte er seine Post in den Briefkasten zurück und machte sich auf den Weg zu ihr, und sie merkte, dass ihr Herzschlag voller Erwartung ins Stolpern geriet.

Sie richtete sich auf, klopfte den Staub ab, und wünschte sich, sie hätte sich am Morgen mehr Mühe mit ihrem Make-up und ihrer Frisur gegeben. Insgeheim war ihr schon früher ab und zu der flüchtige Gedanke gekommen, dass Peter einer der Gründe sein könnte, wieso sie sich jedes Jahr darauf gefreut hatte, in das Strandhaus zurückzukehren. Aber so richtig begriffen hatte sie das erst in den letzten zweieinhalb Wochen. Für sie gehörte er für die Tage hier im August genauso selbstverständlich dazu, wie auch die Wellen, die langen Spaziergänge am Strand und der Geruch der salzigen Meeresluft.

»Ich habe Sie in letzter Zeit vermisst«, meinte er und blieb vor dem Gartentor stehen. »Ich hoffe, dass es Ihnen gut geht?«

»Paul ist mit einigen Freunden aufgekreuzt.« Es war schon seltsam, dass sie in Peters Gegenwart immer das Gefühl bekam, etwas ganz Außergewöhnliches zu sein. Es war vor allem die Art und Weise, wie er sie ansah, wenn sie mit ihm redete, als würde jedes noch so belanglose Wort, das sie von sich gab, ihn ganz besonders interessieren. Und er hörte ihr nicht nur zu, er antwortete ihr auch. Und er nahm sie ernst. »Die haben mich ganz schön auf Trab gehalten.«

»Nein, ich meine die Zeit davor.«

Sie wusste nicht, was sie darauf antworten sollte. Ihre Freundschaft war nicht von der Art, dass man sich gegenseitig das Herz ausschüttete. Außerdem hatte sie die Befürchtung, dieses lockere Verhältnis könnte sich ändern, wenn sie sie so weit gehen würde, ihn mit ihren Problemen zu belasten. »Nach Brandons Abreise ging es mir ein paar Tage nicht besonders gut.«

»Warum haben Sie mich nicht angerufen? Ich koche eine wunderbare Hühnersuppe.«

»Das werde ich mir merken.« Sie war schon versucht, ihm zu sagen, Hühnchensuppe sei eines ihrer Lieblingsgerichte und er könne sie jederzeit dazu einladen, befürchtete aber, ihn damit auf falsche Gedanken zu bringen. »Wie geht es mit dem Gemälde voran?«

»Es ist fertig.«

Diese Nachricht versetzte sie in Aufregung, flößte ihr aber auch ein bisschen Angst ein. Denn jetzt würde nicht nur sie zu sehen bekommen, wie Peter sie sah, sondern später womöglich die ganze Welt. »Darf ich es mir ansehen?«

»Jederzeit.«

»Sofort?«

»Wenn Sie das möchten.«

»Ich mache mich noch schnell ein bisschen frisch.«

»Das ist doch absolut nicht nötig.« Er öffnete für sie das Gartentor.

»Ich sollte mich wirklich noch etwas zurechtmachen.«

Er reichte ihr die Hand. »Wir gehen nicht auf eine Vernissage, Katherine. Wir sind unter uns.«

Sie hatten schon die halbe Wegstrecke hinter sich, als sie merkte, dass sie sich immer noch bei der Hand hielten.»Ich kann nicht lange bleiben. Ich habe den Jungs versprochen, ihnen etwas zum Mittagessen herzurichten, wenn sie vom Schwimmen zurückkommen.«

»Wie lange werden sie bleiben?«

»Bis Freitag. Sie werden mir dabei helfen, das Haus winterfest zu machen.«

Er blieb stehen und schaute sie völlig überrascht an. »Sie reisen am Freitag ab? Wieso schon jetzt? Der Labor Day ist doch erst in eineinhalb Wochen.«

Sie war über seine heftige Reaktion überrascht, ließ ihn los und schob ihre Hand in die Gesäßtasche ihrer Hose. »Ich muss mich auf meinen Unterricht vorbereiten. Ich habe mich für einige Kurse angemeldet, um mein Wissen für die Empfehlungsschreiben aufzufrischen.»

»Sie wollen als Lehrerin arbeiten? Ich dachte immer, dass einen die Aufgaben als Pfarrersfrau rund um die Uhr beschäftigen.«

Nun waren sie also an dem entscheidenden Punkt angekommen. Sie könnte ihm jetzt entweder die Wahrheit gestehen und das bisschen Zeit, das ihnen gemeinsam blieb, dazu nutzen, über ihre Probleme zu reden. Oder sie könnte sich weiterhin um die Wahrheit drücken und sich selbst noch ein paar unbeschwerte Tage gönnen. »Ich fand es nur langsam an der Zeit, meinen Horizont etwas zu erweitern«, antwortete sie stattdessen.

»Wissen Sie eigentlich, dass Julia sich überlegt, das Haus zu verkaufen.«

Das war zwar sehr weit hergeholt, aber wer weiß? Vielleicht würde Katherine ja, wenn sie Bescheid wusste, ihre Meinung ändern und doch noch etwas länger bleiben. Schließlich war er davon ausgegangen, dass er noch etwas mehr Zeit haben würde, und darauf hatte er gesetzt. Er war nicht darauf vorbereitet, dass sie schon wieder aus seinem Leben verschwinden würde. Und mit absoluter Sicherheit war er noch lange nicht so weit, die Tatsache akzeptieren zu können, sie womöglich nie mehr wiederzusehen.

»Nein, das habe ich nicht gewusst. Aber es überrascht mich nicht.«

»Was werden Sie dann machen, ich meine, wenn Sie im August wieder herkommen wollen?«

Sie setzte sich wieder in Bewegung. »Wahrscheinlich werde ich gar nichts machen. Es war schon sehr schwer, zu rechtfertigen, ein Haus mit drei Zimmern zu mieten, obwohl ich wusste, ich würde es dieses Mal ganz alleine benutzen. Ich glaube nicht, dass ich so etwas noch einmal machen werde.«

»Und was, wenn ich Ihnen jetzt sage, dass ich bereits darüber nachgedacht habe, Julias Haus zu kaufen?«

»Wieso? Sie haben doch bereits eins ...«

»Ich sehe das auch mehr als eine Art Investition an. Und den August über könnten Sie es immer mieten, so lange Sie nur wollen. Zum selben Preis natürlich.«

»Das ist doch verrückt, Peter. Sie könnten doch das Doppelte, vielleicht sogar das Dreifache von dem bekommen, was wir derzeit bezahlen.«

Er musste jetzt sehr aufpassen, damit sie nicht hinter den wahren Grund kam, warum er das Haus tatsächlich kaufen wollte, denn das könnte womöglich ein Eigentor werden. Dann würde sie garantiert nie mehr hierher kommen. Noch schlimmer, wahrscheinlich würde sie sofort nach Hause rennen und noch in dieser Nacht ihre Koffer packen. »Das ist es mir wert, wenn ich weiß, dass das Haus in guten Händen ist.«

Sie waren inzwischen bei seiner Haustür angelangt. »Sie wissen gar nicht, wie gerne ich jetzt einfach Ja sagen würde.«

»Dann versprechen Sie mir wenigstens, dass Sie darüber nachdenken werden.« Er hielt ihr die Tür auf.

Sie sah ihn an und lächelte. »Das wird mir nicht schwerfallen. Wahrscheinlich werde ich sogar ständig daran denken, wenn ich im kommenden Winter meine Bücher über das Universitätsgelände schleppe.«

Peter folgte ihr ins Haus. »Möchten Sie gerne etwas zum Trinken haben? Vielleicht ein Soda? Oder Eistee?«

Sie schüttelte den Kopf. »Nein, ich habe ja nicht viel Zeit.«

Mit einem Mal packte ihn eine ungewohnte Nervosität, und am liebsten hätte er es noch ewig hinausgezögert, ihr das Bild zu zeigen. Es war unglaublich lange her, seit ihm die Anerkennung seiner Arbeit von einem anderen Menschen so wichtig gewesen war. Denn eigentlich malte er nur noch zum Spaß für sich selbst. Aber hier lag der Fall ganz anders. Er wünschte sich sehnlichst, dass Katherine das Bild gefiel.

»Es ist dort drinnen«, sagte er und deutete auf sein Atelier. Als sie sich zum Atelier aufmachte, konnte er sich nur schwer beherrschen, sich ihr nicht einfach in den Weg zu stellen. Bevor er ihr folgte, atmete erst einmal tief durch, um zumindest das Gefühl zu erwecken, sich unter Kontrolle zu haben.

Schon von der Türschwelle aus sah sie das Gemälde. Doch statt den Raum zu betreten, blieb sie einfach stehen und blickte schweigend auf das Bild. Dann näherte sie sich ihm, als würde sie von einer unsichtbaren Hand gezogen, und blieb in der Mitte des Raumes direkt vor dem Gemälde stehen.

»So sehen Sie mich also?«, wisperte sie.

Darauf gab es nur eine ehrliche Antwort. »Ja.«

»Aber ich sehe darauf so wunderschön aus.«

»Sie sind wunderschön.«

Sie schüttelte den Kopf. »Aber doch nicht so schön.«

Anstelle des Bildes sah er nun sie an, als fragte: »Gefällt es Ihnen?«

»Es macht mir Angst«, erklärte sie verwirrt. »Aber warum, das weiß ich nicht.« Sie rückte noch ein bisschen näher an das Bild. »Woher haben Sie gewusst, was ich denke?«

»Ich habe nur das gemalt, was ich gesehen habe.« Nun schaute sie ihn endlich an. »Wieso können Sie Dinge sehen, die andere nicht sehen?«

»Was wollen Sie genau von mir wissen?«

»Ich wirke so einsam ...« Sie wandte sich wieder dem Bild zu. »Was sehe ich denn da draußen vor diesem Fenster, Peter? Und warum sehne ich mich so sehr danach?«

Erst in diesem Moment wurde ihm klar, dass er sich eingebildet hatte, sie würde eigentlich ihn ansehen und nicht durchs Fenster schauen. »Das müssen Sie mir sagen.«

»Das kann ich nicht.«

Er hätte alles dafür gegeben, wenn er gewusst hätte, was er darauf antworten sollte. Rein instinktiv spürte er, dass sie ganz bestimmte Worte von ihm hören wollte, doch diese Sprache beherrschte er nicht. »Was soll ich mit dem Gemälde Ihrer Meinung nach machen?«

»Ich weiß es nicht.«

»Es ist nur auf Papier gemalt«, erklärte er, »und das ist schnell vernichtet.«

»O nein, bloß nicht.« Sie legte eine Hand auf seinen Arm. »Versprechen Sie mir, das Sie das nicht tun werden.«

Er war völlig durcheinander, als er die Tränen in ihren Augen sah. »Ich wollte Sie doch in keiner Weise verletzen, Katherine.«

»Das hat nichts mit Ihnen zu tun, nur mit mir.« Eine Träne lief über ihre Wange, die sie sofort mit der Hand wieder wegwischte. »Ich muss jetzt gehen.«

»Kann ich vielleicht etwas für Sie tun?«

»Nein.«

Er wollte nicht, dass sie ging. »Aber irgendetwas muss es doch geben.«

»Das ist mein Problem. Ich werde schon damit fertig.«

»Ich möchte Ihnen so gerne helfen.«

Sie berührte seine Wange. »Das Gemälde fällt mir sehr gut.« Und dann zwang sie sich zu einem Lächeln und fügte hinzu: »Falls Sie es verkaufen können, hoffe ich, dass Sie dafür eine Menge Geld bekommen.«

»Ich werde es nicht verkaufen. Das Bild gehört nicht mir, Katherine, es gehört Ihnen.«

»Aber Sie können doch nicht ... nein, ich kann nicht ...« Ihr Blick wanderte zwischen dem Gemälde und ihm hin und her. Nach einem unendlich langen, quälenden Schweigen sagte sie: »Bitte heben Sie es für mich auf.« Ihre Blicke trafen sich. »Würden Sie das bitte tun?«

Dieser Augenkontakt war für ihn vollkommen überraschend gekommen, und er war wie ein Geschenk, ein Versprechen. Ein goldener Käfig, im dem er seine restlichen Tage fristen konnte. »So lange, wie Sie wollen«, versprach er ihr.

Paul und seine Freunde hielten sie die ganze Woche über so in Atem, dass sie gar nicht zum Nachdenken kam. Sie bezogen sie bei all ihren Plänen tagtäglich automatisch mit ein und bestanden sogar darauf, gemeinsam mit ihnen die Strandpromenade zu besuchen. Dort ließ sie sich wider besserer Einsicht von ihnen sogar dazu überreden, eine Fahrt mit der Achterbahn zu machen. Sie aß Zuckerwatte, knabberte einen kandierten Apfel und verspeiste einen Hot Dog von zweifelhaftem Aussehen, der ihr noch sechs Stunden später im Magen lag.

Am Freitag zog eine dicke Nebelschicht vor der Küste auf, eine Brise nahm die drückende Hitze mit sich, und der Himmel war so blau, dass man sich wünschte, eine Fülle bunter Drachen würden sich darauf tummeln. Es wäre eine wahre Sünde gewesen, diesen wunderschönen letzten Ferientag nicht zu genießen. Deshalb bestand Katherine darauf, dass die Jungs zu Schwimmen gingen, während sie bereits mit dem Packen begann. Nach dem Mittagessen zogen sie die Betten ab, putzten die Badezimmer und räumten das Gepäck in den Wagen.

Paul bot ihr liebenswürdigerweise und allen Ernstes an, mit ihr gemeinsam die Rückfahrt anzutreten. Aber sie konnte ihn überzeugen, dass sie sich darauf freute, die Heimfahrt allein und in aller Stille zu machen. Die Jungs brachen bereits um sechzehn Uhr auf, in der Hoffnung, dass sie es noch rechtzeitig zu einer Party schaffen würden, die an diesem Abend stattfand. Sie stand in der Toreinfahrt und sah ihnen nach, bevor sie wieder ins Haus zurückging, um die restlichen Putzarbeiten zu verrichten.

Ihre Gedanken schweiften immer wieder ab, als sie die restlichen Zimmer aufräumte, und sich dem anspruchslosen Staubwischen, Möbelpolieren und Staubsaugen hingab. Doch egal, welche verschlungenen Pfade ihre Gedanken auch einschlugen, sie landeten zwangsläufig immer wieder bei Peter. Obwohl sie jedesmal, wenn sie das Haus verlassen musste, nach ihm Ausschau hielt, hatte sie ihn, seitdem er ihr das Bild gezeigt hatte, nicht mehr gesehen. Als würde er ihr bewusst aus dem Weg gehen.

Als sie endlich mit dem Schrubben des Küchenbodens fertig war, eine Arbeit, die sie bis zur letzten Minute aufgeschoben hatte, schaute sie aus dem Küchenfenster. Der Sonnenuntergang war so überwältigend, dass sie sich regelrecht bestraft fühlte, weil sie die ganze Zeit über im Haus hatte verbringen müssen. Sie machte eine letzte Runde durchs Haus und ging dann nach draußen, um sich für den harten Arbeitstag zu belohnen. Während sie um das Haus herumging, sah sie gleich auch nach, ob Peters Wagen in der Einfahrt geparkt war. Und tatsächlich, er war zu Hause.

Obwohl sie nach Politur und Bleiche roch und ihr Haar in einem unordentlichen Knoten auf dem Kopf verschlungen war, machte sie sich sofort auf zu seinem Haus hinüber, vor lauter Angst, er könnte wegfahren, bevor sie sich gewaschen und hergerichtet hatte.

Er reagierte auf ihr Klopfen so schnell, als hätte er direkt hinter der Türe gestanden und sie bereits erwartet.

»Hallo«, grüßte sie ihn, und schlagartig wurde ihr bewusst, wie ungepflegt sie aussah.

»Ich dachte, Sie wären bereits abgereist«, erwiderte er.

»Die Jungs sind schon nachmittags um vier aufgebrochen.«

»Möchten Sie vielleicht hereinkommen?«

Sie sah an sich herab und meinte dann: »Ich bin nicht auf einen Besuch gekommen.«

Er wartete ab und erkundigte sich dann: »Aber weswegen sind Sie dann gekommen?«

Während sie das Haus geputzt hatte, hatte sie sich ununterbrochen die Worte zurechtgelegt, die sie ihm sagen wollte. Doch plötzlich hatte sie alles komplett vergessen. »Es geht um das Bild ... es gefällt mir wirklich sehr gut, Peter. Es ist mir wichtig, dass Sie das wissen.«

»Und trotzdem wollen Sie es immer noch nicht haben?«

Dafür gab es unzählige Gründe, aber nur einen, der wirklich zählte. Sie wollte nicht, dass auch nur ein Mensch, der sie kannte, das zu sehen bekam, was er mit seinem Gemälde über sie verraten hatte. »Vielleicht irgendwann einmal«, antwortete sie. »Aber im Moment noch nicht.«

»Vielen Dank, dass Sie vorbeigekommen sind.«

Sie nickte mit dem Kopf und machte einen Schritt rückwärts. »Ich muss jetzt einfach los. Ich habe noch einen langen Heimweg vor mir.«

Er antwortete nicht, sondern sah ihr nur nach, als sie ging.

Der Weg zurück ins Haus kam ihr unendlich lange vor. Drinnen überprüfte sie noch einmal, ob alle Türen und Fenster ordentlich verriegelt waren, und beobachtete dann auf der Terrasse, wie die tief stehende Sonne allmählich ganz verschwand. Ihr Verstand sagte ihr, dass es an der Zeit wäre, endlich aufzubrechen, aber ihre Gefühle machten es ihr fast unmöglich. Sie hatte bereits so viel verloren, dass es ihr sehr schwer fiel, auch diesen Ort hier aufzugeben.

Letztendlich war es dann die Kälte, die sie zwang, sich zu bewegen. Sie kämpfte gegen die Versuchung an, noch einmal das gesamte Haus zu inspizieren. Stattdessen durchquerte sie das Wohnzimmer und verließ das Haus durch die Vordertür.

Langsam fuhr sie an Peters Haus vorbei, in der Hoffnung, er würde sich vielleicht draußen aufhalten oder an einem Fenster stehen, damit sie ihm ein letztes Mal zum Abschied zuwinken könnte.

Doch sie konnte ihn nirgendwo entdecken.

Das tiefe Gefühl der Verlassenheit kam für sie nicht überraschend, darauf war sie vorbereitet gewesen.

Allerdings war sie nicht darauf gefasst, wie überwältigend stark es war.

Und auch nicht auf das heimliche Gefühl, dass sie noch etwas Wichtiges zu regeln hatte, bevor sie abfahren konnte.

Zehn Minuten später befand sie sich bereits auf dem Highway.

Als sie aufblickte, sah sie das Schild, das die letzte Ausfahrt nach Santa Cruz ankündigte.

Es war nur noch einen halben Kilometer bis zur Inlandroute auf der 17, und danach wäre der Ozean für immer verschwunden.

Ohne eine Sekunde nachzudenken, verließ sie den Highway und kehrte um. Sie wusste nicht genau wieso, ihr einziger Gedanke war, dass sie Peter unbedingt noch einmal sehen musste, bevor sie tatsächlich nach Hause fahren konnte.

Als sie an seine Türe klopfte, rührte sich nichts. Sie versuchte es ein zweites Mal, aber immer noch antwortete niemand.

Als hätte er ihr eine geheime Botschaft hinterlassen, wusste sie plötzlich, wo sie ihn finden konnte. Sie machte sich zum Strand auf und blieb bei den Stufen stehen, um nach ihm Ausschau zu halten. Der Mond war zu drei Viertel voll und spiegelte sich auf dem Meer. Er lenkte ihren Blick auf eine einsame Gestalt am Rande des Wassers.

Peter blickte hoch und sah, wie jemand sich auf dem weichen Sand auf ihn zu bewegte. Er blieb kurz stehen, starrte auf die Person und verwarf sofort wieder den Gedanken, dass es Katherine sein könnte. Erst als sie so nah vor ihm stand, dass er sie fast berühren konnte, begriff er, dass sie tatsächlich zurückgekommen war.

Katherine blickte ihm ganz tief in die Augen. »Bitte erklären Sie mir das mit dem Bild. Ich will es mit Ihren eigenen Worten hören.«

Peters Herz machte einen so heftigen Sprung, dass es fast seine Rippen sprengte. »Und was möchten Sie, bitteschön, wissen?«

Sie rang um eine Erklärung, setzte zu einem Satz an, hielt inne und redete dann weiter. »Nach was habe ich mich so gesehnt und es deswegen so intensiv angesehen?«

»Nach mir ...« Es war, als hätte er mit diesem Eingeständnis endlich die Tür zu seinem Gefängnis aufgestoßen. Endlich hatte er das Geheimnis verraten, das ihn für Jahre gefangen gehalten hatte.

Jetzt gab es kein Zurück mehr, keine Möglichkeit mehr, die alte Freundschaft zu erneuern, und auch keine Tagträume mehr über das Unmögliche.

»Seit wann hegen Sie diese Gefühle?«

Reumütig lächelnd antwortete er ihr.

»Ehrlich gesagt, vermutlich vom ersten Tag an, als ich Sie gesehen habe.«

»Das habe ich nicht gewusst. Ich hatte ja keine Ahnung.« Sie runzelte die Stirn. »Aber in gewisser Weise muss ich es doch geahnt haben, wenn auch ganz unbewusst. Vermutlich hätte ich schon vor langer Zeit die Lust verloren, hierher zu kommen, wenn ich nicht gewusst hätte, dass Sie hier sind, Peter.«

Noch nie hatte er sich so lebendig gefühlt, aber auch noch nie so schutzlos.

Denn selbst nach diesem Geständnis würde sich weder

eine Tür noch ein Fenster zu ihr öffnen, das ihm Zutritt zu ihrem Leben verschaffen würde.

Es war eben nur ein Geständnis.

Damit hatte er weder einen Anspruch auf sie, noch löste es seine Probleme.

»Es ist schon komisch, wie sich die Dinge so entwickeln, nicht? Wahrscheinlich denken Sie jetzt, dass es keine so gute Idee war, wieder hierher zu kommen.«

Sie schwieg sehr lange und sagte dann, »Brandon und ich, wir haben uns getrennt. Wir werden uns scheiden lassen.«

Ihm stockte der Atem.

»Sobald ich zu Hause bin, werde ich mich mit einem Anwalt treffen.«

»Sind Sie nur deshalb zurückkommen, um mir das zu sagen?«, fragte er vorsichtig.

»Ja.«

»Und wieso erst jetzt?«

»Ich habe keine Ahnung. Vermutlich hatte ich Angst, Sie als Freund zu verlieren, wenn ich es schon Ihnen früher gesagt hätte.«

Weil von ihrer Antwort so viel abhing, zögerte er, ihr die nächste Frage zu stellen. »Und wieso jetzt?«

Sie bewegte sich langsam auf ihn zu. »Weil ich weiß, dass Sie für immer mein Freund sein werden.« Und dann fügte sie leise hinzu: »Völlig egal, was passieren wird.«

Er nahm ihr Gesicht in seine Hände und zog sie langsam an sich. Ihre Lippen berührten sich für einen vorsichtigen Kuss. Doch der zweite Kuss fiel schon viel vertrauter aus. Ihre Zungen trafen sich, ihr Atem vermischte sich. Peter seufzte und stöhnte auf, nahm sie ihn die Arme, hob sie hoch und drehte sie langsam im Kreise.

Als er sie wieder auf den Boden setzte, löste sich Katherine aus seinem Kuss und schaute ihn an. »Das geht mir alles zu schnell. Ich brauche Zeit zum Nachdenken, Peter.«

Jahrelang hatte er sich darin geübt, sie loszulassen, und

deshalb würde es ihm auch nicht schwer fallen, es dieses eine Mal auch zu tun. Obwohl sich jetzt alles geändert hatte. »Ich verstehe das«, erwiderte er mit großer Überwindung.

Sie legte ihren Kopf an seine Schultern. »Bitte warte auf mich.«

Er hielt sie ganz fest, und mit einen Mal hörte er weder das Geräusch des Meeres, das sich an den Klippen brach, noch die Wellen, die ihre Füße umspielten oder den kalten Wind, der um sie herumwirbelte. »Ich werde für dich da sein, ganz egal, wie lange es dauern sollte«, antwortete er leise.

Teil V

September

1

Josi machte ein Nickerchen auf Erics Manuskriptstapel. Als sie aufwachte, rollte sie sich zur Seite, streckte sich der Länge nach aus und beförderte dabei seinen Bleistifthalter auf den Fußboden. Eric lehnte sich in seinem Schreibtischstuhl nach vorne und hob die Bleistifte wieder auf, die nun schon zum wiederholten Male auf dem Boden gelandet waren. Völlig abwesend kraule er Josi unter dem Kinn. Als sie darauf mit einem lauten, tiefen Schnurren reagierte, war er in gewisser Weise zufrieden, da ihm an diesem Vormittag zumindest eine Sache gut gelungen war.

Seit seiner Rückkehr aus New York kam er mit seinem Roman überhaupt nicht mehr voran. Er hatte langsam das Gefühl, dass man einem Autor lediglich einen Haufen Dollar als Vorschuss anbieten musste, um bei ihm eine völlige Schreibblockade auszulösen. Bis zu dem Tag seines Vertragsabschlusses mit einem Verlag hatte er nur zum Spaß geschrieben. Für ihn hatte einzige gezählt, ob ihm selbst ein Satz oder ein Absatz gelungen vorkam. Doch inzwischen ertappte er sich dabei, dass er den gesamten Verlag zufrieden stellen wollte, und ständig grübelte er darüber nach, warum man dort die erste Hälfte seines Manuskriptes so gut gefunden hatte.

Eric lehnte sich in seinem Stuhl zurück, während Josi sich ein neues Plätzchen suchte und dabei mit ihrem Schwanz den Brief von Charlie Stephens verdeckte, den er am Morgen bekommen hatte. Charlie hatte sich in seinem Brief bei Eric bedankt, dass er ihn mit Chris bekannt gemacht hatte. Es war ihm nämlich gelungen, Chris zu überreden, ihm bei der Zusammenstellung eines Freestyle Ringerteams im Athletic Center von Süd-Los-Angeles behilflich zu sein. Chris würde zwar wegen der Vorbereitungen auf seine Filmrolle sehr viele Verpflichtungen haben, aber wann immer es sein Terminkalender zuließ, würde er zu ihm kommen. Und zum Schluss hatte Charlie auch noch ganz beiläufig erwähnt, dass er sich auch schon des Öfteren mit Chris' Mutter getroffen hätte. Alles Weitere würde er Eric in seinem nächsten Brief mitteilen.

Wie immer, wenn Eric es zuließ, dass seine Gedanken abschweiften, landeten sie automatisch bei Julia. Seit dem Tag, als er den Zwischenstopp bei ihr eingelegt hatte, um Josi abzuholen, hatte er sie weder gesehen noch etwas von ihr gehört. Und das war nun schon über einen Monat her. Er hatte wiederholt ihre Nummer zur Hälfte angewählt, dann aber wieder aufgelegt, weil er es sich in letzter Minute doch wieder anders überlegt hatte. Als er ihr gesagt hatte, dass sie den nächsten Schritt machen müsse, hatte er nicht geahnt, wie lange sie sich damit Zeit lassen würde. Doch diese Warterei brachte ihn fast um den Verstand.

Zumindest hatte er über Peter ein bisschen etwas über sie erfahren und wusste, dass es ihr gut ging. Sie hatte ihren Plan umgesetzt, das Strandhaus an Peter zu verkaufen. Und soweit Eric es derzeit beurteilen konnte, schien es so, als hätte auch Peter die Absicht, das Haus zumindest zeitweise zu vermieten. In der vergangenen Woche war die Frau, die das Haus normalerweise für den August gemietet hatte, für etliche Tage angereist. Eric war ihr mehrmals begegnet, als sie in Begleitung von Peter am Strand Spaziergänge unternahm. Aber die beiden waren so sehr auf sich fixiert, dass sie an ihm vorübergingen, ohne ihn zu bemerken.

Eric stützte seine Füße auf dem Fußboden ab, schob den Schreibtischstuhl zurück, und erhob sich dann und ging in die Küche, um sich an diesem Vormittag bereits die fünfte Tasse Kaffee zu machen. Es wunderte ihn nicht, dass der Kaffee verbrannt und bitter schmeckte und auch so roch. Er goss den Inhalt der Tasse in das Spülbecken, holte sich ein Soda aus dem Kühlschrank, wanderte eine Weile umher, während er seine Schultern auflockerte und den Rücken mehrmals streckte, bevor er sich wieder an den Computer setzte.

Eine halbe Stunde später starrte er, die Hände auf die Stuhllehnen gepresst, immer noch auf den blinkenden Cursor, der die leere Bildschirmseite am oberen Rand markierte. Plötzlich öffnete Josi ein Auge und drehte ein Ohr in Richtung Vordertür. Gleich darauf öffnete sie auch das zweite Auge und hob den Kopf.

Eric spitzte zwar die Ohren, konnte aber im Gegensatz zu Josi nichts hören. Als sich die Katze hoch aufrichtete und hinsetzte, schob er seinen Stuhl zurück und stand auf. Seit Josi vor Wochen den Lieferwagen der FedEx lange vor ihm wahrgenommen hatte, wusste er, dass auf die Körpersprache der Katze Verlass war.

Trotzdem benötigte er fast fünf Sekunden, bis er endlich begriffen hatte, dass nicht der Bote von FedEx vor seiner Tür stand, sondern Julia. Sie trug ein marineblau-gelb gemustertes Kleid mit einem weiten Rock, das von schmalen Trägern über ihren Schultern gehalten wurde und auf der Vorderseite mit einer Knopfleiste verziert war. Sie trug das Haar offen, und es wirkte ein bisschen zerzaust, als wäre sie mit offenem Fenster gefahren und so sehr in Eile gewesen, dass sie sich keine Mühe mehr gemacht hatte, es zu ordnen.

Das Bild entsprach ganz und gar nicht der Julia Huntington, die er bislang kannte, aber er fand diese Veränderung sehr aufregend – und auch sehr vielversprechend.

»Was machst du denn hier?«, fragte er.

»Ich habe mir auf der Fahrt hierher die ganze Zeit überlegt, mit welchem Satz du mich wohl begrüßen würdest, aber der stand nicht auf meiner Liste.«

»Lass es mich bitte noch einmal versuchen.« Er verschränkte die Arme, lehnte sich gegen den Türrahmen und bemühte sich zu verbergen, wie überrascht er war, sie hier zu sehen. »Du siehst …« Er musterte sie von oben bis unten und konnte nicht umhin zu sagen: »Mit einem Wort, du siehst fantastisch aus!«

»Vielen Dank. Ich fühle mich auch ziemlich großartig.«

Als sie lächelte, verrieten ihre Augen, dass sie noch mehr Überraschungen auf Lager hatte.

»Darf ich wirklich davon ausgehen, dass du den ganzen langen Weg gemacht hast, nur um mich zu sehen?«

»Ich hoffe, dass dir das keine Probleme bereitet?«

Schließlich erwiderte er ihr Lächeln. »Das einzige Problem besteht darin, warum du mich so lange hast warten lassen?«

Er machte den Türeingang frei und ihre schwere Parfumwolke umwehte ihn, als sie an ihm vorbeiging. Nie zuvor hatte er Parfum an ihr wahrgenommen. Hatte sie es extra für ihn aufgelegt?

»Ist sie deine Muse?«, wollte Julia wissen, als sie Josi entdeckte. Sie ging zu ihr und kraulte sie liebevoll.

»Falls das so ist, dann sollte ich sie endlich gegen eine andere eintauschen, die mich wirklich inspiriert.« Er konnte es immer noch nicht glauben, dass Julia tatsächlich da war. Es hatte keinerlei Anzeichen dafür gegeben. Der Vormittag war wie immer ganz normal verlaufen. Die Sonne hatte auch nicht heller als sonst geschienen, und der Ozean war so blau wie immer.

Sie drehte sich um und schaute ihn an. »Dann läuft es mit dem Buch also nicht so gut?«

»Darüber können wir später reden. Erst einmal möchte ich alles über dich erfahren.«

»Es ist so viel passiert, dass ich gar nicht weiß, wo ich anfangen soll.«

Er hob eine Hand in die Luft. »Einen Moment, bitte. Bevor du weiterredest, sollten wir erst einmal alles Hinderliche aus dem Weg schaffen.« Er fasste mit den Händen ihre Arme und zog sie an sich. Für einen kurzen Moment betrachtete er ihr Gesicht, sah das helle Funkeln in ihrem Augen, ihren leicht geöffneten Mund. Dann beugte er sich langsam zu ihr und hauchte ihr einen Kuss auf den Mund. Doch bei diesem vorsichtigen Begrüßungskuss sollte es nicht bleiben. Sie beide verlangte es nach viel mehr, und das sollte auch in Zukunft so bleiben. Sie küssten sich erneut und immer wieder.

Sie schlang ihre Arme um seine Hüften und meinte mit einem Seufzer: »Mann, ganz genauso hatte ich es in Erinnerung.«

»Ich liebe dich, Julia.« Nun war es also gesagt, ungeplant, unerwartet, und er konnte seine Worte auch nicht mehr rückgängig machen. »Ich weiß, das kommt alles viel zu früh, weil wir noch tausend Dinge über uns erfahren müssen, und ich weiß auch, dass die Umstände völlig gegen uns sprechen. Aber nichts kann meine Gefühle für dich ändern. Eine innere Stimme hat mir gesagt, es sei an der Zeit, dass du es endlich erfährst.«

»Du hast recht. Das alles passiert viel zu schnell, und wir wissen noch viel zu wenig über uns. Aber auch ich bin mir in einem ziemlich sicher, nein, darüber bin ich mir absolut sicher, dass ich dich liebe.«

Sie legte ihren Kopf zurück und schaute ihn an. »Was würdest du davon halten, wenn ich für ein paar Monate nebenan einziehe? Ich glaube, ein bisschen näher beieinander zu wohnen könnte uns auch dabei helfen, dass wir uns über viele Dinge klarer werden. Meinst du nicht auch?«

»Hat mir Peter nicht erzählt, dass du das Haus an ihn verkauft hast?«

»Das habe ich auch. Aber ich konnte in letzter Minute wieder aus dem Vertrag aussteigen. Er meinte, dass er sowieso kein zweites Haus mehr bräuchte. Es sieht so aus, als würde Katherine bei ihm wohnen, wenn sie in Zukunft zu Besuch kommt.«

»Und was macht die Arbeit?«

»Meine?«, fragte sie unschuldig.

»Natürlich deine, Julia.«

»Auch das ist bereits alles geregelt. Vor drei Wochen habe

ich die Firma zum Verkauf angeboten und sie zwei Tage später an dem Meistbietenden verkauft. Natürlich sind da noch Berge von Papierkram zu erledigen, aber insgesamt gesehen ist alles unter Dach und Fach.«

Die Nachricht verschlug ihm die Sprache. »Ich begreife nicht ganz. Du hast dir doch ständig große Sorgen darüber gemacht, was mit den Angestellten passieren würde, falls du die Firma verkaufst. Wieso hast du plötzlich deine Meinung geändert?«

»Das habe ich eigentlich gar nicht. Ich habe die Dinge einfach nur so arrangiert, dass es keine Rolle mehr spielt, ob sie ihren Arbeitsplatz verlieren oder nicht.«

»Gut, ich höre. Wie ist dir denn das gelungen?«

Sie war so begeistert, dass sie über das ganze Gesicht strahlte. »Ich habe die Hälfte meines Gewinns aus dem Firmenverkauf an die Belegschaft gegeben. Damit kann jeder entscheiden, ob er weiterarbeiten, ein paar Jahre aussetzen oder sich sogar früher als geplant zur Ruhe setzen will. Damit haben alle genau die gleiche Freiheit gewonnen wie ich.«

Er wollte einfach nicht glauben, was sie ihm da erzählte.

»Du hast was getan?«

Sie lachte. »Eigentlich lag diese Lösung doch auf der Hand. Ich weiß gar nicht, wieso ich nicht schon früher auf die Idee gekommen bin.«

Eric wollte nur sehr ungern ihr Glück trüben, aber er musste diese Frage einfach stellen. »Und es hat dir nichts ausgemacht, dass du Kens Unternehmen letztendlich doch verkauft hast?«

»Das ist wirklich unglaublich. Du hast Ken überhaupt nicht gekannt, und trotzdem sprichst du über ihn mit der gleichen Hochachtung wie alle anderen auch, so, als würde er noch leben. Kannst du dir eigentlich vorstellen, wie ich mich dabei fühle?«

Sie hatte recht, es gab eine Menge Dinge zwischen ihnen, über die sie sich erst einmal klar werden mussten. Viel mehr, als er angenommen hatte. »So habe ich das doch nicht gemeint. Ich weiß doch, wie schwer es für dich war, ihn zu verlieren. Ich habe dich nur auf meine unbeholfene Art gefragt, ob du mit deinen Gefühlen Frieden geschlossen hast.«

»Ein Teil in mir wird Ken immer lieben.« Ihr Blick blieb an Erics Hemd hängen, als sie über den Mann redete, ohne den sie sich kein weiteres Leben hatte vorstellen können. »Kannst du das verstehen? Ich glaube, viel wichtiger ist es, ob du damit leben kannst?«

»Ich habe schon vor langer Zeit begriffen, dass Liebe nicht zu den Dingen gehört, die man einfach auf Knopfdruck an- oder abschalten kann. Ich weiß, dass Ken für immer einen wichtigen Platz in deinem Leben einnehmen wird.«

»Doch nicht nur das.« Sie zögerte zuerst, ihn mit weiteren Dingen zu konfrontieren, wagte aber dann den Sprung. »Ist dir eigentlich klar, was dir bezüglich meiner Freunde noch alles bevorsteht? Mit allen, die Ken gekannt haben?«

»Falls du damit auf Peters Feindseligkeit anspielst, die er mir gegenüber an den Tag legt, seit er mitbekommen hat, dass wir zusammen sind, dann bin ich auf einiges gefasst.«

Sie bedachte ihn mit einem säuerlichen Lächeln. »Bei Peter bemerke ich in der Tat gewisse Anzeichen, dass er sich langsam damit abfindet. Er meinte, er könnte es sich inzwischen sogar vorstellen, dass ich mit einem anderen Mann glücklich werden könnte.«

»Wie nett von ihm.«

»Aber seine Einstellung ist genau das, wovon ich rede. Damit wirst du dich nämlich bei allen auseinandersetzen müssen, die Ken gekannt haben. Alle seine Freunde denken nach wie vor, es sei unmöglich, dass ein anderer Mann den Platz von Ken einnehmen könnte. Dass ich mich in meiner Einsamkeit mit dir eingelassen habe, wird man mir vermutlich verzeihen. Aber niemand wird dir verzeihen, dass du der Meinung bist, der Richtige für mich zu sein.«

Es war klar, dass sie weder eine Antwort erwartete, noch dass er ihre Bedenken zerstreuen konnte. Es würde für sie beide ein großes Problem werden, das man nicht einfach vom Tisch wischen konnte. Doch es durfte für ihn keine Rolle spielen, wie intolerant sich Julias Freunde ihm gegenüber verhalten würden, denn sie hatten ihr in der schlimmsten Zeit ihres Lebens beigestanden und ihr geholfen. Folglich waren sie ihr sehr wichtig, und aus diesem Grund wiederum musste auch er sie ernst nehmen.

»Das kann ich aushalten, Julia. Denn alle Menschen, die du kennst und die dich lieben, und da gehöre ja auch ich dazu, wollen letztendlich nur, dass du glücklich bist. Wenn deine Freunde sehen, dass das der Fall ist, dann werden auch sie irgendwann einmal einlenken.«

»Ich liebe dich wirklich«, erklärte sie, während sie seine Wange streichelte. »Ich habe nicht gedacht, dass ich diese Worte jemals wieder aussprechen würde.«

»Und wann wirst du nebenan einziehen?«

»Mein Gepäck ist im Wagen.«

Es raubte ihm fast den Atem, dass sie solch großes Vertrauen zu ihm hatte. Schließlich ließ sie ihr ganzes, bisheriges Leben hinter sich, alle Gefühlsbande, die sie besaß, nur um ihr Glück mit ihm zu versuchen. »Ich verspreche dir, dass du dich kein einziges Mal mehr nach deinem alten Leben sehnst, und dass du deine jetzige Entscheidung niemals bereuen wirst.«

»Ich bin zu dir gekommen, weil ich deine Liebe möchte, und nicht, weil ich deine Liebe brauche.« Sie schaute ihn sehr lange und intensiv an. »Hast du verstanden, was ich damit sagen will?«

»Dass du mich nicht nur mit dem Herzen, sondern auch mit dem Verstand liebst.«

»Sehr gut formuliert.« Sie kuschelte sich enger an ihn. »Naja, schließlich bist du ja auch der Schriftsteller in der Familie.« Und dann schaute sie zu ihm hoch und fügte hinzu:

»Jetzt, wo wir das endlich hinter uns haben, sollten wir das doch irgendwie feiern, oder?«

»Wie wäre es, wenn wir uns lieben würden?«

Sie lächelte. »Das natürlich auch.«

»Und was willst du sonst noch?«

»Das kann warten«, erwiderte sie mit heiserer und vielversprechender Stimme.

Dieses Mal liebten sie sich ganz ohne Eile und mit viel Zärtlichkeit. Eric gab sich unendliche Mühe, Julias Körper ganz langsam und sehr genau zu erforschen. Er wollte sich mit seinen Händen und all seinen Sinnen ganz genau einprägen, wie sie sich anfühlte und wie sie aussah.

Als er dann in sie eindrang, umgab sie ihn mit einem Gefühl von Wärme, Feuchtigkeit und Begierde. Ihre Hüften erwiderten seine Stoßbewegungen, sie umklammerte seine Hüften mit ihren Beinen, und als er sie berührte und sie zum Orgasmus brachte, rief sie seinen Namen aus.

Danach ließ er eine Hand auf ihrem Bauch ruhen, während sie ihren Kopf an seine Schulter schob. Schließlich meinte er: »Komm jetzt bloß nicht auf die Idee, dass dieser Teil unserer Feier schon vorüber ist.« Er küsste sie auf die Schläfe und liebkoste ihre erhitzte Haut mit seinem Atem. »Aber ich würde schon sehr gerne wissen, was du danach geplant hattest?«

»Ich möchte gerne Jason und Susie kennenlernen, und auch Shelly. Ich hatte gehofft, dass sie den Kindern erlauben würde, mit uns ein paar Wochen zu verbringen, damit wir uns kennenlernen.«

Bis zu diesem Satz hätte er schwören können, dass sein Glück an diesem Tag durch nicht mehr zu überbieten war. Doch er hatte sich getäuscht.

»Jason besucht eine Ganzjahresschule und hat im kommenden Monat eine Zeitlang frei. Ich bin mir sicher, dass wir mit Shelly eine Regelung finden werden und die Kinder für eine Weile hierher kommen.«

»Bist du dir denn sicher, dass sie mich auch mögen werden?« Auch dieses Mal erwartete sie keine schnelle, leichtfertige Antwort. »Mit Susie gibt es bestimmt kein Problem. Sie liebt einfach alle Menschen und geht automatisch davon aus, dass sie von allen geliebt wird. Jason hat in seinem kurzen Leben schon zu viele Menschen verloren. Er braucht Zeit, bis er einem Menschen vertraut. Aber auch er wird sich irgendwann einmal daran gewöhnen. Und falls das passiert, dann werdet ihr ganz bestimmt ein unschlagbares Team.«

Sie stützte sich auf ihre Ellenbogen und sah ihn an. »Ich möchte auch eigene Kinder haben, Eric. Ich habe diese leeren Zimmer in leeren Häusern inzwischen so satt.«

»Hattest du vor, dieses Projekt gleich hier auf der Stelle umzusetzen?«

Sie lachte. »Ich glaube, das hat noch ein bisschen Zeit, aber allzu lange will ich nicht damit warten.«

Er legte seine Hand auf ihren Nacken und zog ihren Kopf an sich, um sie zu küssen. Er hatte keine Ahnung, wie viele Bücher er in seinem Leben noch schreiben würde, aber eines war klar. Ein solches Ende würde ihm niemals gelingen.

Aber ihre Geschichte war ja nicht zu Ende, sie begann gerade erst.

Weltbild Buchverlag
Deutsche Erstausgabe 2007

Projektleitung: Gerald Fiebig
Übersetzung: Ingeborg Schober
Redaktion: Hilke Bemm
Umschlag: Hauptmann & Kompanie Werbeagentur GmbH, München–Zürich
Umschlagabbildung: Ron Chapple Stock/Corbis
Satz: Dirk Risch, Berlin
Druck und Bindung: GGP Media GmbH, Pößneck

Gedruckt auf chlorfrei gebleichtem Papier

Printed in the EU

ISBN 978-3-89897-696-1